KNAUR

Von Nigel McCrery sind bereits folgende Titel erschienen:

Kaltes Gift
Schwarzes Schaf
Grau wie der Tod

Über den Autor:

Nigel McCrery, geboren 1953, war Polizist, bevor er in Cambridge ein Studium begann und anschließend Drehbücher für das britische Fernsehen schrieb. Mehrere der erfolgreichsten englischen TV-Krimiserien gehen auf sein Konto, darunter auch »Gerichtsmedizinerin Dr. Samantha Ryan« (BBC). Nigel McCrery lebt mit seiner Familie im Norden Londons.

NIGEL McCRERY

DER DREIZEHNTE SARG

KRIMINALROMAN

Aus dem Englischen
von Marie-Luise Bezzenberger

KNAUR

Die englische Originalausgabe erschien 2015
unter dem Titel »The Thirteenth Coffin« bei Quercus, London.

Besuchen Sie uns im Internet:
www.knaur.de

FSC
www.fsc.org
MIX
Papier aus verantwortungsvollen Quellen
FSC® C014496

Deutsche Erstausgabe November 2019
Knaur Taschenbuch

Redaktion: Laura Lichtenwalter
Covergestaltung: ZERO Werbeagentur, München
Coverabbildung: Ryan Jorgensen / arcangel images
Satz: Adobe InDesign im Verlag
Druck und Bindung: GGP Media GmbH, Pößneck
ISBN 978-3-426-50985-2

2 4 5 3 1

VORWORT

Im Jahre 1836 jagten fünf Jungen Kaninchen auf den nordöstlichen Hängen von Arthur's Seat, dem höchsten Gipfel einer Hügelgruppe im Zentrum der schottischen Stadt Edinburgh.

In einer kleinen Höhle in der felsigen Hügelflanke stießen die Jungen auf etwas unglaublich Makabres: siebzehn Miniatursärge. Jeder war aus Kiefernholz geschnitzt und mit eisernen Beschlägen verziert. Die Särge waren säuberlich in zwei Reihen zu je acht aufgestellt, während ganz oben ein einsamer Sarg den Anfang einer neuen Reihe bildete. Bizarrerweise beherbergte jeder Sarg eine kleine Holzpuppe. Jede war mit aufgemalten schwarzen Stiefeln und individuellen Kleidern ausgestattet und ungefähr zehn Zentimeter lang.

Und was noch bizarrer war, die Särge waren anscheinend im Laufe eines längeren Zeitraums nach und nach bestattet worden; die oberen waren frischer und die weiter unten stärker verfault.

In den fast zweihundert Jahren seit der Entdeckung dieser Spielzeugsärge wurde keinerlei Hinweis darauf gefunden, wofür sie gemacht worden waren, wer sie geschreinert und wer sie versteckt hatte. Bestimmt haben auch andere Schriftsteller diese absonderliche historische Geschichte als Basis für ihre Romane verwendet oder werden es noch tun. Dies hier ist mein Versuch, sie zum Leben zu erwecken, wenn Sie mir diese Formulierung verzeihen wollen.

Nigel McCrery, Mai 2015

TEIL 1

Es ist merkwürdig, was einem so alles auffällt, wenn der Tod nahe ist. Alles wird klarer, irgendwie realer. Kinder, die beim Spielen vor Vergnügen kreischen. Menschen, die über nichts Besonderes plaudern, einfach nur ein paar Stunden mit Freunden verbringen. Der Wind, der durch die Bäume fährt und die Blätter rascheln lässt. Jene Dinge, die man für selbstverständlich hält, wenn das Leben an einem vorbeizieht. Sogar der Duft der Rosen fiel ihr auf, die dicht unter ihrem Schlafzimmerfenster wuchsen, und der Geruch von frisch gemähtem Rasen von nebenan. All das trieb durch das offene Fenster herein, die Geräusche und Gerüche, und erfüllte ihre Sinne.

Das verdammte Fenster. Wenn sie es nicht offen gelassen hätte, um es am gefühlt wärmsten Nachmittag dieses Jahres kühl zu haben, dann wäre sie vielleicht nicht in dieser Lage. Sie musste tagsüber schlafen, sie hatte Nachtdienst, und wenn sie nicht ein bisschen Ruhe fand, würde sie ihren Dienst nie überstehen. Aber wenn sie es zugelassen hätte, geschlossen und verriegelt, so, wie sie es normalerweise tat, würden sie jetzt nicht ein Paar sehr kräftige Hände erwürgen.

Warum, schrie ihr Verstand, hatte sie sich letzten Samstag nicht diesen Zimmerventilator gekauft? Es war doch ein Sonderangebot – warum war sie so geizig gewesen? Alles wäre gut, wenn sie sich nur dazu hätte durchringen können, sich etwas zu gönnen und ein bisschen Geld hinzublättern. Dann hätte sie das Fenster nicht offen lassen müssen.

Merkwürdig, überlegte sie, als die Hände den Griff um ihren Hals etwas änderten, wie selbst die trivialsten Entscheidungen, vor Tagen, Wochen oder sogar Monaten getroffen, sich auf so dramatische Weise auf die Zukunft eines Menschen auswirken konnten.

Nicht dass es aussah, als hätte sie noch viel Zukunft übrig. Während die Welt außerhalb ihres Zimmers ihren ganz normalen Lauf nahm, machte hier drinnen ein Mann ihrem kurzen Leben ein Ende. Anfangs hatte sie versucht, sich zu wehren, aber alles war so schnell gegangen, und er war zu stark; und dann, als er sie gepackt hatte, hatte die Spritze zugestochen. Sekunden später spürte sie, wie in ihrem Kopf alles verschwamm und jegliche verbliebene Kraft davonströmte.

Hatte die Droge ihre Gedanken so ziellos abschweifen lassen? Oder lag es daran, dass ihr Verstand das Einzige war, das noch funktionierte, und es sonst nicht viel zu tun gab, wenn keine anderen Nerven oder Muskeln reagierten?

Muskeln reagierten. *Genau in diesem Moment verspürte sie ein schwaches Kribbeln in der rechten Hand. Sie bewegte ein paar Finger und fühlte, wie auch die Hand antwortete. Offensichtlich hatte das Mittel nicht vollständig die Kontrolle übernommen, was ihr dank ihres medizinischen Wissens hätte klar sein sollen. Es dauerte länger, bis es die Extremitäten erreichte. Aber viel Zeit würde sie nicht haben, und würde sie den Arm genug bewegen können, um damit zuzuschlagen, selbst wenn sie die Lampe mit dem Eisenfuß auf ihrem Nachttisch erreichen konnte? Versuchsweise schob sie die Hand darauf zu, achtete sorgfältig darauf, nur ja nicht nach der Lampe zu schielen und ihn zu warnen. Doch seine Augen schienen völlig auf die ihren fixiert zu sein, während der Druck auf ihre Kehle immer stärker wurde. Sie streckte den Arm aus; nur noch zwei Zentimeter, und sie würde die Lampe zu fassen bekommen.*

Der Sturm kam aus dem Nichts.
DCI Mark Lapslie schaute zum Himmel hinauf, der sich mit schweren grauen Wolken zuzog, als der erste heftige Windstoß die Segel blähte und dann ebenso schnell die Richtung änderte. Das Großsegel schlug protestierend hin und her.
»Das sieht nicht gut aus. Könnte eklig werden.«
Seine Freundin Charlotte betrachtete die Segel und den Himmel dahinter. »Bist du sicher? Vielleicht ist es ja nur ein kurzer Schauer.«
»Vielleicht.« Lapslie studierte den Himmel noch gründlicher, versuchte abzuschätzen, in welche Richtung die unheilverkündende dunkle Wolkendecke zog. Sie schien sich mindestens acht oder neun Kilometer weit zu erstrecken und füllte hinter ihnen den ganzen sichtbaren Horizont über dem Solent aus. Und auch wenn das Zentrum des Unwetters sie um einen knappen Kilometer verfehlen könnte, der Wind, der an seinen Rändern dahinpeitschte, schien genauso heftig zu sein. Es kam ihm merkwürdig vor. Erst vor zwei Stunden hatten sie friedlich in der Osborne Bay geankert, ein paar Hundert Meter vor dem alten Privatstrand von Queen Victoria, und hatten Erdbeeren mit Schlagsahne gegessen und sie mit gekühltem Champagner hinuntergespült. Damit hatten sie zwar gegen ihre »Kein Alkohol vor dem Mittagessen«-Regel verstoßen, aber das war ja auch die Sorte Regel, über die man sich im Urlaub nun mal hinwegsetzte, auch wenn es nur ein langes Wochenende war. Angesichts seiner unberechenbaren Arbeitszeiten bei der Polizei und Charlottes Dienstplans als Ärztin sahen sie sich nicht so oft, wie sie es gern getan hätten, und ein gemeinsamer Ausflug an einem langen Wochenende war in der Tat ein seltener Glücksfall.
Das Wasser hatte sanft am Rumpf des Bootes geplätschert, einer acht Meter langen Mazury, die Lapslie seit zwei Jahren

sein Eigen nannte, und die Szene war so mediterran gewesen, wie es die Küsten Großbritanniens eben erlaubten. Charlotte hatte es genossen, hatte sich schnell ganz auf die Stimmung und die Kulisse eingelassen. Vielleicht fiel es ihr deshalb jetzt so schwer, mit der plötzlichen Veränderung der Umstände und des Ambientes zurechtzukommen, während er sich mit fast drei Jahren Segelerfahrung auf dem Buckel besser auf unverhoffte Wetterumschwünge einstellen konnte.

Ein Blitz zuckte aus den aufziehenden dunklen Wolken, Sekunden später gefolgt von Donnergrollen, und das Boot ruckte heftig nach Lee, als eine kräftige Bö das Großsegel traf.

»Wir müssen die Segel einholen.« Lapslie musste fast brüllen, um den immer mehr auffrischenden Wind zu übertönen. »Ich brauche deine Hilfe. Wenn du den Großbaum nach Backbord verholst …« Er brach ab, als ihm aufging, dass der einzige Seglerausdruck, den sie wahrscheinlich verstanden hatte, das Wort »Baum« war, weil sie sich vor dem hatte ducken müssen, wenn er übers Deck schwang. »Äh, wenn du den Baum nach links hältst – dann hole ich inzwischen das Segel ein.«

Als es halb unten war, gab es einen unguten Moment, als eine neuerliche Bö das Segel voll erwischte und Charlotte fast die Großschot aus den Händen riss.

»Festhalten!«, überschrie Lapslie den Wind. Er wehte jetzt schon mit um die neunzig Stundenkilometer, mit Böen bis zu hundertzwanzig bis hundertdreißig. »Das Ding ist fast unten.«

Als er das Großsegel ganz heruntergekurbelt, zusammengelegt und beigezeist hatte, begann ein stetiger Regen zu fallen, aus dem binnen Sekunden eine wahre Sintflut wurde.

»Okay, jetzt die Fock. Keine Angst – das geht leichter. Diesmal ziehst du ganz nach rechts, und ich kurbele sie runter und rolle sie ein.«

Es dauerte nur ein paar Minuten, doch bis dahin hatte der Wind das Meer zu hohen Wellen aufgepeitscht, die sie hin und her schleuderten.
Lapslie wünschte, George wäre hier. Nicht weil Charlotte in Anbetracht ihrer begrenzten Segelerfahrung nicht gut zurechtkam, sondern vor allem, weil sie jetzt ziemlich verängstigt aussah. Ein solches Intermezzo während ihres romantischen Wochenendes hatte er nicht geplant. George, früher bei der Royal Navy und jetzt im Ruhestand, war Lapslies Teilzeit-Skipper, der die Mazury von ihrem Liegeplatz im Hafen von Clacton überführt hatte, damit sie mehr Zeit für ihren Törn rund um die Isle of Wight und entlang der Küste von Dorset hatten. George hatte nicht nur viel Erfahrung im Sturmsegeln, er hätte auch die richtigen Worte gefunden, um Charlottes Sorgenfalten zu vertreiben.
Lapslie startete den Motor und wendete, sodass sie wieder in die Richtung fuhren, aus der sie gekommen waren. Das hieß jedoch, dass sie mitten in den Sturm hineinschipperten; es würde schlimmer werden, bevor es besser wurde. Die Wellen schienen den Bootsrumpf jedes Mal genau in der Mitte zu treffen, zu dem heftigen Schaukeln kam also noch ein wuchtiges Auf und Ab. Sie waren klatschnass, ebenso sehr von den Wellen, die über den Bug schäumten, wie von dem heftigen Regen.
»Ich glaube, du solltest lieber unter Deck gehen«, rief er Charlotte zu. »Geh rein.«
»Was? Und dich hier draußen allein lassen, wo es richtig abgeht?« Sie versuchte ein listiges Lächeln, das nicht ganz überzeugend war. Dann zeigten zwei dicht aufeinanderfolgende Blitze, jetzt nur noch anderthalb Kilometer entfernt, die unterschwellige Angst in ihrem Gesicht.
»Ich komme schon klar. Hab schon Schlimmeres erlebt.« Hatte er aber nicht, und er war sich nicht sicher, ob er überzeugender gewesen war als sie.

Wenn sie es nur an der Landzunge von Ryde vorbeischafften, danach sollte es ruhiger sein. Aber die fünf Seemeilen hätten bei dem Wetter genauso gut hundert sein können. Durch den strömenden Regen und die fliegende Gischt hindurch konnte er kaum noch die Küste erkennen.

Es gelang ihr, mit der Lampe zuzuschlagen, aber nicht schnell und nicht fest genug. Und als der Angreifer aus dem Augenwinkel ihre Absicht erkannte, bog er sich von der Lampe weg. Fast wirkungslos streifte sie seine Schulter, und der Druck auf ihre Kehle verdreifachte sich.
Sie versuchte, noch einmal auszuholen, doch plötzlich hatte sie überhaupt keine Kraft mehr; ihre Gefühle schienen davonzuströmen wie schmutziges Badewasser aus einer Wanne.
Träge fragte sie sich, wieso sie ausgewählt worden war, warum es nicht jemand anderes gewesen war. Jemand in einem anderen Wohnblock, auf einer anderen Etage. Es erschien ihr so ungerecht: Sie hatte in ihrem ganzen Leben doch noch nie jemandem etwas zuleide getan. Sie war Krankenschwester, und dazu gehörte es doch, anderen Menschen zu helfen. Soweit sie wusste, hatte sie nicht einen Feind auf der ganzen Welt.
Das Zweite, das ihr durch den Kopf schoss, war, dass sie ihren Mörder zu erkennen glaubte. Tatsächlich war sie sich sogar sicher, dass sie ihn kannte, und von allen Menschen in ihrem Leben war er der Letzte, den sie jemals für eine Bedrohung oder eine Gefahr gehalten hätte. Doch hier war er jetzt: ihre Nemesis. Sie war schon immer so schlecht darin gewesen, den Charakter anderer Menschen einzuschätzen.
Das waren ihre letzten Gedanken. Gleich darauf stürzte alles, was sie sehen, riechen, hören und fühlen konnte, einfach in sich zusammen und verschwand in Finsternis.

Im Traum kämpfte Lapslie weiter gegen den Sturm an und war sich daher nicht sicher, ob sie es tatsächlich geschafft hatten, oder ob der Sturm gewonnen hatte und er gerade seine ganz eigene Version der letzten Betrachtungen eines Ertrinkenden durchlebte.
Das alles lag nur daran, dass er seit Kurzem so besessen vom Segeln war. Angefangen hatte es ganz simpel, als er mit einem Freund einen Tag auf die Nordsee hinausgefahren war, und das Komische daran war, dass er sich eigentlich gar nicht sicher gewesen war, was er von dieser Idee hielt. Der Gedanke, stundenlang unter grauen Wolken auf grauem Wasser zu schaukeln, sagte ihm eigentlich nicht besonders zu. Schließlich hatte er sich widerstrebend überreden lassen, und es hatte ihm solchen Spaß gemacht, dass er in einer Segelschule in Clacton-on-Sea den Segelschein gemacht hatte.
Danach hatte er sich seine Mazury gekauft. Fiberglasrumpf, wunderschöne Linien, Teakdeck, vier Kojen, und ein Vermögen hatte sie auch nicht gekostet. Sie hatte sogar einen Außenbordmotor, sechs PS. Nicht dass er den oft benutzte; er fürchtete sich viel zu sehr davor, welche Wirkung das unverwechselbare Motorengeräusch auf seine Synästhesie haben würde, die Geräusche in Geruchs- und Geschmacksempfindungen umwandelte. Außerdem brauchte er ihn auch kaum; das Boot war traumhaft zu segeln. Wenn er draußen auf dem Wasser war, schienen all seine Sorgen davonzutreiben; sie schienen ans Land gefesselt zu sein, ihm nicht übers Wasser folgen zu können. Wenn er zum Horizont zurückblickte, wusste er, dass ihn nichts mehr behelligen konnte.
Es war merkwürdig: Keines der zahlreichen eigenartigen Geräusche, die ihn umgaben, wenn er draußen auf See war, schienen sich irgendwie auf seine Synästhesie auszuwirken. Das Plätschern des Wassers am Rumpf, der Wind in den Se-

geln, die Flaggen und Wimpel, die flatterten, bis die Fallen klapperten. Selbst das Kreischen der neugierigen, ewig hungrigen Möwen, die seinem Boot gelegentlich folgten, schien sich nicht in irgendwelche Geschmacksempfindungen zu verwandeln wie Verkehrslärm, Gespräche und all die anderen Geräusche an Land. Nichts, keinerlei wahrnehmbare Auswirkungen. Auf dem Wasser war er frei; es stand ihm frei, zu denken, Berechnungen anzustellen, zum ersten Mal seit vielen Jahren er selbst zu sein.

Vielleicht hatte das ja etwas mit dem Medikament zu tun, das er einnahm – Thorazitol. Zuerst hatten die Tabletten die Synästhesie fast vollständig unterdrückt, dann jedoch hatten sich allmählich Nebenwirkungen eingestellt – Halluzinationen und seltsame, unzusammenhängende Gedanken –, und daher hatte er auf den Rat seines Arztes hin die Dosis reduziert, bis die Nebenwirkungen verschwanden. Dadurch hatte er es noch immer mit einem Rest Synästhesie zu tun, aber nicht in der Größenordnung wie in den letzten paar Jahren.

Lapslie hatte sich aus schierer Notwendigkeit ans Alleinsein gewöhnt. Zuerst war es ihm verhasst gewesen, doch als aus Monaten Jahre geworden waren, hatte er allmählich Gefallen daran gefunden, und jetzt verlangte es ihn sogar danach. Allein zu sein, umgeben von Wasser, mit ruhigem, ungetrübtem Verstand, war der Gipfel all dessen, wonach er auf der Suche gewesen war. Eine Art natürlicher Heilungsprozess.

Allein. Während er darüber nachsann, wie das Segeln anfangs dazu gedient hatte, seine persönlichen Leiden zu heilen, ertappte er sich dabei, wie er sich selbst dafür kasteite, dass er Charlotte mitgenommen und sie diesem Albtraum ausgesetzt hatte. Was hatte er sich dabei gedacht? Oder war sein Verlangen nach einem gemeinsamen Wochenendausflug größer gewesen als seine Sehnsucht nach dem stillen, persönlichen

Freiraum beim Segeln, hatte ein egoistischer Impuls über den anderen gesiegt?

Das Vibrieren seines Handys brach in Lapslies Schlaf ein, schreckte ihn auf und ließ eine Woge aus bitterem Kaffee über seine Geschmacksknospen fluten. Nur langsam kam er zu sich, zog sich einen Moment lang die Bettdecke über den Kopf. Das Handy vibrierte beharrlich weiter, bis er endlich danach griff.

»Lapslie.« Während er sich mit heiserer, noch völlig verschlafener Stimme meldete, schaute er auf die Uhr: zwanzig vor sechs. Abends. Zwei Stunden Schlaf, seit Charlotte an Land gegangen war. Der Sturm hatte sich schon vor Stunden gelegt und war jetzt nicht mehr als ein sanftes Klatschen am Rumpf im Hafen von Cowes. Charlotte war mit einem Taxi zum Hotel gefahren, während Lapslie beschlossen hatte, an Bord zu bleiben und auf George zu warten.

Zum Glück war George über Nacht in Portsmouth geblieben, um sich mit ein paar alten Kumpels zu treffen, und würde das Boot auf Schäden untersuchen, bevor er es nach Clacton zurücksegelte. Und nachdem er das alles arrangiert hatte, hatten ihn schließlich die Anstrengung des Kampfes gegen den Sturm und der Alkohol von vor dem Mittagessen eingeholt, und er war tief und fest eingeschlafen. Er schaute durch das Bullauge zum Kai hinüber. George müsste bald hier sein.

Lapslie erkannte die Stimme am anderen Ende der Leitung sofort. Obgleich ihr Geschmack sich im Laufe der Jahre verändert hatte, lag doch immer ein Hauch von Zitrusfrüchten darin. Von allen Stimmen, die er über die Jahre geschmeckt hatte, war diese die einzige mit diesem Aroma. Es war Emma Bradbury.

»Tut mir leid, dass ich Sie störe, Sir …«

Lapslie fiel ihr ins Wort. »Aber nicht genug, um es bleiben zu lassen? Sie wissen doch, dass ich keine Rufbereitschaft habe und dass ich dieses Wochenende verreist bin.«

Bradbury nahm dies mit einem Seufzer zur Kenntnis. »Nein, Sir, das ist mir klar, aber Chief Superintendent Rouse lässt schön grüßen und sagt, er hätte Sie bei dieser Geschichte gern dabei.«

Jetzt um einiges wacher, setzte Lapslie sich auf. »Und um was genau geht es ›bei dieser Geschichte‹?«

»Möglicherweise um einen Mord, Sir.«

Lapslie war nicht beeindruckt. »›Möglicherweise‹? Ich sage Ihnen mal was, rufen Sie wieder an, wenn es definitiv einer ist. Und wo zum Teufel steckt Chalky White? Der hat doch Rufbereitschaft.«

»Hat bereits mit einer Messerstecherei gut zu tun, fürchte ich.«

»Auch ›möglicherweise‹?«

»Nein, Sir.« Erdbeere mischte sich in den Zitrusgeschmack ihrer Stimme – ein Zeichen der Gereiztheit. »Das Opfer ist tot, es *ist* Mord, und es wurde bereits jemand festgenommen.«

»Na, dann hat er's ja leicht. Ist das sein erster Mord dieses Jahr?«

Bradbury antwortete nicht; sie wollte sich nicht in Büropolitik oder irgendwelche Rivalitäten hineinziehen lassen. Lapslie konnte es ihr nicht verdenken. »Okay«, bemühte er sich um einen versöhnlicheren Ton, »wo denn?«

»Ein paar Kilometer vom Abberton Reservoir entfernt.«

»Und wo ist das üblicherweise?«

»Das nächste Dorf heißt … Sekunde …« Sie hielt einen Moment lang inne und erkundigte sich bei jemandem, der sich außer Hörweite des Handymikrofons befand. »Das nächste Dorf hat den ziemlich unwahrscheinlichen Namen Layer de la Haye. Ich simse Ihnen die Postleitzahl.«

»Okay. Aber ich bin auf der Isle of Wight, ich brauche also ein paar Stunden. So lange müssen Sie durchhalten.«

»Verstehe. Ich hole mir einen Tee und lasse einen Constable hier, um den Tatort zu sichern.«

Lapslie beendete das Gespräch. Tja, das war das Ende seiner Wochenendpläne – obwohl es mit dem Segeln ja ohnehin fürs Erste vorbei war. Es waren Zeiten wie diese, in denen er ernsthaft daran dachte, zu kündigen oder sich auf Dauer krankheitsbedingt beurlauben zu lassen. Großer Gott, wenn *er* sich nicht krankschreiben lassen durfte, dann doch wohl bestimmt überhaupt niemand. Das Problem war nur, er würde wirklich lieber wegen irgendeiner im Dienst erlittenen Verletzung ausscheiden als wegen eines persönlichen Leidens. Dann würde er mehr Geld bekommen. Mit einer Frühpensionierung und einer ordentlichen Einmalzahlung konnte er sein Boot aufpeppen und sich einfach in den Sonnenuntergang verpissen.

Energisch holte Lapslie sich selbst in die Realität zurück. Das war eine blöde Idee, und sei es nur wegen der Tatsache, dass er noch ein bisschen mehr Segelerfahrung brauchte – das hatte der Sturm ihm eindeutig klargemacht. Nein, es würde noch mindestens ein Jahr dauern, bis er imstande war, seinen Traum zu verwirklichen. Bis dahin würde er Wasser treten müssen.

Mit einem halben Lächeln über seinen eigenen innerlichen Scherz schaute er auf, als es am Bullauge klopfte, und blickte in Georges strahlendes Gesicht auf der anderen Seite.

Die Fahrt dauerte knapp drei Stunden, und Lapslies Sinne waren von der rasanten Fahrt ohne Pause eher geschärft als abgestumpft. Er wusste, dass die Erschöpfung ihn später einholen und dass er heute Nacht zweifellos sofort einschlafen würde.

Ein vertrauter Anblick erwartete ihn am Tatort. Grellweißes Scheinwerfer- und blaues Blinklicht verliehen der Umgebung ein surreales Aussehen. Es sah mehr aus wie eine Straße in Las Vegas als wie der Schauplatz eines britischen Mordes. Spurensicherungsbeamte in weißen Schutzanzügen liefen voller Energie vorbei, während Zivilpolizisten in schlecht sitzenden Anzügen auf der Suche nach ihrem nächsten Becher Kaffee anscheinend ziellos umherwanderten und dabei den Eindruck zu erwecken suchten, sie seien interessiert und nützlich.

Langsam fuhr Lapslie bis zum Checkpoint vor. Er zeigte dem blassen jungen Streifenpolizisten am Tor seinen Dienstausweis. Der Junge war hier und führte Buch, weil niemand wusste, was man sonst mit ihm machen sollte.

Die meisten Polizisten kannten Lapslie zumindest vom Ruf her, dieser junge Proband jedoch offensichtlich nicht. »Würden Sie mir Ihren Namen sagen, Sir, fürs Logbuch?«

Lapslie starrte ihn an. »Chief Inspector Lapslie«, sagte er nach einer bedeutungsvollen Pause.

Zumindest sein Name schien etwas auszulösen. »Oh, natürlich, Sir, ja, fahren Sie bitte durch.«

Der Junge trat zurück und salutierte. Es war seit langer Zeit das erste Mal, dass jemand vor Lapslie salutiert hatte, und er stellte fest, dass es ihm durchaus gefiel. Er nickte und fuhr durch die Absperrung. Ein hoher Dienstgrad, dachte er bei sich, verschaffte einem doch ein paar Privilegien, zum Beispiel nicht anhalten und sich von einem rotznäsigen Polizeianwärter ausfragen lassen zu müssen, der mitten in der Pampa an einem Checkpoint Wache stand. Wie dem auch sei, der Junge bemühte sich wohl einfach nur, seine Arbeit ordentlich zu machen.

Er parkte bei dem Schild mit der Aufschrift »Leitender Ermittlungsbeamter« – ein weiterer Bonus, der ihm zuteilwurde und den er durchaus zu schätzen wusste. Wo immer er heutzutage auftauchte, stets war ein Parkplatz für ihn da. Diesmal war er beeindruckt, wie schnell das Schild aufgestellt worden war. Wahrscheinlich verdankte er das Bradbury.

Als er ausstieg und sich umschaute, hatte er ganz plötzlich das Gefühl, die Leute würden sich alle von ihm wegbewegen und wollten ihm nicht zu nahe kommen. Es war, als wäre er mit irgendeiner ekelhaften und sehr ansteckenden Krankheit infiziert. Gewissermaßen stimmte das wohl auch, nur war sie nicht ansteckend. Es hatte mal eine Zeit gegeben, als nur er und Rouse von der Synästhesie gewusst hatten, jetzt jedoch war sie allgemein bekannt. Wie dem auch sei, es war schön, seine Detectives ein Ziel verfolgen zu sehen, auch wenn dieses Ziel lediglich darin bestand, ihm aus dem Weg zu gehen.

Eine Gestalt tauchte aus einer dunklen Ecke der Wiese auf. Wegen des grellen Lichts eines der starken Scheinwerfer, vor dem er dummerweise stand, erkannte Lapslie sie zunächst nicht.

»Bradbury?«

»Sir.«

»Wie geht's Ihnen?«

»Ich bin müde. Ich hatte heute auch frei. Sie haben mich, etwa eine Stunde bevor ich Sie angerufen habe, hierher zitiert.«

Lapslie sah sie einen Moment lang an. »Rouse hält Sie eindeutig für wichtiger als mich. Muss ich mich vorsehen?«

Bradbury starrte ihn an und wusste nicht recht, ob er scherzte oder nicht. »Die haben mich immer gern vor Ihnen hier, Sir, damit ich Ihren Parkplatz klarmachen kann.«

»Und alle anweisen können, auf Distanz zu mir zu gehen, wenn ich aussteige?«, fiel Lapslie ihr ins Wort.

Bradbury zögerte. »Weniger Menschen machen weniger Krach. Ich weiß doch, wie Sie auf Lärm reagieren.«

Lapslie lächelte sie an. »Ja, das stimmt. Das heißt aber nicht, dass ich es gut finden muss. Dabei komme ich mir vor wie ein Aussätziger.«

Bradbury blieb stumm. Eigentlich gab es ja auch nichts, was sie hätte sagen können. »Also«, fuhr Lapslie fort, »was haben wir hier?«

»Einen Toten. Ist dem Geruch nach schon eine Weile tot. Sieht aus wie ein Landstreicher, und wahrscheinlich war's eine natürliche Todesursache.«

Da war wieder dieses Wort: *wahrscheinlich.* Er hasste es. Entweder es war Mord oder es war keiner, und wenn es keiner war, sollte er nicht hier sein. Dieser blasse Bengel vorn am Tor sollte sich damit befassen.

»Der Polizeiarzt untersucht gerade die sterblichen Überreste«, meinte Bradbury.

»Tatsächlich? Na, vielleicht wird ja aus *möglicherweise* ein *definitiv.* Schauen wir doch mal, was er zu sagen hat.«

»Da gibt es noch ein paar andere Dinge, die Sie wissen müssen«, unterbrach Bradbury. »Ich …«

Lapslie schnitt ihr das Wort ab. »Gehen wir uns erst mal die Leiche ansehen. Danach können Sie mir den Rest erzählen. Also, wohin?«

Bradbury deutete auf einen großen Bunker am Rand der Wiese. »Sie ist da drüben, Sir.«

Lapslie schaute zu einem großen, ovalen Gebilde hinüber, das mit Gras bewachsen aus dem Boden ragte. Natürlichen Ursprungs oder ein künstlicher Hügel? »Brauche ich einen Schutzanzug?«

Bradbury schüttelte den Kopf. »Ich habe mit dem Leiter der Spurensicherung gesprochen, und der hält Anzüge anscheinend nicht für nötig – erst mal nur Überschuhe.«

Lapslie nickte. »Na ja, das ist seine Entscheidung. Gehen Sie vor.« Er folgte seinem Sergeant einen ausgetretenen Weg entlang zur Vorderseite des Hügels, wo eine große Eisentür in eine senkrechte Erdfläche eingelassen war. Es war also wirk-

lich ein Bunker, und zwar ein großer. Vor der Tür wandte er sich an Bradbury. »Was ist das hier?«
Bradbury sah zu ihm auf. »Ein alter Atombombenschutzbunker aus dem Kalten Krieg. Wurde in den Fünfzigern für Politiker und Würdenträger hier aus der Gegend gebaut, damit sie in Sicherheit sind und das Land weiter führen können, falls die Russen jemals mit der Atombombe ankommen.«
»Politiker und Würdenträger hier aus der Gegend? Super – die zetteln den verdammten Krieg an und sorgen dann dafür, dass sie ein sicheres Plätzchen haben, wo sie sich verstecken können, wenn's losgeht. Wie demokratisch.«
Jetzt, wo er dicht davor stand, war Lapslie beeindruckt von der Größe des Bunkers und von den riesigen Eisentüren, mit denen er gesichert war. »Wie seid ihr denn da reingekommen?«
»Mit einem Schlosser, Sir«, antwortete Bradbury rasch. »Hat anscheinend über eine Stunde gebraucht – sie haben schon in Betracht gezogen, die Tür wegzusprengen.«
Lapslie betrachtete das riesige Schloss, das noch immer in einer der Metallösen hing. »Woraus sich ja wohl die Frage ergibt: Wenn wir uns schwergetan haben, da reinzukommen, wie zum Teufel hat es dann der Landstreicher geschafft?«
Bradbury nickte. »Ja, Sir, das war eine von den Fragen, die wir uns auch …«
Wieder fiel Lapslie ihr ins Wort. »Wer hat die Leiche gefunden?«
»Ein Mann, der mit seinem Hund spazieren gegangen ist. Na ja, eigentlich hat er sie gerochen. Der Hund hat an der Tür gekratzt, und als der Besitzer kam, um ihn da wegzuholen, hat er den Leichnam gerochen.«
Lapslie sah sie an. »Durch diese Türen? Sind die nicht dafür gedacht, Strahlung abzuhalten? Wie zur Hölle ist da Geruch

nach draußen gedrungen, selbst wenn's so etwas Ekliges ist wie ein verwesender Leichnam?«

»Der Bunker ist nicht gewartet worden, Sir. Die Türdichtungen haben sich entweder aufgelöst oder sind abgefallen.«

»Gut angelegte Steuergelder.« Lapslie hielt inne und dachte nach. »Woher hat er gewusst, dass es eine Leiche war, die er da riecht?«

»Er war früher Soldat. Hatte das schon ein paar Mal gerochen.«

Lapslie nickte. Vergesst schnellere Streifenwagen oder leistungsfähigere Computer: Was die Polizei brauchte, waren Leute, die ihre Hunde ausführten. Was die an Verbrechen entdeckten, war unfassbar.

Ehe sie weitergingen, machten sie neben der weiß verhüllten Gestalt von Jim Thomson halt, dem Leiter der Spurensicherung, der für den Tatort zuständig war. Er schaute zu Lapslie hinüber.

»Wenn Sie so freundlich wären, ein Paar von den Dingern hier überzuziehen, Chief Inspector.«

Benzin. Lapslie leckte sich die Lippen, um ganz sicher zu sein. Ja, Thomsons Stimme schmeckte eindeutig nach Benzin. Er drehte sich zu dem Mann um und versuchte dabei, sich den Geschmack mit dem Handrücken von den Lippen zu wischen. Dann nahm er ein paar durchsichtige Überschuhe von ihm entgegen und streifte sie über seine Timberland-Boots. Noch einmal sah er Thomson an und überlegte, wieso dessen Stimme ausgerechnet nach Benzin schmeckte. Ordnete sein Gehirn Geräuschen einfach irgendwelche x-beliebigen Geschmacksempfindungen zu, oder steckte da eine tiefere Logik dahinter?

Er holte sich in die Realität zurück. »Danke. Sind Sie sicher, dass wir keine Anzüge brauchen?«

Thomson schüttelte den Kopf. »Ja. Jedenfalls im Moment nicht. Die Überschuhe reichen.«
Lapslie nickte, ehe er sich umwandte, um Bradbury in den Bunker zu folgen.
Das Innere war schlichter gehalten, als er gedacht hatte. Keinerlei Hightech, sondern allem Anschein nach nur Betonmauern, Betonfußboden und haufenweise Plunder, das meiste davon kaputt. Der Gestank des verwesenden Leichnams jedoch war stark und schien den ganzen Raum mit einem dicken, unsichtbaren Dunst zu erfüllen, der sich weigerte, zu verfliegen, obwohl die großen eisernen Schutztüren offen gelassen worden waren. Lapslie hatte sich nie wirklich an diesen Geruch gewöhnt, obgleich er in einer Welt der Geschmacks- und Geruchsempfindungen lebte. Das sofortige Bedürfnis, sich zu übergeben, verging rasch, und er überlegte, warum kein Geräusch, das er jemals gehört hatte, den Geruch von faulendem Menschenfleisch auslöste.
Er sah sich um. »Ganz schön spartanisch, nicht wahr?«
Bradbury nickte. »Das ist nur das oberste Stockwerk. Es geht noch mehrere Etagen runter. Da gibt es Schlafzimmer, Küchen, Kommando- und Überwachungszentralen, sogar Funkräume. Anscheinend könnten hier unten fünfhundert Personen fünf Jahre lang wohnen.«
»Solange sie nichts gegen Dosenfleisch haben. Wusste gar nicht, dass es hier in der Gegend so viele wichtige Leute gibt.«
»Mit ihren Familien.«
Lapslie lächelte. »Natürlich. Jetzt verstehe ich.«
Er sah, dass in regelmäßigen Abständen Scheinwerfer aufgestellt worden waren; Kabel zogen sich zwischen ihnen dahin. Als sie das hintere Ende des Raumes erreichten, sah Lapslie eine vertraute Gestalt eine Arzttasche packen und von etwas wegtreten, das aussah wie ein Haufen Lumpen, das aber, wie

Lapslie wusste, ein Leichnam war. Es war merkwürdig, dachte er, was für sonderbare Umrisse, Formen und Erscheinungsbilder Menschen nach dem Tod annahmen. So viele sahen aus wie Schaufensterpuppen: weiß und steif; alles Leben war aus ihnen entwichen. Andere starben mit weit aufgerissenem Mund, ein letzter, verzweifelter Aufschrei über das grausame Los, das ihnen das Schicksal zugewiesen hatte. So wenige glitten sanft und friedlich in das Jenseits hinüber, überlegte er. Meistens wüteten sie gegen das Erlöschen des Lichts.

Jeff Whitefoot war als Polizeiarzt für Essex zuständig, und das schon seit Jahren. Er pflegte sich die Arbeit mit der Gerichtsmedizinerin Jane Catherall zu teilen, und für gewöhnlich begegnete Lapslie an Ermittlungsschauplätzen wie diesem einem von beiden. Er hatte Whitefoot immer geschätzt, weil dieser sich von niemandem beeinflussen ließ; das war selbst in den unguten alten Zeiten so gewesen, als Polizeiärzte und forensische Ermittler ein wenig zu engen Umgang miteinander hatten, was oft dazu führte, dass Beweise manipuliert wurden, um zu den Gegebenheiten zu passen. So viele Unschuldige waren verurteilt worden, viele davon zu lebenslänglichen Haftstrafen, weil die verschiedenen Leute, die die Verbrechen untersuchten, einander kannten, miteinander tranken oder leicht mit ein wenig Druck oder durch Manipulation dazu gebracht werden konnten, zu sagen, was notwendig war. Whitefoot hatte stets über alldem gestanden. Hatte sich herausgehalten. War nie bei gesellschaftlichen Anlässen dabei gewesen, und ein Ermittler, der versuchte, ihn einzuschüchtern, müsste ein sehr mutiger Mann sein.

Als er auf sie zukam, streckte Lapslie ihm die Hand entgegen. Whitefoot streifte seine weißen Latexhandschuhe ab und schüttelte Lapslie herzlich die Hand.

»Jeff. Schön, Sie zu sehen. Ist schon eine Weile her.«

»Chief Inspector. Mehr als eine Weile.« Er sah Lapslie in die Augen. »Alles okay? Ich habe gehört, Sie waren krank.«
Seine Stimme schmeckte nach Bitterschokolade, mit noch einem Hauch von etwas anderem, das Lapslie nicht recht identifizieren konnte. Lavendel vielleicht? Whitefoot war immer sehr förmlich, sprach andere Polizisten nie mit Vor- oder Nachnamen an. Er hielt Privat- und Berufsleben streng getrennt und machte keinerlei Kompromisse.
»Ist unter Kontrolle«, erwiderte Lapslie knapp. Das Letzte, was er wollte, war, von einem Mediziner ins forensische Kreuzverhör genommen zu werden, was seine Symptome betraf. Nun ja, jedenfalls nicht von diesem Mediziner. »Und was ist mit Ihnen?«, fragte er rasch. »Ich habe gehört, Sie arbeiten jetzt Teilzeit?«
Whitefoot zuckte die Achseln. »Ich arbeite zweieinhalb Tage die Woche. Ich habe nicht mehr die Ausdauer, um mit den Jungen mitzuhalten, aber ich bin immer noch gern dabei. Möchte dranbleiben, wenn Sie verstehen, was ich meine. Und es gab da auch … familiäre Probleme.«
Lapslie nickte. »Also, was haben wir hier? Ist er ermordet worden?«
Whitefoot schüttelte den Kopf. »Das bezweifle ich. Sieht nach natürlicher Todesursache aus – also, so natürlich, wie es bei einem Obdachlosen eben sein kann, der eindeutig zu viel getrunken hat, und das schon seit Jahren. Genau werden wir's erst nach der Obduktion wissen, aber es gibt keinerlei Anzeichen von Gewalt, keine Einschusswunden, kein Messer im Rücken, keine Schädelfrakturen, nichts dergleichen.«
Lapslie sah Bradbury von der Seite an. Sie wusste, was er dachte, und schaute auf ihre Füße hinunter.
»Okay, also, danke, dass Sie gekommen sind.«
Whitefoot nickte. »Ich dachte, Inspector White hätte Rufbereitschaft?«

»Hat er auch; muss sich mit einer Messerstecherei herumschlagen.«
»Tatsächlich? Das erklärt dann wohl auch, wieso ich hier bin. Dr. Catherall ist vermutlich bei dem Erstochenen.«
»Wir haben eben alle unser Kreuz zu tragen, Jeff. Schicken Sie mir Ihren Bericht, so schnell es geht.«
Whitefoot sah ein wenig gekränkt aus. »Er liegt gleich morgen früh auf Ihrem Schreibtisch, so, wie es immer war und immer sein wird.«
Lapslie dankte ihm mit einem Kopfnicken, ehe er an ihm vorbeiging, dorthin, wo die Leiche lag. Er schaute auf den Lumpenhaufen hinunter, der einst ein menschliches Wesen gewesen war. Oft fragte er sich, wie und warum Menschen so endeten, was in ihrer Persönlichkeit das zugelassen hatte. Andererseits hatten sie vielleicht auch einfach nur Pech gehabt. Er dachte an seinen ersten Sergeant, Fred Gimber. Gimber war sein Sergeant gewesen, als Lapslie noch Polizeianwärter gewesen war. Im Zweiten Weltkrieg war Gimber Sergeant bei den Royal Marine Commandos gewesen. Beinhart, ein Mann, mit dem man sich nicht leichtfertig anlegte. Sämtliche Ganoven der Gegend hatten eine Heidenangst vor ihm. Und doch gab es da diesen alten Obdachlosen, um den er sich kümmerte, als wären sie miteinander verwandt. Lapslie war einmal an Weihnachten dabei gewesen, als Gimber den Mann gesucht hatte, nur um ihm eine Flasche Whiskey sowie hundert Zigaretten zu überreichen, ehe er ihn zu einer Unterkunft fuhr, um sicher zu sein, dass er ein ordentliches Weihnachtsessen bekam. Später hatte Lapslie herausgefunden, dass der Alte zusammen mit Gimber im Krieg gedient hatte und für Tapferkeit ausgezeichnet worden war. Nach dem Krieg war er in der Army geblieben, war aber ein paar Jahre später wegen eines Magengeschwürs hinausgeschmissen worden. Ohne die

klare Struktur der Army war er schnell aus den Fugen geraten. Er starb ein paar Jahre später, und Gimber hatte seine Beerdigung bezahlt. So war der Mann eben. Kleine Gesten. Wenn jeder Verantwortung für das übernehmen würde, was für ihn in Reichweite war, wäre die Welt ein besserer Ort.
Wenn man ein wenig an dem Leichnam vor ihm kratzen würde, vermutete Lapslie, gab es da vielleicht eine ganz ähnliche Geschichte. Um den Toten herum war ein Sammelsurium aus Lebensmittelverpackungen verstreut, außerdem alte Zeitungen, leere und zerbrochene Flaschen und ein zerschlissener Rucksack mit aufgerissenen Nähten. Lapslie sah Jim Thomson an, der ihm gefolgt war. »Also, was wissen wir über dieses arme alte Schwein?« Thomson schüttelte den Kopf. »Nicht viel. Wir haben nur die hier.«
Damit reichte er Lapslie etliche Schwarz-Weiß-Fotos, auf denen ein Mann mit einer hübschen Frau und zwei kleinen Kindern zu sehen war. Es war unmöglich, zu sagen, ob der Mann, der vor seinen Füßen verweste, derselbe war wie auf den Fotos. Er wandte sich an Bradbury und reichte ihr die Bilder. »Versuchen Sie rauszufinden, wer er war. Natürliche Todesursache oder nicht, ich wüsste es gern.«
Bradbury ließ die Fotos in eine Beweismitteltüte fallen, die Thomson ihr reichte.
»Ich frage mich ja immer noch, wie zum Teufel der hier reingekommen ist«, brummte Lapslie.
»Wir arbeiten daran, Sir.«
»Er könnte wohl nicht aus irgendeinem bizarren Grund einen Schlüssel gehabt haben? Vielleicht war er hier ja mal Gemeinderat.«
Bradbury zuckte die Schultern. »Keine Ahnung, Sir.«
»Nun, wenn wir in Erfahrung bringen, wer er ist, dann haben wir vielleicht eher eine Chance rauszufinden, wie er hier rein-

gekommen ist und was er hier gemacht hat, außer sich warm zu halten und zu saufen.«
Bradbury nickte. Verlegen blickte sie weg. »Da ist noch etwas, das ich Ihnen gern zeigen würde, Sir.«
»Hat es etwas mit der Leiche zu tun?«
Bradbury schüttelte den Kopf. »Nein, ich glaube nicht, Sir – aber merkwürdig ist es gelinde gesagt schon.« Sie trat von der Leiche weg, und Lapslie folgte ihr zu einer kleinen Kammer gleich neben dem Hauptraum. Sie drehte sich zu ihm um. »Dieser Raum war abgeschlossen, Sir …«
»Daran ist doch nichts Merkwürdiges, Emma.«
»Nein, Sir, aber an der Tür war ein modernes Schloss. Unser Schlosser hat länger dafür gebraucht als für die Außentür. Irgendjemand hat diesen Raum regelmäßig benutzt.«
Lapslie nickte. »Okay. Gehen Sie vor.«
Beim Eintreten sah Lapslie sich in der Betonkammer um. Sie sah aus, als wäre sie möglicherweise als Lagerraum genutzt worden. Leere Metallregale säumten die Wände. Am hinteren Ende war auf einem der Regale das aufgereiht, was Bradbury ihm zeigen wollte. Lapslie trat näher und starrte verdutzt.
Das ganze Regal entlang standen dort aufrecht zwölf kleine hölzerne Särge, tadellos geformt und ungefähr dreißig Zentimeter hoch. Neun waren geschlossen und drei offen. In den offenen Särgen standen allem Anschein nach Puppen.
Lapslie trat näher, sah genauer hin. Die drei Puppen, die er sehen konnte, waren sehr sonderbar gekleidet. Die erste trug ein wunderschönes Hochzeitskleid aus Spitze. Die zweite war als Soldat verkleidet; auf der Schulter war sorgfältig eine kleine Krone aufgestickt, die den Rang eines Majors anzeigte. Die dritte und letzte Puppe war gekleidet wie ein altmodischer Lehrer, im schwarzen Talar und mit einem Doktorhut auf dem Kopf. Dem Glanz ihrer Haut nach zu urteilen, schie-

nen die Puppen aus Wachs oder etwas Ähnlichem zu sein. Aus was für einem Material auch immer, sie waren hervorragend gemacht.

»Es wird Zeit sein, zu morden und zu erschaffen«, sagte Lapslie halblaut vor sich hin.

Er streifte Latexhandschuhe über, nahm die als Braut verkleidete Puppe zur Hand und betrachtete sie einen Moment lang eingehend, strich mit dem Daumen über die Spitze und den Stoff, aus dem das Kleid war. Es war schön geschneidert, und das Material war von guter Qualität. Er stellte die Braut zurück und nahm erst den Soldaten und dann den Lehrer in Augenschein. Als er sich vorbeugte und einen der geschlossenen Särge öffnete, kam darin eine weitere Puppe zum Vorschein; diese war angezogen wie eine Art Mechaniker. Sie trug einen fleckigen blauen Overall und hielt etwas in der Hand, das wie ein winziger Schraubenschlüssel aussah. Der Unterschied zwischen ihr und den Puppen in den offenen Särgen war, dass diese hier ganz zerdrückt, verdreht und entstellt war.

Lapslie sah zu, wie Bradbury sämtliche Särge öffnete. In jedem war eine andere Puppe, jede anders angezogen. Ein Feuerwehrmann, eine Krankenschwester und sieben andere. Der Hals des Feuerwehrmanns war zerquetscht worden; sein Kopf hing schlaff auf die Schultern herab. Jede der anderen Puppen war auf irgendeine Art stark beschädigt worden. Alle auf verschiedene Weise, lädiert jedoch waren sie alle.

Zahllose Fragen schossen Lapslie durch den Kopf. Warum befanden sich manche Puppen in geschlossenen Särgen und andere nicht? Warum waren die in den geschlossenen Särgen beschädigt und die in den offenen vollkommen unversehrt? Was bedeuteten die Kostüme? Warum waren die Puppen hier aufgestellt worden, und hatte der tote Landstreicher irgendetwas damit zu tun? Waren das einfach nur Puppen, die irgendjemand für einen Horrorfilm angefertigt hatte, oder war da noch etwas viel Bedrohlicheres dran? Und was bedeutete die Zahl Zwölf? Zwölf Apostel, zwölf zornige Männer, zwölf Weihnachtstage?

Er roch Lavendelgeruch und fragte sich, welche von den Puppen wohl diese Geruchsempfindung in seinem Kopf auslöste: der Feuerwehrmann, die Braut, die Krankenschwester? Oder kam der Geruch lediglich aus dem Stoff, aus dem die Kleider bestanden; hatte jemand ihn mit Lavendel behandelt, um die Motten fernzuhalten?

Er wandte sich an Bradbury. »Über die Puppen wissen wir wohl nichts, oder?«

Bradbury schüttelte den Kopf. »Nein, Sir, gar nichts. Ich wollte sie gerade von den Kollegen von der Spurensicherung eintüten lassen.«

»Nein, tun Sie das nicht. Also, jedenfalls erst einmal nicht. Wissen die Medien schon davon?«

Wieder schüttelte Bradbury den Kopf. »Nein, Sir, noch nicht. Scheint nicht sehr sinnvoll, ihnen jetzt davon zu erzählen. ›Alkoholkranker Landstreicher tot aufgefunden‹ gibt wohl keine allzu tolle Story ab.«

Lapslie sah sie einen Augenblick lang an. »Jeder hat eine Story, Emma – auch alkoholkranke Landstreicher.« Bevor sie etwas erwidern konnte, wechselte er das Thema. »Packen wir die Leiche für den Abtransport ein und machen hier Feierabend.«

»Bevor wir sicher sind, was die Todesursache war?«

Lapslie nickte. »Ja. Ich bin mir ziemlich sicher, dass Whitefoot recht hat, aber für alle Fälle geht hier keiner rein oder raus, bis wir die endgültigen Resultate haben. Ich möchte, dass der Laden hier wieder dicht gemacht wird und jede Spur, dass wir hier waren, verschwindet. Wenn wir's hier mit einem verdächtigen Todesfall zu tun haben, schadet das nicht, die

Beweise werden dann immer noch intakt sein. Wenn nicht, was ich glaube, dann möchte ich, dass der Bunker überwacht wird, um zu sehen, ob unser Puppenmacher zurückkommt. Da gibt es ein paar Fragen, die ich ihm gern stellen würde.«
Bradbury schien ein wenig unsicher zu sein, nickte aber.
»Ich will, dass der Bunker eine Woche lang überwacht wird, vierundzwanzig Stunden am Tag. Wenn jemand festgenommen wird, möchte ich sofort Bescheid wissen. Irgendetwas ist hier komisch, und ich will wissen, was.«
»Das wird Chief Superintendent Rouse nicht gefallen, Sir. Er wird wissen wollen, wieso wir Geld für eine Überwachungsaktion ausgeben, wenn kein offenkundiges Verbrechen vorliegt.«
»Tun Sie's trotzdem. Bis er es rausfindet, ist alles vorbei – es sei denn, jemand erzählt es ihm.«
Er starrte Bradbury an. Sie hob abwehrend die Hände. »Ich nicht. Ich sage kein Sterbenswort.«
Er sah sie eine Weile unverwandt an. »Vielleicht ist es ja gar nichts weiter«, meinte er schließlich, »aber andererseits haben schon einige wichtige Ermittlungen mit einer Kleinigkeit wie dieser angefangen.«
Ehe sie antworten konnte, ging er in Richtung Ausgang. Als er den Bunker verließ, hörte er Emma mit Jim Thomson reden, dem Leiter der Spurensicherung.
»Haben Sie das eben alles mitbekommen?«
»Ja, hab ich.«
»Dann sollten wir uns wohl ranhalten, oder?«
»Stimmt. Ich weiß übrigens den Namen eines guten Puppenmachers, wenn das hilft. Ist ein Riesenhobby meiner Frau. Sie hat Dutzende von den Dingern.«
Entweder antwortete Bradbury nicht, oder Lapslie hörte ihre Worte nicht mehr, als er ins Freie trat.

Es heißt, man braucht mindestens ein Jahr, um eine Hochzeit zu arrangieren. Bei Leslie Cooke hatte es mindestens zwei gedauert. Also, so lange waren sie verlobt gewesen; eigentlich war das gleich nach der Trennung von ihrem vorigen Freund passiert. Sechs Monate nach der Verlobung hatten sie vom Heiraten gesprochen, aber es schien immer irgendeinen Grund zu geben, warum es gerade nicht ging. Einen Grund, es aufzuschieben, alles zu verzögern. Am Schluss hatte Leslie sich allmählich gefragt, ob sie nicht nur die Hochzeit streichen sollte, sondern auch gleich noch Nathan, ihren Freund. Vielleicht würde sie ja beim dritten Mal Glück haben. Doch nachdem sie ein paar sehr klare Andeutungen gemacht und ihm gesagt hatte, sie wolle eine Trennung auf Probe, war Nathan mit einem Termin angekommen, und hier waren sie nun.

Zum hundertsten Mal betrachtete sie das Kleid im Spiegel. Es war wirklich atemberaubend – genau das, was sie sich immer gewünscht hatte –, aber das sollte es auch sein bei der Mühe, die es gekostet hatte. Selbst mit dem Schaden, den ihre Tante sehr geschickt zu verbergen gewusst hatte, sah es immer noch wunderschön aus.

Eine Stimme hinter ihr drängte sich in ihre Gedanken.

»Mein Gott, Kleines, du siehst genauso schön aus wie deine Mutter an ihrem Hochzeitstag, und das will was heißen.«

Leslie Cooke drehte sich zu ihrem Vater um. »Wirklich?«

Ihr Vater nickte; ein breites Lächeln lag auf seinem Gesicht. »Ganz bestimmt. Ich wünschte nur, sie wäre jetzt hier und könnte dich sehen. Sie wäre ja so stolz.«

Leslie ging zu ihrem Vater, nahm ein Taschentuch von ihrem Schminktisch und wischte ihm die Tränen ab. »Sie ist doch hier, Pa. Keine Angst, sie ist hier.«

Urplötzlich tauchte ein grinsendes Gesicht im Türrahmen auf.

»Kommt ihr? Die Wagen sind da. Mann, siehst du klasse aus, Schwesterchen! Der Kerl hat echt Glück.«
Leslie lächelte ihren Bruder an. »Das sage ich ihm auch immer.« Noch einmal musterte sie ihren Vater und rückte seine Fliege zurecht, ehe sie sich bei ihm unterhakte und zu den wartenden Wagen hinunterging.

Lapslie schlief unruhig in dieser Nacht; sein Traum war ein Gemenge aus den Ereignissen des Tages. Er war wieder in dem Atombunker, diesmal allein, schritt langsam in die düsteren Tiefen des Gebäudes hinein und sah abermals die Puppen aufgereiht an der Wand stehen. Einige von ihnen, die groteskeren und beschädigteren, öffneten ganz langsam die Augen und traten ins trübe Licht hinaus. Vor Lapslies Augen begannen sie zu tanzen, allein und miteinander. Nach einiger Zeit veränderte sich der getragene Rhythmus des Tanzes, wurde zu etwas Finstererem, Chaotischerem, und schließlich taten die grotesken Puppen gar nicht mehr so, als tanzten sie ein Menuett, sondern gingen auf die los, die noch nicht in ihren Särgen lagen. Sie fingen an, auf sie einzustechen und einzuschlagen, rissen mit den Fingern an ihren wächsernen Gesichtern. Schließlich wurden die drei unversehrten Puppen in ihre kleinen Särge gestoßen und die Deckel zugeknallt.
Da bemerkte Lapslie einen dreizehnten Sarg, einen, den er noch nicht gesehen hatte. Und es schien ein helles Licht darauf zu fallen, fast so, als hebe ein Scheinwerfer ihn unter den anderen hervor. Dann, als das Licht flackerte, verblasste und augenblicklich mit einem blendenden Blitz erneut aufflammte, begleitet von Donnergrollen, wurde ihm klar, dass der Sturm zurückgekehrt war. Er hatte überlebt, als er hindurchgesegelt war, jetzt jedoch war er zurückgekommen, um ihm etwas zu zeigen. Etwas Wichtiges.

Die Puppen versammelten sich um den Sarg und zogen an dem Deckel, bis er endlich aufging. Sie zerrten die Puppe darin heraus und hielten sie hoch, damit Lapslie sie sehen konnte. In diesem Moment jedoch erloschen die Blitze, und in der Düsternis, die darauf folgte, konnte er die Puppe nicht erkennen – obgleich er ahnte, dass dies von entscheidender Bedeutung war. Er schob sich näher heran und betete um einen weiteren Blitz, damit er die Puppe deutlich sehen konnte.

Doch als der nächste Blitz aufzuckte, wurde er von einem dröhnenden Donnerschlag begleitet, der ihn weckte. Mit einem Ruck setzte er sich auf, doch draußen donnerte es nicht, nur das dumpfe Scheppern der Müllabfuhr war zu hören, die den Recyclingmüll dieser Woche abholte. Lapslie schaute auf die Uhr auf seinem Nachttisch. 6:52 Uhr. Er blinzelte heftig; in zwanzig Minuten würde der Wecker klingeln, also konnte er genauso gut aufstehen.

Zwei Stunden nachdem er den Bunker verlassen hatte, hatte er einen Anruf von George bekommen, der zu diesem Zeitpunkt auf See gewesen war, eine halbe Stunde von Clacton entfernt. Da es zu spät und zu dunkel gewesen war, um mit der Reparatur irgendwelcher Sturmschäden an dem Boot zu beginnen, hatten sie verabredet, sich am nächsten Vormittag im Hafen zu treffen. So hätte George noch ein paar zusätzliche Stunden Tageslicht, um zu sehen, was repariert werden musste.

Lapslie fuhr sich heftig mit der Hand durchs Haar, als er ins Bad tappte. Er hatte einmal gehört, durch Träume würde die Natur einem allen Mist aus dem Gehirn räumen – wie Peter Pans Kindermädchen, das seinen Kopf jede Nacht sauber fegte, bereit für einen neuen Tag. Ihm fiel auch wieder ein, dass Sherlock Holmes von den Zeichnungen der Tanzenden Männer geträumt hatte, als er zu entschlüsseln versucht hatte, was

sie bedeuteten. Träumen konnte manchmal eine Möglichkeit sein, einen Sinn in Dingen zu erkennen, die sinnlos erschienen.
Er fragte sich, wieso er die Figur aus dem letzten Sarg nicht hatte sehen können, warum das signifikant sein könnte. Oder vielleicht war es ja auch nur die Zahl Dreizehn, die signifikant war – diese Vorbotin des Unheils, die Unglückszahl seit Judas und dem letzten Abendmahl –, doch er konnte ihr kein Gesicht oder Kostüm zuordnen.
In Ermangelung einer Antwort betrachtete Lapslie sich im Spiegel und machte sich daran, sich die Zähne zu putzen.

Die Hochzeit war ein Riesenerfolg gewesen. Nathan war pünktlich in der Kirche eingetroffen, trotz seiner Freunde und einem Junggesellenabschied, den sie offenbar niemals vergessen würden, so gern sie es auch täten. Als Leslie den Gang hinunter auf ihn zuschritt und er sich zu ihr umwandte, war sie noch nie so glücklich gewesen. Danach war es leicht. Lediglich ein eindringlicher Blick auf ihren Bruder bei der »Wer einen Grund vorbringen kann«-Nummer.
Noch nie hatte sie ihren Dad so glücklich gesehen. Seit dem Tod ihrer Mutter vor zwei Jahren hatte er es schwer gehabt, und es war schön, ihn wieder fröhlich lächeln zu sehen. Der Rückweg den Gang wieder hinauf war wunderbar. Alle ihre Verwandten und Freunde waren da und beglückwünschten sie.
»Hier! Schauen Sie hierher!«
Es war der Fotograf, der versuchte, alle dazu zu bringen, ein ernstes Gesicht zu machen, und sei es nur für ein paar Augenblicke. Als Leslie sich zu ihm umdrehte und in ihrem Gesicht all das Glück leuchtete, das in ihrem Inneren aufblühte, spürte sie einen jähen Stoß gegen die Brust. Anfangs schien es

nichts weiter zu sein; vielleicht hatte eines der Blumenkinder sie angerempelt, dachte sie, aber sie hatte doch niemanden auf sich zukommen sehen. Dann begriff sie, dass der Stoß heftiger gewesen sein musste, als sie gedacht hatte, denn sie merkte, wie sie hintenüber kippte und hinfiel. Nathans Hand wurde aus der ihren gerissen. Irgendjemand schrie auf, als sie rücklings auf dem Kirchenboden aufschlug. Der Aufprall verschlug ihr den Atem; das Ganze erschien ihr so albern und peinlich. Hoffentlich hatte niemand diesen Moment auf Video gebannt, damit er in einer dieser Pannen-Shows auftauchte, die im Moment im Fernsehen so beliebt waren.

Sie musste heftiger aufgeschlagen sein, als sie erwartet hatte, denn sie bekam kaum Luft. Hoffentlich war dem kleinen Jungen nichts passiert, oder wer immer sie da angerempelt hatte.

Das Nächste, was sie wusste, war, dass ihr Vater neben ihr war, sie aufrecht hielt und auf sie einredete. Sein Gesicht war ganz rot, knallrot, und das Rot schien von seinem Kinn zu tropfen. Sie wollte es abwischen, doch sie konnte sich nicht bewegen.

»Alles in Ordnung, Kleines?«, stammelte ihr Vater. »Was ist denn passiert? Oh, mein Gott, was ist passiert?«

Seine nächsten Worte hörte Leslie Petersen nicht mehr. Ihre Augen starrten weit offen, doch sie konnte nichts sehen. Ihr Vater, der sie nicht mehr beschützen konnte, zog sie an sich.

»Oh, Gott, nein, nein, nein, nein. Nicht Leslie. Nein!«

Offiziell hatte Lapslie immer noch dienstfrei, schließlich hatte er seinen Wochenendausflug durch den Besuch in dem Bunker abgekürzt. Trotzdem rief er Emma Bradbury an, um sich die neuesten Erkenntnisse zu dem Fall durchgeben zu lassen, während er sich in seinem Lieblingscafé ein ordentliches Frühstück gönnte. Es gab nichts Wichtiges zu berichten, also blätterte er die Zeitung durch, trank seinen Tee aus und fuhr zum Hafen. Als er seinen Saab am Kai parkte, war George bereits da. Er nickte zur Begrüßung, und als sie den Steg hinunter auf das Boot zugingen, erkundigte sich Lapslie: »Also, was ist alles kaputt?«

»Sieht aus, als hätten Sie Glück gehabt. Wie ich schon gestern Abend gesagt hab, das Einzige ist ein bisschen Spiel im Ruder.«

»Wird das schwer zu reparieren sein?«

»Ich denke, da muss man nur ein paar Schrauben nachziehen. 'ne neue Muffe werden Sie nicht brauchen.«

»Und was ist mit den drei Zentimetern Wasser in der Kombüse?«

»Ist auf dem Rückweg von Cowes nicht mehr geworden, und soweit ich sehen kann, ist der Rumpf in Ordnung. Keine Lecks. Sieht aus, als wäre das Sickerwasser von den Wellen, die beim Sturm übers Deck gekommen sind. Wahrscheinlich die Dichtung von der Luke achtern, ich fand ja eh, dass die schon bessere Tage gesehen hat.«

»Ja, wahrscheinlich haben Sie recht. Die hätte ich schon früher erneuern lassen sollen.« George hatte die abgenutzte Dichtung schon vor fast einem Jahr angesprochen, doch da sie nie bei schlechtem Wetter auf die Probe gestellt worden war, war ihm das Ganze nicht dringend erschienen. Bis jetzt. George schaute zu dem Boot zurück, als wolle er überprüfen, ob er irgendetwas übersehen hatte. Sein Gesicht war wettergegerbt und zerfurcht, und er hatte nur noch ein paar graue Haare, doch seine blassblauen Augen wirkten so wach wie eh und je, als hätte das ständige Absuchen des Horizonts seine Sehkraft geschärft. »Sollte bloß 'n paar Stunden dauern, das Wasser abzupumpen und das Ruder nachzuziehen, aber wenn Sie die Lukendichtung ausgewechselt haben wollen, kümmer ich mich lieber zuerst darum, dann wird gleich alles auf einmal gemacht.«

Lapslie nickte nach kurzem Zögern. »Ja. Machen Sie die Dichtung auch gleich mit. Ich habe nicht vor, in nächster Zeit wieder in irgendwelche schweren Stürme zu geraten, aber es lohnt sich ja nicht, etwas zu riskieren.«

Genau wie George musterte Lapslie das Boot nachdenklich, als überlege auch er, ob vielleicht irgendetwas übersehen worden war. Wo ein Name stehen sollte, war lediglich ein leeres weißes Feld anstelle des ziemlich fantasielosen Namens *Möwe*, den der Vorbesitzer dem Boot gegeben hatte. Vielleicht sollte er es *Busted Flush* nennen, nach dem Boot von Travis McGee aus den Romanen von John D. MacDonald.

Das Arrangement mit George funktionierte ausgezeichnet. Als Marinesoldat im Ruhestand konnte George sich kein eigenes Boot leisten, und Lapslie konnte sich keinen Skipper leisten – weder in Voll- noch in Teilzeit. Also war abgemacht, dass George als Gegenleistung für ein paar gelegentliche Segeltage das Boot in Schuss hielt und es in angenehmere Reviere überführte, wenn Lapslie es benutzen wollte, damit dieser keine kostbaren Stunden darauf verschwenden musste, dorthin zu gelangen. Seine Lieblingsreviere, die Isle of Whight und Norfolk, waren fast einen Tagestörn von Clacton entfernt, aber George hatte in beiden alte Freunde aus der Marine, die er besuchen konnte, also profitierten sie beide von dieser Vereinbarung. Lapslie brauchte lediglich eventuell benötigte Ersatzteile zu bezahlen.

»Hätte vielleicht geholfen, wenn ich dabei gewesen wäre«, meinte George. »Weniger Panik.«

Lapslie lächelte schief. »Allein wäre ich ganz gut klargekommen. Mein Hauptproblem war, dass Charlotte dabei war.«

George sah aus, als wäre ihm gerade noch ein weiterer Gedan-

ke gekommen, doch er entschied sich dagegen, ihn laut auszusprechen.
Sie verbrachten zehn Minuten damit, das Boot zu inspizieren, während George die Checkliste der Schäden in seinem Notizbuch durchging, ehe er verkündete: »Ich glaube, das war's.«
»Sieht so aus.« Zusammen mit George ließ Lapslie vom Steg aus den Blick ein letztes Mal über das Boot wandern, dann holte George tief Luft.
»Na ja, vom Anglotzen wird's auch nicht wieder heil. Ich geh dann also mal in Griffins Bootsladen und ...«
Lapslie hob die Hand, weil sein Handy in seiner Tasche vibrierte. Als er sah, dass es Emma Bradbury war, trat er zwei Schritte zur Seite, um den Anruf anzunehmen.
»Sir, ich dachte, Sie wollen's bestimmt gleich wissen. Gerade ist etwas passiert – ein Mord auf einer Hochzeit. Und zwar die Braut.«
»Grundgütiger.« Lapslie spürte, wie ihm die Brust eng wurde; plötzlich fiel ihm das Atmen schwer. Unter den Puppen, die er in dem Bunker gesehen hatte, war eine Braut gewesen, doch das konnte auch ein Zufall sein. Unmöglich, Vermutungen anzustellen oder Schlüsse zu ziehen. »Wo ist das passiert?«
»Vor der St. Mary's Church in Finchingfield.«
»Und Sie sind jetzt am Tatort?«
»Ich bin unterwegs dorthin. Sollte ungefähr in einer Viertelstunde da sein.«
Lapslie konnte die Sirene im Hintergrund hören. Rasch überschlug er Zeit und Entfernung. »Ich sollte nicht allzu lange brauchen. Höchstens eine Stunde, ab jetzt.« Er beendete das Gespräch und zog einen Zwanzig-Pfund-Schein aus seiner Brieftasche. »Tut mir leid, George, ich muss los. Die Pflicht ruft! Hoffentlich reicht das für die Lukendichtung.«

Mit durchgetretenem Gaspedal schaffte er es in knapp fünfzig Minuten zur St. Mary's Church. Dort wimmelte es von den üblichen Verdächtigen. Leute von der Spurensicherung, Zivilbeamte, Streifenpolizisten. Die Medien waren ebenfalls mit einem Großaufgebot vertreten, sowohl das Fernsehen als auch die Presse. Die mobile Einsatzzentrale war bereits eingerichtet worden, und überall war gelbes Absperrband zu sehen. Ausnahmsweise schienen tatsächlich alle ein Ziel zu haben, einschließlich der Zivilpolizisten. Dringlichkeit und Professionalität waren förmlich mit Händen zu greifen. Das hier musste eine ganz üble Geschichte sein.

Als Lapslie durch den Checkpoint fahren wollte, wurde er abermals angehalten, diesmal nicht von einem blassen Anfänger, sondern von einem erfahrenen Streifenpolizisten. Die Stimme des Mannes schmeckte nach irgendetwas, das zugleich fettig und cremig war, wie Avocados. Lapslie hatte Avocados noch nie gemocht. Sein Dienstausweis wurde geprüft und Name und Dienstnummer notiert, ebenso die Uhrzeit, zu der er am Tatort eingetroffen war, und das Kennzeichen seines Autos. Ehe er auf die Kirche zufahren konnte, ging die Beifahrertür seines Wagens auf, und Bradbury stieg ein.

»Ich habe einen Platz an der Kirchenmauer für Sie, Sir, aber Sie sollten sich lieber beeilen, bevor er weg ist.«

Lapslie sah sie an. »Was ist mit meinem Schild?«

Bradbury zuckte die Achseln. »Ist verschwunden, tut mir leid. Irgend so ein Drecksack hat's mitgehen lassen. Hängt jetzt wahrscheinlich bei ihm an der Wohnzimmerwand.«

Lapslie furchte die Stirn. Wieder ein Bonus dahin. Bald war das sowieso alles sinnlos – in einer flachen Management-Struktur würden alle gleichgestellt sein. Außer natürlich Chief Superintendent Rouse.

Er folgte Emmas Anweisungen zu dem Parkplatz. Zum Glück war er noch frei. Lapslie fuhr in die Lücke und wandte sich an seinen Sergeant. »Also, was haben wir hier? Ist ja offensichtlich verdammt ernst.«

Bradbury überlegte kurz, entschlossen, nichts falsch zu machen. »Die junge Frau ...«, sie schaute in ihr Notizbuch, »... heißt Leslie Cooke, zweiundzwanzig Jahre alt. Sie hat heute hier geheiratet und ist erschossen worden, kurz nachdem die Trauung zu Ende war.«

»Und von wem?«, fragte Lapslie ungeduldig. »Ehemann, Ex-Ehemann, Freund?«

»Keiner von denen, Sir, jedenfalls glauben wir das nicht. Sie ist von einem Heckenschützen erschossen worden ...«

»Von einem *Heckenschützen*? Wo sind wir hier, im Irak?«

Bradbury zuckte die Schultern. »Die Army hat jemanden von den Special Forces geschickt. Er versucht gerade, festzustellen, woher der Schuss gekommen ist. Wir wissen, dass er aus beachtlicher Entfernung kam, und derjenige, der da abgedrückt hat, muss gut ausgebildet sein.«

Lapslie hörte ihr jetzt wie gebannt zu. »Wie viele Schüsse?«

»Nur einer: genau durchs Herz. Sie war quasi sofort tot.«

Lapslie seufzte. »Hört sich an, als hätte sich da jemand gut ausgekannt. Ist die Leiche noch hier?«

Bradbury nickte. »Ja.«

»Und die Zeugen sind auch alle noch da?«

Wieder nickte Bradbury. »Die machen gerade alle ihre Aussage, Sir. Ihr Vater ist völlig fertig. Ich habe versucht, ihn ins Krankenhaus bringen zu lassen, aber er will hier nicht weg.«

Lapslie stieß einen tiefen Seufzer aus. Das Problem bei Morden wie diesen, dachte er, ist, dass man sich in die Leute hineinversetzen kann. Man fragt sich, wie man sich fühlen wür-

de, wenn es das eigene Kind wäre, das da tot in seinem Blut liegt. Lapslie hatte zwei Söhne, und der Gedanke, dass ihnen irgendetwas zustoßen könnte, hielt ihn nachts wach. Vor allem weil sie bei seiner Ex-Frau lebten und nicht bei ihm. Doch ihm war klar, dass Gefühle hier keine Rolle spielen durften. Das Beste, was er jetzt für die Angehörigen tun konnte, war, den Dreckskerl zu schnappen, der das getan hatte.
Lapslie stieg aus und folgte Bradbury zuerst zu einem großen weißen Zelt, das die Leute von der Spurensicherung aufgestellt hatten. Dort bekam er einen weißen Wegwerf-Overall, ein Paar Überschuhe und einen grünen Mundschutz. Dann gingen sie zum eigentlichen Tatort direkt vor der Kirchentür. Leslie Cookes Leichnam lag noch immer dort. Alles war genauso, wie Lapslie es sich vorgestellt hatte. Sehr viel Blut. Es breitete sich in allmählich gerinnenden Lachen um die Leiche herum aus; kleine Rinnsale krochen und mäanderten durch die Ritzen zwischen den Steinen und die Treppe hinunter wie ein zähflüssiger roter Wasserfall. Ihr Hochzeitskleid war ein bizarres Puzzle aus Rotbraun und Weiß.
»Wer hätte gedacht, dass sie so viel Blut in sich hat?«, murmelte er vor sich hin.
Lapslie trat auf die Plastikplanen, die um den Leichnam herumgelegt worden waren, um jeglichen Kontakt mit dem Boden und möglichen Beweisen zu verhindern. Dann schaute er in das Gesicht einer einst schönen jungen Frau hinab, das sich allmählich verfärbte. Ihre Augen waren noch immer weit offen und starrten blicklos in eine Zukunft, die vor ein paar Stunden bestimmt noch so vielversprechend ausgesehen hatte, jetzt jedoch nur noch Dunkelheit war. Er kniete nieder und schloss sie sachte. Dabei wurde er von einer jungen Spurensicherungsbeamtin angesprochen. »Das würde ich an Ihrer Stelle nicht tun. Die Beweiskette.«

Lapslie schaute zu ihr auf. Ihre Stimme schmeckte nach Bittermandel, was ihm logisch erschien. »Wenn die Wissenschaft dem ganz normalen Anstand in die Quere kommt, dann ist das der Tag, an dem ich diesen Job hinschmeiße. Ihr die Augen zu schließen ändert überhaupt nichts, außer dass man ihr damit vielleicht ein wenig von dem Respekt erweist, den sie verdient.« Langsam erhob er sich, ohne den Blick von der Beamtin zu wenden, die immer verlegener aussah. »Und wenn Sie mich das nächste Mal ansprechen, dann mit ›Sir‹, verstanden?« Sie nickte, machte kehrt und ging davon. Lapslie war froh darüber. Er wandte sich wieder an Bradbury.

»Was glauben wir, wo der Schuss hergekommen ist?«

Bradbury zeigte auf einen kleinen mittelalterlichen Turm in einiger Entfernung.

Angestrengt spähte Lapslie hinüber. »Verflucht, sind Sie sicher? Das ist doch ein Wahnsinnsschuss.«

»Die Special Forces und die Jungs von der Ballistik versuchen gerade, das festzustellen, Sir. Wir sind uns aber ziemlich sicher, dass der Schuss von da kam.«

Lapslie sah sich um. Es waren keine Polizisten mit Schusswaffen zu sehen. »Was ist mit der bewaffneten Einheit? Hier läuft irgendwo in der Nähe ein bewaffneter Verbrecher herum. Wohl fühle ich mich dabei nicht gerade.«

»Die SCO19 ist angefordert worden«, bestätigte Emma. »Aber Sie wissen ja, wie lange die brauchen, um irgendwo aufzukreuzen, wo nicht gerade einer auf der Hauptstraße steht und tatsächlich eine Knarre in der Hand hat. Wir nehmen an, dass der Kerl mit dem Scharfschützengewehr sich gleich nach dem Schuss vom Acker gemacht hat.« Sie deutete mit einer Geste auf die nähere Umgebung. »Es hat keine weiteren Toten oder Verwundeten gegeben, bevor der Notarzt und die Polizei aufgetaucht sind. Wenn der Heckenschütze vor Ort geblieben wäre und nach neuen Opfern Ausschau gehalten hätte, wären doch noch Rettungshelfer und Hochzeitsgäste abgeknallt worden.«

Wieder schaute Lapslie zu dem Turm hinüber. Um von dort aus zu treffen, musste man sich wirklich auskennen, aber warum sollte jemand mit solchem Wissen und solchen Fähigkeiten eine junge Braut an ihrem Hochzeitstag ermorden? Vielleicht war das ja die Frage, die ihnen helfen würde, den Mörder zu fassen.

Eine Stimme drängte sich in seine Überlegungen. »Können wir die Leiche jetzt wegschaffen?«

Lapslie leckte sich die Lippen; derselbe Geschmack wie gestern – Benzin. Er wusste, wer die Frage gestellt hatte, noch ehe er sich umdrehte. Jim Thomson, der Leiter der Spurensicherung.

»War der Arzt schon da?«

»Ja, Sir. Er hat sie schon vor einer ganzen Weile für tot erklärt; wir haben nur noch auf Sie gewartet.«

Lapslie nickte. »Wenn das so ist, schön, schaffen wir sie in die Gerichtsmedizin und schauen wir, was Dr. Catherall uns sagen kann.« Er sah wieder Bradbury an. »Also, wo sind die Zeugen?«

»Im Gemeindesaal, da geben sie gerade ihre Aussagen zu Protokoll. Wir haben den Saal zur Einsatzzentrale erklärt.«

»Ich nehme doch an, wir haben alle hierbehalten können?«

Bradbury nickte. »Soweit wir wissen schon. Wir mussten sogar die nächste Hochzeit abblasen. Kam nicht gut an.«

»Komisch, nicht wahr, wie der tragische Tod eines einzigen Menschen sich auf so viele andere auswirkt. Reden wir mal mit den Zeugen.«

Lapslie folgte Bradbury die Kirchenstufen wieder hinunter, über den Kirchhof und in den Gemeindesaal. Es war ein großer, hell erleuchteter und gut belüfteter Raum mit einer Empore an einem und einer Bühne am anderen Ende. Pantomimen, weihnachtliches Chorsingen, Agatha Christie und im Sommer Riesenkürbis-Wettbewerbe. Englisches Dorfleben. Dutzende von Tischen waren bereits rund um den Raum herum aufgestellt worden. An jedem saßen ein verstörter Zeuge und ein Polizist, der emsig die Schilderung der Ereignisse niederschrieb. Größtenteils würde das Zeitverschwendung sein, doch der Vollständigkeit halber musste es sein, und gelegentlich kam dabei etwas heraus, irgendein brauchbares Beweisfitzelchen. Die Helfer richteten gerade einen Computerbereich ein und schickten sich an, sämtliche Informationen miteinander abzugleichen. Trennwände wurden aufgestellt und ein kleiner Besprechungsraum abgeteilt. Gleich nach einem Mord war es immer so; dann, je mehr Zeit verging und niemand gefasst wurde, desto mehr wurde das Ganze zur Routine, bis es schließlich zurückgefahren wurde und der Mord als ungelöster Altfall endete. In den meisten Fällen reduzierten sich die Chancen, dass ein Mord je aufgeklärt wurde, um die Hälfte, wenn dies nicht innerhalb der ersten zweiundsiebzig Stunden geschah. Lapslie war fest entschlossen, dass dieser hier nicht in einem Pappkarton in irgendeinem vergessenen Regal enden würde. Das, was die Angehörigen am meisten brauchen würden, war Gerechtigkeit, und er würde sein Bestes tun, dafür zu sorgen.

»Wo sind der Bräutigam und der Vater des Mädchens?«

Bradbury zeigte auf einen Mann, der den Kopf in die Hände gelegt hatte. Als er aufschaute, begegnete sein Blick ganz kurz dem Lapslies, und der Mann stöhnte auf wie ein Tier. In diesem Augenblick schmeckte Lapslie ungeachtet seiner Medikamente den ganzen Kummer und all den Schmerz, den der Mann litt, als brodelnde Geschmacksflut auf der Zunge. Es war ein Geschmack, den er noch nie erlebt hatte und den er unmöglich beschreiben konnte. Das Intensivste, Komplexeste, Subtilste, das er jemals geschmeckt hatte: Kummer und Agonie als einzige, unbeschreibliche Essenz. Einen Augenblick lang musste er sich an Bradburys Arm klammern, um nicht zu fallen. Das Ganze währte nur einen Moment lang, und er riss sich schnell wieder zusammen.

Ehe Emma Bradbury Gelegenheit hatte, Lapslie zu fragen, was los sei, kam Detective Inspector Alan Shaw durch den Saal zu ihnen herüber. Lapslie blickte ihm entgegen, erstaunt, ihn hier zu sehen.

»Ich dachte, Sie haben Nachtdienst, Alan.«

»Ich vertrete Sie hier. Sie werden in dem Bunker gebraucht. Da ist etwas vorgefallen.«

Shaw hatte einen bitteren, muffigen Geschmack. Wie Schweiß. Lapslie fuhr unwillkürlich ein wenig vor seiner Stimme zurück.

»Was denn?«

»Die Puppe – die in dem Brautkleid. Irgendjemand hat einen Mord an ihr nachgestellt.«

TEIL 2

8. August 2008

Eigentlich war der Brand gar nicht so schlimm. Während seiner zehn Jahre als Feuerwehrmann hatte er schon viel schlimmere erlebt. Aus irgendeinem Grund jedoch schien die Hitze dieser Flammen nicht zu ihrer Höhe zu passen. Noch nie hatte Richard Dale es mit einem so heißen Feuer zu tun gehabt, das zugleich so klein war. Irgendetwas in dem Gebäude musste diese Hitze verursachen, und sie hatten keine Ahnung, was. Vielleicht ein Brandbeschleuniger.

Wäre sein Freund Niamat nicht gewesen, der Feuerwehrmann war, seit er von der Schule abgegangen war, dann säße Dale noch immer in einer Endlosschleife sinnloser, aussichtsloser Jobs fest, oder er würde zu Hause sitzen und sich fragen, wo der nächste Job herkommen sollte. Niamat hatte mit ein paar Leuten bei der Feuerwehr gesprochen, und ehe Richard Dale wusste, wie ihm geschah, war er dabei. Nicht nur hatte er als Feuerwehrmann einen festen Job mit Aufstiegschancen und Aussicht auf eine Pension – das Walhalla des arbeitenden Mannes –, seine Frau Kate überschlug sich schier vor Freude. Sie hatte seine lockere »Irgendwas wird sich schon ergeben«-Einstellung zum Thema Arbeit gründlich sattgehabt. Um die Wahrheit zu sagen, sie hatte sich ein bisschen für ihn geschämt, und das konnte er ihr nicht verdenken. Jetzt hatte sie etwas, worauf sie stolz sein konnte. Sogar die Kinder schienen sich zu freuen und gaben gern damit an, dass ihr Dad Feuerwehrmann war.

Es hatte keine Explosion gegeben, und der Brand schien im Großen und Ganzen unter Kontrolle zu sein, als Richard Dale plötzlich links an der Stirn einen scharfen Schmerz verspürte. Er versuchte, sich darüber klar zu werden, was zum Teufel ihn da gerade getroffen hatte, hob die Hand an den Kopf und bemerkte, dass Blut seine Wange hinunterströmte. In dem Moment, in dem er es berührte, überkam ihn heftige Übelkeit. Die Kombination aus Schmerz, Schock und Brechreiz ließ ihn schließlich die Balance verlieren, und er fiel rücklings von der Leiter.

Eigentlich hätte er ein Sicherungsgeschirr tragen sollen, doch das war völlig verheddert gewesen, und dieses Mal hatte er es weggelassen, allen Vorschriften zum Trotz. Tatsache war, das Feuer musste gelöscht werden, und zwar schnell, also hatte er losgelegt, ohne sich zu sichern. Hatte er doch schon ein Dutzend Mal gemacht, ohne dass es Probleme gegeben hätte. Hatten sie doch alle schon mal gemacht.

Richard Dale war noch am Leben, als er mitten in dem brennenden Gebäude auf dem Boden aufschlug. Beide Beine, sein rechter Arm und etliche Rippen waren gebrochen, außerdem sein Becken. Bewegen konnte er sich nicht, aber er war noch bei Bewusstsein und bekam alles mit, was um ihn herum geschah. Er versuchte, um Hilfe zu rufen, doch die Rauchentwicklung war zu heftig. Der Qualm drang ihm in die Kehle, in die Lunge, erstickte ihn.

Draußen unternahmen seine Kollegen, die gesehen hatten, was passiert war, alles Menschenmögliche, um an ihn heranzukommen, doch es war hoffnungslos. Die Hitze war zu groß, und Teile des Gebäudes hatten bereits angefangen nachzugeben. Drinnen hüllten die Flammen Richard Dale ein. Seine hustenden Schreie waren das Letzte, was seine Kollegen hörten, ehe das Gebäude über ihm zusammenstürzte.

Lapslie hatte Alan Shaw noch nie leiden können. Er war ein Opportunist, der ständig nach einem geeigneten Arsch Ausschau hielt, in den er kriechen konnte. Er hatte Chief Superintendent Rouse sogar gebeten, Taufpate seines Sohnes sein zu dürfen, und was noch schlimmer war, Rouse hatte eingewilligt. Lapslie kannte Rouse, seit sie beide grüne Rekruten in Brixton gewesen waren, und er wäre niemals auf die Idee gekommen, ihn zu bitten, Pate eines seiner Söhne Jamie und Robbie zu sein. Danach war Shaw natürlich unantastbar. Lapslie war sich sicher, dass er im Laufe der nächsten paar Jahre rasch befördert werden würde, bis er schließlich neuer Chef des CID wurde. Mit ein bisschen Glück wäre Lapslie bis dahin in Rente – die Vorstellung, Shaw mit »Sir« anzureden, war mehr, als er ertragen konnte, jetzt oder in Zukunft.
Lapslie und Bradbury brauchten gut vierzig Minuten bis zu dem stillgelegten Atombunker. Jim Thomson hatte mitkommen wollen, doch Lapslie war sich nicht sicher, ob er den ständigen Benzingeruch würde ertragen können. Außerdem, wieso sollte er am Schauplatz eines Mordes an einer Puppe einen leitenden Spurensicherungsbeamten brauchen?
Als sie ankamen, warteten zwei Detective Constables auf sie: DC Parkin und DC Pearce. Lapslie sah sich um: die Polizeipräsenz hielt sich ziemlich in Grenzen. Der Streifenwagen war außer Sicht geparkt und die beiden hatten den Bunker aus einiger Entfernung observiert. Genauso hatte er es gewollt – dass der Bunker einladend verlassen aussah –, jetzt jedoch wusste er nicht recht, ob das so eine gute Idee gewesen war. Irgendetwas war geschehen, und es war unbeobachtet geschehen.
Zusammen gingen sie auf die große Metalltür zu. Als sie sich anschickten einzutreten, hielt Lapslie Pearce zurück. »Nein, Sie warten hier. Wir wollen doch nicht, dass irgendwelche ungebetenen Besucher hier reinplatzen.«

Pearce nickte. »Jawohl, Sir.«
Als er den Bunker betrat, fiel Lapslie als Erstes auf, dass der Gestank des verwesenden Leichnams verschwunden war. An seine Stelle war ein merkwürdiger, muffiger Geruch getreten, den er normalerweise mit feuchten Kellern assoziierte.
Er wandte sich an DC Parkin. »Also, was liegt an?«
Parkin machte ein betretenes Gesicht. »Ich glaube, Sie sollten's sich selbst ansehen, Sir.«
Er schaltete eine kleine Taschenlampe an, und Lapslie und Bradbury folgten ihm durch die klamme Finsternis im Innern des Bunkers. Diesmal gab es keine Scheinwerfer, die ihnen den Weg wiesen, nur das Tageslicht, das durch die Tür fiel, und Parkins Taschenlampe.
Als sie den Lagerraum erreichten, zog Parkin die Tür auf und leuchtete hinein. Am hinteren Ende des Raumes standen noch immer die Särge in dem Metallregal, nur waren es jetzt nur noch zehn. Zwei Puppen und zwei Särge waren verschwunden.
Lapslie nahm Parkin die Taschenlampe aus der Hand und ging langsam auf die kleine Reihe hölzerner Särge zu. Mit der Spitze des rechten Zeigefingers klappte er den Deckel des letzten auf. Die Brautpuppe, die er gestern gesehen hatte, stand vor ihm. Auf der linken Brustseite hatte sie ein großes Loch, aus dem eine rote Substanz sickerte, und das einst strahlend weiße Kleid war rot befleckt.
Lapslie beugte sich vor und roch an dem Kleid. Er hatte sofort überlegt, ob das rote Zeug Farbe war, oder Tinte, oder sogar Tomatensoße oder Himbeermarmelade, doch es war nichts dergleichen. Seine Nase füllte sich rasch mit dem heißen Kupfergeruch von Blut, und er hatte das ungute Gefühl, dass dieses Blut sich bei der Analyse als das der toten jungen Frau in der Kirche erweisen würde – Leslie Cooke. Er schau-

derte unwillkürlich. Dieser Fall wurde mit jedem Tag bizarrer.
Wenigstens waren nur zwei Puppen und ihre Särge verschwunden. Übermittelte der Täter ihnen irgendeine Botschaft? Wollte er die Polizei herausfordern, sie in irgendein bizarres, tödliches Spiel hineinziehen? Wie dem auch sei, die gute Nachricht war, dass Jim Thomson und sein Team die beiden fehlenden Puppen bereits fotografiert hatten, also hätte er wenigstens eine Vorstellung davon, wie sie aussahen, und hoffentlich auch davon, welche Bedeutung sie bei dem Mordfall hatten.
Er empfand ein fast überwältigendes Bedürfnis, sämtliche Puppen aus ihren Särgen zu holen und sie persönlich zu inspizieren, doch er wusste, dass das zu diesem Zeitpunkt ein Riesenfehler wäre. Als er einen Schritt zur Seite trat, roch er abermals Lavendel. Mit dem Blick suchte er die Reihe der Särge mit den Puppen darin ab und fragte sich wieder, welche von ihnen diesen Geruch in seinem Kopf auslöste.
Dann wandte er sich an Bradbury. »Holen Sie Thomson und sein Team zurück. Ich möchte, dass dieser Laden hier als Schauplatz eines Mordes betrachtet wird. Keine halben Sachen diesmal – Anzüge und Überschuhe für alle. Außerdem will ich, dass sämtliche Puppen und die Särge, in denen sie stecken, als Beweismittel eingetütet und katalogisiert werden.«
»Ja, Sir. Wegen dem Landstreicher?«
Lapslie schüttelte den Kopf. »Nein, wegen der Puppen. Außerdem möchte ich, dass das Blut auf dem Hochzeitskleid mit dem der Ermordeten verglichen wird. Veranlassen Sie einen DNS-Abgleich. Ich muss mir sicher sein.«
Bradbury war offensichtlich verblüfft über seine Anweisungen. »Sir, Sie glauben, das Blut auf dem Hochzeitskleid der

Puppe ist das der Ermordeten? Wie zum Teufel soll das möglich sein?«
Diesmal war es an Lapslie, die Schultern zu zucken. »Ich habe keinen blassen Schimmer, aber es gibt bei diesem Fall eine ganze Menge Dinge, von denen ich keinen blassen Schimmer habe, und das würde ich gern ändern.«

Die Luft in dem Bunker war stickig, also beschoss Lapslie, ein bisschen frische Luft zu schnappen und Charlotte anzurufen, während sie auf das Spurensicherungsteam warteten.
»Hi, ich dachte, ich rufe mal an und schaue, wie's dir nach der Feuertaufe von gestern geht.«
»Mir geht's gut. Geschüttelt, nicht gerührt.«
Lapslie lächelte und schaute kurz zu dem Bunker zurück. Er war zur anderen Seite des Parkplatzes gegangen, vierzig Meter vom Eingang entfernt; weit genug, dass man ihn nicht hören konnte.
»Entschuldige, wenn ich gewusst hätte, dass das Wetter so umschlägt, wäre ich nie so weit rausgefahren.«
»Ist schon okay, das konntest du ja nicht wissen. Du bist ja nicht Michael Fish, der vom BBC Wetterbericht.«
»Also, wenn der auch nur leichten Wind vorhergesagt hätte, wäre ich definitiv nicht mal aus dem Hafen rausgefahren.«
Charlotte lachte ein wenig mit ihm, was ihn viel mehr beruhigte als ihre anscheinend gewohnheitsmäßige Behauptung, dass es ihr gut ginge.
»War am Boot viel kaputt?«, wollte sie wissen.
»Nein. George kümmert sich gerade drum. Sollte in ein paar Tagen alles wieder in Ordnung sein.«
»Also wieder seetüchtig.«
»Genau.« In der kurzen Pause, die darauf folgte, waren an Charlottes Ende der Leitung die Geräusche eines Kranken-

hausflurs zu hören und erinnerten Lapslie daran, dass sie bestimmt ebenfalls zu tun hatte. Trotzdem hatte sie sich die Zeit genommen, seinen Anruf entgegenzunehmen. »Ich mach's wieder gut, wir fahren noch mal ein paar Tage weg, wenn ich es das nächste Mal möglich machen kann.«
»Ich freu mich drauf.«
Als er das Gespräch beendete, dachte Lapslie bei sich, dass er sich bei Sonia, seiner Ex-Frau, wahrscheinlich gar nicht die Mühe gemacht hätte, sie am Tag nach einem jäh unterbrochenen Ausflug oder romantischen Abend anzurufen. Was zu einem zweiten Gedanken führte: Gab er sich jetzt zu viel Mühe, um all die Fehler in seiner gescheiterten Ehe wiedergutzumachen?
Die Tatsache, dass Sonia und Charlotte sehr verschiedene Menschen waren, war zweifellos ein Teil davon. Sonia hätte seine Entschuldigung wahrscheinlich nicht so ohne Weiteres angenommen, oder vielleicht hätte sie auch gefragt: »Wenn unser Wochenende nicht durch schlechtes Wetter gestört worden wäre, wärst du dann trotzdem losgezogen, als Emma dich angerufen hat?« Und hätte dabei die Antwort angesichts seiner Reaktion auf unzählige frühere Störungen bereits gewusst. Charlotte dagegen würde ihn das niemals fragen; ihr Beruf führte oft dazu, dass sie von einem Moment auf den anderen zu einem Notfall musste, daher war das eine Frage, die er ihr wiederum auch niemals gestellt hätte. Eine Gemeinsamkeit. Eine unausgesprochene Übereinkunft.
Aber er hätte sich nie die Mühe gemacht, Sonia nach so einem Tag anzurufen, um sich nach ihrem Befinden zu erkundigen. Vielleicht, weil er es ja schon wusste. Polizisten-Bauchgefühl. Er hatte schon viele Polizisten-Ehen genauso in die Brüche gehen sehen wie seine eigene, wegen der unregelmäßigen Arbeitszeiten und der jäh abgebrochenen Abendessen und Fa-

milienausflüge – doch bei ihm kam noch hinzu, wie seine gesundheitliche Beeinträchtigung das noch verstärkt hatte. Das Gelächter oder Geschrei spielender Kinder, das für die Ohren mancher Väter eine Freude wäre, verursachte bei ihm einen bitteren Geschmack und Schwindelgefühle. Also wurde sogar Familienfreizeit mit Robbie und Jamie zu einer Qual, sodass er sich nach dem Alleinsein sehnte.

Und bei seiner Rückkehr aus diesem Alleinsein oder von der Untersuchung eines Leichnams, der ein romantisches Abendessen gestört hatte, klang Sonias Stimme dann schärfer, anklagender, sodass sich ein Hauch Ammoniak zu ihrem üblichen Blaubeergeschmack gesellte und er sich innerlich krümmte. »Was ist denn? Schmeckt dir etwa nicht, was ich gerade gesagt habe?«, traf in seinem Fall im wahrsten Sinne des Wortes zu.

Und so brachte das alles – das Wissen, wie sie reagieren würde, der eklige Ammoniak-Blaubeer-Nachgeschmack – ihn dazu, noch mehr die Einsamkeit zu suchen, sich noch mehr zurückzuziehen. Bis es keine Zuflucht mehr für ihn gab und das Einzige, das Sonia noch blieb, die Arme und der Trost eines anderen Mannes waren. Der letzte Tropfen im überlaufenden Fass ihrer Ehe.

Schritte störten seine Gedanken; er schaute auf und sah Emma Bradbury auf sich zukommen.

»Sir, Jim Thomson hat gerade angerufen. Ist gerade von der A12 abgefahren. Er sagt, er ist in zehn bis zwölf Minuten hier.«

Lapslie lächelte gezwungen, nickte und folgte ihr zurück zum Bunker.

Jim Thomson und sein Team trafen erstaunlich schnell ein, wenn man bedachte, wie ernst der Fall gewesen war, den sie gerade bearbeitet hatten. Heckenschützenmorde waren nicht alltäglich, doch bei einem klar begrenzten Tatort und einem offenkundigen Standort des Schützen gab es wohl nicht allzu viel zu überprüfen, dachte Lapslie.

Er überließ es Bradbury, das Team auf den neuesten Stand zu bringen, sah jedoch aus einiger Entfernung zu. Nach Jim Thomsons Miene zu urteilen, war er verwirrt, als er erfuhr, warum er und sein Team von einem der schwersten und bizarrsten Mordfälle abgezogen worden waren, mit denen sie es jemals zu tun gehabt hatten. Doch er arrangierte sich damit, und binnen einer halben Stunde war das Gebiet abgesperrt, und jeder trug einen weißen Wegwerf-Overall und Überschuhe. Die Scheinwerfer wurden von Neuem in den Bunker geschafft, und der ganze Prozess begann von vorn.

Während der Tatort gesichert und abgesperrt wurde, ging Lapslie zu DC Parkin und DC Pearce hinüber. Er war nicht gerade bester Laune; das war er nie, wenn er vor einem Problem stand und Mühe hatte, es zu lösen. So etwas ärgerte ihn.

»Sie beide haben also nichts gesehen?«

Beide Constables schüttelten den Kopf.

»Nein, Sir«, antwortete Pearce. »Na ja, erst, als Dave pinkeln gegangen ist. Er war's, der gemerkt hat, dass da was nicht gestimmt hat.«

Lapslie wandte sich an DC Dave Parkin. »War das das erste Mal, dass Sie ausgestiegen sind, seit ich Sie das letzte Mal gesehen habe?«

Parkin trat von einem Fuß auf den anderen wie ein Schuljunge, der beim Bonbonklauen erwischt worden war. »Ja, Sir, aber wir hatten gute Sicht auf die Vorderseite des Gebäudes, und wir haben doch gewusst, dass man da unmöglich von woandersher reinkommt.«

Lapslie starrte ihn weiter an. »Tatsächlich? Und doch haben wir nicht nur einen toten Landstreicher, der offensichtlich da reingekommen ist, ohne die Tür zu benutzen. Jetzt haben wir auch eine stark beschädigte und zwei fehlende Puppen, und beides sind wesentliche Beweisstücke und stehen mit einem Mord in Verbindung, der woanders passiert ist.«

Als darauf Schweigen folgte und die beiden Detectives einen betretenen Blick wechselten, überlegte Lapslie, dass er den Bunker vielleicht zum Schauplatz eines schweren Verbrechens hätte erklären und besser bewachen lassen sollen. Mit nur zwei Mann in einer so langen Schicht wäre während der unabdingbaren Pausen effektiv nur einer im Dienst, es gab also Grenzen. Zusätzliches Personal jedoch hätte Rouses Einverständnis erfordert, und das könnte angesichts dessen, was sie bisher vorzuweisen hatten, problematisch werden. Er holte Luft. »Und was hat Sie misstrauisch gemacht?«

»Ich habe gedacht, ich hätte jemand in dem Bunker rumlaufen hören«, antwortete DC Parkin.

»Sie haben *gedacht?*«

»Wie Carl – DC Pearce – gesagt hat, ich war pinkeln unten bei der Tür, und da habe ich gehört, wie im Bunker eine Tür zugeknallt ist. Ich dachte, das *muss* die Tür zu der Kammer sein, wo die Puppen drin sind, das ist doch die einzige dadrin. Also, jedenfalls im Erdgeschoss.«

»Und dann haben Sie *was* unternommen?«

»Ich habe an die Tür gehämmert und gerufen, die dadrinnen sollen rauskommen. Der Bunker wäre umstellt.«

Lapslie schüttelte den Kopf. »Umstellt, von Ihnen beiden?«

Beide Männer nickten gleichzeitig. »Wir dachten, wir versuchen's mal mit Bluffen.«

»Damit der dadrin denkt, Sie wären Detectives. Und was ist dann passiert?«

»Ich bin zum Auto zurückgerannt, um den Schlüssel für die Tür zu holen …«, setzte Parkin an.

Lapslie fiel ihm ins Wort. »Warum haben Sie Pearce nicht dazugerufen? Das wäre doch vielleicht schneller gegangen.«
»Das hab ich ja versucht, Sir, aber …«
Diesmal ging Pearce dazwischen. »Ich hatte das Radio an, Sir. Hab ihn nicht gehört.«
Als Lapslie den Kopf schüttelte, verzog Parkin verlegen das Gesicht. »Wir hatten uns abgesprochen, dass sich immer einer ausruht und der andere aufpasst.«
Lapslie seufzte tief. »Weiter.«
»Als wir den Schlüssel hatten, sind wir in den Bunker gegangen und haben das Erdgeschoss und die Kammer durchsucht; da haben wir gemerkt, dass die Brautpuppe weg war. Erst haben wir gedacht, sie wäre geklaut worden, aber als ich in den Sarg geschaut habe, vor dem sie gestanden hat, und ihr Kleid gesehen habe …«
»Da haben Sie …?«
Parkin schüttelte den Kopf. »Gar nichts getan, Sir. Carl ist im Bunker geblieben, und ich hab mich ans Funkgerät gehängt und Hilfe angefordert.«
Lapslie wandte sich an Pearce. »Ist sonst noch was passiert, nachdem Parkin draußen war?«
Diesmal schüttelte Pearce den Kopf. »Nein, Sir. Na ja – da war ein Geräusch aus dem Untergeschoss …«
»Was für ein Geräusch?«
»Als ob was Schweres rumgeschoben wird … Metall vielleicht, oder was Schweres aus Holz.«
»Also sind Sie runtergegangen und haben nachgesehen?«
Pearce schaute kurz auf seine Füße hinab. »Nein, Sir.«
»Und warum nicht?«
»Es war dunkel, und weder mein Funkgerät noch mein Handy haben in dem Bunker funktioniert, also konnte ich keine Verstärkung anfordern. Ich hielt das nicht für ratsam.«

»Sie hielten es nicht für ratsam?«, wiederholte Lapslie bedeutungsschwer.
Pearce schüttelte den Kopf. »Nein, Sir, tut mir leid.«
Ohne ein weiteres Wort wandte Lapslie sich von den beiden ab und ging wieder in den Bunker. Als er gerade erst ein paar Schritte in die Eingangshalle getan hatte, rief Jim Thomsons Stimme ihm nach: »Sir! Schutzanzug und Überschuhe.«
Lapslie blieb wie angewurzelt stehen. Er konnte dem Mann nicht widersprechen – schließlich hatte er ja selbst den Befehl dazu gegeben. Während er seinen Overall angezogen und Plastiküberschuhe übergestreift hatte, hatte sich Bradbury ähnlich vermummt zu ihm gesellt.
Lapslie sah Thomson an. »Ich möchte, dass die Puppen alle eingetütet werden, und die Särge auch, aber separat. Ich möchte, dass hier alles fotografiert und genauestens unter die Lupe genommen wird.«
»Ist schon in Arbeit, Sir. Suchen wir nach etwas Bestimmtem?«
Lapslie zuckte die Achseln. »Ich weiß es noch nicht genau. Aber ich möchte, dass Sie diesen Tatort hier behandeln, als hätten Sie's mit einem Mordfall zu tun, und wenn ich recht habe, kann das auch durchaus der Fall sein.« Ehe Thomson Gelegenheit hatte, noch weitere Fragen zu stellen, wandte er sich an Bradbury. »Wir müssen ein paar Stockwerke runter. Haben Sie eine Taschenlampe?«
Jim Thomson reichte Bradbury eine große tragbare Lampe, die an einem bunten Gurt hing. Bradbury schob sich den Gurt über die Schulter und sah ihren Boss an. »Ich bin so weit, Sir.«
Lapslie fand, dass das Ding eher aussah wie ein Suchscheinwerfer als wie eine Taschenlampe. Wie dem auch sei, wenn es seinen Dienst tat, sollte es ihm recht sein.

Thomson sah sie an. »Soll einer von meinen Jungs mitkommen?«
Lapslie schüttelte den Kopf. »Nein, da unten sind schon genug Füße rumgetrampelt. Ich komme schon mit Bradbury allein zurecht.«
Damit machte er sich daran, die Leiter hinabzusteigen, während Bradbury oben stand und mit der Lampe in die Düsternis leuchtete.
Die Leiter hatte zweiundfünfzig Sprossen. Lapslie zählte jede einzelne. Als er unten angekommen war, rief er Bradbury zu, sie solle ihm folgen. Diesmal leuchtete Thomson ihr von oben. Als sie unten war, rief sie ihm zu: »Alles okay, ich bin da, danke.«
Thomson schaltete seine Lampe aus und Bradbury begann, mit der ihren den Raum auszuleuchten. Er war sehr viel karger als der oben, ohne jegliche Möbel oder Einbauschränke. Es sah aus, als sei der Bunker schon vor vielen Jahren ausgeräumt worden, wahrscheinlich nach Ende des Kalten Krieges, und seitdem einfach so gelassen worden. Bradbury ließ den Lichtstrahl über jeden Zentimeter des Raumes wandern, doch es gab nichts zu sehen.
Lapslie war enttäuscht. »Okay, sieht aus, als müssten wir noch eins tiefer.«
Bradbury nickte. Lapslie umklammerte die Metallsprossen der Leiter und machte sich an den Abstieg. Diesmal waren es nur einunddreißig Sprossen. Bradburys Lampe wies ihm den Weg. Als er am Fuß der Leiter ankam, blickte er zu ihr hinauf. »Okay, werfen Sie mir die Lampe runter. Ich beleuchte die Leiter für Sie.«
Bradbury zögerte. »Sind Sie sicher? Das Ding ist ganz schön schwer.«
»Das kriege ich schon hin. Ich war früher mal Torwart bei den Gentlemen Players.«

»Was immer das heißt. Sie wissen, dass es schlecht für die Karriere ist, seinen Vorgesetzten zu erschlagen, oder?«
Bradbury legte sich platt auf den Bauch und ließ die Lampe an dem Gurt so weit hinunter, wie es ging, bevor sie sie losließ. Die Lampe schien einen Moment lang über Lapslies Kopf in der Luft zu hängen, ehe sie plötzlich mit bemerkenswerter Geschwindigkeit herabstürzte. In diesem Moment war Lapslie sich ganz kurz beängstigend wenig sicher, ob er sie würde fangen können, und fragte sich, was er tun würde, wenn er danebengriff und sie auf dem Boden zerschellte. Oder noch schlimmer, wenn sie ihn voll erwischte. Zum Glück übernahm der Instinkt das Kommando, und seine Jahre als Gentleman Player ließen ihn nicht im Stich. Er fing die Lampe mit beiden Armen auf und zog sie mit einem Seufzer der Erleichterung an seine Brust. Mithilfe des Lichts kam Bradbury flink herabgeklettert, und die beiden machten sich daran, das nächste Stockwerk zu erkunden.
Genau wie die oberen war es fast völlig leer, bis auf einen großen grünen Aktenschrank an der einen Wand. Lapslie ließ den Lichtstrahl darüberwandern – es war nichts Besonderes daran. Er trat näher und öffnete die Tür. Zehn leere Fächer: keine Puppen, keine Särge.
Bradburys Stimme durchschnitt jäh die Stille.
»Sir, leuchten Sie doch mal auf den Boden.«
Sie musste etwas entdeckt haben, das ihm entgangen war. Als ihm klar war, wo er hinschauen musste, sah er, was ihr aufgefallen war. Da war eine Schleifspur im Schmutz, bogenförmig, als sei dort etwas über den Boden geschoben worden. Während Lapslie sich hinhockte, um sie näher in Augenschein zu nehmen, zwängte Bradbury die Finger hinter den Schrank und zog. Er war schwer, doch er bewegte sich. Als Lapslie sah, wie sie sich abmühte, fasste er mit an, und schließlich ge-

lang es ihnen, den Schrank von der Wand wegzuziehen. Wie sich herausstellte, war er an einer Seite mit Scharnieren befestigt und schwang auf wie eine Tür. Als sie ihn so weit vorgezogen hatten, wie es ging, erblickten sie dahinter den Eingang zu einem Tunnel. Lapslie leuchtete in die Düsternis. Der Tunnel war ungefähr hundert Meter lang, und am anderen Ende schien eine Steintreppe zu sein.

»Sieht aus, als hätten wir herausgefunden, wie unser Landstreicher und Gepetto der Puppenmacher hier reingekommen sind.«

Bradbury nickte. »Ja, Sir.«

Der Gang hatte eine gewölbte Decke, war gut einen Meter achtzig hoch und etwa einen Meter zwanzig breit. Allem Anschein nach war er grob aus Betonziegeln gemauert; sie waren feucht und verschimmelt. Eine Reihe Lampen war den ganzen Tunnel entlang in die Wand geschraubt worden und mit einem in langen Schlaufen durchhängenden Kabel miteinander verbunden.

Bradbury entdeckte einen Lichtschalter gleich hinter dem Eingang. Sie knipste ein paar Mal, doch es tat sich nichts.

»Also«, erkundigte sich Lapslie. »Sind Sie dabei?«

Wieder nickte Bradbury. »Ja, Sir.«

Lapslie trat in die Dunkelheit. »Dann kommen Sie mit.«

Bradbury gehorchte.

Der Tunnel war so hoch, dass Lapslie sich nicht zu bücken brauchte, sondern aufrecht gehen und mit der Lampe um sich leuchten konnte. Er hielt Ausschau nach allem, was ihm und Bradbury etwas anhaben oder vielleicht von Interesse sein konnte, doch außer Käfern und anderen Insekten, die vor dem Licht davonhuschten, als hätte es sie berührt, gab es nichts. Nur Schmutz und einen überwältigenden Gestank nach Feuchtigkeit und Fäulnis.

Nach ungefähr hundert Metern stießen sie auf eine Betontreppe und machten sich an den Aufstieg; Lapslie zählte die Stufen. Er wusste nicht, warum, aber er zählte immer alles Mögliche, Stufen oder Schritte von einem Ort zu einem anderen. Vielleicht hatte das etwas mit seiner neurologischen Störung zu tun, aber er hatte das schon seit seiner Kindheit so gemacht. Nach siebenundachtzig Stufen ging es nicht weiter. Über ihnen war ein großer metallener Deckel. Lapslie stemmte sich mit beiden Händen dagegen, und kurz darauf gab er nach. Dann griff er mit einer Hand um den Rand und schob ihn zur Seite, bis genug Platz war, dass eine Person hindurchpasste.

Lapslie stieg die paar Stufen hinauf, die ihn zum Rand der Luke brachten, und kletterte hinaus. Als er im Freien war, schaltete er die Lampe aus und holte in der wunderbar frischen Luft ein paar Mal tief Atem, ehe er Bradbury die Hand hinstreckte. Sobald sie beide draußen waren, schauten sie sich um. Sie standen mitten in einem kleinen Wäldchen, und dahinter erstreckte sich ein großes Lavendelfeld. Das erklärt also den Lavendelgeruch, dachte Lapslie. Er war nicht von irgendeinem Gegenstand in dem Bunker ausgelöst worden, sondern es war ein echter Geruch von draußen. Obgleich das Wäldchen ziemlich überwuchert war, führte doch offenkundig ein Pfad von dem Feld hierher. Es war zu breit, zu ausgetreten, um von Dachsen oder Füchsen herzurühren. Lapslie nahm an, dass er durch das Kommen und Gehen des Landstreichers entstanden war, und vielleicht auch des Puppenmachers.

»Da drüben, Sir!«, rief Bradbury. »Schauen Sie mal! Ich glaube, das ist der Eingang zum Bunker!«

Lapslie blickte in die Richtung, in die ihr Finger zeigte. Sie hatte recht. Ungefähr dreihundert Meter entfernt konnte er

auf der anderen Seite des Wäldchens Thomsons Leute umherwuseln sehen. Jetzt wussten sie also, wie der Landstreicher und der Puppenmacher ungesehen in den Bunker hinein- und auch wieder herausgekommen waren.
Er musterte Bradbury und schmunzelte. »Wissen Sie eigentlich, wie Sie aussehen?«
Bradburys Gesicht war schwarz vor Schmutz, und ihre Haare und Kleider waren mit staubigen, rußigen Spinnweben bedeckt. Sie unternahm einen vergeblichen Versuch, sich abzuklopfen, dann sah sie Lapslie an und gab das Kompliment zurück: »Wissen Sie, wie *Sie* aussehen, Sir?«
Lapslie schaute an sich hinunter und stellte fest, dass er sich in einem ganz ähnlichen Zustand befand, wenn nicht gar ein wenig schlimmer. Er lächelte breit. »Was meinen Sie – eine Art Notausgang, falls der Bunker angegriffen wird?«
Bradbury war sich da nicht so sicher. »Oder vielleicht falls es drinnen Ärger gibt.«
Lapslie nickte. »Möglich. Wir müssen Thomson und seine Truppen herschicken, damit sie sich den Tunnel und den Wald ordentlich vornehmen. Unser Puppenmacher muss ja irgendwie hergekommen sein – ich nehme mal an, mit dem Auto –, also wäre es vielleicht ein guter Anfang, nach Reifenspuren zu suchen. Und nach allem, was aus dem Auto geschmissen worden sein könnte: Zigarettenkippen, Getränkedosen, irgendwelcher Müll. Holen wir die Special-Operations-Leute her, damit die den ganzen Wald mit der Lupe absuchen. Man weiß ja nie, vielleicht finden die was. Können Sie das in die Wege leiten?«
Bradbury nickte.
»Und schicken Sie diese beiden Schwachköpfe her, ich will, dass die den Tunnel im Auge behalten, bis die Kollegen von der Spurensicherung da sind. Ach ja, und schaffen Sie einen

Spürhund her. Schauen wir mal, ob der im Bunker noch irgendetwas findet, was wir übersehen haben.«
Mit einem »Ja, Sir« nickte Bradbury und machte sich auf den Weg zu Thomson und seinen Männern.
Lapslie jedoch blieb noch einen Moment, wo er war. Er schaute zu dem Lavendelfeld hinüber und fragte sich, wieso wohl ausgerechnet dieser Ort ausgewählt worden war.

Zehn erledigt, blieben noch zwei.
Es hatte Jahre gedauert, doch es hatte sich gelohnt. Planung war das A und O. Die Polizei hatte keine Ahnung, dass sie alle ermordet worden waren. Das war sein kleines Geheimnis.
Er kicherte vor sich hin, als er in seiner Küche saß und an einer Tasse Tee nippte: ein unbeherrschtes Geräusch, das aus seinem tiefsten Innern emporbrodelte. All diese Detectives, all diese Gerichtsmediziner, und nicht einem *von denen war auch nur annähernd klar, was er hier tat. Das Mädchen, das er vorhin erschossen hatte, war erst die Zweite gewesen, von der sie überhaupt wussten; aber die diente ja auch einem ganz speziellen Zweck, der mit den anderen nichts zu tun hatte. Acht Tode wurden noch immer als Unfälle geführt.*
An die Erste, die Krankenschwester, erinnerte er sich noch, als wäre es erst gestern gewesen. Noch immer sah er diesen verwirrten »Warum ich?«-Ausdruck auf ihrem Gesicht vor sich, während er sie erwürgt hatte. Dieser Gesichtsausdruck war ihm lieb und teuer; schon der Gedanke daran hielt ihn nachts warm.
Sie war schneller gestorben, als er es sich vorgestellt hatte, doch er hatte ja auch noch nie jemanden erwürgt; also war das vielleicht normal. Damals hatte er dieser Profilerin zugehört, die sie hinzugezogen hatten – Eleanor Whittley. Ihre Theorien hatten ihn verblüfft, sie lagen so vollkommen daneben. Doch

der Vorteil daran war, sie hatten weitgehend verhindert, dass die Polizei ihm auf die Spur kam. Ein großes Dankeschön also an Dr. Whittley.

Er überlegte, wie viele Mörder wohl wegen der tölpelhaften Theorien dieser Frau ungeschoren davongekommen waren. Dutzende, nahm er an.

Wie auch immer, jetzt musste er sich auf die beiden Letzten konzentrieren. Auch diese würden selbstverständlich tragische Unglücksfälle sein müssen: Einen weiteren Mord und zu viele zu schnell erkannte Verbindungen konnte er sich nicht leisten, das könnte jene Verknüpfungen aushebeln, von denen er hoffte, dass sie ihnen nachgehen würden. Außerdem war klar, dass es schnell gehen musste. Das hier ging nun schon zu lange so, und er wurde allmählich müde, doch er konnte nicht ruhen, ehe seine Arbeit beendet war.

Zwei Probleme galt es zu überwinden. Das eine war die Tatsache, dass die Polizei seine Puppen entdeckt hatte. Eigentlich hatte das erst geschehen sollen, nachdem sein Werk vollendet war. Daran war nur dieser verdammte Landstreicher schuld – und er hatte diesen Wichser auch noch in Ruhe gelassen. Das zweite Problem war Detective Chief Inspector Lapslie. Lapslie war ein merkwürdiger Mann, und nach dem, was er gehört hatte, ein kranker Mann, doch er wusste auch, dass Lapslie angeblich der beste Ermittler war, den die Essex Constabulary hatte. Nun ja, er hatte sich gedacht, dass der DCI irgendwann in die Ermittlungen einsteigen würde, deswegen hatte er sich ja auch genau diesen Ort ausgesucht, so dicht bei dem Lavendelfeld, dass es hoffentlich Lapslies Synästhesie auslösen würde. Widersprüchliche Aromen, die seine Konzentration zunichtemachten. Sollte Lapslie jedoch zu einem zu großen Problem werden, würde man sich mit ihm befassen müssen.

Er nahm die beiden Puppen vom Küchentisch. Wer sollte der Nächste sein? Der Lehrer oder der Major? Das schien eine ganz einfache Entscheidung zu sein, aber bisher war nichts einfach gewesen. Töten war nicht einfach. So viele Menschen umzubringen und sicherzustellen, dass niemand auch nur die leiseste Ahnung hatte, dass die meisten von ihnen ermordet worden waren, und dann auch noch zu vertuschen und in die Irre zu führen, wo es nötig war, das war von Natur aus schwierig – doch er war der Aufgabe gewachsen, und bis jetzt war alles gut gegangen. Der Lehrer oder der Major? Er hob und senkte die beiden Puppen in den Händen und kam sich vor wie Gott, der das Schicksal zweier seiner Schöpfungen abwägt.

Sein Blick fiel auf die Lokalzeitung, die auf dem Tisch lag. Sie war aufgeschlagen; er hatte vorhin nach dem Kreuzworträtsel gesucht, bevor er sich seinen Tee gekocht hatte. Die Überschrift des Leitartikels auf der aufgeschlagenen Seite lautete Lehrer: Total-Diät für einen guten Zweck! *Er erinnerte sich, dass er den Text darunter überflogen hatte; der Artikel handelte von einigen übergewichtigen Lehrern der städtischen Grundschule, die vorhatten, mithilfe einer gesponserten Diät abzunehmen, um Geld für eine karitative Einrichtung zu sammeln. Doch die Art und Weise, wie er die Zeitung gefaltet hatte, verbarg die Hälfte der Worte. Jetzt lautete die Schlagzeile* Lehrer: tot.

Lehrer tot. Ja, natürlich. Es war, als sende Gott ihm eine Botschaft. Als lasse er ihn nicht nur wissen, dass seine Sache eine gerechte war, sondern weise ihm auch noch eine ganz bestimmte Richtung. Als helfe er ihm, zu erkennen, welchen Weg er einschlagen musste.

Ja, der Lehrer würde der Nächste sein.

Jetzt musste er nur noch austüfteln, wo, wann und wie.

Lapslie hatte keinerlei Respekt vor seinem Vorgesetzten. Er war schon früh in seiner beruflichen Laufbahn zu der Ansicht gelangt, dass die meisten Menschen in jeder Organisation – und die Polizei war da keine Ausnahme – entweder unbedingt den nächsthöheren Dienstgrad erklimmen wollten oder sich verzweifelt danach sehnten, zum einfacheren Leben einen Dienstgrad tiefer zurückzukehren. Alan Rouse hatte schon immer nach Höherem getrachtet. Als Constables hatten sie zusammen in Brixton Dienst getan, vor mehr Jahren, als Lapslie zurückdenken mochte. Und schon damals war Rouse stets weniger daran interessiert gewesen, Verbrechen aufzuklären und Zivilisten zu schützen, als daran, nach Aufstiegsmöglichkeiten Ausschau zu halten, sich bekannt zu machen, sich an Kollegen zu hängen, von denen er dachte, sie wären zu Höherem berufen. Jetzt, wo er der Spitze der schlüpfrigen Polizeipolitik-Karriereleiter nahe war, wirkte er oberflächlich gesehen liebenswürdig und leutselig, wie jedermanns bester Freund. Doch Lapslie wusste, dass er ständig auf der Hut war und darauf wartete, dass seine Untergebenen sich gegen ihn verschworen, ihm seine Autorität streitig machten. Und dass er keinerlei Bedenken hätte, einem Kollegen die Karriere zu ruinieren, wenn er den Betreffenden ein bisschen zu ehrgeizig fand. Er hatte es nicht eilig damit, seinen Posten zu räumen.
Rouses Einstellung Lapslie gegenüber war ambivalent, und das war Lapslie nur recht so. Einerseits war Lapslie keine Bedrohung für ihn, andererseits jedoch wusste er, woher Rouse kam und was er alles getan hatte, um befördert zu werden, und das machte Lapslie in Rouses Augen zu einer wandelnden Zeitbombe. Jetzt setzte er Lapslie nur noch auf die allerschwierigsten Fälle an; die Theorie, die dem zugrunde lag, lautete, dass er Lapslie abschießen und es auf die Synästhesie schieben könnte, wenn dieser Mist baute – was eines Tages

passieren musste, weil es jedem passierte. Lapslies Weltanschauung war, dass er lieber als der gehasst wurde, der er war, als dass er als jemand geliebt wurde, der er nicht war. Rouse sah das nicht ganz so.

Sein Büro befand sich im obersten Stock der Polizeihauptwache der Essex Constabulary. Lapslie ging nur äußerst ungern dorthin. Zu viele Stimmen, eine Melange aus Geschmacksempfindungen, und nicht alle besonders angenehm. Ein bisschen wie ein oraler Tinnitus, und es gab nichts, was er dagegen tun konnte.

Als er Rouses Vorzimmer betrat, wurde er von der Assistentin – *vulgo:* Sekretärin – des Großen Mannes begrüßt. Sie war durchaus nett, und Lapslie mochte sie recht gern. Andererseits hatte er sie einmal nach einer kleinen Meinungsverschiedenheit in Rouses Büro eingeschlossen, und jetzt trat sie jedes Mal einen Schritt zurück, wenn sie ihn sah, und ihr Blick huschte wild umher, als suche sie nach einem Fluchtweg.

Als er die Tür öffnete, schaute sie zu ihm auf, und das fragende Lächeln auf ihrem Gesicht wich rasch furchtsamer Anspannung. »Chief Inspector Lapslie. Wie geht es Ihnen?«

»Sehr gut, Helen, vielen Dank.«

»Schön. Der Superintendent erwartet Sie.«

Sie drückte auf den Knopf der Gegensprechanlage auf ihrem Schreibtisch und verkündete seine Anwesenheit. »DCI Lapslie ist da, Sir.«

Augenblicklich war Rouses Stimme zu hören: »Schicken Sie ihn rein, Helen, seien Sie so gut. Oh, und könnten Sie wohl für Kaffee und ein paar Kekse sorgen? Ich glaube, der Chief Inspector hat eine Schwäche für Schokoladenkekse.«

Die hatte Lapslie nicht, doch er wusste, dass Rouse Schokoladenkekse mochte. Der Mann musste einfach immer andere vorschicken, sogar wenn er Kekse bestellte.

»Sie können reingehen, Chief Inspector.«
Lapslie nickte, ging an Helen vorbei und betrat Rouses Büro. Rouse wartete schon auf ihn. »Mark, wie geht's denn so?«
Er streckte die Hand aus, und Lapslie ergriff sie. Dann zog er den Stuhl auf der anderen Seite des Schreibtischs heraus. »Setzen Sie sich doch, Mark, setzen Sie sich. Also, wie läuft's? Was macht das Problem – besser?«
Lapslie schüttelte den Kopf. »Eigentlich nicht. Die Therapiesitzungen im Krankenhaus sind verdammte Zeitverschwendung. Mein Arzt hat mir ein neues Medikament vorgeschlagen, irgend so ein Zeug, das noch in der Erprobungsphase ist, aber ich weiß nicht recht. Ich glaube, ich muss wohl einfach damit leben.«
»Sehen Sie die Kinder oft?«
Wieder schüttelte Lapslie den Kopf. »Nein, nicht sehr oft. Sie haben zu tun, ich habe zu tun, und Sonia ist das Ganze höllisch unangenehm. Schwierige Situation.«
Jetzt, wo Robbie und Jamie im Teenageralter waren, war der Zeitplan seiner Söhne tatsächlich hektischer geworden, und bei dem vollen Arbeitstag seiner Frau, seiner eigenen Arbeitsbelastung und den unregelmäßigen Dienstzeiten blieb Zeit mit seinen Kindern oft auf der Strecke. Im letzten Jahr hatte er sie nur dreimal zu Gesicht bekommen, dabei war ursprünglich einmal im Monat vereinbart gewesen. Doch er konnte sich des Gedankens nicht erwehren, dass Sonia das zum Teil auch so einfädelte, wenn sie mit irgendwelchen unverhofften Arbeitsnotfällen ankam, oder mit irgendeinem Camping- oder Skateboard-Ausflug mit Freunden von Jamie oder Robbie, der sich ganz plötzlich ergeben hatte. Vielleicht zahlte sie ihm damit ja seine eigene frühere Nachlässigkeit in Sachen Familienzeit heim.
Rouse nickte verständnisvoll. »Kann ich mir vorstellen.«

»Ironischerweise macht sie jetzt Aromatherapie, ich würde also sagen, sie reibt mir das Ganze gern unter die Nase.«

Ein schwaches Lippenkräuseln seitens Rouse, daher war Lapslie sich nicht sicher, ob er den Witz verstanden hatte oder lediglich ein verkrampftes Lächeln zum Besten gab, um seine Sorge zu verbergen, dass Lapslie die Trennung immer noch zu schaffen machte. Seltsamerweise war es die Tätigkeit seiner Frau als Aromatherapeutin gewesen, die sie dazu gebracht hatte, anzudeuten, dass Medikamente nur eine begrenzte Wirkung auf seine Synästhesie hätten, sodass es also mal wieder auf einen »Ich hab's dir doch gesagt«-Krach zwischen ihnen hinausgelaufen war. Was er Sonia nicht gesagt hatte, war, dass er das Thorazitol, das ihm verschrieben worden war, nur in minimalen Dosen einnahm. Nicht nur wegen der halluzinatorischen Nebenwirkungen der regulären Dosis, sondern weil es seine sämtlichen Sinne abstumpfte, sie weniger scharf machte. So eine seltsame innere Dämpfung, als trete er mental und emotional auf der Stelle. Würde er es erwähnen, fürchtete er, wären seine Tage als Detective gezählt: Binnen kürzester Zeit würde er nur noch für irgendwelche internen Schreibtischjobs eingesetzt werden – so wie Rouse.

Er wartete seinerseits mit einem verkrampften Lächeln auf. »Also, wieso wollten Sie mich sprechen, Sir?«

Rouse lehnte sich auf seinem Stuhl zurück. »Ich will ganz ehrlich sein, Mark – es geht um diese Puppen. Finden Sie nicht, dass Sie da ein bisschen übertreiben? Ich meine, das sind *Puppen*, Herrgott noch mal. Ich verstehe nicht, wieso die signifikant sein sollen, und trotzdem setzen Sie anscheinend eine Menge Polizeimittel dafür ein. Der Landstreicher ist eines natürlichen Todes gestorben – ich warte noch auf den Obduktionsbericht, aber die ersten Analysen haben es bestätigt. Da gibt es nichts zu ermitteln.«

Lapslie betrachtete ihn einen Moment und genoss die Bombe, die er gleich platzen lassen würde. »Ich halte sie für *sehr* signifikant, Sir. Ich würde sogar meine Pension darauf verwetten, dass wir es mit einem Serienmörder zu tun haben.«
Rouse setzte sich auf seinem orthopädischen Stuhl bolzengerade auf. »Einem Serienmörder? Das ist ganz schön starker Tobak, Mark. Wie kommen Sie denn darauf?«
»Gestern ist eine junge Frau ermordet worden, mit einem Gewehr mit großer Reichweite erschossen …«
»Ja, ich weiß. Tragisch. An ihrem Hochzeitstag, habe ich gehört.« Rouse setzte seine ernste Miene auf. »Aber diese Puppen repräsentieren doch auch die Hälfte sämtlicher anderer der Menschheit bekannten Rollen und Berufe, ich verstehe also nicht, wieso wir der Brautpuppe besondere Bedeutung zuschreiben sollen.«
»Nun ja, das ist es ja gerade – die Bedeutung hat ein neues Level erreicht. Irgendwann nach dem Mord ist jemand in den Atombunker eingedrungen, wo der Leichnam des Landstreichers entdeckt worden war und wo die Puppen gefunden worden sind. Und zwar durch einen Fluchttunnel, den wir gerade erst entdeckt haben. Der Betreffende hat eine der Puppen – bedeutsamerweise die mit dem Hochzeitskleid – mit Blut beschmiert. Außerdem hat er ein Loch in ihre Brust gebohrt, genau da, wo die Schusswunde war.«
»Ein perverser Scherz?«
»Das bezweifle ich. Es gab nur eine Handvoll Personen, die wussten, wo die Kugel das Mädchen getroffen hat, und die sind entweder Polizisten, Tatortermittler oder Angehörige und Freunde. Und die Freunde und Verwandten waren alle damit beschäftigt, ihre Aussagen zu Protokoll zu geben.« Er hielt inne und holte Luft. »Außerdem wette ich, dass das Blut von dem Mädchen ist.«

»*Was?*« Rouse machte ein verblüfftes Gesicht und musterte ihn scharf. »Wie kommen Sie darauf? Wie sollte das möglich sein?«

»Ich habe keine Ahnung, Sir. Im Augenblick ist es nur so ein Bauchgefühl, aber die Puppen sind alle ins Labor geschafft worden, und ich habe angeordnet, dass das Blut untersucht wird, also werden wir es bald wissen. Ein DNS-Abgleich könnte ein bisschen länger dauern.«

»Und das kostet alles Geld …«

»Vielleicht, Sir, aber wenn ich recht habe, ist das gut angelegtes Geld und wird auch meine andere Theorie bestätigen.«

»Die da lautet?«

»Dass jede dieser Puppen für ein Opfer steht. Die Braut war nur zufällig das letzte.«

Rouse geriet sichtlich in Rage. Ehe er weitere Fragen stellen konnte, klopfte es an der Tür, und seine Assistentin kam mit einem Teetablett herein. Sie stellte es auf Rouses Schreibtisch ab und ging. Rouse nahm einen Keks, biss hinein und sah Lapslie an. »Weiter«, befahl er und sprühte Krümel über sein Jackett.

»Als ich die Puppen das erste Mal gesehen habe, lagen neun davon in ihren Särgen. Jede dieser neun Puppen war auf irgendeine Weise schwer beschädigt worden. Alle unterschiedlich, aber alle waren kaputt. Die drei, die vor ihren Särgen gestanden haben, waren vollkommen unversehrt, keine Spur eines Schadens. Nachdem die junge Frau erschossen worden war, hatte die Brautpuppe plötzlich ein Loch in der Brust, genau an der Stelle, wo die Kugel eingeschlagen ist und das Mädchen getötet hat. Und die beiden anderen intakten Puppen sind verschwunden, allerdings haben wir zum Glück Fotos von ihnen. Aufgrund der vorliegenden Beweise bin ich der Ansicht, dass es jetzt zehn Opfer gibt, die Braut eingeschlossen, und dass dort draußen noch zwei potenzielle Mordopfer herumlaufen. Wenn wir nicht schnell handeln, haben wir es bald mit noch mindestens zwei weiteren Morden zu tun.«

Rouse lehnte sich wieder zurück. »Ist ja alles sehr interessant, Mark, aber das sind doch nur Spekulationen. Morbide Spekulationen. Sie haben keinerlei konkrete Beweise, nicht wahr?«

»Wir werden welche haben, wenn wir den Bericht über die Blutproben von dem Hochzeitskleid der Puppen bekommen.«

Rouse nickte. »Das stimmt«, meinte er, »das stimmt.« Er legte, die Ellbogen auf den Schreibtisch gestützt, die Fingerspitzen aneinander. »Es tut mir leid, aber ich werde jetzt Folgendes tun. Ich möchte nicht, dass noch mehr knappe Polizeiressourcen auf diese Puppengeschichte verwendet werden, bis Sie mit etwas Konkreterem aufwarten können. Der Mord an der jungen Frau haut mir ohnehin schon ganz schön ins Budget. Wenn Sie und Bradbury herumschnüffeln und sehen wollen, ob Sie Ihrer Theorie ein bisschen Fleisch auf die Rippen zaubern können, dann soll's mir recht sein, aber Sie dürfen den Mord an dem Mädchen nicht vernachlässigen. Das muss oberste Priorität haben. Sind wir da *d'accord?*«

Lapslie nickte matt und spürte, wie ihn die altbekannte Woge der Enttäuschung überflutete. Er hatte schon öfter hier gesessen, auf diesem Stuhl, und diese oder ähnliche Worte gehört. »Ja, Sir. Verstanden.« Er hielt inne und überlegte, ob er es sich erlauben konnte, Rouse ein wenig Druck zu machen. »Ist es trotzdem okay, einen DNS-Abgleich von dem Blut an der Puppe machen zu lassen?«

Rouse überlegte einen Moment. Schließlich nickte er. »Schön, aber das war's dann. Sie lassen die Kollegen von Special Ope-

rations nicht noch mal ausrücken und damit die Überstundenrechnung hochtreiben, okay?«
Lapslie nickte. Rouse sicherte sich ab. Wenn er recht hatte, würde Rouse derjenige sein, der ihn hatte ermitteln lassen. Wenn nicht, nun ja, Rouse konnte aufrichtig behaupten, er hätte ihn gewarnt. Der Mann war wirklich das Letzte.

Als Lapslie auf den Parkplatz der Gerichtsmedizin fuhr, überlegte er, ob Jane Catherall wohl etwas zu dem würde beitragen können, was er bereits wusste. Er stellte seinen Wagen ab und betrat das einstöckige, anonyme Gebäude.
Er suchte die Leichenhalle nur sehr ungern auf; dieser hartnäckige Geruch nach Tod und Chemikalien war ihm verhasst, Verwesung und Reinlichkeit miteinander vermengt. Er ging zu Catheralls Büro. Über ihre Computertastatur gebeugt, saß sie da und tippte vermutlich irgendeinen Bericht. Bei jedem anderen wäre »über ihre Computertastatur gebeugt« eine Umschreibung gewesen, bei Jane jedoch traf sie zu. Sie war eins der letzten Kinder in England gewesen, die an Polio erkrankt waren, ehe die Krankheit ausgemerzt worden war. Die Hälfte ihrer Kindheit hatte sie in einer eisernen Lunge zugebracht, und die Krankheit hatte ihr ein verdrehtes Rückgrat und einen aufgeblähten Bauch beschert. Doch trotz ihrer körperlichen Beeinträchtigungen war sie einer der klügsten und freundlichsten Menschen, die Lapslie kannte. Und außerdem einer der pedantischsten.
Sie sprach zuerst. »Sie sind ein bisschen früh dran, Chief Inspector, nicht wahr? Ich wollte das arme Mädchen erst morgen obduzieren.«
»Eigentlich bin ich wegen des Landstreichers hier. Der, den sie in dem Bunker gefunden haben.«
»In dem Bunker mit den Puppen?«, fiel sie ihm ins Wort.

Lapslie nickte. »Ja. Woher wissen Sie denn von den Puppen?«
»Es wird Sie vielleicht überraschen, dass ich ein großer Jazzfan bin. Besonders die Buschtrommeln haben es mir angetan.«
»Wie die der allseits beliebten Combo Jim Thomson and His Merry Men?«
Sie wandte sich von dem Bildschirm ab und sah ihn mit blassblauen, ein wenig vorstehenden Augen an. »Meine Lippen sind versiegelt, Chief Inspector. Sie wollen also wissen, woran der Mann gestorben ist?«
Lapslie nickte. »Das wäre hilfreich.«
»Eine ganz klare Sache, fürchte ich ...«
»Ein Glück, dass wenigstens etwas klar ist.«
»Alter und Gebrechlichkeit. Sein Herz hat versagt, obwohl, um ehrlich zu sein, wenn's nicht sein Herz gewesen wäre, dann irgendetwas anderes. Seine inneren Organe haben sich quasi ein Wettrennen darum geliefert, wer als Erster den Geist aufgeben kann. Kam natürlich vom Trinken.«
»Keinerlei Anzeichen für irgendetwas Unnatürliches?«
Catherall schüttelte den Kopf. »Wenn Sie damit meinen ›Ist er ermordet worden?‹, dann lautet die Antwort nein. Darauf deutet absolut nichts hin. Seine Zeit war ganz einfach gekommen. Und ehrlich gesagt war's allerhöchste Zeit.«
»Haben Sie eine Ahnung, wer er war?«
Wieder schüttelte Catherall den Kopf. »Nein, keinen blassen Schimmer. Was ich an Details habe, schicke ich der reizenden Emma Bradbury. Vielleicht kann die ja irgendetwas ausgraben, aber ich bezweifle es.«
Urplötzlich empfand Lapslie überwältigende Traurigkeit, und offenkundig sah man ihm das an. Janes Gesicht verzog sich mitfühlend. »Solche Fälle sehe ich immer häufiger, von Jahr zu Jahr«, meinte sie. »Es fallen immer mehr Menschen

durchs Raster. Das ist sehr traurig, aber hier können wir nicht viel dagegen tun. Wir sitzen am Ende der Kette. Wir vermerken an Details, was wir können, für den Fall, dass es zu irgendeiner Vermisstenanzeige passt, aber das kommt nur selten vor. Falls das hilft, er hatte eine Postkarte in der Tasche und ein paar alte Schwarz-Weiß-Fotos. Die Postkarte war an ›Billy‹ adressiert. Das könnte also er sein, oder er könnte die Karte und die Fotos auch irgendwo vom Boden aufgehoben oder sie in einem Mülleimer gefunden haben. Diese Leute, die irgendwann obdachlos auf der Straße landen, fangen oft an, sich zu benehmen wie die Elstern, lesen irgendwelches altes Zeugs auf und behalten es, als wär's mehr wert als Juwelen.« Sie zuckte die Achseln; eine unbeholfene Bewegung ihrer verdrehten Schultern. »Ist nur so ein Gefühl, aber ich glaube, er war dieser Billy. So haben wir ihn jedenfalls genannt. Ist doch sehr viel besser als John Smith, finden Sie nicht?«

Lapslie nickte zustimmend. »Und was passiert jetzt mit ihm?«

»Wir behalten ihn ein paar Wochen hier, dann holt ihn die Stadtverwaltung ab und äschert ihn ein. Die Asche kommt in den Garden of Remembrance, und damit hat sich's.«

Lapslie betrachtete die beiden Schwarz-Weiß-Fotos. Das eine zeigte einen kleinen Jungen von ungefähr acht Jahren, das andere war ein Gruppenfoto einer Familie. Mutter, Vater und dasselbe achtjährige Kind. Lapslie fragte sich, ob »Billy« wohl der kleine Junge auf dem Foto war, oder vielleicht der Vater. Er fragte sich, was für Wege er wohl eingeschlagen hatte, um tot und allein in einem stinkenden Atombunker zu enden. Wieder sah er Jane Catherall an. »Wenn Sie irgendetwas über ihn erfahren, könnten Sie's mich wissen lassen?«

Jane nickte. »Selbstverständlich.« Sie lächelte ihn an.

»Und wenn Sie nicht rausfinden, wer er war, könnten Sie's mich dann auch wissen lassen?«

Wieder nickte sie. »Überhaupt kein Problem.«
Lapslie war ihr dankbar. »Ein Foto von seinem Gesicht wäre auch gut, wenn er nicht schon zu stark verwest ist.«
Catherall nickte abermals. »Wir können ihn ein bisschen zurechtmachen; ich habe mir im Laufe der Jahre so einige kosmetische Fertigkeiten angeeignet. Ich bitte meinen Assistenten darum, Dan. Der wird allmählich richtig gut in so was. Hat eine künstlerische Ader.«
»Danke. Schicken Sie mir ein paar Kopien rüber. Ich möchte sehen, ob jemand ihn wiedererkennt. Man weiß ja nie: Vielleicht hat er ja mit ein paar Leuten aus dem Dorf darüber geredet, was da in dem Bunker so vorgegangen ist. Könnte uns zu einer Spur verhelfen. Und wir könnten auch eine brauchen, ehe noch mehr Menschen umkommen.«
»Glauben Sie, das wird passieren?«
Lapslie nickte. »Da bin ich mir verdammt sicher.«
Catherall sah verblüfft und ein wenig schockiert aus.
»Wie dem auch sei, wir sehen uns dann morgen bei Leslie Cookes Obduktion?«
»Sie meinen Leslie Petersen. Sie war doch verheiratet. Nicht lange, aber trotzdem.«
Plötzlich war Lapslie sehr verlegen. »Petersen. Ja, natürlich. Entschuldigen Sie. Ich sollte wohl wenigstens ihren korrekten Namen verwenden. Alles andere ist ihr ja genommen worden.«
Damit drehte er sich um und ging.

Von der Gerichtsmedizin fuhr er zurück zur Polizeihauptwache in Chelmsford, einem vierstöckigen Gebäude, das aussah, als sei es ganz aus weißen Legosteinen errichtet worden. Nur ein wenig Polizeiblau an den Insignien und der Markise über dem Eingang, der ebenso nichtssagend und ohne jedes Detail war, lockerte das Ganze ein wenig auf. Wohlmeinende beschrieben das Gebäude als funktional und effizient, Andersdenkende verwendeten Begriffe wie »steril« und »fantasielos«. Lapslie hatte Bradbury vorher angerufen, um sicher zu sein, dass in der Nähe seines Schreibtischs keine Geräuschkulisse herrschen würde, die ihn ablenkte, wenn er ankam. Er betrat das Gebäude immer durch den Hintereingang, um so vielen Leuten aus dem Weg zu gehen, wie er nur konnte. In Polizeidienststellen war es von Natur aus laut: Menschen schrien, brüllten, rannten herum, ließen alles Mögliche fallen, hämmerten gegen Metalltüren. Jedes dieser Geräusche hatte seine Wirkung auf ihn, eine Wirkung, die er nicht gebrauchen konnte.

Bradbury machte ihre Sache gut. Von dem Augenblick an, als er die Hauptwache betrat, bis zu dem, als er sein Büro erreichte, begegnete Lapslie keiner Menschenseele. Außerdem legte er die kurze Strecke in völligem Schweigen zurück. Er war gerade erst in seinem Büro angekommen, als Bradbury leise anklopfte und eintrat.

»Alles in Ordnung, Sir?«

»Ja, bestens. Gut gemacht, wie immer.« Lapslie schaute zu ihr empor und lächelte; ihm fiel auf, dass ihre Augen ein wenig gerötet waren. »Und bei Ihnen? Alles okay? Sie sehen ein bisschen müde aus.«

»Mir geht's gut; Dom hat gestern ein Curry mitgebracht. War ein bisschen scharf, und das Sodbrennen hat mich wachgehalten.«

Lapslies Blick verweilte noch einen Moment länger auf ihr, und sie fragte sich, was er wohl gerochen hätte, wenn er die Lüge bemerkt hätte. Das mit dem Curry stimmte, doch das späte Zubettgehen und der darauffolgende unruhige Schlaf lagen an dem Streit mit Dom, mit dem sie seit drei Jahren liiert war, und der hatte nichts mit dem Curry zu tun gehabt. Son-

dern mehr mit der wachsenden Anzahl der Abende, die sie nicht mit ihm verbrachte und die sie immer schwerer mit Polizeipflichten rechtfertigen konnte.
Dom McGinley war Berufsverbrecher gewesen, und verständlicherweise hatte Lapslie sie davor gewarnt, sich mit ihm einzulassen, hatte gesagt, das würde nie gut gehen. Aber wollte sie auf gar keinen Fall über irgendwelche Risse reden, die sich in ihrer Beziehung zeigten, um sich nicht die unvermeidlichen »Ich hab's Ihnen ja gesagt«-Kommentare anhören zu müssen, oder weil besagte Risse eher von ihrem Handeln herrührten als von Doms?
Lapslies Miene entspannte sich schnell, und er streckte die Hand aus. »Nehmen Sie Platz.« Bradbury ließ sich auf dem Stuhl auf der anderen Seite des Schreibtischs nieder. »Was Neues von dem Landstreicher?«
»Sie meinen Billy?«
Sie sah ihn überrascht an. »Sie haben einen Namen für ihn?«
Lapslie lächelte breit. »Vielleicht. Nennen wir ihn fürs Erste mal so. Wie Dr. Catherall gesagt hat, ist das sehr viel besser als John Smith. Macht ihn menschlicher.«
Bradbury war offenkundig verwirrt. »Und wieso Billy?«
»Der Name wurde auf einer Postkarte gefunden, die er in der Tasche hatte, zusammen mit ein paar alten Fotos. Vielleicht ist er ja dieser Billy, vielleicht auch nicht. Wer weiß? Jedenfalls, an seinem Tod war nichts Verdächtiges. Natürliche Todesursache. Nichtsdestotrotz denke ich, mit ein bisschen Glück kann er uns noch von jenseits des Grabes her helfen.«
Bradbury war ganz Ohr. »Ich möchte, dass Sie sich diese beiden DCs greifen, Parkin und Pearce. Sagen Sie denen, sie sollen alle Obdachlosen innerhalb eines Radius von, na, sagen wir zwanzig Kilometern überprüfen. Mal sehen, ob jemand einen Landstreicher namens Billy kennt.«

»Bisschen weit hergeholt, Sir, vor allem, wenn er gar nicht so geheißen hat.«
»Dr. Catherall macht ein paar Fotos von seinem Gesicht. Sie sollten bald hier eintrudeln. Parkin und Pearce sollen die herumzeigen. Vielleicht erkennt ja irgendjemand das arme Schwein wieder.«
»Ja, Sir. Und wie lange sollen wir das machen?«
»Zweiundsiebzig Stunden sollten genügen. Danach gebe ich das Foto an die Medien, mal sehen, ob wir so etwas erreichen.«
Bradbury krümmte sich ein wenig. »Ganz schön makaber, Sir.«
»Ein bisschen, aber die Leute stehen auf so etwas.«
Bradbury war nicht überzeugt. »Wirklich?«
»Oh, ja. Zum ersten Mal wurde das in Paris gemacht, so um 1850. Da hatten sie den abgetrennten Kopf einer Frau in der Seine gefunden. Haben ihn fotografiert und Hunderte Abzüge gemacht. Die Dinger waren innerhalb eines Tages ausverkauft, und die Fotos wurden zu begehrten Sammlerstücken. Die Leute lassen sich gern schockieren. Dann haben sie etwas, worüber sie bei der Arbeit reden können.«
Bradbury zog die Brauen hoch. »Na ja, wenn Sie es sagen, Sir. Ist das alles?«
Lapslie nickte. »Fürs Erste ja. Ich besorgen Ihnen die Kopien der Fotos, sobald sie hier ankommen.«
Bradbury schob ihren Stuhl zurück und stand auf. »Danke, Sir. Ich erwarte sie mit großem Interesse.«
Lapslie verließ die Hauptwache auf demselben Weg, auf dem er hereingekommen war. Wieder bekam er keine andere lebende Seele zu Gesicht und verließ das Gebäude in völligem Schweigen.
Er stieg in seinen Saab 9-5 und fuhr vom Parkplatz, zurück nach Finchingfield und zur St. Mary's Church; er wollte sich

die Stelle ansehen, von der nach Ansicht der Special-Operations-Kollegen der Schuss gekommen war. Diesen kleinen Turm. Noch immer fiel es ihm schwer zu glauben, dass jemand aus dieser Entfernung mit einem Schuss einen Menschen töten konnte. Lapslie war selbst kein schlechter Schütze, so einen Schuss jedoch würde er nicht einmal versuchen. Wer auch immer Leslie Petersen geb. Cooke getötet hatte, musste ein Experte sein, ein Meisterschütze, vielleicht ein ausgebildeter Scharfschütze. Das könnte ihm möglicherweise den Hinweis liefern, nach dem er suchte. Er bezweifelte, dass es viele Menschen im Land gab, die so einen Treffer landen konnten. Wenn Bradbury die Schützenvereine der Umgebung überprüfte, bekam sie vielleicht ein paar Namen zusammen.

Der Turm war eine bekannte Landmarke und alles, was von dem übrig war, was einst eine prachtvolle, gewaltige Festung gewesen sein musste. Teile des Turms waren laut einem Schild, das davor stand, über tausend Jahre alt und stammten noch aus der Zeit vor den Normannen, die die Festung errichtet hatten, um unter den hiesigen Bauern für Zucht und Ordnung zu sorgen. Tom's Tower, wie er im Volksmund hieß, war eine Touristenattraktion, und Tausende stiegen jedes Jahr die einhundertachtzig Stufen hinauf. Gegenwärtig jedoch war er wegen Restaurierungsarbeiten geschlossen, und seit fast sechs Monaten hatte niemand außer den Bauarbeitern ihn aufgesucht.

Lapslie stellte sein Auto auf einem kleinen Parkplatz am Fuß des Turms ab, ohne die »Gebührenpflichtig«-Schilder zu beachten. Niemand war hier, keine Bauarbeiter, keine Polizisten. Die Leute von der Spurensicherung waren schon wieder fort, obgleich der Eingang und die Fenster im Erdgeschoss noch immer mit Polizei-Absperrband überklebt waren. Er hob das Band an, schlüpfte darunter hindurch und machte sich daran, die Treppe hinaufzusteigen. Er ging langsam, und er musste mehrmals anhalten, um wieder zu Atem zu kommen.

Als er sich dem Ende der Treppe näherte, hörte Lapslie dort jemanden herumlaufen. Er verlangsamte seine Schritte. Wahrscheinlich war es irgendein junger Polizist, doch er wollte ganz sicher sein.

Oben angekommen, schaute er sich um, so gut es eben ging, doch er konnte niemanden sehen. Er überlegte, ob er rufen sollte, doch er war sich nicht sicher, ob das eine besonders gute Idee wäre.

Als er zum Ausgang trat, ließ er den Blick am Rand des Turms entlangwandern. Diesmal sah er doch jemanden: ein Mann in einem langen hellbraunen Mantel kauerte da und starrte zu der Kirche hinüber. So, wie er die Arme hielt, war Lapslie überzeugt, dass er durch ein Fernglas spähte.

Leise trat Lapslie aus dem Treppenhaus, entschlossen, den Mann zu überrumpeln und herauszufinden, was er hier zu suchen hatte. Er hatte erst wenige Schritte getan, als der andere unverhofft herumfuhr. Er musste etwas gehört haben.

Erst jetzt wurde Lapslie klar, dass es kein Fernglas war, was der Mann da in den Händen hielt, sondern ein Gewehr mit einem großen Zielfernrohr. Und dass es genau auf seinen Kopf gerichtet war.

TEIL 3

2. Dezember 2008

Michael Cohen hatte Jahre gebraucht, bis er endlich seine eigene Werkstatt eröffnen konnte. Schon immer hatte er Autos geliebt; seine Eltern hatten immer gesagt, er wäre autoverrückt. Wenn er nicht gerade Modellautos baute oder sich Matchboxautos kaufte, sah er sich im Fernsehen Formel-1-Rennen an.

Zuerst lief das Geschäft nur schleppend, doch mit der Zeit kamen die Kunden, und es dauerte nicht lange, bis er drei Angestellte hatte und in ein größeres Gebäude umziehen musste. Alles lief hervorragend.

Der Wagen kam am Montagabend. Michael war allein. Eigentlich war die Werkstatt schon geschlossen, aber der Mann schien irgendwelchen Ärger zu haben, also erklärte Michael sich bereit, ihm zu helfen. Für ihn hörte es sich an, als sei der Auspuff hin, und solange er nicht unter den Wagen kroch, konnte er nicht sagen, ob der einen ganz neuen Auspuff brauchte oder nur ein Ersatzteil oder, wenn der Kunde Glück hatte, nur eine neue Muffe. Er hatte keine Lust, extra die Werkstatt aufzumachen und das Auto über die Grube zu stellen, also wies er den Fahrer an, es auf zwei tragbare Rampen zu fahren. Als es in Position war, kroch Michael darunter und machte sich daran, den Auspuff in seiner ganzen Länge zu inspizieren.

Er war so in seine Arbeit vertieft, dass er gar nicht merkte, dass sich der Wagen bewegte. Jedenfalls nicht gleich. Als er zum zweiten Mal ruckte, rief er: »Der Wagen steht nicht ganz

fest, können Sie noch mal gucken, ob die Handbremse angezogen ist?«
Er bekam keine Antwort. Michael sah sich nach den Füßen des Kunden um, doch der war nirgends zu sehen. Plötzlich sprang der Motor an und die Räder drehten scharf nach rechts. Jähe Hitze schlug Michael ins Gesicht, und er mühte sich hastig ab, auf den Ellbogen aus dem Weg zu robben.
»Vorsicht!«, rief er. »Was soll denn das?«
Die tragbaren Rampen kippten um, und das Auto krachte auf Michael Cohen hinunter und zermalmte ihn. Er war nicht gleich tot. Er lebte noch lange genug, um die Füße des Kunden plötzlich vor sich auftauchen zu sehen. Er lebte noch lange genug, um zu sehen, wie der Kunde ihn mit einem angedeuteten Lächeln betrachtete. Als er starb und noch immer nicht genau wusste, was eigentlich passiert war, war das Gesicht seines Mörders das Letzte, was er sah.

Lapslie schaute in den Lauf des Gewehrs und hob dann den Blick zum Gesicht des Mannes, der damit auf ihn zielte. Der Mann erwiderte seinen Blick einen Moment lang, dann richtete er den Lauf auf den Boden. »Entschuldigen Sie. Sie haben mich überrascht. Colonel Parr. Sagen Sie ruhig Andrew. Sie sind bestimmt Chief Inspector Lapslie?«
Parr streckte die Hand aus, und Lapslie ertappte sich dabei, wie er sie ergriff. Die Stimme des Mannes schmeckte nach sehr torfigem Whiskey, was zu seinem Wesen zu passen schien. Er war Mitte vierzig, mit grau meliertem Haar und festem Kinn.
»Können Sie sich ausweisen?«
Parr sah ihn an und lächelte. »Ja, selbstverständlich.« Er griff in die Jacketttasche und holte ein kleines ledernes Etui hervor. Lapslie inspizierte es sorgfältig. Es enthielt eine schlichte Karte, die Colonel Andrew Parr als Angehörigen der British

Army identifizierte. So einen Ausweis hatte er noch nie gesehen, aber er sah echt aus, also akzeptierte er ihn und nahm sich im Stillen vor, das später überprüfen zu lassen.

»Möchten Sie meinen sehen?«, erkundigte er sich.

Parr schüttelte den Kopf. »Hab ich schon, mein Bester. Hab ich schon.«

Lapslie war sich nicht ganz sicher, was er damit meinte, doch er ließ es dabei bewenden – fürs Erste. »Wenn das jetzt keine allzu schwierige Frage ist, was haben Sie hier verdammt noch mal zu suchen? Das ist ein Tatort! Und wo ich schon mal dabei bin, woher zum Teufel wissen Sie, wer ich bin?«

Parr fuhr bei dem schroffen Ton ein wenig zurück, stellte das Gewehr auf den Boden und lehnte es gegen die Mauer. »Dann haben die es Ihnen also nicht gesagt?«

Lapslie schüttelte den Kopf. »Was gesagt?«

»Wir, na ja, *ich* wurde gebeten, zu schauen, ob hier geholfen werden kann.«

»Wobei?«

»Was das Schießen betrifft; das ist nämlich mein Spezialgebiet, alter Knabe. Ich halte an der Defence Academy in Cranfield Vorlesungen über Ballistik.«

»Sie haben sich als Colonel vorgestellt. Welches Regiment?«

Parr zögerte kurz. »Royal Artillery.«

»Tatsächlich. Also ein Long Range Sniper?«

Parr lächelte breit, offensichtlich hatte er diese Anspielung auf das Computerspiel schon öfter gehört, war aber erstaunt, dass Lapslie sie kannte. »Sagen wir einfach, ich diene Königin und Vaterland und wohne in Hereford.«

»Ah.« Lapslie ließ seine Stimme tiefer und einschmeichelnder klingen. *»›Bin ein untergeordneter Lord, einer, der ausreicht, um den Hofstaat aufzubauschen, ein oder zwei Szenen in Gang zu setzen, den Prinzen zu beraten, kein Zweifel, ein* *leichtes Werkzeug, ehrerbietig, dankbar, von Nutzen zu sein, schlau, vorsichtig und äußerst gewissenhaft.‹«*

»Ich bin«, erwiderte Parr und lächelte ein wenig, »ganz sicher kein Prinz Hamlet.«

»Also, was haben Sie herausgefunden?«

Parr wandte sich zur St. Mary's Church um, deren Turm man deutlich sehen konnte. »Es war ein Weitschuss – tausendzweihundert Meter. Man müsste nicht nur ein guter Schütze sein, um das zu schaffen, sondern auch sehr gut ausgebildet.«

»Könnten Sie das schaffen?«

Parr bedachte ihn mit einem sonderbaren Blick. »Ja, natürlich.«

Lapslie trat zu ihm und schaute ebenfalls zu der Kirche hinüber. »Sie denken also, unser Mörder könnte beim Militär sein.«

Wieder sah Parr ihn an. »Vielleicht, aber beim Militär welchen Landes? Aber man bekommt ja nicht nur beim Militär beigebracht, akkurat zu schießen, es gibt Hunderte, die das als Sport betreiben. Und viele von denen sind sehr gut. Was ich nicht möchte, ist, Sie in die falsche Richtung zu lenken.«

»Und was ist Ihre Meinung?«

»Ich denke, dass Sie es mit jemandem zu tun haben, der entweder beim Militär ist oder beim Militär war, und dass Sie vielleicht mehr als einen Täter suchen.«

Lapslie wandte sich zu ihm um. »Wie kommen Sie denn darauf?«

»Soweit wir wissen, hat unser Heckenschütze genau einen Schuss abgegeben – den, der die junge Frau getötet hat. Normalerweise arbeiten Scharfschützen in einem Zweierteam. Der eine macht den AMOS …«

»Was zum Teufel ist denn der AMOS?«

»Simpel ausgedrückt heißt das, die Windgeschwindigkeit, die Lufttemperatur und den Schusswinkel bestimmen. Das kann alles signifikanten Einfluss auf den Schuss haben, deshalb muss es genau stimmen. Es besteht ein großer Unterschied zwischen, sagen wir, einem Schuss schräg nach unten und einem schräg nach oben. Wenn das bestimmt ist, übernimmt das andere Team-Mitglied, nunmehr ausgestattet mit diesen Informationen, das Schießen. Außerdem glaube ich, dass vor dem tödlichen Schuss ein paar Probeschüsse abgegeben worden sein müssen.«
»Sind Sie sich da sicher?«
»Dass es zwei sind? Nein. Es ist nicht immer so; der Täter könnte es auch selbst berechnet und dann geschossen haben, obwohl das ziemlich schwierig ist, weil sich Windgeschwindigkeit und Temperatur recht schnell ändern können. Wie dem auch sei, das ist ein Wahnsinnsschuss, um ihn allein gleich beim ersten Mal richtig hinzukriegen.«
Lapslie nickte. »Irgendeine Vorstellung davon, was für eine Waffe er benutzt hat?«
Parr setzte ein merkwürdig angedeutetes Lächeln auf und nahm das Gewehr zur Hand, das er gerade abgestellt hatte. »So eines.« Er reichte Lapslie die Waffe, der sie mit den Augen eines Amateurs begutachtete – es war ein bisschen so, als trete man beim Kauf eines Autos gegen die Reifen, begriff er. »Kennen Sie sich mit Schusswaffen aus?«
Lapslie schüttelte den Kopf. »Nicht besonders. Deswegen holen wir uns ja Fachleute wie Sie. Also, was habe ich hier in der Hand?«
Parr nahm Lapslie das Gewehr wieder ab. »Das hier ist ein Accuracy International AX50 .50 BMG mit einem Schmidt-und-Bender-Zielfernrohr. Der große Bruder vom AW50, das war auch ein sehr gutes Gewehr. Meiner bescheidenen Mei-

nung nach ist das hier das beste Scharfschützengewehr, das es derzeit gibt, und auch das beste Zielfernrohr. Ihr Täter dürfte so etwas wie das hier verwendet haben. 'ne Vogelflinte war's jedenfalls nicht, das ist mal sicher.«

»Wie lange hätte er für den Schuss gebraucht?«

»Ein paar Minuten, etwas mehr, wenn er den AMOS selbst macht. Der Turm war wegen Renovierungen geschlossen, und es war niemand in der Nähe. Trotzdem ist er ein gewisses Risiko eingegangen, aber offensichtlich war er der Meinung, dass es sich lohnt. Ich habe mich gerade nach Patronenhülsen umgeschaut.«

»Glauben Sie, er wäre so dumm gewesen?«

»Wahrscheinlich nicht, aber das hier ist eine Einzelschusswaffe mit Kammerverschluss. Der gesunde Menschenverstand sagt einem, dass er die Hülse mitgenommen hätte. Aber ich habe auch schon Situationen erlebt, wo die Hülse ganz blöd irgendwo landet und man sie nicht wiederfindet. Viel Zeit hätte er nicht gehabt.« Er deutete auf den Rand des Turms. »Vielleicht ist das Ding ja da runtergefallen. Das hätte ihm den Tag ziemlich versaut.«

»Ich denke, Sie werden feststellen, dass Jim Thomson und seinem Team nicht viel entgeht.«

Parr sah Lapslie fragend an. »Wer ist das?«

»Der Leiter der Spurensicherung und seine Leute.«

Parr nickte. »Na ja, wie gesagt, man kann nie wissen. Was wissen wir über das Mädchen?«

Lapslie zuckte die Achseln. »Noch nicht viel, aber sie scheint eine ganz normale, gewöhnliche junge Frau zu sein. Wieso fragen Sie?«

»Es kommt mir komisch vor, dass sich ein erfahrener Schütze solche Mühe machen, ein so großes Risiko eingehen und das beste Gewehr benutzen würde, das es auf dem Markt gibt, nur um irgendein x-beliebiges Mädchen umzubringen.«

Lapslie sah ihn an. »Das sehen ihre Angehörigen ganz bestimmt nicht so.«
Parr wandte den Blick ab. »Nein, wahrscheinlich nicht. Blöd ausgedrückt. Ich entschuldige mich, aber Sie wissen, was ich meine.«
Lapslie nickte. »Ja, das ist wirklich komisch. Fällt Ihnen dazu etwas ein?«
Parr überlegte einen Moment. »Ja, ich glaube, das war ein Übungsschuss, eine Probe.«
Lapslie war verwirrt. »Ich verstehe nicht.«
»Sie war gar nicht das eigentlich Ziel, sie war jemand, an dem er üben konnte, an dem er überprüfen konnte, ob das Gewehr richtig eingeschossen ist. Mir fällt kein anderer Grund ein, warum er sie sonst hätte töten wollen.«
Lapslie war nicht überzeugt. »Ich denke, bevor wir uns auf diese spezifische Hypothese stürzen, sollten Sie mir ein paar Tage Zeit lassen, einen plausibleren Grund für den Mord zu finden.«
Parr schüttelte den Kopf. »Geht leider nicht, alter Knabe. Tut mir leid, hier steht zu viel auf dem Spiel. Ich werde das Ganze meinen Vorgesetzten melden und die entscheiden lassen müssen, wie's weitergeht. Wir können einen ausgebildeten Scharfschützen doch nicht einfach so frei rumlaufen lassen.«
Lapslie gab nicht klein bei. »Ich denke, Sie irren sich. Tatsächlich weiß ich es sogar ganz sicher.«
Parr sah ihn an. »Und wie können Sie da so sicher sein?«
»Wegen der Puppen.«
Jetzt war es an Parr, verwirrt zu sein. »Puppen? Was denn für Puppen? Barbies, Aufblaspuppen, Schaufensterpuppen? Wovon reden Sie eigentlich?«
Lapslie war klar, dass das, was er gleich sagen würde, sich für einen Mann wie Parr vielleicht lächerlich anhören würde, doch es

gab keine Möglichkeit, das Ganze durch die Blume zu erklären. »Letzte Woche haben wir in einem alten Atombunker ein Dutzend Puppen gefunden. Neun davon waren alle auf irgendeine Art schwer beschädigt und waren in kleine hölzerne Särge gelegt worden. Die drei, die noch intakt waren, standen vor ihren Särgen, lagen aber nicht drin. Eine von diesen Puppen war als Braut verkleidet. Nachdem Leslie Petersen erschossen worden war, wurde ich zum Bunker zurückgerufen. Die Brautpuppe, von der ich jetzt weiß, dass sie Leslie repräsentiert, war in ihren Sarg gelegt worden. Als ich den Deckel aufgemacht habe, habe ich ein Loch in der Puppe gefunden, genau an der Stelle, wo die Kugel in Leslies Körper eingeschlagen war. Und außerdem war das Kleid voller Blut. Ihr Blut, glaube ich, allerdings warten wir noch auf die Untersuchungsergebnisse aus der Forensik.«

Parr sah ihn an, als höre er sich gerade ein bizarres Ammenmärchen an. »Woher wissen Sie denn, dass es ihr Blut war, wenn ich fragen darf?«

Lapslie zuckte die Schulter. »Genau wie bei Ihnen und dem Gewehr kann ich es gar nicht genau wissen, aber Alter und Erfahrung sagen es mir.«

»Wie lange war der Schuss her, als Sie die Puppe gesehen haben?«

»Allerhöchstens zwei Stunden.«

Parr schüttelte den Kopf. »Und ich hab gedacht, ich hätte einen bizarren Job. Wann ist die Obduktion?«

»Morgen Nachmittag.«

»Hätten Sie was dagegen, wenn ich mitkomme? Ich würde gern sehen, ob der Gerichtsmediziner die Kugel finden kann. Das würde helfen, meine Hypothese zu bestätigen, was für eine Waffe verwendet worden ist.«

Lapslie nickte. »Damit habe ich kein Problem, solange Sie mich auf dem Laufenden halten.«

»Natürlich. Ich glaube, im Augenblick brauchen wir einander vielleicht.« Parr verzog das Gesicht, als ihm ein weiterer Gedanke kam. »Und darf ich Ihnen einen Rat geben?«

»Natürlich.« Lapslie zog seinerseits eine leichte Grimasse. »Und wenn er gut ist, nehme ich ihn vielleicht auch an.«

»Lassen Sie Ihre Leute die Kirchenmauern rund um den Eingang absuchen, da, wo das Mädchen erschossen worden ist. Wenn unser Heckenschütze ein paar Probeschüsse abgegeben hat – und ich bin mir verdammt sicher, dass er das getan hat –, dann sind die Kugeln dort oder ganz in der Nähe. Könnte eine Weile dauern und kniffelig sein, aber sie werden dort sein. Darauf würde ich eine gute Flasche Wein verwetten. Außerdem dürfte die Kugel bei der Durchschlagskraft und Geschwindigkeit glatt durch sie hindurchgegangen sein. Feststellen muss das natürlich ein Gerichtsmediziner. Suchen Sie die hintere Wand der Kirche ab, direkt hinter der Stelle, wo sie erschossen worden ist. Ich denke, Sie werden überrascht sein, was Sie da finden.«

Lapslie nickte. »Danke. Ich lasse die Spurensicherung gleich anfangen.«

Parr lächelte. »Gut. Dann also bis morgen?«

Lapslie nickte und sah dem Colonel nach, als dieser mit seinem Gewehr in der Hand in der Düsternis des Treppenhauses verschwand. »Nur so aus Interesse«, rief er ihm nach. »Sie haben doch einen Waffenschein für das Gewehr, oder?«

Die einzige Antwort, die er bekam, war ein verklingendes Lachen.

Als Lapslie von Tom's Tower wegfuhr, ging ihm auf, dass er wirklich so viel wie möglich über Leslie Petersen in Erfahrung bringen musste. Er war sich nicht sicher, dass sie der Schlüssel zu dem Problem sein würde, aber der Mord an ihr war doch bestimmt ein wichtiges Element, zumindest für den

Mörder, und weitere Fakten könnten offenbaren, wieso. Ihm war klar, dass er als Nächstes mit ihrem Vater würde sprechen müssen, und danach mit ihrem Mann. Diese Befragungen würden nicht angenehm werden und könnten sogar traumatisch sein, doch manchmal wussten nahe Angehörige irgendetwas und waren sich gar nicht im Klaren darüber. Außerdem musste er Jim Thomson zu fassen bekommen und ihn und sein Team anweisen, die Kirchenmauer Zentimeter für Zentimeter abzusuchen, um zu sehen, ob Colonel Parrs Theorie stimmte. Ehe er jedoch Jim anrief, gab es da noch etwas, das er Jane Catherall fragen wollte.
Er fuhr in eine Haltebucht und rief sie vom Handy aus an. Sie meldete sich fast sofort. »Jane, hier ist Mark Lapslie. Sie müssen mir einen Gefallen tun.«
Eine kurze Pause entstand, in der sie entweder über seine Bitte nachdachte oder, was wahrscheinlicher war, versuchte, mit der Bedienung des Telefons in ihrer Hand zurechtzukommen. »Das kommt drauf an«, antwortete sie bedächtig.
»Auf was?«
»Was es für ein Gefallen ist. Ich habe schon einige sehr merkwürdige Ansinnen von Ihnen zu hören bekommen.«
»Das hier ist ganz einfach.«
»Schießen Sie los.«
»Hatten Sie schon Gelegenheit, sich Leslie Petersens Leiche anzuschauen?«
»Die Obduktion ist erst für morgen eingeplant. Übrigens, Glückwunsch, diesmal haben Sie das mit dem Namen richtig hingekriegt.«
»Ich gebe mir allergrößte Mühe. Ich habe nur überlegt, ob Sie wohl schon die Voruntersuchung gemacht haben.«
Wieder eine Pause. »Dan hat den Leichnam gewaschen, um ihn für morgen vorzubereiten. Warum?«

»Gibt es eine Austrittswunde? Ich meine, ist die Kugel glatt durch sie hindurchgegangen, oder meinen Sie, sie steckt vielleicht noch in ihr drin?«
Abermals eine Pause. »Es gab keine Austrittswunde. Ich rechne damit, die Kugel irgendwo in ihrem Bauchraum zu finden. Das Problem bei den Dingern ist, sie sind nie da, wo man sie erwartet. Wenn sie auf Knochen treffen, können sie ganz schön durch die Gegend prellen.«
»Aber Sie sind sich sicher, dass sie noch irgendwo in ihr drinsteckt?«
»Ja. Darf man fragen, warum?«
»Das erzähle ich Ihnen morgen. Sie sind wohl noch nicht dazu gekommen, ihre Blutgruppe zu überprüfen?«
»Doch.«
»Und?«
Noch eine Pause. »Das erzähle ich Ihnen morgen.«
»Jane, bitte. Es ist wichtig. Rouse macht mir das Leben schwer, und ich brauche ein paar harte Fakten, die ich ihm hinknallen kann, sonst bin ich aufgeschmissen.«
Jane Catherall war ebenfalls kein Fan von Alan Rouse. »Warum müssen Sie das wissen?«
»Ich will wissen, ob ihr Blut dasselbe ist wie das auf dem Puppenkleid.«
Ein paar Augenblicke lang herrschte Schweigen. »Wie könnte der Mörder denn ihr Blut von einem Tatort auf den anderen übertragen haben? Und was noch wichtiger ist, wieso?«
»Ich weiß es nicht und ich weiß auch nicht, wie, aber so, wie's aussieht, glaube ich, genau das ist passiert.«
»Sie war AB negativ, wenn Ihnen das hilft.«
»Danke, Jane.«
Ehe Catherall noch eine weitere Frage stellen konnte, brach Lapslie die Verbindung ab. Nun, der Colonel hatte falschge-

legen, was die Kugel anging. Nichtsdestotrotz blieb Lapslie nicht viel anderes übrig, als Jim Thomson und seine Leute darauf anzusetzen, die Kirchenmauer nach Projektilen von Probeschüssen absuchen zu lassen.

Das Heim der Cookes war eine bescheidene, aber gut instand gehaltene Doppelhaushälfte in einer kleinen Mittelklasse-Wohnsiedlung in der Nähe von Finchingfield. Lapslie ging den kurzen Weg zur Haustür hinauf und klingelte. Kurz darauf öffnete ein junger Mann. Sein Haar war kurz, seine Augen waren dunkel, und er sah verhärmt aus. Lapslie nahm an, dass dies Nathan Petersen war, der Witwer. Witwer klang so altmodisch, dachte er, aber was konnte man denn sonst sagen? Er zog seinen Dienstausweis hervor. »Chief Inspector Lapslie. Ist Mr Cooke vielleicht zu Hause?«
Nachdem er einen kurzen Blick auf den Ausweis geworfen hatte, nickte der Mann. »Ja, er ist da. Kommen Sie rein.«
Er rief die Treppe hinauf. »Alan, hier ist jemand von der Polizei. Du musst runterkommen.«
Danach führte er Lapslie ins Wohnzimmer. Das Haus war voller gerahmter Familienfotos, an den Wänden und in den Regalen. Lapslie wandte sich an den jungen Mann. »Dürfte ich fragen, wer Sie sind, Sir?«
»Nathan. Nathan Petersen. Ich war mit Leslie verheiratet. Nicht lange, aber trotzdem.«
Lapslie nickte verständnisvoll. »Mein aufrichtiges Beileid. Ich hoffe, ich kann dieses Verbrechen für Sie aufklären.«
Petersen schüttelte sachte den Kopf. »Verstehen Sie mich nicht falsch, Mr Lapslie, aber ich glaube nicht, dass Sie das schaffen. Es scheint einfach überhaupt keinen Grund dafür zu geben.«
»Ich verspreche Ihnen, wenn ich irgendwie kann, werde ich diesen Fall lösen.«

Lapslie nahm ein Foto vom Kaminsims und betrachtete es. Darauf war eine lächelnde Leslie mit einem Jungen, den Lapslie nicht kannte. »Wer ist denn der junge Mann da neben Leslie?«
Petersen schaute auf das Foto. »Das ist ihr Bruder Bob. Er ist in der Army. Im Moment ist er in Afghanistan, aber sie werden ihn wohl nach Hause fliegen.«
Die Verbindung mit der Army interessierte Lapslie. »Wie lange dient er schon?«
»Vier oder fünf Jahre, glaube ich.«
»Und Sie – was machen Sie, wenn ich fragen darf?«
»Ich bin beim Gemeinderat. In der Abteilung für Stadtplanung.«
»Und war zwischen Leslie und ihrem Bruder alles okay? Und zwischen Ihnen und Bob auch, wo wir schon dabei sind?«
»Zwischen Leslie und ihrem Bruder war alles in Ordnung, hätte nicht besser sein können – abgesehen davon, dass sie gezwungenermaßen so weit voneinander getrennt waren, natürlich.« Petersen schaute kurz zur Seite, als überlege er. »Zuerst war's zwischen Bob und mir irgendwie verkrampft, fast so, als hätte er etwas gegen mich. Aber das habe ich immer für das normale Beschützerverhalten eines großen Bruders gehalten. Oder vielleicht lag's auch daran, dass wir aus völlig verschiedenen Ecken kommen.«
»Und wie kommen Sie und Bob jetzt miteinander aus?«
Petersen zuckte die Achseln. »Gut. Bei seinen Heimaturlauben haben wir uns besser kennengelernt, und bestimmt hat Leslie auch mit ihm geredet, ihm klargemacht, wie viel wir einander bedeuten. Jedenfalls hat sich das Ganze allmählich entspannt.«
»Wie lange waren Sie schon mit Leslie zusammen?«
»So ungefähr zwei Jahre.«
Lapslie lächelte. »Ging ganz schön schnell, wie?«

»Ja, wahrscheinlich. Aber auf meiner Seite gab's keinerlei Bedenken, und auf ihrer auch nicht – warum also warten?«

»Hatte sie eine Lebensversicherung?« Diese Frage stellte Lapslie stets nur sehr ungern, deswegen warf er sie für gewöhnlich wie eine Handgranate in das Gespräch. Es war, als beschuldige man die Betroffenen, an einem Verbrechen beteiligt zu sein, und das in einem Moment, wo sie extrem verwundbar waren. Noch schlimmer war es, wenn es um kleine Kinder ging. Wenn man Eltern, die normalerweise untröstlich waren, als Hauptverdächtige betrachten musste. Viel schlimmer ging es nicht. Er hatte schon erlebt, dass Leute von all dem Stress quasi über Nacht ergraut waren.

»Ja, über zweihunderttausend Pfund. Ich auch. Das war meine Idee, ich hab nämlich gedacht, ich sterbe vielleicht vor ihr, und ich wollte mir keine Sorgen machen müssen, dass sie dann ohne einen Penny dasteht.«

Lapslie konnte sich nicht vorstellen, wieso Nathan Petersen etwas mit dem Mord an seiner Frau zu tun haben sollte, doch er würde weiter als Verdächtiger gelten, bis jemand dafür verhaftet worden war. Ehe er die nächste Frage stellen konnte, trat Alan Cooke ins Zimmer. Lapslie erkannte ihn vom Gemeindesaal wieder, obgleich der Mann aussah, als sei er seither um zehn Jahre gealtert. Er streckte die Hand aus. »Chief Inspector Lapslie. Ich leite die Ermittlungen zu dem Mord an Ihrer Tochter.«

»Schon jemanden geschnappt?«

Lapslie schüttelte den Kopf.

»Sollten Sie sich dann nicht da draußen darum kümmern und uns nicht auf die Nerven gehen? Ich hab doch schon eine verdammte Aussage gemacht!«

Lapslie blieb ruhig. In Zeiten wie diesen waren die Menschen niemals wirklich sie selbst. »Ich habe ein Team aus Zivilfahn-

dern und Streifenpolizisten, die alles tun, was sie können. Die kriegen den Kerl, der das getan hat.«
Alan Cooke setzte sich in einen großen Sessel gegenüber von Lapslie. »Entschuldigung. War eine schwere Zeit. Hab vor ein paar Jahren ihre Mum verloren, und jetzt Leslie, und Robert dient in einem sehr gefährlichen Land. Früher waren wir mal so eine glückliche Familie. Und jetzt sind nur noch Robert und ich übrig.«
»Ich weiß, dass Sie Ihre Aussage schon zu Protokoll gegeben haben, aber würde es Ihnen etwas ausmachen, noch ein paar Fragen zu beantworten?«
Cooke nickte. »Warum nicht, wenn's hilft? Fragen Sie ruhig.«
»Ein paar dieser Fragen hören sich vielleicht ein bisschen sinnlos an, aber ich muss sie trotzdem stellen.«
Wieder nickte Cooke, dann setzte er sich auf und gab sich Mühe, so konzentriert wie möglich auszusehen.
Lapslie zögerte einen Moment; er wusste nicht genau, wie er die erste Frage formulieren sollte. Der Kummer im Raum war fast mit Händen zu greifen. »Ein Mord ist immer schlimm, und der an Ihrer Tochter ist besonders schlimm, wegen der Umstände. Ich habe im Laufe der Jahre mit vielen Morden zu tun gehabt, manche davon an jungen Frauen wie Ihrer Tochter, aber keine von denen ist je auf so professionelle Art und Weise umgebracht worden. Morde dieser Art sind normalerweise für Präsidenten, Politiker und Soldaten reserviert, nicht für ganz normale junge Frauen, die ein ganz normales Leben führen. Haben Sie eine Ahnung, wer Ihre Tochter nicht nur umbringen wollte, sondern auch imstande wäre, es auf derart dramatische Weise zu tun?«
Alan Cooke sah ihn einen Moment lang an. »Wissen Sie, mir ist klar, dass die Leute so was eben sagen, wenn jemand stirbt, aber in ihrem Fall stimmt es. Sie hatte nicht einen Feind auf

dieser Welt. Wirklich nicht. Sie war genau wie ihre Mutter: freundlich, umsichtig, rücksichtsvoll. War immer beliebt, hatte nie ein Problem mit irgendjemandem. Sie hat Probleme *gelöst*, keine *gemacht*. Das Ganze ist ein Riesenirrtum, irgendwer hat sie mit jemand anderem verwechselt.«

Lapslie erwiderte seinen Blick ruhig. »Also, ich weiß, dass Ihr Sohn Bob in der Army ist. Aber hatte Leslie jemals eine Beziehung mit irgendjemandem in der Army?«

Alan Cooke schaute einen Augenblick lang betreten zu Boden. »Na ja, da gab es mal jemanden – aber das hat ganz bestimmt nichts mit dem hier zu tun.«

Lapslie sah ihn weiter unverwandt an. »Ich denke, das sollte lieber ich entscheiden.«

Diesmal sah Alan Cooke Nathan an, als hoffe er auf seine Zustimmung. »Es tut mir leid, Nathan – aber Leslie hat mich schwören lassen, dir nichts davon zu erzählen.« Er holte Luft und wandte sich Lapslie zu. »Leslie hatte wirklich schon einmal einen Freund, einen Freund und Kameraden von Robert, der mit ihm in Afghanistan gedient hat.«

»Und wann haben die beiden sich getrennt?«

»Mehr oder weniger als sie anfing, sich mit Nathan zu treffen.«

»Mehr oder weniger?« Lapslie runzelte die Stirn. »Warum nicht etwas genauer?«

»Weil Mike, Roberts Soldatenfreund, damals gerade in Afghanistan war, seit vier Monaten, als das passiert ist.« Alan Cooke seufzte und streckte die Hand aus. »Das war der Hauptgrund für die Trennung. So lange weg – es ist so schwer, da eine Beziehung aufrechtzuerhalten.«

Noch ehe er geendet hatte, bemerkte Lapslie, wie Nathan Petersen kurz die Augen schloss und den Kopf schüttelte. Alan Cooke sah seinen Schwiegersohn an. »Deswegen hat Leslie mich und Robert auch gebeten, nichts zu sagen – sie dachte, du könntest möglicherweise ein schlechtes Gewissen haben und dich verantwortlich fühlen. Und das hätte eure Beziehung vielleicht unnötig belastet. Aber zwischen ihr und Mike war sowieso schon alles gelaufen, bevor sie dich kennengelernt hat.«

Nathan schnitt eine verlegene Grimasse. »Das erklärt wohl Bobs anfängliche Ablehnung mir gegenüber – wenn sein Kamerad so abserviert worden ist.«

»Ja. Und Leslie hat sehr viel Zeit darauf verwendet, Robert die Situation zu erklären, dass zwischen ihr und Mike schon alles vorbei war, bevor sie dich kennengelernt hat. Damit ihr Bruder keinen Groll gegen ihren künftigen Ehemann hegt.«

Oder gegen sie, dachte Lapslie, sprach es aber nicht aus. Doch es war leicht, sich vorzustellen, dass Mike weniger verständnisvoll darauf reagiert hatte, mitten in einem Auslandseinsatz fallen gelassen zu werden.

»Mike? Wie heißt er mit Nachnamen?«

»Stowell. Mike Stowell.«

»Und war er Scharfschütze, oder ist er in der Army irgendwann mal zum Scharfschützen ausgebildet worden?«

»Ich weiß es nicht. Robert würde das wohl wissen, oder Sie könnten sich bei seinem Regiment erkundigen.« Cookes Gedankengang kam jäh ins Stocken, als ihm klar wurde, wo das hier hinführte. »Aber Mike hätte ganz bestimmt nicht bei etwas so Grauenhaftem mitmachen können. Er ist doch so ein netter Junge.«

Lapslie lächelte geduldig. Wenn er jedes Mal ein Pfund bekommen hätte, wo er einen Freund oder Angehörigen das über einen Mörder hatte sagen hören … »Ich denke, darüber werden wir mehr wissen, wenn wir mit Mike gesprochen und bei seinem Regiment nachgefragt haben. Fällt Ihnen sonst noch irgendetwas ein, was wichtig sein könnte?«

Die beiden Männer wechselten einen vielsagenden Blick. Es war Nathan, der als Erster das Wort ergriff. »Hören Sie, da war noch etwas. Wahrscheinlich ist es nichts weiter, aber ich erzähl's Ihnen trotzdem.«
Lapslie musterte ihn kurz. »Nur zu.«
»Ihr Kleid ist beschädigt worden. Zerschnitten.«
»Welches Kleid? Ihr Hochzeitskleid?«
Die beiden Männer nickten im Duett, und Alan Cooke berichtete weiter: »Sie wollte im Kleid ihrer Mutter heiraten. Also hat sie es ein bisschen enger machen und reinigen lassen. Als es zurückkam, hat es so nach Reinigung gestunken, deshalb hat sie es draußen auf die Leine gehängt, damit es ein bisschen durchlüften konnte.«
Lapslie nickte. »Okay. Und was ist dann passiert?«
»Als sie es reingeholt hat, hatte da jemand ein großes Stück rausgeschnitten. Nicht einfach nur reingeschnitten, da war verdammt noch mal ein großes Rechteck raus …«
Lapslie horchte auf. »Wie, und der Täter hat das Stück mitgenommen?«
Wieder nickten beide Männer gleichzeitig.
»Und was hat sie gemacht?«
Ihr Vater erzählte weiter: »Sie hat sich wahnsinnig aufgeregt, aber sie hat es wieder hingekriegt, wie immer. Wie gesagt, sie war jemand, der Probleme gelöst hat. Sie hat Stoff von innen aus dem Kleid genommen, und sie und ihre Tante haben das Loch irgendwie so geflickt, dass es überhaupt nicht aufgefallen ist. Man hat gar nicht mehr gesehen, dass es mal kaputt war. Wirklich bemerkenswert.«
»Und wann ist das passiert?«
»Ungefähr zwei Wochen vor der Hochzeit.«
Bemerkenswert, in der Tat, dachte Lapslie, aber wenn Mike Stowell während der letzten zwei Wochen nicht im Lande ge-

wesen war, dann konnte er nicht dafür verantwortlich sein, und auch nicht für den Mord an Leslie Petersen. Er fragte, ob Stowell im Augenblick im Auslandseinsatz wäre. »In Afghanistan oder irgendwo anders?«
»Er hat Urlaub«, antwortete Alan Cooke.
»Seit wann?«
»Seit fünf Monaten.«
Lapslie legte die Stirn in Falten. »Das ist aber ungewöhnlich lange. Was ist denn der Grund dafür?«
Alan Cookes Mund arbeitete einen Moment lang, als hinterließe das, was er gleich sagen würde, einen bitteren Geschmack. »Weil er laut Robert unter PTBS leidet. Früher hieß so was Kriegsneurose.«
Lapslie nickte. PTBS – Posttraumatische Belastungsstörung – wurde bei der Armee oft als Kürzel für alle möglichen psychologischen Störungen benutzt.

Emma Bradbury stand in dem kleinen Wäldchen, das den geheimen Eingang zu dem Atombunker umgab. Aufmerksam sah sie zu, wie das Special-Operations-Team den Boden absuchte, Zentimeter für Zentimeter. Die Leute hatten auf der anderen Seite des Wäldchens eine Reihe gebildet und rückten jetzt langsam auf Händen und Knien vor, fotografierten alles, was von Interesse sein könnte, tüteten es ein und etikettierten es. Das meiste war uninteressant, aber notwendig war es trotzdem.
Jim Thomson und seine Leute waren ebenfalls dort zugange, sie nahmen verschiedene Gras-, Pflanzen- und Bodenproben für den Fall, dass sie sie mit Funden an der Kleidung eines Verdächtigen abgleichen mussten. Falls es jemals Verdächtige geben sollte.
Bradburys Handy vibrierte in ihrer Tasche. Sie holte es heraus und schaute auf das Display. Lapslie. Sie ging ein Stück von

Jim Thomson und den Special-Operations-Leuten weg und nahm den Anruf entgegen. »Sir?«

Der Empfang hier im Wald war nicht besonders gut, und Lapslies Stimme war leise, doch Bradbury konnte ihn gerade eben noch verstehen. »Wie läuft's mit der Suche?«

»Langsam, aber das stört mich nicht. Die machen ihre Sache gut, und ich bin froh, dass ich nicht selber ranmuss. Sie suchen jeden Quadratzentimeter Boden ab. Wir haben aber ein kleines Problem ...«

»Was denn für eins?«

»Superintendent Rouse hat angerufen. Oder vielmehr, seine Assistentin hat angerufen. Er sagt, ich habe nur Zeit bis heute Abend, dann müssen die Kollegen zurück in die Hauptwache und neu eingeteilt werden.«

Lapslie seufzte. »Ich habe mir schon gedacht, dass er das tun wird, hab nur nicht erwartet, dass es so schnell geht. Aber zum Glück haben wir möglicherweise einen Durchbruch, also schauen Sie, dass wenigstens das Wäldchen zu Ende abgesucht wird, und was immer Sie sonst noch für wichtig halten. Und dann kommen Sie zu folgender Adresse.« Lapslie las Mike Stowells Adresse vor und erklärte, dass dies Leslies Ex-Freund sei, der abserviert worden war, während er in Afghanistan im Auslandseinsatz gewesen war. »Wir treffen uns dort.«

»Klingt vielversprechend.«

»Kann man wohl sagen. Wir holen ihn zur Vernehmung, durchsuchen seine Wohnung nach Waffen und untersuchen alles dadrin nach forensischen Spuren. Also nehmen Sie Thomson und sein Team mit. Später müssen wir dann mit Thomson auch noch mal in die Kirche, oder gleich morgen früh, um die Mauer um und über dem Haupteingang abzusuchen, wo Leslie erschossen worden ist.«

»Wie hoch über dem Eingang?«
»Bis zum Dach.«
»Und wonach suchen wir?«
»Nach Einschusslöchern oder Kugelfragmenten. Sie ist zwar nur von einer Kugel getroffen worden, aber unser Täter könnte vorher ein paar Probeschüsse abgegeben haben. Wenn ja, möchte ich rausfinden, wo die hingegangen sind, und sehen, ob wir die Projektile finden können. Dann haben wir etwas zum Abgleichen, wenn wir das Gewehr finden.«
»Ich bringe das hier so schnell zu Ende, wie ich kann, Sir. Bis nachher.«
Lapslie beendete das Gespräch, und Bradbury wandte sich an Inspector Brooke, den Leiter der Special-Operations-Einheit. »Sir, wir haben nur Zeit bis heute Abend, und ich kann nur noch eine halbe Stunde hierbleiben. Können Sie also Ihren Jungs sagen, sie sollen sich ein bisschen ranhalten?«
Er nickte. »Kann ich, aber dann wird's nicht mehr ganz so genau.«
»Schnell *und* genau geht's nicht?«
Brooke lächelte sie an. »Ich rede mal mit den Jungs.«
Gerade als er das sagte, ertönte ein Ruf von einem der Männer am Ende der Reihe. »Hier drüben!«
Bradbury und Brooke eilten dorthin, wo der Mann kniete, und achteten dabei darauf, hinter der Reihe zu bleiben. Als sie ihn erreichten, hatte er die Fundstelle mit einem großen gelben Pflock gekennzeichnet. Der gefundene Gegenstand war klein, schwarz und viereckig. Bradbury konnte nicht genau erkennen, um was es sich handelte.
Brooke reichte dem Mann eine durchsichtige Beweismitteltüte, und der Mann hob den Gegenstand vorsichtig mit einer Pinzette auf und ließ ihn hineinfallen; dann verschloss er die Tüte und reichte sie Bradbury. Sie hielt sie hoch, sodass sie

und Brooke den Gegenstand genauer betrachten konnten. Es war ein kleiner, aber vollendet nachgebildeter Doktorhut von der Sorte, mit denen Bradbury Eliteschüler bei der Examensfeier hatte herumstolzieren sehen. Sogar eine kleine Troddel war daran befestigt. Der Hut stammte von einer der Puppen, der Lehrerpuppe, die aus dem Bunker entwendet worden war, und zwar, wenn man Lapslie glauben wollte, höchstwahrscheinlich von Leslie Petersens Mörder. Der Täter musste ein wenig in Panik gewesen sein, um den Hut unbemerkt fallen zu lassen. Viel war es nicht, aber wenigstens wusste sie jetzt, dass Mörder eben doch Fehler machten.
Bradbury fiel auf, dass der Doktorhut neben einem schmalen Pfad gefunden worden war, der anscheinend vom Rand des Wäldchens zu dem Lukendeckel über dem Bunker führte. Sie ließ das Fundstück bei Brooke zurück und folgte dem Pfad zum Waldrand. Dort sah sie sich um, doch es waren nicht einmal Reifenspuren zu sehen. Ungefähr zweihundert Meter vor dem Wald war eine Zufahrt, die, wie sie wusste, zur B1053 führte.
Sie ging dorthin, schaute in alle Richtungen und sah, dass auf beiden Straßenseiten Radarkameras standen. Unwillkürlich überlegte sie, ob der Täter vielleicht ein zweites Mal gepatzt hatte. Vielleicht gab es ja ein Foto seines Wagens und seines Kennzeichens, und da auf beiden Seiten der Straße Kameras standen, wäre es egal, in welche Richtung er gefahren war. Es war ein Schuss ins Blaue, doch wenn sie bei dem Army-Ex-Freund fündig wurden und das Kennzeichen seines Wagens passte, dann schloss sich dieser Kreis.

»Können Sie bitte fürs Protokoll Ihren Namen nennen?«
»Michael Gerald Stowell.«
Bradbury ließ sich sein Alter – achtundzwanzig – und seine Adresse bestätigen, dann setzte sie Stowell davon in Kennt-

nis, dass sie die Befragung durchführen würde, zusammen mit Chief Inspector Lapslie.

»Des Weiteren ist Michael Stowells Anwalt Giles Brent anwesend, und der Zweck dieser Befragung ist die Aufklärung des Mordes an Leslie Petersen, von der wir glauben, dass sie mit Mr Stowell bekannt war.«

Sie befanden sich in einem Vernehmungszimmer tief in den Eingeweiden der Hauptwache in Chelmsford, im ersten Untergeschoss. Lapslie und Brent nannten ihren Namen für die Tonaufzeichnung, dann drehten sich Bradburys erste Fragen um Stowells ehemalige Beziehung mit Leslie.

»Und wie haben Sie sich gefühlt, als sie Schluss gemacht hat?«

»War natürlich völlig fertig.«

»Fertig genug, um sie umzubringen?«

Brent sah aus, als sei ihm bei dieser Frage unbehaglich, doch Stowell antwortete, ehe er dazwischengehen konnte.

»Natürlich nicht. Damals hat mich das echt verletzt – aber ich bin schon lange drüber weg.«

Lapslie beobachtete Stowell genau. Er zog es vor, die einleitenden Routinefragen Bradbury zu überlassen, weil dann der Kontrast und das Überraschungselement seinen Fragen stets mehr Wucht verliehen. Er beugte sich über den Tisch.

»Ja, aus Ihren damaligen E-Mails können wir ersehen, wie ›verletzt‹ Sie waren.« Lapslie schob ein Blatt Papier über den Tisch. »Ist das hier die Mail, die Sie Leslie Petersen geschickt haben, kurz nachdem sie sich von Ihnen getrennt hat?«

Stowells Gesicht lief ein wenig rot an, als er einen kurzen Blick auf das Blatt warf.

»Ja.«

»Würden Sie sie uns bitte laut vorlesen?« Lapslie hob auffordernd die Hand und lächelte verkniffen. »Und natürlich auch für die Tonaufzeichnung.«

»Ich … ich weiß nicht, wie du mir das antun konntest …« Stowell verhaspelte sich mit den Anfangssätzen, ehe es flüssiger lief. Allerdings errötete er immer heftiger. »Ich bin hier von nichts als Wüste, Staub und Kugeln umgeben und konnte nur an dich und an den Augenblick denken, wenn ich dich wiedersehen würde. Und du konntest inzwischen nur an einen anderen Mann denken. Du hättest mich nicht mehr verletzen können, wenn du mir eine Kugel durchs Herz gejagt hättest.«

Lapslie schwieg einen Moment, nachdem Stowell zu Ende gelesen hatte. »In Anbetracht dieser E-Mail könnten ›verletzt‹ und ›völlig fertig‹ als Beschreibung Ihrer damaligen Gefühlslage stark untertrieben wirken. ›Eine Kugel durchs Herz‹, so haben Sie sich stattdessen gefühlt – eine passende Wortwahl, wenn man bedenkt, dass Leslie an ihrem Hochzeitstag genau so umgekommen ist.«

»So hab ich damals eben empfunden«, fuhr Stowell auf. »Aber jetzt nicht mehr. Wie gesagt, ich bin drüber weg.«

»Tatsächlich?« Lapslie sah Stowell unverwandt an. »Und wieso sind Sie dann vor über vier Monaten wegen PTBS beurlaubt worden?«

Stowells Kopf sank ein wenig herab. »Okay, ich war depressiv, aber ich lasse mich deswegen ja behandeln, und …«

»Entschuldigung«, mischte Brent sich ein, »aber mein Klient braucht keine Einzelheiten über seine gegenwärtige PTBS-Behandlung preiszugeben, und auch nicht, wie und wieso es dazu gekommen ist.«

»Wir halten das für ermittlungsrelevant.«

»Das mag ja sein. Aber das heißt nicht, dass mein Klient Einzelheiten seiner gegenwärtigen PTBS-Therapie schildern muss, von denen viele vielleicht gar nicht relevant sind. Es handelt sich um die übliche Therapie, der sich viele britische

Soldaten unterziehen, als Resultat von Konflikten und Kriegsstress.«
Lapslie überlegte, ob hier wohl irgendwo eine Schmerzensgeldklage hinter den Kulissen lauerte, von der Stowells Anwalt befürchtete, dass sie Schaden nehmen könnte. Brent war sehr schnell aufgetaucht, sie hatten keinen Pflichtanwalt anfordern müssen. Er schaute in seine Akte und blätterte eine Seite um. »Aber die Beurlaubung Ihres Klienten hat ganz sicher dazu geführt, dass er sich zum Zeitpunkt des Mordes an Leslie Petersen in Großbritannien aufgehalten hat. Womit ich zu Ihrem Aufenthaltsort am fraglichen Tag kommen möchte.«
Lapslie schaute von der Akte auf. Sein Blick wanderte von Brent zu Stowell und verharrte dort. »Können Sie mir also sagen, Mr Stowell, wo Sie am 27. Juni zwischen elf und zwölf Uhr waren?«
Stowell wechselte einen Blick mit Brent, ehe er antwortete. »Den größten Teil dieser Zeit war ich im Dundee Café an der Stanton Road.«
Bradbury zog ihre Aktenmappe zu Rate, in der sich ein kleiner Stadtplan befand. »Also knapp einen Kilometer von dort entfernt, wo Leslie Petersen erschossen worden ist.«
»Kann sein. Wenn Sie's sagen.«
Brent bedachte seinen Klienten mit einem scharfen Blick; zum ersten Mal bisher. Offensichtlich hatte er Verständnis für den hilflosen Zorn des jungen Mannes, wies ihn jedoch an, sich nichts anmerken zu lassen.
Lapslie spürte, dass dies der angespannteste Katz-und-Maus-Teil der Befragung war, aber Stowell blieb nicht viel Raum zum Manövrieren. Die Durchsuchung seines Computers hatte eine Goldmine zutage gefördert. Sie wussten genau, wann er wo hätte sein sollen, und da Stowell und Brent von der Durchsuchung in Kenntnis gesetzt worden waren, wussten

sie es ebenfalls; daher der Blickwechsel zwischen ihnen. Lapslie nahm den Faden wieder auf.

»Sie sagen, *den größten Teil dieser Zeit.* Wann haben Sie das Dundee Café verlassen?«

»Um zwanzig vor zwölf, ein bisschen früher.«

»Also gut zehn oder zwölf Minuten, bevor Ihre Ex-Freundin erschossen worden ist.«

Lapslie konnte sehen, dass Stowell versucht war, abermals mit »Wenn Sie's sagen« aufzuwarten, doch auf einen verstohlenen Blick von Brent hin biss er sich auf die Lippe. Auch Lapslie hielt seine eigentlich beabsichtigte nächste Frage zurück: Ob irgendjemand gesehen habe, wie Stowell das Café verlassen hatte. Da Stowell zugegeben hatte, rechtzeitig gegangen zu sein, um zu schießen, war die Frage redundant.

»Und mit wem haben Sie sich in dem Café getroffen?«

»Ich hätte mich eigentlich mit einem alten Kumpel aus der Army treffen sollen, Barry Dennel – er ist aber nicht aufgetaucht.«

»Ach. Und wieso nicht?«

»Ich weiß es nicht. Ich hab's ein paar Mal auf seinem Handy probiert, aber er ist nicht rangegangen.« Stowell zuckte die Achseln. »Hätt's auch noch weiter versucht, wenn Sie mich nicht abgeholt hätten.«

»Ist ja recht günstig. Ihr Army-Kamerad mailt Ihnen, dass Sie sich mit ihm treffen sollen, taucht dann aber nicht auf.« Lapslie zog eine Augenbraue hoch. »Was haben Sie gemacht? Sich selbst eine Mail geschickt, mit Ihrem Freund als Absender, damit Sie ihn als Grund dafür angeben konnten, in der Gegend zu sein?«

»So war's nicht. Das können Sie gern überprüfen.«

»Oh, das werden wir tun, glauben Sie mir.« Lapslie bemerkte die Tätowierung auf Stowells Unterarm. »Und wer ist Matil-

da, da über dem Herz und den Rosen? Noch eine Verflossene?«
»Nein. Das ist meine Mutter«, erwiderte Stowell mit ausdrucksloser Miene. »Sie ist vor etwas über einem Jahr gestorben.«
»Die Mutter stirbt, die Freundin macht Schluss. Ich kann mir gut vorstellen, dass das einem den Rest geben kann.«
Brent streckte die Hand aus und legte sie auf Stowells Unterarm. Es hätte als Trost gemeint sein können, doch dafür sah der Griff zu fest aus; es war eine »Nicht provozieren lassen«-Geste. Stowell antwortete nicht; er sah Lapslie nur finster an. Doch jetzt, wo er ihn aus dem Gleichgewicht gebracht hatte, war Lapslie nicht geneigt, ihn vom Haken zu lassen. »Also, wie passen der Feuerwehrmann, der Lehrer und die anderen da rein? Haben die Sie auch gekränkt – irgendwie, sodass Sie das Gefühl hatten, sie waren mitverantwortlich dafür, dass Leslie Schluss gemacht hat? Haben wohl schlecht über Sie geredet, wie?«
Stowell machte ein verständnisloses Gesicht, und nach einem kurzen Blick auf seinen Klienten runzelte Brent die Stirn. »Ich habe keine Ahnung, wovon Sie reden, Inspector. Und mein Klient eindeutig auch nicht. Ich hoffe doch, es hat etwas mit dieser Vernehmung zu tun.«
»Ja, sehr viel sogar. Wir fürchten, dass es da noch andere Morde gibt, die mit diesem in Verbindung stehen.« Lapslie hatte keine Lust, dies näher zu erläutern – und bestimmt nicht, solange er nicht mehr Beweise und weitere Verbindungen zu den anderen hatte als bloß ein paar Puppen. Und Stowells Miene verriet wenig. Lapslie blätterte eine Seite zurück. »Aber kommen wir jetzt doch noch mal auf Ihre Zeit in der Army zurück, vor Ihrer Beurlaubung wegen PTBS. Waren Sie während Ihres Dienstes in der Army irgendwann mal Scharfschütze?«

»Ja.«
»Wie lange?«
»Die letzten zwei Jahre.«
Keinerlei Zögern bei Stowell, stellte Lapslie fest, aber noch einmal: Dies waren Dinge, von denen Brent wusste, dass sie sie überprüft hatten, also hatte er seinem Klienten bestimmt klargemacht, wie wichtig es war, schnell und eindeutig zu antworten, ohne Ausflüchte, die Unaufrichtigkeit andeuten könnten.
»Und was für ein Gewehr haben Sie für gewöhnlich benutzt?«
»Zwei verschiedene. Ein AX50 oder ein L115A3.«
Lapslie wechselte einen Blick mit Bradbury. »Bevorzugen Sie eins von diesen beiden?«
Stowell zuckte die Schultern. »Sind beides gute Gewehre. Es käme also auf das Ziel an – bewegt oder unbewegt, auf die Distanz und auf die Witterungsbedingungen.«
»Haben Sie hier in Großbritannien eines dieser beiden Gewehre in Ihrem Besitz?«
»Nein. Die werden beide auf dem Stützpunkt in Camp Bastion in Afghanistan verwahrt.«
»Ich verstehe. Keins von beiden zu Hause oder irgendwo in einem Schließfach?«
»Nein.« Stowell sah Lapslie fest in die Augen. »Ich habe seit über vier Monaten kein Gewehr mehr abgefeuert.«
»Nun ja, das werden wir bald wissen, wenn wir mit unseren Untersuchungen fertig sind.« Lapslie klappte seine Akte zu und stand auf. »Der Verdächtige bleibt so lange in Gewahrsam.«
»Mit welcher Begründung?«, wollte Brent wissen.
»Motiv, Vorgehensweise und Gelegenheit sind für Ihren Klienten gegeben. Und wenn wir die Mordwaffe finden, oder einen Zeugen, der ihn am Tatort gesehen hat, dann haben wir ein Full House.«

Er war schon halb aus dem Zimmer, während Brent Bradbury gegenüber noch irgendwelche Restproteste äußerte. Doch Lapslie war klar, dass es ihnen schwerfallen würde, Stowell länger als achtundvierzig Stunden festzuhalten, wenn sie nicht mit der Waffe oder einem Zeugen aufwarten konnten.

Am nächsten Morgen holte sich Lapslie auf dem Weg zur Kirche als Erstes einen Milchkaffee mit doppeltem Espresso, um sich wiederzubeleben. Der Vortag war mörderisch gewesen; bis Mitternacht hatten sie mit Thomson und den Leuten von der Spurensicherung das Haus von Stowells Eltern durchsucht, in dem dieser wohnte. Und dann schließlich den Schrebergartenschuppen seines Vaters und einen Lagerraum, den Stowell mal benutzt hatte. Nirgends war etwas zu finden gewesen.
Sie hatten alle nur erdenklichen Ecken und Winkel abgesucht, auf dem Dachboden, unter der Treppe, sogar unter einigen Dielen, die beim Drauftreten ein klein wenig nachgaben und möglicherweise gelockert worden sein könnten. Dann Stowells vierzehn Jahre alten Ford Mondeo, der in der Auffahrt seiner Eltern geparkt war. Nichts.
Lapslie nippte an seinem Kaffee, während er auf die Kirche zuschritt. Thomson und sein Team waren schon da; Thomson war damit beschäftigt, seine in weiße Schutzanzüge gehüllten Leute einzuweisen, die Leitern an die Kirchenmauern lehnten und sich anschickten, hinaufzuklettern.
Thomson sah Lapslie an. »Sie sagen, wir suchen nach verschossenen Kugeln?«
Lapslie nickte. »Ja, Kugeln aus einem leistungsstarken Scharfschützengewehr. Vielleicht gibt's hier nichts weiter, vielleicht nur Spuren, da, wo die Dinger eingeschlagen sind. Oder wir finden die Kugeln oder Bruchstücke davon, wenn wir Glück haben.«

Thomson nickte und machte sich wortlos auf den Weg zu seinen Männern. Lapslie hatte Bradburys Auto gesehen, konnte sie selbst jedoch nirgends entdecken. »Hat jemand DS Bradbury gesehen?«

Wortlos deutete einer der Spurensicherungsbeamten auf die Kirche. Lapslie ging zur Kirchentür hinüber, wo er auf einen von Thomsons Männern stieß, der gerade kleine Bruchstücke aus dem Mauerwerk in einer Beweismitteltüte verstaute. Als er in die Düsternis der Kirche spähte, erblickte er Bradbury endlich. Sie suchte mit einer kleinen Taschenlampe die hintere Wand der Kirche ab. Er ging zu ihr hinüber.

»Emma.«

Sie fuhr herum. »Sir.«

»Darf ich fragen, was Sie da machen?«

»Ich suche nach der Kugel, die Leslie Petersen getötet hat. Wenn das Ding durch sie hindurchgegangen ist, als sie da in der Tür stand, dann steckt es mit ein bisschen Glück irgendwo in dieser Wand. Dachte, ich schaue mal schnell nach, ehe die Kollegen von der Spurensicherung sich dranmachen.«

Lapslie lächelte. »Ist zwar gut gedacht, aber laut Dr. Catherall gibt es keine Austrittswunde, also sollte die Kugel eigentlich noch in ihr drinstecken.«

Bradbury sah ihn geknickt an. »Oh, das wusste ich nicht.«

»Ist schon okay, ich hätte dasselbe getan. Warum ist es hier so still?«

»Das hier ist eine Kirche.«

»Sehr witzig. Abgesehen davon.«

»Ich habe alle gebeten, leise zu sein. Wollte nicht, dass Sie den Kopf voller Obstsalat oder Stangenbohnen haben.«

»Rücksichtsvoll wie immer.« Lapslie lächelte und blickte sich um. »Wie kommen die Kollegen voran?«

»Bisher noch nichts, aber sie sind ja erst seit zwanzig Minuten dabei.« Jäh richtete sie sich auf. »Oh, und da war noch etwas, das ich Ihnen bei all dem Durcheinander zu zeigen vergessen habe. Ein paar von Thomsons Team sind in dem Wäldchen geblieben und haben es zu Ende abgesucht, während wir uns bei Stowell getroffen haben, deswegen haben sie das Ding dabehalten.«

Neugierig sah Lapslie sie an. »Was denn für ein Ding?«

»Jim Thomson hat es. Kommen Sie, schauen Sie's sich an.«

Lapslie folgte Bradbury aus der Kirche hinaus und zu Thomson hinüber.

»Haben Sie das Beweisstück noch, Jim?«, erkundigte sie sich. »Möchten Sie's mal dem Chief Inspector zeigen?«

Wortlos griff Thomson in eine kastenförmige schwarze Ledertasche, holte die durchsichtige Beweismitteltüte hervor und reichte sie Lapslie. Dieser hielt sie ins Licht und begriff sofort, was er vor sich hatte.

»Wo zum Teufel haben Sie das gefunden?«

»Gleich neben dem Pfad, der von dem Tunnelausgang zum Waldrand führt«, antwortete Johnson mit seiner Benzingeschmack-Stimme.

Lapslie betrachtete den viereckigen Doktorhut eingehend. Also hatte Stowell zwar vielleicht sein Gewehr sehr gut versteckt oder sich seiner entledigt, hiermit aber war ihm ein Fehler unterlaufen. Er gab Thomson die Tüte zurück. »Wann lassen Sie das Ding analysieren?«

Dabei sah er Bradbury an, doch ehe sie antworten konnte, war der Ruf eines der Spurensicherungsbeamten zu hören, die die Außenwand der Kirche absuchten. Der Mann stand auf halber Höhe auf einer Leiter und hielt eine Plastiktüte hoch.

»Ich glaube, ich habe, was Sie suchen, Sir.«

Lapslie, Bradbury und Thomson eilten zu der Leiter hinüber.

»Lassen Sie's fallen«, sagte Lapslie. »Keine Angst, ich fang's schon auf.«
Der Mann ließ die Tüte fallen, und Lapslie schnappte sie in der Luft. Darin war ein Kugelfragment, vorn ganz platt gedrückt.
»Darf ich mal sehen, Inspector?«
Urplötzlich füllte der Geschmack von starkem, torfigem Whiskey Lapslies Mund. Colonel Parr stand hinter ihnen. Nach Emma Bradburys und Jim Thomsons Mienen zu urteilen, hatten sie ihn ebenfalls nicht kommen hören. Offenbar wollte er seine bisherigen Nachforschungen vertiefen. Lapslie reichte ihm die Beweismitteltüte, und Parr machte sich daran, den Inhalt zu begutachten.
Schon nach einigen Sekunden gab er Lapslie die Tüte zurück. »Ein AX50 .50-Projektil, wie vermutet.«
Ehe er noch etwas sagen konnte, rief einer der Spurensicherungsleute: »Hier drüben!«
Als die vier zu ihm traten, steckte der Mann gerade einen gelben Markierungspflock in den Boden. Lapslie und Parr schauten auf das kleine Metallfragment hinab, das neben dem Pflock auf dem Boden lag. Diesmal war die Kugel zu stark beschädigt, um sie zu identifizieren.
Thomson trat zwischen die beiden Männer, hob das Fragment rasch mit einer behandschuhten Hand auf und ließ es in eine neue Tüte fallen, ehe er es Lapslie reichte. Parr streckte die Hand aus, und Lapslie gab die Tüte weiter. Der Colonel betrachtete das Metallfragment.
»Schwer beschädigt, aber ich denke, das ist auch eine 50er. Jetzt ist die Frage: Wo hat er das Gewehr her, und was das betrifft, auch die Munition? Wir sind ja hier nicht in den USA, wo man einfach in den Supermarkt gehen und sich eine Knarre kaufen kann, und Munition im Sonderangebot gleich noch dazu.«

Lapslie berichtete ihm von den neuesten Entwicklungen: dass sie seit ihrer letzten Begegnung einen möglichen Verdächtigen in Gewahrsam genommen hatten. »Einen Ex-Freund von Leslie Petersen. Angehöriger der British Army mit zwei Jahren Scharfschützenausbildung auf dem Buckel. Die Sache ist nur die, er sagt, sein Gewehr hätte er in seinem Stützpunkt in Afghanistan gelassen.«
Parr nickte nachdenklich. »Das ist auch korrekt. Solche Gewehre werden streng überwacht und bei jedem Einsatz ausgegeben, gegen Unterschrift. Man kann sich vielleicht ein Standardgewehr unter den Nagel reißen, von einem gefallenen Kameraden oder einem Aufständischen, aber bei Spezialwaffen für Scharfschützen ist das ganz was anderes. Und überhaupt irgendein Gewehr durch den britischen Zoll zu kriegen wäre so gut wie unmöglich.«
Lapslie betrachtete das Kugelfragment in der Tüte. »Und die Munition?«
»Kann man leichter durch den Zoll schmuggeln, aber trotzdem, ein Mordsrisiko, bei all den Metalldetektoren und der eindeutigen Form der Projektile. Eine Idee hätte ich, aber da kommt es darauf an, aus was die Kugeln gemacht sind.«
Lapslie lauschte interessiert. »Was macht das denn für einen Unterschied?«
»Wenn die Munition nicht fabrikgefertigt ist, dann hat er sie vielleicht selbst hergestellt.«
»Ich verstehe. Und das Gewehr?«
»In Anbetracht der Zollvorschriften hat er sich das wohl eher innerhalb Großbritanniens auf dem Schwarzmarkt besorgt.«
Parr hob die Hand. »Aber jemand von der Army könnte auch durchaus wissen, wo man so etwas herbekommt, und die Munition auch.«

Lapslie hielt die Tüten mit den beiden Kugelfragmenten hoch. »Und wenn die Kugel, die aus Leslie Petersen herausgeholt wird, nicht allzu sehr beschädigt ist, dann wird uns das dabei helfen, das festzustellen.«
»Ja. Aber für einen vollständigen Abgleich brauchen Sie immer noch das Gewehr. Laufrillen und dergleichen sind waffenspezifisch.«
Lapslie nickte ernst. So nahe, und doch so fern.

Als Nächstes machte Lapslie im forensischen Institut halt. Er musste sich die Puppen noch einmal ansehen. Die letzten zwei Tage hatten sie sich fast ausschließlich auf Stowell konzentriert, und darauf, wie Leslie Petersens Tod mit den anderen Opfern zusammenhängen könnte, doch vielleicht mussten sie den Fall ja andersherum angehen: sich die anderen möglichen Opfer ansehen und überlegen, wie diese wiederum mit dem Täter zusammenhängen könnten.
Es war nicht weit bis zu dem Institut, das tief in einem Wald lag, umgeben von einem hohen Stacheldrahtzaun und mehr Wachleuten, als Lapslie gewohnt war. Er wurde viermal angehalten, ehe er auch nur die Eingangshalle erreicht hatte. Danach wurde er dorthin geleitet, wo er hinwollte, und einem ranghohen Mitarbeiter übergeben.
Lapslie erinnerte sich noch an die Zeit, als das Institut dem Innenministerium unterstellt gewesen war. Damals war alles sehr viel entspannter gewesen. Jeder kannte einen, und man selbst kannte auch jeden. Ein Lächeln und Kopfnicken war alles, was man brauchte, um hineinzugelangen. Nachdem es privatisiert worden war, hatte sich das geändert.
Vielleicht musste es sich ja auch ändern, dachte er. Die enge Beziehung, die manche Forensiker zur Polizei unterhalten hatten, war nicht immer eine gute Sache gewesen. Er erinner-

te sich an einige Fälle von großem öffentlichem Interesse, bei denen ein ganz spezieller Wissenschaftler sich den Ermittlern gegenüber beim Interpretieren der Beweise hatte »hilfsbereit« zeigen wollen und etliche Personen wegen Verbrechen im Gefängnis gelandet waren, die sie vielleicht begangen hatten, vielleicht aber auch nicht. Andererseits hatte diese enge Beziehung auch sehr positive und legitime Resultate erbracht. Doch die Welt entwickelte sich weiter, und dies hier war die Welt, mit der er sich jetzt auseinandersetzen musste, ob es ihm nun gefiel oder nicht.

Lapslie traf in der gewünschten Abteilung ein und wurde von einer hochgewachsenen, schlanken Frau Mitte dreißig mit naturblondem Stachelhaar und grünen Augen begrüßt. Sie trug einen weißen Kittel und eine elegante Designerbrille.

»Gillian Holmes«, stellte sie sich vor. »Ich leite diese Abteilung …«

»Detective Chief Inspector Lapslie.«

Sie lächelte breit. »Wir haben Ihretwegen eine sehr merkwürdige Anweisung bekommen, DCI Lapslie. Von einem Detective Sergeant Bradbury.«

»Dafür zu sorgen, dass es so leise wie möglich ist, und nicht zu viele Leute mit mir reden zu lassen.«

Holmes nickte. »Ja, so ungefähr.«

»Ich habe Synästhesie. Sie sind vielleicht nicht …«

»Mein Vater hatte das auch«, fiel Holmes ihm ins Wort. »Er hat die Namen anderer Menschen als Farben gesehen. Die Wochentage auch. Wie manifestiert es sich denn bei Ihnen?«

»Mein Gehirn wandelt Geräusche in Geschmacksempfindungen um. Manchmal geraten alle durcheinander.«

Sie lächelte weiter. »Und wonach schmecke ich? Das ist bestimmt das Erste, was die Leute Sie fragen.«

»Nach irgendetwas Subtilem. Mozzarella, glaube ich.«

»Na ja, das ist ja nicht allzu schlimm. Ich kann mir vorstellen, dass es manchmal nicht ganz so gut schmeckt.«
Lapslie nickte wehmütig.
»Sie sind wegen der Puppen hier?«
Wieder nickte er. »Ja.«
»Ich bringe Sie hin.« Sie führte Lapslie in das Labor, aus dessen Tür sie gekommen war. Auf der anderen Seite des Raumes waren zehn Puppen aufgereiht; hinter jeder lag ihr Sarg. Lapslie zog sein Notizbuch heraus und fing an, sich Notizen zu den Puppen zu machen.
»Wir haben bereits eine erste Einschätzung vorgenommen – ganz grundsätzliche beschreibende Sachen, wenn das hilft.«
»Ja, das würde helfen, vielen Dank«, antwortete Lapslie.
Holmes ging zu einem Schreibtisch hinüber, nahm ein paar Papiere und brachte sie ihm. »Das ist alles, was wir bisher haben. Sollen wir jede Puppe einzeln durchgehen und besprechen, was wir herausgefunden haben?«
»Das wäre sehr hilfreich.«
Sie gingen zu der ersten Puppe, zu der, die wie eine Krankenschwester gekleidet war. »Zuerst einmal, die Puppen sind zwar ordentlich aufgereiht vorgefunden worden und wir haben diese Reihenfolge beibehalten, aber ich kann Ihnen nicht sagen, ob das von Bedeutung oder bloßer Zufall ist. Alle Puppen, die wir untersucht haben, waren sehr sorgfältig gefertigt. Pappmaschee-Körper und Wachsköpfe. Die Körper sind zwar erst vor Kurzem angefertigt worden, aber bei den Köpfen ist das anders; die stammen alle von Puppen aus der viktorianischen Zeit. Die Kleider sind aus authentischen Materialien gemacht. Besonders die der Krankenschwester sind aus Stoffstücken, die mal zu einer echten Schwesternkluft gehört haben müssen – das Material ist genau dasselbe. Sogar die kleinen Schuhe sind aus Leder und sehr schön gemacht.«

Lapslie deutete auf die Schäden rund um den Hals der Puppe. »Wie ist das zustande gekommen?«

»Mit der Hand zerquetscht. Jede Puppe ist irgendwie beschädigt.«

Sie gingen zur nächsten Puppe auf dem Tisch, dem Feuerwehrmann. »Die Kleider sind wieder authentisch, aus genau demselben Material wie die Uniform eines echten Feuerwehrmannes.«

»Und die Beschädigung?«

»Diese Puppe ist ziemlich schlimm verbrannt worden.«

Die nächste Puppe war ein Automechaniker, ihre Brust war eingedrückt.

»Da ist draufgetreten worden«, meinte Holmes. »Leider kein Sohlenabdruck vorhanden.«

Die nächste Puppe war ein Angler mit hohen Gummistiefeln und einer Angelrute und einem Kescher in den Händen. Hier war der Schaden nicht offensichtlich. »Was ist mit der hier passiert?«

Holmes sah die Puppe an. »Wasserschaden. Die Puppe hat einige Zeit im Wasser gelegen. Wie bei Leichen, die längere Zeit im Wasser gelegen haben, zerfällt sie ganz leicht in Stücke, wenn man zu fest daran zieht.«

Sie gingen weiter den Tisch entlang, bis sie schließlich zu der Brautpuppe gelangten.

»Sind Sie mit der hier schon weitergekommen?«

Holmes warf einen kurzen Blick auf die Puppe. »Die Puppe der Stunde. Bis jetzt nichts Besonderes. Die Flecken sind echtes Blut. Die Blutgruppe ist AB negativ, und wir machen gerade eine DNS-Analyse. Das wollten Sie doch, oder?«

Lapslie nickte.

»Ihr Boss«, erkundigte sie sich, »Chief Superintendent Rouse, nicht wahr?«

Lapslie nickte abermals.

»Ja, der hat versucht, das zu verhindern. Dafür wäre kein Budget da, hat er gesagt. Ich hab's trotzdem genehmigt, die Kosten bringe ich irgendwo anders unter – ich habe einige Projekte, für die nicht genug ausgegeben worden ist und denen es nicht schaden könnte, da ein bisschen mehr Zeit drauf zu verbuchen. Vollkommen legitim natürlich.«
»Natürlich. Vielen Dank für Ihre Hilfe.« Lapslie hielt inne und überlegte, ob er ihr das mit dem Blut sagen sollte oder nicht. Dann setzte er hinzu: »Diese junge Frau, die während ihrer Hochzeit erschossen worden ist – Sie haben wahrscheinlich mitbekommen, wie das Beweismaterial von dem Fall hier angekommen ist?«
»Ja, habe ich.«
»Sie war auch AB negativ. Ich bin mir sicher, dass das da ihr Blut ist.«
Holmes blinzelte, das einzige Zeichen dafür, dass Lapslie sie neugierig gemacht hatte. »Wie soll der Täter denn an ihr Blut herangekommen sein?«
Lapslie zuckte die Achseln. »Es gibt viele solche Fragen. Warum sollte er Puppen seiner Opfer anfertigen, wenn es denn überhaupt seine Opfer waren? Es gibt so vieles, was ich nicht weiß, und noch viel mehr, was ich herausfinden muss, und zwar sehr schnell.«
»Sie glauben, er könnte vielleicht noch einmal zuschlagen?«
»Das ist sehr gut möglich.« Er war nicht geneigt, näher auf die Details von Stowells Festnahme einzugehen, nicht, solange er keine Verbindung zwischen Stowell und den restlichen möglichen Opfern finden konnte. »Als ich die Brautpuppe zum ersten Mal gesehen habe, war ihr Kleid weiß, und sie stand mit zwei anderen vor ihrem Sarg. Als ich sie das nächste Mal gesehen habe, war das Kleid voller Blut, und sie lag in ihrem Sarg.«

»Und Sie sagen, es standen noch zwei weitere Puppen vor ihren Särgen?«
»Ja. Die eine war ein Lehrer mit Talar und Doktorhut, die andere ein Soldat. Der kleinen Krone auf seiner Schulter nach würde ich sagen, ein Major.« Er hielt kurz inne. »Etwas gibt es schon, womit Sie mir helfen könnten.«
»Und was?«
»Ich würde das Kleid gern zu der Obduktion mitnehmen.«
»Darf ich fragen, wieso?«
»Das Kleid, in dem die Tote geheiratet hat, war kurz vor der Hochzeit beschädigt worden. Ein großes Stück war herausgeschnitten worden. Ich vermute, dass das Kleid, das die Brautpuppe anhat, aus diesem gestohlenen Stück gemacht worden ist. Ich würde es gern mitnehmen und sehen, ob es zu der Beschädigung an dem Kleid passt.«
Holmes dachte einen Augenblick lang über dieses Ansinnen nach. »Einigen wir uns auf einen Kompromiss. Mitnehmen lasse ich Sie das Kleid nicht, aber ich treffe mich in der Gerichtsmedizin mit Ihnen und bringe es mit. Eine ununterbrochene Beweiskette ist wichtig. Ist Ihnen das recht?«
»Durchaus. Wann ist die Obduktion?«
»Gleich morgen früh.«

Lapslie setzte die Besprechung so spät wie möglich an. Er wusste, dass es nach der Obduktion allmählich schwierig für sie werden würde, Mike Stowell noch lange festzuhalten. Im Augenblick waren das, was sie gegen ihn in der Hand hatten, hauptsächlich Indizienbeweise; sie hatten nicht einmal annähernd genug, um Anklage zu erheben. Deshalb war er am Vormittag mit Bradbury eine Liste all der Dinge durchgegangen, denen sie dringend nachgehen mussten, dann würden sie sich am Ende des Tages treffen und sich austauschen.

Lapslie hätte die Besprechung in seinem Büro abgehalten, doch ein wesentliches Element war der Beitrag ihres forensischen Computer-Fachmanns Brad Morton, also befanden sie sich unten im Technikraum, wo beide Computer angeschlossen waren, Leslie Petersens und Mike Stowells. Morton hatte die letzten Stunden damit verbracht, sie nach irgendetwas zu durchforsten, das sie vielleicht übersehen hatten.
Emma Bradbury betrat den Raum als Letzte. Lapslie nickte ihr zu, als sie sich setzte und ihr Notizbuch aufschlug.
»Und, wie sind Sie vorangekommen?«
»Viel Glück hatte ich nicht, fürchte ich. In dem Internetcafé, aus dem die Mail abgeschickt worden ist, gibt es nur an der Kasse eine Überwachungskamera. Den Eingang und alle, die rein- und rausgehen, erfasst die nicht.«
Lapslie hob die Hand. »Aber sie hat doch bestimmt die betreffende Person dabei gefilmt, wie er oder sie bezahlt?«
»Leider nicht. Viele Leute werden einfach beim Reinkommen zu einem Computer geschickt und zahlen, wenn sie da dransitzen – vor allem, wenn sie sich noch einen Kaffee bestellen. Die Quittung wird ihnen an den Platz gebracht, und sie bezahlen bei der Kellnerin.«
»Und wie viele bezahlen so?«
»Ungefähr vierzig Prozent.«
»Sie sagen also, es gibt keine Aufnahmen von Stowell oder seinem Freund Barry, der ihm angeblich die E-Mail geschickt hat?« Sie hatten sich auch ein Foto von Barry Dennel besorgt, das Bradbury dem Personal des Internetcafés zeigen wollte.
»Leider nicht.«
Lapslie überlegte einen Moment lang. »Das heißt also entweder, einer von den beiden hat die Mail geschickt, war aber nicht an der Kasse, oder es war jemand anderes, den wir noch

nicht kennen. Sie haben doch die Aufnahmen von dem Zeitraum gespeichert, in dem die Mail verschickt worden ist?«
Bradbury hielt einen USB-Stick hoch. »Jeweils eine halbe Stunde vorher und nachher.«
Lapslie nickte und sah Brad Morton an. »Und Sie sind sich sicher, dass die Nachricht, die Stowell bekommen hat, aus diesem Internetcafé abgeschickt wurde?«
»Hundertprozentig. Die hatten da zwanzig IP-Adressen gelistet, und die waren alle vollkommen anders als die von Stowells Computer. Selbst wenn er irgendeine Tarn-Software benutzt hätte, hätte die ihn zu irgendeinem abgelegenen Server in Phoenix oder in Berlin umgeleitet. Swansea könnte am nächsten dran sein, und die IP-Adressen, die die benutzen, kennen wir ziemlich gut.«
»Hat irgendjemand Stowell in der Nähe der Stelle gesehen, von der die Schüsse abgegeben worden sind?«, fragte Lapslie Bradbury.
»Nein. Nichts bisher. Oh, und ich habe die Radarkameras an der B1053 in der Nähe von dem Bunker auf die Nummer von seinem Ford Mondeo hin überprüft. Die, von der ich gestern gesprochen habe. Da war die Nummer nicht drauf – jedenfalls nicht innerhalb des letzten Monats.«
Lapslie nickte langsam. »Ist bei den Listen für die anderen potenziellen Opfer mehr rausgekommen?« Sie hatten beide von Morton eine Liste sämtlicher Kontakte aus Leslie Petersens und Stowells E-Mail-Adressverzeichnis bekommen, bei denen es sich um Krankenschwestern, Feuerwehrmänner, Lehrer, Automechaniker oder Majore handeln könnte.
»Ich fürchte nein. Leslie hatte nur mit einer Lehrerin Kontakt, und als ich das überprüft habe, war die sehr lebendig, genau wie Leslies üblicher Autoschrauber. Und keinerlei Krankenschwestern oder Feuerwehrmänner – außer vielleicht

in ihren Träumen.« Bradbury lächelte schwach. »Und ihr Vater hat zwar vielleicht den einen oder anderen Major gekannt, aber ihm ist keiner eingefallen, der vor Kurzem gestorben wäre oder mit dem Leslie oder Stowell hätten Kontakt haben können. Und bei Ihnen?«

Lapslie schüttelte den Kopf. »Nein, nichts, keine Lehrer oder Krankenschwestern. Und ich habe nicht gedacht, dass Stowell so einfach mit den Namen irgendwelcher Majore rausrückt, die er vor Kurzem umgebracht hat, also habe ich bei seinem Regiment nachgefragt. Die Majore, mit denen er Kontakt hat, leben noch. Also, einer ist vor vier Jahren gestorben – aber ich glaube, das liegt nicht in unserem Zeitrahmen, und außerdem ist der Mann eines natürlichen Todes gestorben.« Lapslie holte Luft. »Und wo ich schon mal bei seinem Regiment war, habe ich noch in Erfahrung gebracht, dass einer von seinen Kumpels Feuerwehrmann war, bevor er zur Army gegangen ist – aber der ist auch noch am Leben und dient auch noch in Afghanistan.«

»Und Stowells Mechanikerfreund?«, fragte Bradbury. »Weil Sie den doch heute besuchen wollten.«

»Ja. Na ja, er hätte noch am Leben sein müssen, damit ich ihn hätte besuchen können.« Lapslie rang sich ein Lächeln ab. Als der Name des Mechanikers an diesem Vormittag aufgetaucht war, hatte er darauf hingewiesen, dass die Werkstatt des Mannes mit etlichen Lagerräumen unter Eisenbahnbögen doch vielleicht ideal sein könnte, um dort ein Gewehr zu verstecken, wo der Mann doch seit mehreren Jahren mit Stowell befreundet war. »Aber was versteckte Gewehre angeht: Ich war mit ein paar Constables da, es ist nämlich ein ziemlich großer Laden, aber wir haben nichts gefunden. Und in jedem Fall suchen wir auch eher nach Stowells Feinden als nach seinen Freunden – und die wären wohl eher unter Leslie Peter-

sens Freunden zu finden. Leute, von denen Stowell glaubt, dass sie sie vielleicht gegen ihn aufgebracht haben.«
»Ja, natürlich, Sir. Aber wie gesagt, in ihren E-Mails gibt's da nichts.«
»Vielleicht haben wir sie einfach noch nicht finden können.« Lapslie fuhr sich mit der Hand durchs Haar und wandte sich an Morton. »Wie weit konnten Sie ihre Mails zurückverfolgen?«
»Bei Leslie Petersen drei Jahre, bei Stowell etwas über ein Jahr. Er hat seine Ordner öfter ausgemistet.«
Lapslie nickte. Das mochte auf besondere Vorsicht hindeuten, oder auf die Tatsache, dass er öfter so lange fort war.
»Aber manchen Freunden schickt man doch keine Mails, die ruft man einfach an«, gab Morton zu bedenken. »Soll ich seine Telefonrechnungen durchgehen – Festnetz und Handy?«
»Ja, ja, gute Idee«, meinte Lapslie nach kurzem Zögern. »Wie lange brauchen Sie, bis Sie eine Liste für mich haben?«
Morton sah auf die Uhr. Sein Dienst endete in weniger als einer Stunde. »Morgen Vormittag. Bestimmt vor dem Mittagessen.«
»Okay. Nicht später als morgen Mittag.« Nicht lange, nachdem die Obduktion von Leslie Petersen zu Ende war, dachte Lapslie. Nur drei Stunden, bevor sie Stowell laufen lassen mussten.

Obwohl er früh zu Bett gegangen war und sich eine pflanzliche Schlaftablette und ein kleines Glas Brandy gegönnt hatte, hatte Lapslie nicht gut geschlafen. Als er noch jünger gewesen war, hatte er Gefallen daran gefunden, sich Hörspiele auf BBC Radio 4 anzuhören, wenn er nicht schlafen konnte, heute jedoch verursachten dank der Synästhesie zu viele Stimmen und Geräuscheffekte zu viele Geschmacksblitze in seinem

Mund. Es war, als äße man ein riesiges Gemenge aus Gerichten aus aller Welt, während man versuchte einzuschlafen. Nach vielen Versuchen hatte er herausgefunden, dass eine Person, die aus einem Buch vorlas, ein akzeptabler Kompromiss war. Er hatte auch seine Lieblingsstimmen. Diese waren im Laufe etlicher Jahre des mühsamen Herumexperimentierens ausgewählt worden. Eine ganz besondere Vorleserin hatte eine Stimme wie Kamillentee mit Honig, und er hörte sie gern lesen, ungeachtet des Themas oder Genres. Heute Nacht jedoch konnte Lapslie trotzdem nicht schlafen, obwohl sie aus einem kürzlich erschienenen Thriller vorlas.

Endlich gab er es auf und schaute auf die Uhr auf dem Nachttisch. 4 Uhr 45. Er fiel auf sein Kissen zurück und versuchte, die Ereignisse des Tages aus seinem Kopf zu vertreiben, doch es war hoffnungslos. Es gab zu viele unbeantwortete Fragen. Schließlich beschloss er, einen Spaziergang zu machen und zuzusehen, wie die Sonne aufging, sich dann ein ordentliches Frühstück zu machen und zur Obduktion von Leslie Petersen in die Leichenhalle zu fahren.

Die Zeit verging rasch, und obwohl er sich immer noch ein wenig mitgenommen fühlte, traf Lapslie um Viertel vor zehn in der Pathologie ein, eine Viertelstunde zu früh. Dessen ungeachtet waren alle, die da sein sollten, bereits vor Ort, einschließlich Gillian Holmes und Colonel Andrew Parr. Lapslie sah, dass beide unbedingt mit ihm sprechen wollten, doch er hatte weder Zeit noch Lust dazu.

Jane Catherall ging in ihrem Büro noch schnell ein paar Unterlagen durch, als Lapslie anklopfte und eintrat.

»Morgen, Jane.«

Sie schaute auf. »Guten Morgen, Mark. Sie sehen schlimmer aus als so manche krankhaft veränderten Organe, auf die ich bei ganz besonders grässlichen Obduktionen gestoßen bin.«

Er bedachte sie mit einem halben Lächeln. »Na ja, das ist immer noch sehr viel besser, als ich mich fühle. Sind wir so weit?«
Sie nickte. »Es kann losgehen. Ich gestehe, Erschießung habe ich schon lange nicht mehr gehabt – jede andere Todesart, die man sich vorstellen kann, und einige, die man sich nicht vorstellen kann, aber keine Erschossenen. Ich rufe mir gerade wieder ins Gedächtnis, wonach genau ich suchen muss.«
»Ist die DNS von dem Blut schon da?«
Catherall schüttelte den Kopf. »Nein, noch nicht. Nach der Obduktion rufe ich da mal an. Ich weiß, die stecken bis zum Kragen in Arbeit, aber ich werde trotzdem versuchen, ein bisschen Dampf zu machen.«
Lapslie lächelte sie an. Obgleich sie der Inbegriff der Professionalität war, war sie doch auch eine großartige Freundin gewesen, und ohne ihre Hilfe hätte er die Hälfte der Fälle, die auf sein Konto gingen, niemals gelöst.
»Also, wer ist sie?«, wollte Jane wissen.
Lapslie starrte sie an und war einen Moment lang perplex. »Wer ist wer?«
»*Wer* ist die bildhübsche Frau, die mir mitgeteilt hat, dass sie auf Ihre Einladung hin hier ist? Gillian, richtig?«
»Sie ist eine leitende Wissenschaftlerin vom forensischen Institut. Ich habe sie gebeten, das Hochzeitskleid mitzubringen, das die Brautpuppe anhatte. Ich glaube, es könnte zu einer Stelle an Leslie Petersens Kleid passen, an der es beschädigt worden war, kurz bevor sie ermordet wurde.«
Die Obduktion begann um Punkt zehn Uhr. Leslies Leichnam wurde behutsam entkleidet und das Kleid eingetütet, ebenso wie jedes andere Kleidungsstück, das ihr ausgezogen wurde. Lapslie war froh zu sehen, dass Leslies sterbliche Überreste mit Sorgfalt und Respekt behandelt wurden, trotz der schreck-

lichen Dinge, die sie würden ertragen müssen. Ihr Leichnam wurde überall mit Klebeband abgedrückt, um Proben von Haaren, Erde oder Verunreinigungen zu bekommen, und ihr Haar wurde über einer Beweismitteltüte sorgsam ausgebürstet. Als Dr. Catherall den ersten Schnitt setzte, sah Lapslie, wie Gillian Holmes hastig den Raum verließ. Er bedeutete Bradbury, die so spät gekommen war wie immer, nachzusehen, ob der Wissenschaftlerin auch nichts Ernsthaftes fehle. Ein paar Minuten später kam sie zurück und nickte ihm zu.

Die Obduktion dauerte mehrere Stunden, während derer festgestellt wurde, dass die Kugel in Leslies Herz eingedrungen, von mehreren Rippen abgeprallt und schließlich in ihrer Leber stecken geblieben war. Sie wurde entfernt und zu den anderen Beweismitteln auf einen Tisch auf der anderen Seite des Raumes gelegt. Lapslie sah, dass Parr den Hals reckte, um zu sehen, um was für ein Projektil es sich handelte, doch der Colonel drängte nicht und wartete zusammen mit den anderen geduldig ab.

Jane Catherall überließ das Aufräumen ihrem Assistenten Dan, während sie ihren blutbespritzten Schutzoverall auszog und in ihr Büro zurückkehrte.

Lapslie und Parr folgten ihr und warteten begierig auf Neuigkeiten.

»Also, was können Sie uns sagen?«, fragte Lapslie.

Catherall zuckte die Achseln. »Eigentlich nicht viel. Sie war eine sehr fitte und gesunde junge Frau von vierundzwanzig Jahren und hatte keinerlei Erkrankungen oder medizinische Probleme. Eine junge Frau, die im wahrsten Sinne des Wortes auf sich geachtet hat. Ihr Tod war das Resultat eines Gewehrschusses in die Brust. Die Kugel hat das Herz durchschlagen, ehe sie von diversen Knochen abgeprallt und schließlich in der Leber gelandet ist. Selbst wenn sie durch irgendein Wunder das Herz verfehlt hätte, wäre sie trotzdem an dem Blutverlust gestorben. Die Vena portae war vollständig durchtrennt. Was soll ich sagen? Sie ist erschossen worden.«

»Hätten Sie etwas dagegen, wenn ich mir mal die Kugel ansehe, Dr. Catherall?« Parr wollte sich an die Arbeit machen.

Catherall schüttelte den Kopf. »Nein, gar nicht, solange Sie sie in der Tüte lassen.«

Er bedankte sich, stand auf und blickte auf Lapslie hinunter. »Wollen Sie mitkommen?«

Lapslie schüttelte den Kopf. »Ich komme gleich nach, ich muss nur noch kurz etwas mit Dr. Catherall besprechen.«

Parr nickte und ging hinaus.

»Jane, ich muss mir das Hochzeitskleid ansehen, und das heißt, ich muss es kurz auspacken. Ist Ihnen das recht?«

»Nun ja, Sie haben ja eine Mitarbeiterin des forensischen Instituts dabei. Wenn die kein Problem damit hat, wüsste ich nicht, wieso ich eins haben sollte. Ziehen Sie Handschuhe an und legen Sie das Kleid unbedingt auf den Tisch, damit Dan hinterher Fasern auf der Tischplatte zusammenfegen kann, die vielleicht beim Untersuchen rausgefallen sind.«

Lapslie erhob sich. »Kein Problem.«

Als er sich anschickte, das Büro zu verlassen, rief sie ihm nach: »Eins noch.«

Er blieb stehen und drehte sich um. »Was denn?«

»Halten Sie mich auf dem Laufenden. Normalerweise lasse ich mich nicht gern allzu sehr auf meine Leichen ein, aber über diese hier wüsste ich gern ein bisschen mehr.«

Colonel Andrew Parr hielt das Projektil ins Licht und betrachtete es eingehend.

Lapslie sah ihn an. »Irgendwas Interessantes?«

»Nein, eigentlich nicht. Dasselbe Kaliber wie die oben bei der Kirche. Von der hier ist genug übrig, um es mit der Waffe abzugleichen – abgesehen davon ist das alles ungeheuer enttäuschend. Sie hatten wohl kein Glück dabei, das Gewehr ausfindig zu machen, oder?«

»Nein.«

»Und wie kommen Sie mit diesem Soldaten-Ex-Freund voran, den Sie da in Gewahrsam haben?«

Lapslie seufzte. »Ist genauso enttäuschend. Außer einem möglichen Motiv und ganz allgemein der Tatsache, dass er zum Scharfschützen ausgebildet worden ist, gibt es nichts, was ihn mit dem Ganzen in Verbindung bringen könnte. Wenn wir bis heute Abend nichts weiter finden, müssen wir ihn laufen lassen.«

Parr verzog das Gesicht und schaute kurz zu Boden, ehe er das Thema wechselte. »Haben Sie Donnerstag schon etwas vor?«

Lapslie zuckte die Schultern. »Nichts Definitives. Mal sehen, wo die Ermittlungen hinführen. Warum?«

»Ich arrangiere gerade, dass ein paar von unseren besten Scharfschützen versuchen, den Schuss nachzustellen. Ich möchte sehen, welche Probleme unser Täter gehabt hätte, wie schwierig der Schuss war und ob vielleicht zwei Leute dazu nötig gewesen wären. Hundertprozentig genau kriegen wir das natürlich nicht hin – andere Windgeschwindigkeit, andere atmosphärische Bedingungen und all so was –, aber wir können ziemlich nahe an den Originalschuss rankommen. Vielleicht hilft das dabei, genauer zu erkennen, ob Ihr Soldat der Täter sein könnte – wenn Sie mir also bis dahin mehr über den Hintergrund des Mannes sagen könnten … Ich habe überlegt, ob Sie vielleicht zuschauen wollen?«

Lapslie war durchaus interessiert. »Sehr gern. Wo muss ich hin?«

»Fahren Sie in Richtung Hereford, dann in Richtung Credenhill, und dann halten Sie Ausschau nach Stirling Lines. Ich

melde Sie an. Denken Sie daran, Ihren Dienstausweis mitzubringen.«
»Den habe ich immer dabei.«
»Gut. Dann bis dann.«
Parr streckte die Hand aus, und Lapslie schüttelte sie. Dann machte der Colonel kehrt und verschwand in Richtung Parkplatz.
Lapslie sah ihm kurz nach und konzentrierte sich dann wieder auf Gillian Holmes und das Hochzeitskleid. Er hatte Holmes nicht mehr gesehen, seit sie den Obduktionssaal verlassen hatte, und wollte wissen, ob sie wohlauf war. Als er in den Warteraum der Leichenhalle trat, sah er Emma Bradbury mit Gillian sprechen.
»Alles okay?«
Bradbury schaute zu ihm empor. »Ihr ging's nicht so gut. Ich dachte, sie wäre okay, aber dann habe ich sie ohnmächtig auf dem Boden gefunden.«
»Was?«
Holmes blickte zu ihm auf; ihr Gesicht bekam langsam wieder Farbe. »Es tut mir wahnsinnig leid. Ich dachte, ich schaffe das. Es war gar nicht so sehr der Anblick, sondern der Geruch. Ich dachte, ich komme damit klar. Entschuldigen Sie.«
Lapslie hockte sich hin und sah ihr ins Gesicht. »So etwas ist nicht jedermanns Sache, und es ist schwerer, als man glaubt. Sergeant Bradbury und ich machen das schon eine ganze Weile, und wir haben uns immer noch nicht daran gewöhnt. Es ist also keine Schande, wenn einem das zu schaffen macht.«
Sie nickte und bedachte Lapslie mit einem gezwungenen Halblächeln. »Danke.«
»Also, haben Sie das Hochzeitskleid noch, das Sie der Puppe ausgezogen haben?«

Sie nickte. »Ja, es ist da drüben in einer Sichthülle.« Sie zeigte auf ihre Handtasche, die am anderen Ende des Raumes auf einem Stuhl lag.
Lapslie erhob sich und ging hin. Die Sichthülle ragte oben aus der Handtasche heraus. Er zog sie hervor und vergewisserte sich, dass das rote Klebeband, mit dem sie verschlossen war, intakt war, dann kehrte er zu Holmes und Bradbury zurück. »Emma bringt Sie nach draußen, damit Sie frische Luft schnappen können. Ich vergleiche nur schnell das Puppenkleid mit dem Schaden an dem echten Hochzeitskleid. Wenn beides zusammenpasst, sind wir ein kleines bisschen näher dran, den Täter zu schnappen. Sobald ich fertig bin, komme ich raus und erzähle Ihnen, was ich herausgefunden habe.«
Wieder sah Holmes zu ihm auf. »Ich finde wirklich, ich sollte Ihnen dabei helfen«, meinte sie verzagt.
Lapslie schüttelte den Kopf. »Der Leichnam ist immer noch dadrin, und der Geruch auch. Ich bin nicht sicher, ob das im Augenblick eine gute Idee wäre. Sie etwa?«
Holmes schüttelte den Kopf. Lapslie nickte Bradbury zu, die sie auf den Parkplatz hinausführte.
Mit dem Puppenkleid in der Hand kehrte Lapslie in den Obduktionssaal zurück. Er öffnete die Tüte, in der das echte Hochzeitskleid steckte, und machte sich daran, es nach Rissen oder Beschädigungen abzusuchen, konnte jedoch nichts finden.
»Kann man Ihnen vielleicht behilflich sein?«
Lapslie drehte sich um. Es war Jane Catherall. Einen Gehstock in jeder Hand, kam sie in den Saal gehumpelt.
»Wissen Sie, dass Sie der einzige Mensch sind, der mir je begegnet ist, der Worte wie ›behilflich‹ benutzt?«
Catherall stellte ihre Stöcke weg und ließ sich auf einen Stuhl fallen. »Sie werden das Kleid herbringen müssen. Im Stehen kann ich jetzt gar nichts mehr untersuchen, nicht nach dieser

Obduktion. Ich merke immer, wie tot ich hinterher bin.« Sie zuckte ein wenig zusammen. »Entschuldigung – das war eine ziemlich unglückliche Formulierung.«
Lapslie tat wie geheißen und reichte ihr das Kleid. »Was ist, wenn da jetzt etwas rausfällt und verloren geht?«
Jane zog eine Lupe aus der Tasche und machte sich daran, das Kleidungsstück zu inspizieren. »Ich weiß, Sie haben es eilig«, antwortete sie, ohne aufzublicken. »Ich bitte Dan, sich den Boden genau anzusehen, bevor er geht. Hier, hier ist das, wonach Sie suchen!«
Lapslie trat zu ihr, und sie zeigte ihm eine fast unsichtbare Flickstelle in dem Kleid. »Derjenige, der das gemacht hat, kannte sich aus. Ich kann selbst ganz gut nähen – das kann man eben, wenn man genug Leichen wieder zusammengestichelt hat –, und ich kann Ihnen sagen, das ist sehr gut gemacht. Sehr professionell. Aber wenn man genau hinschaut, kann man an den Nähten den Umriss der Schadstelle erkennen.«
Lapslie sah zu, wie sie mit dem Finger über den beschädigten Teil des Kleides strich.
»Können Sie mal das Puppenkleid herbringen?«, fragte sie.
Lapslie holte die Sichthülle, löste das Klebeband, öffnete die Hülle und reichte ihr den Inhalt. Catherall breitete das Kleid so weit wie möglich aus und legte es dann über die geflickte Stelle. Von der Größe her stimmte es fast genau, nur ein kleiner Teil in der oberen rechten Ecke des Puppenkleides passte nicht ganz. Ein Stück fehlte.
»Hatte die Puppe einen Schleier?«
Lapslie nickte. »Ja.«
»Ist der auch in der Hülle?«
Er schüttelte den Kopf.
Catherall blickte zu ihm auf. »Also, ich denke, Sie werden herausfinden, dass aus dem fehlenden Stück ein Schleier ge-

macht worden ist. Ich lasse das hier alles fotografieren, ehe Sie gehen, dann können Sie zumindest den Umriss des Schleiers mit dem fehlenden Teil abgleichen. Wenn das nicht geht, bringen Sie den Schleier vorbei und wir vergleichen das Ganze noch einmal. Aber ich habe keinerlei Zweifel, dass das Puppenkleid und das Originalkleid identisch sind. Ihre Begleiterin mit dem empfindlichen Magen wird den Stoff unter dem Mikroskop überprüfen müssen, aber ich bin sicher, dass sie zu demselben Schluss kommen wird.«

Mühsam kam Dr. Catherall auf die Beine und machte sich auf den beschwerlichen Rückweg zu ihrem Büro. »Vergessen Sie nicht, die beiden Kleider wieder einzutüten, Mark.«

Lapslie sah zu, wie sie davonhumpelte, dann schob er die beiden Kleider wieder in ihre jeweiligen Schutzhüllen. Leslie Petersens Hochzeitskleid ließ er im Obduktionssaal zurück; das Puppenkleid nahm er mit zum Parkplatz. Als er dort ankam, saß Gillian Holmes mit heruntergelassenem Fenster in ihrem Wagen. Ihr Gesicht hatte wieder Farbe.

Er beugte sich ins Auto und gab ihr das Puppenkleid zurück. »Hier. Es hat fast genau gepasst.«

Sie sah ihn fragend an. »Fast?«

»Ein kleines Stückchen fehlt, von dem wir glauben, dass daraus der Schleier gemacht worden ist. Ich schicke Ihnen das Brautkleid heute ins Labor, dann können Sie das überprüfen, wenn es ankommt. Wie fühlen Sie sich?«

Sie lächelte betreten. »Meinem Magen geht's gut, aber mein Stolz hat gelitten.«

»Das ist nicht nötig. Als ich das erste Mal bei einer Obduktion dabei war, ist mir speiübel geworden. Hoffentlich müssen Sie so etwas nicht noch einmal durchmachen.«

»Das hoffe ich auch.«

Lapslie stützte den Kopf in die Hand, während Bradbury ihm am anderen Ende der Leitung mitteilte, dass sie weder in Stowells noch in Leslie Petersens Telefonrechnungen etwas Nützliches gefunden hatte. »Keine Lehrer, Mechaniker, Krankenschwestern oder Majore. Und ganz bestimmt keine, die vor Kurzem gestorben sind.«

Morton war um kurz vor elf mit seinen Rechnungen fertig gewesen, und als Lapslie nach der Obduktion angerufen hatte, hatte Bradbury sie schon halb durchgearbeitet. Sie hatte gesagt, sie würde anrufen, sobald sie fertig war. Lapslie war in eine Haltebucht gefahren, um den Anruf anzunehmen; der Fahrtwind vorbeifahrender Lastwagen ließ seinen Wagen erbeben.

Er seufzte. »Da nichts anderes ans Licht gekommen ist, müssen wir Stowell wohl laufen lassen. Brent war anscheinend gleich heute früh auf der Wache und hat Druck gemacht.«

Ein kurzes Schweigen am anderen Ende der Leitung, ehe Bradbury meinte: »Ein Gutes hat das Ganze ja – wenn Stowell draußen ist, können wir ein Auge auf ihn haben – schauen, wo er hingeht.«

»Ja, da ist was dran. Wenn wir bisher keine Verbindungen finden konnten, dann führt Stowell uns vielleicht hin.«

»Außerdem wird es ihm schwerfallen, weitere Morde zu begehen, wenn wir ihn überwachen.«

»Ja, ganz sicher.« Doch Lapslie fragte sich insgeheim, ob Bradbury nur auf diese Hoffnungsschimmer hinwies, damit er sich besser fühlte, während das Ganze in Wirklichkeit doch ein herber Rückschlag war. »Aber Sie wissen ja, wie so was läuft. Mit so wenig Leuten kann es achtundvierzig Stunden dauern, bis wir Rouse dazu kriegen, eine Dauerüberwachung für Stowell zu genehmigen.«

Bradbury schwieg abermals und bemerkte dann: »Hoffentlich weiß Stowell das nicht und nutzt das Zeitfenster aus.«

»Hoffen wir's.« Doch noch während Lapslie das sagte, wurde er sich eines weiteren Dilemmas bewusst. »Aber wir müssen unsere Taktik trotzdem sorgfältig überdenken, weil hier nämlich ein Ziel dem anderen entgegensteht.«

»Inwiefern?«

»Wir müssen uns entscheiden, ob wir wollen, dass Stowell weiß, dass wir ihn beschatten, um weitere Morde zu verhindern, oder ob wir nicht wollen, dass er Bescheid weiß, damit er uns zum nächsten Mord führt – und die Glieder in der Kette aufzeigt, die wir nicht haben finden können.«

TEIL 4

10. März 2009

Gordon Campbell war schon immer Angler gewesen. Als sie noch in Schottland gewohnt hatten, war er jedes Wochenende mit seinem Vater zu den Flüssen in der Umgebung gefahren. Diese strömten von den Highlands herab, wo sie ihre lange Reise als frisch geschmolzener Schnee begonnen hatten. Das Wasser hatte immer so viel reiner und klarer ausgesehen als alles, was aus einem Hahn kam. Man konnte hindurchsehen, bis auf den Kiesgrund hinab. Oft hatte er aus diesen Flüssen getrunken, und es war das süßeste Wasser gewesen, das er jemals gekostet hatte.

Und voller Fische waren die Flüsse auch: gesunde, große Fische, die sich immer wie wild wehrten, wenn man sie am Haken hatte. Nur die erfahrensten Angler hatten eine Chance, solche Prachtstücke an Land zu ziehen. Wenn man sie kochte, zergingen sie einem förmlich auf der Zunge und schmeckten besser als alles, was man im Supermarkt finden konnte, ganz gleich, wie frisch es angeblich war.

Als sein Vater durch seine Arbeit gezwungen gewesen war, nach England umzuziehen, war das alles anders geworden. Sie gingen immer noch angeln, doch es war nicht dasselbe. An den Ufern lag Müll herum, meistens von anderen Anglern zurückgelassen, die es doch besser hätten wissen müssen. Das Wasser war trübe, und wenn man davon trank, bescherte es einem mehrere Tage Bauchgrimmen. Die Fische waren auch nie besonders gut: verkümmert und missgebildet; dafür hatte die Umweltverschmutzung gesorgt. Es gab ein paar Flüsse und Teiche, wo es nicht ganz so schlimm war, aber die waren immer schwerer zu finden. Niemanden hier unten im Süden schien das zu kümmern. Er angelte immer noch – er konnte nicht anders –, doch es war nicht mehr dasselbe.

An dem Tag, an dem er starb, war er zum Erk gefahren. Wenn man nicht lange unterwegs sein wollte, war das das beste Angelrevier. Er bemühte sich stets, pro Woche mindestens einen Angeltag einzulegen. Er stellte fest, dass ihn das entspannte und den Arbeitsstress vertrieb. Er parkte im Naturschutzgebiet und ging einen knappen Kilometer das Ufer entlang zu seiner Lieblingsstelle. Seine Hauptsorge war, dass jemand ihm zuvorgekommen sein könnte. Als er ankam, stellte er seine Ausrüstung auf, machte Rute und Schnur bereit und begann zu angeln. Wenn er Glück hatte und etwas halbwegs Anständiges fing, würde er es Mary nach Hause bringen und ihr ein fürstliches Fischmahl kochen.

In den letzten paar Tagen hatte es heftig geregnet, und das Wasser strömte schnell dahin. Er blickte zum Himmel auf, als dunkle Wolken heranzogen und von einem bevorstehenden Wolkenbruch kündeten. Und wenn schon, schlechtes Wetter machte ihm nichts aus. Das war ja das halbe Vergnügen dabei. Solange man sich warm hielt und Regenkleidung dabeihatte, konnte einem nichts etwas anhaben.

Ein ferner Blitz erhellte kurz den Himmel. Er begann zu zählen, so, wie sein Vater es ihm beigebracht hatte, als er noch klein gewesen war, nach Art der alten Schäfer von Lincolnshire. »Yan, tan, tethera, pethera, pimp, sethera, lethera …«

Er kam bis »tan-a-dick«, ehe das Grollen des Donners über ihn hinwegrollte.

»Zwölf Kilometer«, murmelte er vor sich hin. Noch ein ganzes Stück, bis das Unwetter ihn erreichen würde, wenn es denn wirklich in seine Richtung zog.

Plötzlich tauchte sein Schwimmer unter. Das war ein gutes Zeichen. Als er sich anschickte, die Schnur einzuholen, spürte er einen plötzlichen Schlag gegen den Rücken, als hätte er einen heftigen Tritt bekommen. Der Stoß war wuchtig genug, um ihn vom Ufer ins Wasser zu schleudern. Er war nur Augenblicke unter Wasser, ehe er sich wieder zur Oberfläche emporkämpfte. Sein erster Instinkt ließ ihn nach Luft schnappen und das bisschen Wasser ausspucken, das er geschluckt hatte, doch bevor er das tun konnte, legte sich etwas um seinen Hals. Er griff danach. Es fühlte sich metallisch an, wie eine Art dicker Draht.
Er drehte den Kopf und schaute über die Schulter. Obwohl seine Augen noch voll Wasser waren, konnte er eine verschwommene Gestalt ausmachen. Sie schien eine Art Stange in der Hand zu halten – oder war es eine Angelrute? Die Gestalt streckte Gordon die Stange entgegen, sodass er danach greifen konnte. Gott sei Dank, wenigstens hatte jemand gesehen, wie er ins Wasser gefallen war, und versuchte, ihm zu helfen.
Er spürte, wie er abermals unter Wasser gedrückt wurde, und begriff mit kaltem Entsetzen, dass derjenige, der da am Ufer stand, gar nicht versuchte, ihm zu helfen. Er versuchte, ihn umzubringen, ihn unterzutauchen und zu ertränken. Er griff nach dem Draht um seinen Hals und versuchte, ihn zu lösen, doch er grub sich in seine Haut, und je mehr Gordon dagegen ankämpfte, desto enger schien er zu werden. Blut quoll rings um die Drahtschlinge hervor, die anscheinend am Ende einer Stange befestigt war, wie bei diesen Dingern, mit denen Tierretter sich Hunde und Katzen vom Leib hielten. Sosehr er auch zerrte und sich zur Wehr setzte, er kam nicht an die Oberfläche. Er spürte, wie seine Kraft zusammen mit seinem Blut davonströmte. Erschöpfung überkam ihn, und das Wasser strömte in Gordon Campbells Luftröhre. Seine letzte Empfindung war Verblüffung, dass sein Leben nicht blitz-

schnell vor seinen Augen vorbeizog. Stattdessen wich es einfach immer weiter in die Finsternis und die Schatten zurück. Wie hieß noch einmal seine Frau? Wie waren doch gleich die Namen seiner Kinder?

Am Schluss starb er still und leise; sein Leichnam war umgeben von den Fischen, an denen er sich so viele Jahre lang erfreut hatte. Was die Fische betraf, so beachteten sie ihn nicht weiter.

Lapslie setzte am folgenden Tag für sechs Uhr abends eine Teambesprechung an, siebenundzwanzig Stunden nachdem Stowell auf freien Fuß gesetzt worden war. Er hätte die Besprechung früher abgehalten, aber er konnte sich erst jetzt sicher sein, dass Rouse eine Dauerüberwachung Stowells genehmigen würde. Und da das zwei Mann aus seinem Team abziehen und die Dynamik der Ermittlung einschneidend verändern würde, war es wichtig, diese Information vorher zu haben. Also, zwei Mann seines geplanten Teams aus zwanzig Ermittlern, aber achtzehn sollten mehr als ausreichen, um den Rest der Ermittlungen zu bewältigen, sogar mit einem solchen Sammelsurium möglicher Opfer, zwischen denen es anscheinend keinerlei Verbindungen gab.

Die Hauptaufgabe des Teams würde darin bestehen, die Namen der anderen Opfer herauszufinden, jener Opfer, welche die Puppen repräsentierten, die beschädigt und in ihre Särge gelegt worden waren. Lapslie war klar, dass jede davon für einen Menschen stand, und wenn er eine Chance haben wollte, die beiden letzten zu retten, musste er die neun verbliebenen Puppen identifizieren. Er hob die Hand, um das letzte Gemurmel im Raum verstummen zu lassen.

»Also, wie die meisten von Ihnen wissen, ist Mike Stowell, unser Hauptverdächtiger im Mordfall Leslie Petersen, gestern auf freien Fuß gesetzt worden. Wir haben die Genehmigung, ihn von morgen früh an rund um die Uhr zu beschatten, dafür sind dann Ken Barrett und Pete Kempsey zuständig.« Lapslie nickte den beiden Detectives zu, ehe er hochschaute. »Was die anderen betrifft, Ihre Aufgabe, die restlichen Opfer ausfindig zu machen – einige davon sind bereits tot, andere noch nicht –, wird nicht so einfach sein. Anders als Leslie Petersen ist keines der Opfer von einem Scharfschützen erschossen worden, sie werden es also nicht auf die Titelseite geschafft haben. Also suchen wir nach weniger offensichtlichen Morden, oder in manchen Fällen auch nach Unfällen, auf die wir nicht unbedingt aufmerksam geworden wären. Zumindest nicht im Zusammenhang mit diesem Fall.«

Er rief die Detectives paarweise auf und wies jedem Paar eine Puppe zu mit der Anweisung, sich auf die Todesart zu konzentrieren, in der Annahme, dass diese durch die Beschädigung der Puppe widergespiegelt wurde. Außerdem wies er noch einmal darauf hin, dass sie nicht nur nach unaufgeklärten Morden Ausschau halten sollten, sondern auch nach tödlichen Unfällen. Die Zeit war nicht auf seiner Seite, und das Problem war, dass es keinerlei Beweise dafür gab, dass die Todesfälle sich auf Essex beschränkten. Sie konnten auch über ganz Großbritannien verteilt sein. Lapslie wies jedes Ermittlerpaar an, mindestens zwanzig Jahre in der Vergangenheit zu recherchieren. Er wusste, dass das eine lange Zeit war, aber da er keine Ahnung hatte, wie lange der Mörder schon aktiv war, musste er irgendwo eine Grenze ziehen, und die wollte er so weit nach hinten verlegen, wie es eben praktikabel war. Jedes Paar bekam eine Aktenmappe ausgehändigt, die Fotos und alles an Informationen enthielt, was sie hatten – sodass es sehr dünne Mappen waren.

Am Ende der Besprechung sagte Lapslie noch ein paar Worte, um den Versammelten hoffentlich ein wenig Dampf zu machen: »Schön, jetzt ist es an Ihnen. Ich bin mir ziemlich sicher, dass die Leben der beiden letzten Opfer in Ihren Händen liegen. Wenn wir es schaffen, die wahren Identitäten einiger dieser Puppen herauszufinden, dann können wir vielleicht allmählich Verbindungen herstellen. Und wenn wir das tun, dann haben wir mit ein bisschen Glück unser Motiv, und wenn wir das erst haben, nun ja, dann ist der Rest ein Kinderspiel, wie es so schön heißt. Irgendwelche Fragen?«

Im Raum blieb es still. Bradbury stand auf.

»Wenn es jetzt oder in Zukunft Fragen gibt, könnten Sie die bitte über mich weiterleiten oder sie dem Boss als E-Mail schicken?«

Allgemeines verständnisvolles Nicken machte die Runde. Lapslie beendete die Besprechung mit den Worten: »Denken Sie daran, wir haben nicht viel Zeit. Solange niemand von Ihnen mich verarscht, unterschreibe ich sämtliche Überstundenansprüche, die Sie stellen. Viel Glück, und bitte nicht vergessen, die Zeit ist nicht unser Freund.«

Während einer nach dem anderen den Raum verließ, nahm Lapslie Bradbury beiseite. Er war an diesem Morgen wieder früh aufgewacht; ganz plötzlich war ihm ein neuer Gedanke gekommen. Ein bisschen wie eine Offenbarung, wenn er es genauer bedachte. Etwas, das das ganze Wesen der Ermittlung verändern konnte. Und während der Tag vorangeschritten war, hatte er diesen Gedankengang weiterentwickelt.

»Wissen Sie noch, was ich über den Scharfschützenmord gesagt habe, dass er sich auffällig von den Morden an den anderen Opfern unterscheidet? Ich glaube, das Ganze geht viel tiefer. Ich glaube, wir haben diese Ermittlung vielleicht verkehrt herum betrachtet.«

»Inwiefern?«

»Der wichtigste Hinweis ist der Zeitpunkt, zu dem der Scharfschützenmord stattgefunden hat. Wann war das in Hinblick auf unsere Ermittlungen?«
Bradbury brauchte einen Moment, um sich in seinen Gedankengang einzuklinken. »Äh, gleich nachdem wir den Bunker und die Puppen gefunden hatten.«
»Genau. Bis zu diesem Augenblick gab es gar keine Ermittlungen, weil die anderen Opfer so erledigt worden sind, dass sie nicht auf unserem Radar aufgetaucht sind. Morde, die nicht als solche erkannt worden sind, oder Unglücksfälle. Und dann kommt plötzlich ein offenkundiger Mord, der uns einfach auffallen muss, und siehe da, das Erste, was ans Licht kommt, ist ein abservierter Ex-Freund, der zum Scharfschützen ausgebildet worden ist.«
Bradbury furchte die Stirn. »Sie glauben, das Ganze war eine Art Falle? Stowell könnte als Sündenbock herhalten sollen?«
»Könnte durchaus sein. Der Tathergang passt doch beinahe zu gut auf Stowell, und warum uns den Mord so offenkundig unter die Nase reiben, wenn die anderen so diskret waren? Und mit dem Wissen, dass Stowell beurlaubt ist und sich in Großbritannien aufhält, brauchte man nur noch etwas, das ihn zur fraglichen Zeit in die Nähe des Tatorts gebracht hätte.«
Diesmal brauchte Bradbury eine Sekunde länger, um seinem Gedankengang zu folgen. »Sie denken, unser Täter könnte Stowell die Mail geschickt und sich als seinen Freund ausgegeben haben?«
»Ja. Das wäre doch bestimmt die letzte notwendige Komponente gewesen, wenn er sich all die Mühe gemacht hätte, den Scharfschützenmord vorzubereiten.«
Bradbury nickte bedächtig. »Es sei denn, Stowell hat die Mail selbst geschickt, damit er einen Grund hatte, zu dieser Zeit dort zu sein.«

»Ja, wir können Stowell nicht völlig ausschließen. Doch das hieße immer noch, dass wir mit rationalen Erklärungen für die anderen Opfer aufwarten müssten – wieso dieser krasse Kontrast zu den anderen Todesfällen?« Lapslie holte Luft. »Es sei denn, natürlich, Stowell hatte einen Komplizen, und *der* stellt die Verbindung zu den anderen Opfern dar.«
»Ist das realistisch?«
»Auf jeden Fall lohnt es sich, dem nachzugehen. Es wurde bereits angedeutet, dass der Schuss so komplex war, dass möglicherweise ein Gehilfe nötig gewesen wäre, um Windgeschwindigkeit und -richtung festzustellen.« Wenn Parrs Team den Schuss nachgestellt hatte, würde er wohl mehr wissen. »Aber wenn Stowell wirklich einen Komplizen hat, dann wird eine Dauerbeschattung künftige Morde nicht unbedingt verhindern.«
Bradbury nickte nachdenklich. »Und was das alles ausgelöst hat, war, dass wir an den Ermittlungen beteiligt sind, denken Sie?«
»Ja, allerdings nehme ich an, der Täter hat damit gerechnet, dass es irgendwann dazu kommt. Ich kann mich des Gedankens nicht erwehren, dass die Nähe des Bunkers zu dem Lavendelfeld kein völliger Zufall war.«
Bradbury starrte ihn ungläubig an. »Sie glauben, der Täter kennt Sie vielleicht?«
»Jedenfalls weiß er von mir, und dass ich Synästhesie habe. Oder er recherchiert einfach sehr gründlich. Schauen Sie sich doch an, wie viel Mühe er sich gemacht hat, Stowells und Leslies Vergangenheit auszuforschen, um das Ganze richtig hinzubekommen.«
Bradbury seufzte. »Nicht nur gründlich, sondern auch ziemlich genial.«
»Ja. Auf jeden Fall jemand, den wir nicht unterschätzen sollten.« Lapslie überlegte kurz. »Und wo wir gerade von Genia-

lität reden, da gibt es noch etwas, das Sie sich bitte mal ansehen sollten. Finden Sie heraus, ob Leslie Petersen in den letzten … sagen wir, im letzten Jahr an irgendeinem Unfall beteiligt war, der eine Bluttransfusion möglich gemacht haben könnte. Wenn's da nichts gibt, schauen Sie, ob sie regelmäßig Blut gespendet hat, und wenn ja, wo.«

Bradbury begriff rasch, worauf er hinauswollte. »Unser Mörder könnte das Blut aus der Blutbank haben. Das würde jedenfalls eine ganze Menge erklären.«

»Das dachte ich auch.«

»Okay, Sir, bis morgen habe ich die Antworten.«

Als Bradbury sich zum Gehen wandte, klingelte eines der Telefone. Sie blieb stehen und ging hin, um abzunehmen. »Ermittlungsteam, DS Bradbury.« Eine kurze Pause, dann sagte sie: »Er ist hier, wenn Sie möchten, kann ich ihm etwas ausrichten.«

Lapslie wartete, während sie dem, was da berichtet wurde, aufmerksam lauschte.

»Okay«, sagte sie schließlich. »Ich verstehe. Sagen Sie ihr vielen Dank für die Nachricht. Ich geb's weiter. Okay, noch mal vielen Dank.«

Sie legte den Hörer auf und sah Lapslie an. »Das war Dr. Catheralls Assistent. Die DNS von dem Blut auf dem Puppenkleid stimmt genau mit der von Leslie Petersen überein.«

Die Fahrt nach Hereford am nächsten Tag war lang. So ziemlich einmal quer durch ganz England, von Osten nach Westen, um London, Oxford und Cheltenham herum, also beschloss Lapslie, Bradbury mitzunehmen. Sie war gut darin, ihm den Weg frei zu machen, dafür zu sorgen, dass seine neurologische Störung ihn nicht mehr beeinträchtigte als unbedingt nötig. Und außerdem gehörte es zu den Privilegien eines Detective Chief Inspector, dass er sich jederzeit von Untergebenen herumkutschieren lassen konnte, wenn ihm der Sinn danach stand.

Während der ersten dreißig Kilometer sprachen sie nicht viel.

»Übrigens«, erkundigte sich Lapslie schließlich, »irgendetwas Neues von Leslie Petersen?«

»Ja, sie hat Blut gespendet, und zwar regelmäßig. Komischerweise in dem Gemeindesaal der Kirche, in der sie erschossen worden ist. Da könnte unser cleverer Killer an das Blut herangekommen sein.«

»Dafür müsste er ganz schönes Insiderwissen haben, nicht wahr?«

Bradbury schüttelte den Kopf. »Nicht unbedingt, Sir. Er könnte ihr doch gefolgt sein und das Blut geklaut haben, nachdem es abgenommen worden war. Das Zeug wird ja nicht bewacht, als wär's pures Gold, das liegt einfach nur in einem Krankenwagen in einer Kühlbox. Danach brauchte er es nur noch kühl zu lagern. Schauen Sie einfach mal bei Google nach: Da gibt's bestimmt eine Seite, auf der einem erklärt wird, wie man Blut aufbewahrt.«

Lapslie nickte. »Ich kann mir nicht vorstellen, wie er's sonst gemacht haben könnte.«

»Soll ich ein paar von den Jungs darauf ansetzen? Schauen, ob die irgendwas rauskriegen?«

Lapslie schüttelte den Kopf. »Erst einmal nicht. Das ist eine offene Frage, die wir später klären können.«

Er wollte gerade noch etwas fragen, als Bradburys Handy klingelte. Sie tippte gegen ihr Ohr, wo ein Bluetooth-Empfänger klemmte wie ein Hightech-Ohrring.

»Bradbury«, meldete sie sich und lauschte dann. »Wirklich? Das ist doch mal ein guter Anfang, finde ich … Sie sagen, Sie konnten keine anderen Krankenschwestern ausfindig machen, auf die das Ganze passt …? Okay, ja, das klingt vielversprechend … Solange Sie sich sicher sind … Ja, bestimmt … Moment, das muss ich mir aufschreiben.«

Lapslie zückte Notizbuch und Stift und signalisierte Bereitschaft. Bradbury nickte dankbar.

»Okay, schießen Sie los. Jane Anne Summers. Wann ist sie ermordet worden? 1. Juli 2007. Und wo? Rutland Road, Cheylesmore, Coventry. Okay, ist notiert. Haben Sie Tatzeitpunkt und Vorgehensweise? Nachmittag und erwürgt. Okay, wenn wir zurückkommen, muss ein vollständiger Bericht auf dem Schreibtisch vom Boss liegen.«

Ehe Bradbury dazu kam, das Gespräch zu beenden, ging Lapslie dazwischen. »Wer war der leitende Ermittlungsbeamte?«

»Wer hat damals die Ermittlungen geleitet?« Bradbury warf Lapslie einen raschen Blick zu. »Chief Inspector Alan Day, und der ist inzwischen pensioniert … Ja, Ihnen auch … Wiedersehen.«

Sie brach die Verbindung ab und wandte sich Lapslie zu. »Das war PC Parkin. Er und Pearce glauben, sie haben herausgefunden, wer das erste Opfer war.«

»Das habe ich mitbekommen.«

»Der leitende Ermittlungsbeamte war Chief Inspector …«

»›Arfur‹ Day.«

Bradbury schüttelte den Kopf. »Nein, Sir, nicht Arthur. Alan. Chief Inspector Alan Day.«

»Ich weiß. Wir haben ihn immer Arfur genannt.«

Bradbury machte ein verwirrtes Gesicht.

»›Arfur Day‹ wie ›half a day‹, halbtags. Mehr war bei ihm nämlich nicht drin. Hat ständig Golf gespielt; er hat sein Handicap während der Dienstzeit auf acht runtergedrückt. Entweder war's das oder sein Schrebergarten. Da hatte er einen Schuppen, den hat er immer als sein Büro bezeichnet.«

Bradbury sah Lapslie nur verständnislos an.
»Trotzdem war er ein guter Polizist«, fügte Lapslie hinzu. »Rufen Sie ihn an, wenn wir nachher eine Kaffee- und Toilettenpause einlegen, und das sollten wir lieber bald tun. Hört sich an, als müsste ich ein bisschen mit ihm plaudern.«

Anfangs hätte er sich niemals vorstellen können, wie schwierig es sein würde, den Major zu töten. Noch nie hatte er einen vorsichtigeren Mann gekannt. Der Major war erst vor ein paar Jahren aus der Army ausgeschieden, Teil einer noch immer andauernden Welle freiwilliger Abschiede, durch die die Militärausgaben gesenkt werden sollten. Und bis dahin hatte er in Nordirland im Intelligence Corps gedient. In Anbetracht der Sicherheitsmaßnahmen, die im Umfeld eines aktiven Offiziers stets griffen, war es unmöglich gewesen, an den Mann heranzukommen, und deswegen hatte er bis jetzt gewartet.
Aufgrund seiner Arbeit in Nordirland war der Major ungemein vorsichtig. Er fuhr nie zweimal dieselbe Route, wenn er jemanden regelmäßig besuchte, schaute immer unter seinen Wagen, ehe er losfuhr, auch wenn er ihn nur fünf Minuten auf dem Supermarktparkplatz abgestellt hatte. Und er hielt ständig Ausschau nach Gesichtern, die er schon einmal in einem anderen Kontext gesehen hatte.
Einmal war er sich sicher gewesen, dass der Major ihn bemerkt hatte. Auf der Hauptstraße des Ortes, in dem der Major wohnte. Er selbst war müßig dahingeschlendert, hatte die Schaufenster betrachtet und alle paar Augenblicke das Spiegelbild des Majors darin gesehen, als zwei Frauen vorbeigekommen waren. Sie unterhielten sich angeregt, doch als sie an ihm vorbeigingen, hörte er nur: »... pass auf, er beobachtet dich!« Die Worte waren eine eindeutige Warnung einer höhe-

ren Macht, und er war eilig davonmarschiert. Dabei hatte er einen raschen Blick über die Schulter riskiert, und tatsächlich, der Major schaute in seine Richtung. Das war knapp gewesen. Wäre er nicht im Auftrag Gottes unterwegs gewesen, oder zumindest in einem, den Gott guthieß, dann hätte er damals vielleicht versagt. Für ihn bewies es lediglich, dass es, auch wenn Gott seine Pläne billigte, an ihm war, dafür zu sorgen, dass er alle Einzelheiten richtig hinbekam. Gott hilft schließlich denen, die sich selbst helfen.

Danach wechselte er jedes Mal den Wagen, wenn er dem Major folgte, und trug ein ganzes Sammelsurium verschiedener Tarnung, das er aus diversen Secondhandläden zusammengekauft hatte. Nahe genug an den Mann heranzukommen, um ihn zu töten, würde schwerer sein als bei allen anderen zusammen. Er hätte ihn wohl erschießen können, so wie die Braut, aber er wollte nicht zwei so ähnliche Morde so dicht hintereinander begehen. Lapslie war kein Idiot, und er könnte anfangen, Verbindungen herzustellen, die ihm schließlich die Spuren liefern würden, die er brauchte. Nein, es musste wieder ein Unfall sein.

Seine Chance kam, als er sah, dass der Major Camping-Utensilien kaufte. Offensichtlich wollte der Mann Urlaub machen, aber wo und wann? Wenn es zu weit weg war, hätte er keine Möglichkeit, ihm zu folgen: Er konnte es sich nicht leisten, zu lange von der Arbeit wegzubleiben, ohne dass es Gerede gab. Er würde warten müssen.

Glücklicherweise machte der sonst so umsichtige Major einen Fehler. Er folgte dem auffälligen roten Sportwagen des Majors zu einem kleinen Cottage, kilometerweit von der nächsten Stadt entfernt, und sah zu, wie er an der Haustür von einer attraktiven Blondine Ende zwanzig begrüßt wurde. Die beiden küssten sich auf eine Art und Weise, die deutlich machte, dass sie mehr als nur befreundet waren. Die Frau musste seine Geliebte sein, denn Major John Alexander Thomas war verheiratet. Danach änderte er seine Taktik. Der Schlüssel, um an den Major heranzukommen, begriff er, war sie, die Geliebte. Es brachte nichts, dem Major weiter zu folgen. Außerdem wäre es auch sicherer, denn die Geliebte würde sich nicht ganz so sehr in Acht nehmen.

Schließlich war das Glück ihm hold. So etwas passierte ihm oft, und das hatte ihn zu der Überzeugung kommen lassen, dass Gott auf seiner Seite war und ihm bei seinem Unterfangen zur Seite stand. Ein Zettel in einer der Milchflaschen vor ihrer Haustür fiel ihm auf: »Milch erst wieder am Montag.« Also waren sie dieses Wochenende unterwegs.

Er beschloss, dass er das Cottage am Freitagabend würde beobachten müssen, bis Samstagmorgen.

Und er hatte Glück. Major Thomas holte seine Geliebte am Freitagabend ab, und er folgte ihnen in sicherer Entfernung. Er hatte bereits entschieden, dass er, wenn sie weiter fuhren als achtzig Kilometer, die Verfolgung würde aufgeben müssen; er würde heimkehren und auf die nächste Gelegenheit warten. Wieder hatte er Glück. Nach nicht einmal dreißig Kilometern fuhren die beiden auf einen Campingplatz.

Dieser, am Rand eines Waldes ganz nahe bei einem Fluss gelegen, war fast verwaist. Er sah zu, wie die beiden dicht am Wald ein großes, modernes Zelt aufstellten. Schlafsäcke und andere Ausrüstungsgegenstände wurden aus dem Kofferraum geholt und ins Zelt gelegt. Dann ging der Major noch einmal zum Auto zurück und hob eine große Gasflasche aus dem Kofferraum, die er gleich neben dem Zelt anschloss. Das Gas sollte eindeutig nicht nur zum Kochen dienen, sondern auch, wie er erfreut feststellte, für den kleinen Heizofen, den er den Major ins Zelt tragen sah. Jetzt wusste er, wie er ihn töten und das

Ganze wie einen tragischen Unglücksfall aussehen lassen würde.

Allerdings musste er über eine Stunde warten, bis sie zum nächsten Pub fuhren und er sich ins Zelt schleichen konnte, um die notwendigen Justierungen an dem Heizofen vorzunehmen. Dann, vierzig Minuten nachdem sie zurückgekommen waren, pirschte er sich abermals durch den Wald und kam dicht bei dem Zelt heraus. So glatt, wie er gehofft hatte, lief das Ganze nicht ab. Den Geräuschen nach zu urteilen, die aus dem Zelt drangen, liebte das Pärchen sich ganz offenkundig, und das ging eine ganze Weile so. Er musste den Major für seine Ausdauer bewundern.

Ein Jammer, dachte er, während er den Lauten der Leidenschaft lauschte, dass die junge Frau ebenfalls sterben musste. Es war das erste Mal, dass so etwas vorgekommen war, aber was sein muss, muss sein, und er wusste ja nicht, wann er wieder eine solche Gelegenheit bekommen würde. Die Tatsache, dass sie zusammen umkamen, würde außerdem helfen, zu vertuschen, dass er sich sein elftes Opfer geholt hatte.

Nach ein paar Stunden hörte das Liebesspiel auf und machte schwerem Atmen und gelegentlichem Schnarchen Platz. Er wusste, dass es jetzt ungefährlich war. Alles, was er tun musste, war, die Gasflasche aufzudrehen, sodass sie das Zelt mit giftigen Dämpfen füllte. Es würde sehr schnell und schmerzlos vorbei sein. Noch ein tragischer Unglücksfall.

Er brauchte nur ein paar Minuten. Danach schlich er wieder in den Wald und wartete darauf, dass die Dinge ihren unvermeidlichen Lauf nahmen. Bestimmt würde er während der nächsten Tage darüber in der Zeitung lesen können.

Elf erledigt, blieben noch zwei.

Trotz Colonel Parrs Wegbeschreibung scheiterte Lapslie in seinem Bemühen, auszuknobeln, wie Bradbury fahren sollte, nachdem sie an Ledbury vorbei waren. Schließlich musste er den Colonel anrufen, damit dieser sie am Telefon weiterlotste. Der Stützpunkt lag am Stadtrand, und sie kamen gerade noch rechtzeitig an. Wie Parr gesagt hatte, wurde er erwartet. Nachdem der Wagen durchsucht worden war und man sie mehrmals kontrolliert und seine und Bradburys Identität bestätigt hatte, wies man ihnen den Weg zu Parrs Büro.

Der normale Alltagsbetrieb eines Armeestützpunktes flutete Lapslies Mund mit dem Geschmack von altem, getrocknetem Blut. Er bemühte sich, nicht darauf zu achten und einfach weiterzugehen.

Parr wartete vor seinem Büro auf sie. Noch immer war er nicht in Uniform; diesmal jedoch trug er Cargohosen, ein Polohemd und eine Regenjacke. Die Kleiderordnung bei den Special Forces war wohl darauf ausgerichtet, nicht aufzufallen.

»Morgen, Chief Inspector. Entschuldigen Sie die Verzögerung, aber ich wusste nicht, dass Ihr Sergeant mitkommt, bis Sie es vorhin am Telefon erwähnt haben.«

Parr schüttelte erst Lapslie und dann Bradbury die Hand. »Sergeant Bradbury, freut mich, Sie kennenzulernen.«

»Entschuldigung«, sagte Lapslie. »Das war ein bisschen blöd von mir.«

Parr musterte ihn einen Moment lang. »Ja. Jedenfalls, kommen Sie rein. Ich habe Tee und Kekse besorgt.«

Lapslie und Bradbury folgten ihm. Ein guter Anfang war das nicht.

Als sie um den Tisch herumsaßen, fing Parr an, sie auszufragen. Jetzt, wo er sich auf heimischem Territorium befand, war er direkter, offizieller. »Sind Sie schon weitergekommen?«

Lapslie nickte. »Ein bisschen.«

Parr sah ihn erwartungsvoll an.
»Wir wissen, dass sowohl das Hochzeitskleid als auch der Brautschleier, die die Puppe getragen hat, von Leslie Petersens Kleid stammen. Der Stoff dafür ist aus dem Kleid herausgeschnitten worden, ein paar Wochen bevor sie umgebracht wurde, aber wir wissen nicht, von wem – abgesehen von dem Verdächtigen, den ich erwähnt habe. Ihr Ex-Freund Mike Stowell war früher bei der Army und hat zwei Jahre Erfahrung als Scharfschütze.« Lapslie verzog das Gesicht. »Aber ein Teil dieses Szenarios gefällt mir nicht.«
»Ach. Und warum?«
»Das passt alles viel zu gut, zu perfekt. Sie wird von einem Heckenschützen erschossen, und siehe da, ihr Ex erweist sich als Scharfschütze.« Er seufzte. »Und außerdem war keiner der wahrscheinlichen anderen Morde derart offenkundig – viele könnten sogar durchaus als Unfälle inszeniert worden sein –, und bis jetzt gibt es keinerlei Verbindungen zwischen Stowell und irgendeinem der anderen Opfer.«
»Ihre Einschätzung von Stowell hat sich also etwas geändert, seit wir uns das letzte Mal begegnet sind.« Parr zog eine Augenbraue hoch. »Und gibt's irgendwelche anderen Verdächtigen?«
»Niemand Bestimmten. Aber wir wissen jetzt auch, dass das Blut auf der Brautpuppe definitiv Leslie Petersens war. Die DNS stimmt überein.«
Parr schüttelte den Kopf. »Verzeihen Sie, aber wie ist das möglich, es sei denn, der Mörder hat sich irgendwie Blut von ihr beschafft, *bevor* er sie umgebracht hat? Hinterher war das doch ganz sicher nicht möglich – es waren doch viel zu viele Leute am Tatort.«
»Wir haben herausgefunden, dass sie regelmäßig Blut gespendet hat. Das scheint also die wahrscheinlichste Option zu sein.«

»Ich verstehe. Ist wohl durchaus denkbar.« Parr holte Luft. »Also, ich habe eine kleine Vorführung arrangiert, damit Sie sehen, wie die gute alte Scharfschützennummer abläuft. Normalerweise machen wir so etwas nicht hier, für gewöhnlich passiert das im Scharfschützen-Ausbildungszentrum – ein alter RAF-Stützpunkt –, aber ich habe drüben in der PATA einen Geländeabschnitt gebucht.«

»PATA?«, fragte Bradbury.

»Pontrilas Army Training Area. Von hier ein kleines Stück die Straße rauf.«

Lapslie war erfreut. »Vielen Dank. Ich weiß nicht, wie viel das helfen wird, aber interessant sollte es zumindest sein.«

Parr lehnte sich auf seinem Stuhl zurück. »Ich habe mir die Freiheit genommen, mich ein bisschen mehr in die Ermittlungen einzubringen, als ich es normalerweise tun würde. Habe ein paar von unseren Freunden im Security-Bereich gebeten, doch mal festzustellen, ob irgendwelche Scharfschützengewehre abhandengekommen sein könnten.«

»Sie haben von einem Accuracy International AX50 .50 BMG gesprochen. Bei unserer Vernehmung hat Stowell gesagt, das wäre eine seiner Lieblingswaffen. Die andere war ein L115A3.«

Parr nickte nachdenklich. »Die wären beide ideal für einen Schuss auf diese Entfernung. Würde sich vielleicht lohnen, mal Stowells Kameraden zu überprüfen, um rauszufinden, wo er innerhalb Großbritanniens eins von diesen beiden Gewehren herbekommen könnte. Inzwischen kann ich ja meine Kontaktleute bitten, nachzusehen, ob es irgendwelche INTREPs darüber gibt, dass solche und ähnliche Gewehre legal oder illegal ins Land gebracht wurden.«

»INTREPs?«, erkundigte sich Bradbury.

»Intelligence Reports. Berichte des Nachrichtendienstes«, antwortete Parr, ohne aus dem Takt zu kommen oder sie anzusehen. »Wenn wir mithilfe dieser beiden Quellen Waffen dieses Typs zurückverfolgen, dann treffen wir uns halbwegs erfolgreich in der Mitte. Viele solche Gewehre gibt es außerhalb dieser Anlage hier und zweier anderer in Großbritannien nicht, und in Privatbesitz so gut wie überhaupt keine.«

»Das ist sehr nett von Ihnen, vielen Dank.«

Parr lächelte. »Außerdem schaue ich mir an, wer die besten Scharfschützen der britischen Streitkräfte waren in den letzten fünfundzwanzig Jahren. Abgesehen von unserem Freund Stowell natürlich.« Mit einem gekünstelten Lächeln schlug Parr sich mit den Händen auf die Schenkel. »Also, wenn Sie dann beide so weit sind, stelle ich Sie mal unseren Scharfschützen vor.«

Alle drei standen auf und verließen das Büro. Lapslie und Bradbury folgten Parr zu einem Land Rover, der direkt davor parkte. Er fuhr sie aus dem Stützpunkt heraus, ein kurzes Stück die Straße hinauf und dann einen langen, gewundenen Fahrweg entlang bis zu einem Hochsicherheitszaun, der sich an dessen Rand entlangzog. Ein kleines Stück weiter befanden sich ein Parkplatz und ein Tor, das mit einer kleinen Tastatur geöffnet werden konnte. Parr sah sich um, schaute in beide Rückspiegel – wahrscheinlich vergewissert er sich, dass sich niemand neben dem Wagen her auf das Gelände schleicht, dachte Lapslie – und tippte dann einen Code ein. Das Tor schwang rasch und lautlos auf. Parr fuhr hindurch und wartete, bis es sich wieder geschlossen hatte, ehe er weiterfuhr, vorbei an Erdbunkern und Kasernen wie aus den Fünfzigerjahren und an sonderbaren Betongebäuden, bis sie ein freies, grasbewachsenes Feld erreichten.

»Da sind wir.« Er stieg aus und bedeutete Lapslie und Bradbury, es ihm gleichzutun. »Legs, Spike, sind Sie da?«

Lapslie und Bradbury schauten sich um und wechselten dann einen Blick. Es war niemand in der Nähe: Die Wiese war leer.

Bradbury zog eine Braue hoch. »Ich glaube, diesen Film hab ich schon mal gesehen«, flüsterte sie.
Das Gras direkt vor ihnen geriet in Bewegung, und zwei Gestalten erhoben sich. Wo eben noch niemand gewesen war, standen plötzlich zwei Menschen, und klein waren die beiden auch nicht gerade. Und nicht nur das, der eine hatte auch noch ein Gewehr in der Hand, das teilweise mit Grünzeug getarnt worden war. Wenn ihr Täter solche Fähigkeiten besaß, dachte Lapslie unwillkürlich, war es kein Wunder, dass er so leicht in den Bunker hinein- und wieder herausgekommen war.
Parr stellte die beiden Männer vor. »Legs, Spike, das sind Detective Chief Inspector Lapslie und Detective Sergeant Bradbury.«
Alle schüttelten sich die Hände. Keiner der beiden Männer sagte etwas. Beide trugen Tarnanzüge, die Lapslie als sogenannte »Ghillie-Anzüge« erkannte, Flecktarn mit einem feinen Netz darüber, in das Zweige und Blätter geschoben worden waren. Interessiert stellte er fest, dass er die richtigen Namen der Scharfschützen noch immer nicht kannte. Vermutlich wollte Parr es so.
»Die Jungs benutzen dasselbe Gewehr wie unserer Ansicht nach unser Mörder, ein Accuracy International AX50 .50 BMG. Die Entfernung ist nicht ganz so groß, und der Höhenunterschied auch nicht, aber es ist weit genug und sollte reichen.« Er zeigte mit dem Finger. »Sie sollten die Zielscheibe gerade noch erkennen können, vor der Sandböschung dort.«
Lapslie strengte seine Augen an und konnte vor der Sandböschung gerade eben noch etwas ausmachen, das aussah wie der Umriss eines Menschen.
»Zielvorgabe ist, ins Herz zu treffen.« Parr lächelte Bradbury an. »Wenn man bei einem Schuss in den Brustkorb ein paar Zentimeter danebenschießt, richtet man immer noch ganz

schönen Schaden an. Bei einem Kopfschuss können ein paar Zentimeter der Unterschied zwischen einem Treffer und einem Fehlschuss sein.«

»Schießen Scharfschützen denn normalerweise ein paar Zentimeter daneben?«, wollte Bradbury wissen.

»Talent und Training sind nur zwei Faktoren der Gleichung. Ein Windstoß kann die ganze Situation verändern, und Bewegungen des Ziels auch.« Er wandte sich wieder an die beiden Scharfschützen. »Gentlemen, wenn Sie dann so weit sind.«

Die beiden Männer streckten sich abermals im Gras aus. Diesmal konnte Lapslie sie ganz deutlich sehen, aber diesmal wusste er ja auch, worauf er achten musste.

Einer der beiden gab dem anderen halblaute Informationen, die durch das Windgeräusch hindurch kaum zu verstehen waren. Der andere – schlagartig wurde Lapslie klar, dass er nicht einmal wusste, welcher Legs und welcher Spike war – adjustierte seine Position entsprechend und drehte an einem Einstellrad neben dem Zielfernrohr. Gleich darauf gab er einen Probeschuss ab. Der Schuss war sehr viel weniger laut, als Lapslie erwartet hatte, doch er flutete seinen Mund mit dem zuckerigen Sirupgeschmack von Dosenpfirsichen, und er krümmte sich unwillkürlich. Hoffentlich mussten sie das nicht allzu oft machen.

Kurz darauf tauschten sich die beiden Männer abermals aus, und ein zweiter Schuss wurde abgefeuert. Wieder schmeckte Lapslie Dosenpfirsiche, ein klein wenig stärker, doch diesmal wurde der Geschmack auf bizarre Weise von Meersalz überlagert.

Bradbury bemerkte sein Unbehagen. »Alles okay, Sir?«

Lapslie nickte und hob die Hand, um ihr zu verstehen zu geben, dass sie kein Aufheben davon machen sollte. Parr schaute neugierig zu ihnen herüber.

Der Scharfschütze gab einen letzten Schuss ab. Lapslie wiederstand dem Verlangen auszuspucken: Das würde an dem, was er schmeckte, nicht viel ändern, und es würde nicht gut aussehen.

Legs und Spike standen auf und gingen zu der Sandböschung und der Zielscheibe hinüber. Parr, Lapslie und Bradbury folgten ihnen.

Der letzte Schuss hatte eindeutig getroffen, aber nur am Rand. Ganz sicher ein tödlicher Schuss, aber derjenige, der Leslie Petersen getötet hatte, hatte mitten ins Schwarze getroffen, und das aus größerer Entfernung.

Parr wandte sich zu ihnen um. »Ob unser Täter jetzt dieser Stowell ist oder jemand anderes – er ist ein bemerkenswert guter Schütze. Ein hochgefährlicher Mann.«

Lapslie, der die Zielscheibe anstarrte wie ein von Autoscheinwerfern gebanntes Kaninchen, antwortete nicht, musste ihm aber innerlich beipflichten. Und wenn der Täter jemand war, der den Verdacht auf Stowell lenken konnte und sämtliche Verbindungen zu den anderen Opfern so erfolgreich zu verbergen wusste, dann war das noch bemerkenswerter. Ein Mörder, bei dem man auf alles gefasst sein musste.

TEIL 5

2. September 2010

Clair Brett ließ sich erschöpft in ihren Sessel fallen. Es war ein sehr langer Tag gewesen. Den Leuten war nie richtig klar, wie anstrengend die Arbeit als Model war. Das machte einen wirklich fertig, vor allem, wenn der Fotograf keine Ahnung hatte, und dieser hier hatte keinen blassen Schimmer gehabt. Sie wusste viel mehr darüber, wie so etwas ablief, als er. Der Mann schien nicht zu verstehen, dass es höllisch die Muskeln anstrengte, minutenlang eine unnatürliche Pose zu halten, während er mit seinem Fokus und seinen Belichtungszeiten herumfummelte.

Sie war es gewohnt, mit allen möglichen Fotografen zu tun zu haben. Da waren die Profis, mit denen lief es normalerweise okay, und die Halbprofessionellen, die waren auch ziemlich gut. Danach kamen die Clubfotografen, deren Qualität dramatisch schwankte, und dann die reinen Amateure. Manche von denen waren ganz okay und nahmen das Ganze sehr ernst, manchen gefiel einfach die Vorstellung, Nacktfotos von attraktiven jungen Frauen zu machen. Und manche betrachteten das Ganze als so etwas wie eine Dating-Agentur für Widerlinge. Wovor sie sich in Acht nehmen musste, war der gelegentliche Spinner, dessen einziges Lebensziel es war, sie in irgendeiner privaten Location nackt vor sich zu haben und dabei einen Arm oder andere Teile seiner Anatomie zu riskieren.

Clair nahm ihren Terminkalender zur Hand, blätterte ihn durch und versuchte, sich ein Bild von dieser Woche zu ma-

chen. Sie war jeden Tag gebucht, hauptsächlich von Profis, aber es war auch ein Club darunter, eine Modellsitzung für einen Kunstkurs und ein Amateur, doch mit dem hatte sie schon zweimal gearbeitet und vertraute ihm – nun ja, so sehr sie überhaupt irgendwem vertraute.

Sie rechnete ihre Honorare zusammen. Knapp zweitausend für eine Woche Arbeit, und das meiste davon steuerfrei. Ein bisschen gab sie immer an, damit die vom Finanzamt nicht misstrauisch wurden, aber nicht alles. Sie war doch nicht blöd. Trotzdem, achtzehnhundert Pfund, das war gar nicht schlecht für ein Mädchen ohne Schulabschluss. Ihrem Dad hatte sie nie erzählt, was genau sie machte – er wäre ausgerastet –, wohl aber ihrer Mum. Ihrer Mum erzählte sie alles. Die vertrat den Standpunkt: »Also, wenn die nur gucken dürfen, aber nicht anfassen, dann soll's mir recht sein. Man muss sich als Frau doch seinen Lebensunterhalt verdienen, nicht wahr?« Clair hatte gelacht. Sie liebte ihre Mum.

Sie zog sich aus und ließ ihre Kleider dort liegen, wo sie hinfielen. Dann ging sie hinaus in den Garten, dorthin, wo Richard den Whirlpool aufgestellt hatte. Gleich als sie nach Hause gekommen war, hatte sie die Heizung angestellt, und sie freute sich auf ein schönes heißes Bad. Auf dem Weg in den Garten blieb sie vor dem großen Spiegel stehen und betrachtete sich. Sie war nicht ganz einen Meter achtzig groß, mit einem Körper, von dem sie wusste, dass er vollkommen war. Das wusste sie, weil jeder es sagte. Flacher Bauch, hoch angesetzte Brüste, lange Beine, langes dunkles Haar, grüne Augen und ein vollendet schöner Mund.

Sie musste allmählich wirklich mehr für ihre Shootings verlangen, dachte sie bei sich.

Dann ging sie in den Garten hinaus, trat zum Whirlpool und tauchte die Hand ins Wasser. Die Temperatur war genau rich-

tig. Sie stieg die paar Stufen in die große Wanne hinunter und glitt langsam in das warme Wasser. Das war das Erholsamste, was es gab. Sie spürte, wie sich die Anspannungen des Tages im heißen Wasser einfach auflösten. Clair tauchte mit dem Kopf unter und verharrte einige Sekunden lang so, rieb ihre Haare zwischen den Fingern, ehe sie wieder auftauchte und sich das Haar aus dem Gesicht strich.

Dann lehnte sie sich zurück und beschloss, den Whirlpool einzuschalten und sich von den Luftblasen sämtliche Schmerzen und allen Verdruss des Tages wegmassieren zu lassen. Der Schalter war nur ein kleines Stück entfernt, da kam sie ganz leicht heran. Es gab drei Stufen: leicht, mittel und stark. Clair wollte es stark; sie wollte, dass das Wasser auf ihren Körper einhämmerte, die Verhärtungen und Verspannungen weich drosch. Danach konnte sie ja immer noch herunterschalten und den Rest der Zeit vor sich hin treiben.

Sie drehte den Schalter ganz nach rechts. Sofort erfüllte der gewaltige Stromstoß die Wanne; Tausende von Volt knisterten durch Clair Bretts vollkommenen Körper. Sie spürte den Schmerz nur einen Moment lang. Nicht einmal lange genug, um zu schreien, geschweige denn, um zu versuchen hinauszuklettern. Der Tod trat fast augenblicklich ein, und als der Strom weiter durchs Wasser und an ihren Nerven entlangfloss, begann der Whirlpool, der Clairs Zufluchtsort gewesen war, sie langsam von innen heraus zu kochen.

Auf dem Rückweg von Hereford hatte Lapslie beschlossen, dass er als Nächstes den Mann aufsuchen würde, der 2007 die Ermittlungen zu dem Mord an der Krankenschwester geleitet hatte. Zum Glück war das ein alter Freund: Chief Inspector a.D. Alan Day. Bradbury hatte es geschafft, ihn nach nur ein paar Anrufen zu fassen zu bekommen. Der Chief Inspector war vor zwei Jahren in den Ruhestand getreten, nach zweiunddreißig Dienstjahren. Jetzt verbrachte er seine Zeit größtenteils mit Gartenarbeiten. Er hatte sich für zwei Uhr nachmittags mit Lapslie in seinem Garten verabredet, einen Tag nach dem Ausflug nach Hereford. Lapslie ließ Bradbury in der Hauptwache zurück, wo sie überprüfen sollte, welche Fortschritte das Team gemacht hatte. Er hatte auch im Hinterkopf, dass Alan sehr altmodisch war und dass die Polizei froh gewesen war, als er endlich in Pension gegangen war. Für Polizistinnen hatte er nicht viel übrig. Er meinte, sie seien nur für zweierlei gut: für Sex und dafür, an kalten Winterabenden die Kohlen hereinzuholen. Diese Einstellung war nicht nur grundverkehrt, sie war im gegenwärtigen politischen Klima unhaltbar. Wie dem auch sei, ermahnte sich Lapslie, ihn interessierten ja nicht Alans politische Ansichten, sondern seine Meinung zum Fall Jane Summers. Er fand Day in dem kleinen Gewächshaus, wo er gerade ein paar sehr rote Tomaten abschnitt.

»Hallo, Alan.«

Day drehte sich um. »Mark. Wie schön, Sie zu sehen.« Seine Stimme schmeckte nach trockenem Gras und Klee. »Ich schneide Ihnen gerade ein paar Tomaten. Meine mich zu erinnern, dass Sie die gern mögen.«

»Das stimmt, und die da sind wunderschön. Vielen Dank.«

»Ich hab Ihnen ein halbes Dutzend abgeschnitten. Das sind Cherokee Purples, die schmecken toll mit ein bisschen Käse. Kommen Sie rüber zum Schuppen; ich hab Teewasser aufgesetzt.«

Lapslie folgte Day zu seinem Gartenschuppen, wo ein alter Kessel auf einem Gasbrenner vor sich hin kochte. Day brühte den Tee auf und gab aus einer Thermosflasche einen Schuss Milch hinein, ehe die beiden sich vor dem Schuppen auf zwei alten Liegestühlen niederließen.

Days Schrebergarten war wunderschön, dachte Lapslie, voller Gemüse- und Obstsorten. Ein richtiger grüner Zufluchtsort weitab von den Mühen der Stadt. Und Lapslie hätte darauf gewettet, dass Day nicht nur die Namen sämtlicher Pflanzen kannte, sondern dass es sich auch um seltene oder gezüchtete Sorten handelte. Day hatte sich immer darüber aufgeregt, dass die Leute inzwischen nur noch irgendwelches Standardgemüse und -obst kannten, das nach nichts schmeckte, wegen der miesen Kosteneinsparungsmanöver der großen Supermarktketten.
Nachdem sie eine Weile schweigend an ihrem Tee genippt und sich über längst verstorbene Kollegen unterhalten hatten – ein beliebtes Thema, wenn ältere Polizisten sich trafen, wie ein Dauerwettstreit, wer am längsten durchhalten konnte –, sprach Lapslie das Thema an, das ihm am Herzen lag.
»Erinnern Sie sich noch an den Mord an einer Krankenschwester namens Jane Anne Summers im Jahr 2007?«
Day stellte seinen Teebecher hin. »Am 1. Juli 2007, um genau zu sein. Die Mutter hat sie tot auf ihrem Bett gefunden, erwürgt. Hab den Täter nie gekriegt.«
»Warum nicht?«
»Aus dem üblichen Grund: keine Beweise, keine Zeugen. Sie war ein feines Mädel, ihre Freunde und Kollegen haben große Stücke auf sie gehalten. Verlobt war sie auch: ein netter Junge mit einem absolut wasserdichten Alibi. Hat nie mit anderen rumgemacht, jedenfalls nicht, dass wir was gefunden hätten. Kein eifersüchtiger Ex-Freund im Hintergrund. Hübsch war sie auch, und trotzdem war sie nicht sexuell missbraucht worden. Der Täter ist durch ein offenes Fenster reingekommen. Es war ein warmer Sommer – alle haben ihre Fenster offen gelassen. Manuelle Strangulation, also haben wir am Ende nur gewusst, dass es ein Mann gewesen sein musste, wegen der Größe der Quetschungen an ihrem Hals.«

Er nippte abermals an seinem Tee. »Sie hat in einer belebten Wohnsiedlung gewohnt, jede Menge Leute draußen auf der Straße, und doch ist er mitten am Nachmittag in ihr Schlafzimmer eingestiegen, hat sie erwürgt und ist dann abgehauen, ohne dass auch nur eine einzige Person irgendwas gesehen hat. Wir haben die verdammte halbe Belegschaft von Haus zu Haus geschickt, haben im Lokalradio und im Fernsehen an die Leute appelliert, sogar diesen Nick Ross haben wir auf *Crimewatch* um Hinweise bitten lassen. Haben das Ganze rekonstruiert und all so was. Nichts.«
»Forensik?«
»Nicht das Geringste. Keine Fasern, keine Haare, Fingerabdrücke, Fußspuren, nichts. Der Kerl war wie ein verdammtes Gespenst.« Er seufzte. »Der frustrierendste Fall, den ich je bearbeitet habe. Danke, dass Sie mich daran erinnern.«
Die Beschreibung »Gespenst« schien genau auf Lapslies Täter zu passen, dachte er bei sich. »An dem Fall war also überhaupt nichts Ungewöhnliches?«
Day schüttelte den Kopf. »Außer dass es der einzige Mord war, den ich nicht aufgeklärt habe, nein. Wieso dieses Interesse nach so vielen Jahren?« Er sah Lapslie unverwandt an. »Sie haben eine frische Spur, stimmt's?«
Lapslie betrachtete ihn. Er würde ganz sicher nicht noch einmal die ganze Geschichte mit den Puppen erzählen; außerdem würde ein Polizist aus Days Generation ihn für übergeschnappt halten. Doch die Verbindung zu dem Mord an Leslie Petersen war einen Versuch wert, wo sie doch jetzt einen möglichen Verdächtigen hatten.
»Vielleicht. Sind während der Ermittlungen jemals die Namen Mike Stowell oder Leslie Petersen aufgetaucht?«
Day dachte einen Moment lang angestrengt nach. »Nein. Kann ich nicht behaupten.«

»Und während Ihrer Dienstzeit sind keine anderen Krankenschwestern umgebracht worden, oder?«
Day schüttelte den Kopf. »Nein. Also, nicht dass ich davon gehört hätte, und das hätte ich.«
»Was ist mit ihren Eltern?«
»Sind inzwischen beide tot. Ich schwöre, der Schock, sie zu verlieren, hat da nachgeholfen. Ich habe Kontakt zu ihnen gehalten, schien mir einfach anständig zu sein. Wenn sich irgendwas ergeben hat, hab ich's sie sofort wissen lassen. Nicht dass sich viel ergeben hätte, und wenn, dann hat sich's als Blödsinn rausgestellt. Nach dem Mord haben sie nur noch ein paar Jahre durchgehalten. Schienen wahnsinnig schnell zu altern, jedes Jahr wie zehn auf einmal. So was hab ich schon öfter erlebt: als ob der Schock den Körper zugrunde richtet.«
Auch Lapslie hatte das schon erlebt, viel zu oft.
Day fuhr fort: »Wissen Sie, sie war ein Einzelkind. Ihre Mutter hat sie ziemlich spät gekriegt. Beide Eltern waren ein bisschen überrascht, haben sich aber unheimlich gefreut. Sie war ihr Augapfel und nach allem, was man so hört, ein wunderbares Mädchen.« Wieder seufzte er. »Und dann habe ich sie hängen lassen, indem ich den Dreckskerl nicht geschnappt habe. Eigentlich ein Jammer, ihr alter Herr war nämlich Geschworenensprecher bei einem Prozess, in dem ich mal ausgesagt habe. Hat's geschafft, die Jury dazu zu bringen, richtig zu entscheiden. Ich hab ihn wiedererkannt. Wär schön gewesen, sich zu revanchieren.«
»Sie hatten doch keine schlechte Aufklärungsquote, Alan.«
Day nippte erneut an seinem Tee. »Ist schon komisch: Es sind nicht die Festnahmen, an die man sich am Schluss erinnert, sondern die, die davongekommen sind. Ich habe Jane Summers nie vergessen, und die Geschichte belastet mich. Es

wurmt mich. Wenn Sie irgendwas rauskriegen, sagen Sie mir doch Bescheid, nicht wahr?«

Lapslie nickte. »Natürlich.«

Er trank seinen Tee aus, nahm die Tüte mit den Tomaten und erhob sich. »Ich mache mich dann mal auf den Weg.«

Sie schüttelten sich die Hände. »Hab gehört, Sie wären nicht mehr ganz richtig im Kopf«, meinte Day mit einem Fragezeichen in der Stimme. »Alles okay, ja?«

Lapslie lächelte. »Alles bestens. Sie waren eine große Hilfe.«

Als er sich zum Gehen wandte, rief Day ihm nach: »Da war noch was, wenn ich jetzt so drüber nachdenke.« Mit neu erwachtem Interesse drehte Lapslie sich um. »Der Täter hat ihre Schwesterntracht zerschnitten. Hat ein großes Stück von dem Kleid mitgenommen, und die Haube auch. Wir haben beides nie gefunden. Wohl als eine Art Trophäe. Der Rest ist sichergestellt worden, liegt vielleicht noch in der Asservatenkammer. Könnte aber natürlich auch nicht mehr da sein. Interessant?«

Lapslie nickte. »Ja, Alan, das könnte durchaus interessant sein.«

Er wusste, dass er Ruhe bewahren musste, aber sein Magen schlug Purzelbäume. Alles, was Day ihm erzählt hatte, hatte ihn vermuten lassen, dass Jane Summers von seinem Täter ermordet worden war – die beschädigte Schwesterntracht jedoch war ein eindeutiger Beweis und öffnete alle möglichen Türen. Die Krankenschwester war die erste Puppe in der Reihe gewesen; in Anbetracht der akribischen Natur des Mörders war sie also mit an Sicherheit grenzender Wahrscheinlichkeit sein erstes Opfer gewesen. Das würde ihm einen Ausgangspunkt verschaffen. Er konnte sowohl das Leben der Krankenschwester als auch das der Braut unter die Lupe nehmen und schauen, ob es dort Berührungspunkte gab. Personen, Orte, Ereignisse … Stowell, oder, wie er immer mehr

argwöhnte, ein genialer Killer, der seit sieben Jahren unbemerkt gemordet und den Verdacht auf Stowell gelenkt hatte, als Lapslies Team auf den Plan getreten war.
Sobald er im Auto saß, rief er in der Asservatenkammer der Essex Constabulary an und gab dem zuständigen Beamten alles durch, was er an Informationen hatte. Wie viel Beweismaterial verloren ging oder vernichtet wurde, wenn es den Anschein hatte, dass ein Fall nicht gelöst werden würde, war ein Skandal, und der Beamte war dorthin abgestellt worden, um dem Einhalt zu gebieten. Allen Berichten nach hatte er seine Sache recht gut gemacht und rasch herausgefunden, dass die meisten Objekte, die angeblich verloren gegangen waren, in Wirklichkeit nur fehlerhaft – oder auch gar nicht – etikettiert und falsch eingeordnet worden waren. Ungefähr fünf Minuten später rief der Mann Lapslie zurück. »Ja, die Kleidungsstücke sind noch hier, immer noch in der Tüte. Was soll ich damit machen?«
»Rufen Sie Detective Sergeant Bradbury an und sagen Sie ihr, was Sie haben; sie soll es gleich abholen und es zu Gillian Holmes ins forensische Institut bringen. Die wird wissen, was sie damit machen soll.«

Bradbury war vor Lapslie mit der Schwesterntracht im Labor eingetroffen. Als er es schließlich durch die diversen Sicherheitskontrollen geschafft hatte, hatten Bradbury und Holmes den Schwesternkittel bereits auf einem Tisch ausgebreitet und untersuchten ihn. Er roch muffig. Die mittlerweile entkleidete Puppe lag daneben.
»Hallo.«
Die beiden Frauen drehten sich zu ihm um. »Guten Tag, Sir. Ich hoffe, es stört Sie nicht, dass wir ohne Sie angefangen haben?«
Holmes lächelte. »Wir wussten ja, die Zeit ist knapp, also dachten wir, wir legen schon mal los.«

»Ist schon in Ordnung. Wie kommen Sie voran?«
Gillian Holmes winkte ihn zu sich. »Kommen Sie, schauen Sie sich's an.«
Lapslie trat an den Tisch. Die beiden Frauen verglichen gerade den Schaden an der Schwesterntracht mit dem Schnitt des Puppenkleides. Mit Ausnahme einiger Teile, die eindeutig weggelassen worden waren, damit der Kittel der Puppe genau passte, entsprachen beide sich vollkommen; fast genauso, wie das Kleid der Brautpuppe dem echten Hochzeitskleid entsprochen hatte.
Lapslie ging dorthin, wo die anderen Puppen aufgereiht waren, noch immer in ihren Klarsichthüllen, und betrachtete sie. Dann nahm er aufs Geratewohl eine davon zur Hand. Es war eine weibliche Puppe, die einen roten Bikini trug. Bizarrerweise begann in seinem Kopf der Text eines Liedes abzulaufen: *»She wore an itsy-bitsy, teeny-weenie, yellow polka-dot bikini …«*
Holmes trat zu ihm.
»Wie ist die hier beschädigt worden?«, erkundige er sich.
Holmes schüttelte den Kopf. »Gar nicht. Die ist ein Mysterium. Das einzig Merkwürdige an ihr sind die Haare.«
Lapslie betrachtete die Puppe abermals. Ihr Haar schien senkrecht zu Berge zu stehen, und auf ihrem Gesicht lag ein Ausdruck der Überraschung. Er legte sie wieder hin. »Vielleicht hat sie ja gesehen, was auf sie zukam.«
Er überlegte. Jetzt wusste er, wer das erste und wer das letzte Opfer gewesen war. Was er jetzt in Erfahrung bringen musste, waren die Namen der anderen zehn. Und was noch wichtiger war, er musste wissen, wer die nächsten beiden Opfer sein würden – die beiden letzten. Vielleicht hatte er ja jetzt eine Chance, diesen Puppenmacher aufzuhalten, ehe er noch jemanden umbrachte.

In dieser Nacht träumte Lapslie abermals von den Puppen, und wie schon zuvor gab es da eine dreizehnte Puppe, die ihm verborgen blieb. Wie sehr er sich auch bemühte, ihr Bild blieb verschwommen und undeutlich. Es war, als wüsste er, dass sie wichtig war, konnte jedoch nicht erkennen, wie oder warum. Wenn er sie nur deutlicher sehen könnte … An den Beinen und dem unteren Rumpf der Puppe sah er Teile einer dunklen Uniform, doch als sein Blick aufwärts wanderte, auf das Gesicht zu …

Jäh erwachte er und schnappte nach Luft. Hatte er in jener letzten Sekunde das Gesicht gesehen, oder war es hartnäckig außer Reichweite geblieben, unscharf und obskur? Auf jeden Fall konnte er sich jetzt kein klares Bild ins Gedächtnis rufen – obgleich ihm schlagartig eine weitere Bedeutung der Zahl Dreizehn aufging.

Er schaute auf den Wecker: 5:18 Uhr. Zu früh, um irgendwo anzurufen, also putzte er sich die Zähne, machte sich frisch und kochte Kaffee, um die Zeit totzuschlagen, während er seine Gedanken sammelte. Schließlich griff er zum Hörer und rief an.

Schlaftrunken starrte Emma Bradbury ihr Handy an und schaute auf die Uhr auf dem Display. 6:04 Uhr.

»Ja …«

»Emma, wir müssen verreisen, und ich rufe früh an, weil wir uns beeilen sollten. Wann können Sie sich auf dem Bahnhof King's Cross mit mir treffen?«

Emma merkte, wie ihr Partner Dom McGinley sich neben ihr regte. Dreißig oder vierzig Minuten, um sich reisefertig zu machen, kalkulierte sie, und dann in die Londoner Innenstadt … »Äh, ich würde sagen, in knapp zwei Stunden.«

»Gut. Wir treffen uns vorn am Bahnsteig, wo der Zug nach Edinburgh abfährt. Ich habe dann schon eine Fahrkarte für

Sie besorgt. Oh, und bringen Sie eine Reisetasche mit, falls wir es bis heute Abend nicht mehr nach Hause schaffen.«

»Okay, Sir. Bis nachher.«

Doch Lapslie hatte bereits mitten in ihrem Satz aufgelegt. Dom saß jetzt aufrecht neben ihr im Bett und hatte die Brauen hochgezogen.

»Wer zum Teufel war das denn so früh?«

Sie lächelte schwach. »Mein Boss natürlich. Wer denn sonst?«

Etwas huschte flüchtig über seine Züge, als hätte er alles, was ihm dazu einfiel, ganz schnell wieder abgetan. Sie spürte seinen Blick auf ihrem Rücken, als sie aufs Badezimmer zutappte.

»Ich muss mit ihm nach Edinburgh«, sagte sie über die Schulter hinweg. »Und er hat gesagt, ich soll eine Tasche packen für den Fall, dass wir da übernachten müssen.«

»Wie, du und Lapslie?«

Lag da ein Hauch von Zweifel in seiner Stimme, oder bildete sie sich das nur ein? Emma war versucht, »Wer denn sonst?« zu antworten, doch das würde es vielleicht nur noch schlimmer machen. Wortlos schloss sie leise die Badezimmertür hinter sich, und als sie wieder herauskam, lag Dom auf der Seite und kehrte ihr den Rücken zu. Entweder schlief er schon wieder, oder er tat so.

Als sie zehn Minuten später fertig angezogen und auf dem Weg nach draußen war, riskierte sie ein gedämpftes »Bis dann, Dom. Entweder heute Abend ganz spät oder morgen früh.«

Keine Antwort.

Lapslie erklärte seine Denkweise im Zug nach Edinburgh. »Ich habe jetzt schon ein paar Mal von den Puppen geträumt, und jedes Mal waren es dreizehn – allerdings konnte ich in keinem der Träume die dreizehnte Puppe richtig erkennen.

Ich habe mich gefragt, ob das wohl von Bedeutung ist – auch wenn es nur der religiöse Aberglaube-Faktor ist –, und da ist mir plötzlich etwas eingefallen, das schon eine ganze Weile her ist.«

»Was denn, etwas Religiöses oder etwas Abergläubisches?«

»Nun ja, beides hat eine Rolle gespielt – Aberglaube wegen des Verdachts auf Hexerei, und Religion wegen christlicher Begräbnisriten. Anscheinend wurde beides vermutet, und außerdem Verbindungen zu dem Mordfall Burke und Hare angenommen, als in Arthur's Seat in Edinburgh siebzehn Puppen in Miniatursärgen gefunden wurden.«

»Burke und Hare?« Bradbury lächelte. »Also keiner von Ihren früheren Fällen, Sir?«

»Das war ein bisschen vor meiner Zeit.« Lapslie erwiderte das Lächeln schmallippig. »Das ist zweifellos auch der Grund, warum mir so viele Einzelheiten nicht geläufig sind und wir jetzt auf dem Weg zu Jeffrey Lydall sind, dem Kurator des National Museum in Edinburgh, damit er meine Wissenslücken füllt.«

Drei Stunden später, nachdem sie in ihr Hotel eingecheckt hatten und Lapslie sich und Bradbury vorgestellt sowie den Zweck ihres Besuchs erläutert hatte, konnte Lydall tatsächlich mit weiteren Details des historischen Mysteriums aufwarten.

»Sie haben recht damit, sowohl mögliche Hexerei als auch christliche Begräbnisriten anzusprechen – beides wurde vermutet, allerdings stehen nur Letztere möglicherweise in Verbindung mit dem Mordfall Burke und Hare.« Als Lydall sah, wie Lapslie die Stirn in Falten legte, erklärte er: »Verstehen Sie, zuerst wurde wegen der bizarren Natur dieser Entdeckung Hexerei vermutet, und wegen einiger Miniatursymbole, die in anderen Bereichen der Hexerei und der schwarzen

Magie verwendet werden. Aber der eigentliche Grund, warum die Puppen mit Burke und Hare in Verbindung gebracht wurden, war, dass ihre Anzahl – siebzehn – genau der Zahl der Morde bei diesem Fall entsprach.« Er zuckte die Achseln und verbesserte sich: »Nun ja, sechzehn Morde, der erste Leichnam, den sie an Ärzte verkauft haben, war nämlich eines natürlichen Todes gestorben. Aber das zeigte sich auch daran, wie die Särge arrangiert waren.«

»Ja, ich habe gehört, sie waren in drei verschiedenen Reihen aufgestellt«, meinte Lapslie – eins der wenigen Online-Details, das er inzwischen hatte herausfinden können.

Lydall nickte. »Ein einzelner Sarg ganz oben – vielleicht stand der für den ersten natürlichen Todesfall – und dann zwei Reihen aus je acht Särgen.«

»Und warum nicht ein Sarg oben und dann eine Reihe aus sechzehn Särgen?«, fragte Bradbury.

»Das ist nie befriedigend erklärt worden«, antwortete Lydall, »abgesehen von simplem Platzmangel. Sechzehn Stück in einer Reihe aufzustellen hätte eine breitere ebene Fläche erfordert. Da, wo sie gefunden wurden, war einfach kein Platz dafür.«

»Und wieso musste die Hexerei-Theorie verworfen werden, als die Verbindung zu Burke und Hare gezogen wurde?«, erkundigte sich Lapslie.

»Eine Möglichkeit war es immer noch, aber eine geringe, weil kein belastbarer Grund dafür geliefert wurde, dass diese Morde etwas mit Hexerei zu tun haben sollten. Die religiöse Verknüpfung dagegen, das war etwas anderes, weil die Opfer zum Zwecke der Obduktion ermordet und ihre Leichen sofort seziert worden waren.« Lydall streckte die Hand aus. »Verstehen Sie, damals herrschte im Christentum der Glaube vor, dass der Körper intakt sein musste, um ins Himmelreich aufzusteigen. Diesen armen sezierten Mordopfern wäre das also nicht möglich gewesen – daher kam die Theorie auf, dass derjenige, der dahintersteckte, versucht hatte, diesen Aufstieg wenigstens in Form einer Nachbildung als Puppe zu ermöglichen.« Lydall zuckte die Achseln. »Wenn man sich sehr bemüht, könnte man wohl gewisse Verbindungen zu schwarzer Magie herstellen, analog zu manchen modernen christlichen Religionen wie Umbanda in Brasilien, die Katholizismus mit Symbolismus und Nachbildungen mit schwarzmagischen Anklängen vermischt.«

Lapslie nickte nachdenklich. »Und so, wie ich es verstanden habe, haben Sie ein paar von den Puppen hier ausgestellt?«

»Ja, alle die intakt überlebt haben; insgesamt acht.«

»Was ist mit den anderen passiert?«

»Die sind zu stark verrottet und zersetzt, um ausgestellt zu werden, fürchte ich. Es waren nur noch Teilstücke übrig.« In das Schweigen hinein, das darauf folgte, während Lapslie einen Augenblick in Gedanken versunken zu sein schien, fragte Lydall: »Möchten Sie sie sehen?«

»Ja, sehr gern. Wenn das geht?«

Lydall lächelte und führte sie einen Korridor hinunter in eine große Halle, dann lotste er sie zu einer Seite hinüber.

»Da sind sie.« Er zeigte auf eine große Vitrine, in der Miniatursärge auf zwei Podesten aufgereiht waren.

Das Erste, was Lapslie auffiel, war das Fehlen von Bekleidung an den meisten Puppen. Nur zwei waren vollständig angezogen; ihre Kleidung war recht schäbig und deutete weder auf einen speziellen Beruf noch auf eine gesellschaftliche Stellung hin. Die Särge sahen auch viel älter aus; das Holz war dunkler.

»Sie sagen, die anderen Särge waren verrottet?«, fragte er. »Hat sich das auch auf die Kleidung ausgewirkt? Waren die anderen sechs Puppen ursprünglich bekleidet?«

»Ja, wir denken schon. Zwischen dem Zeitpunkt, als die Puppen in der Höhle deponiert worden sind, und ihrer Entdeckung liegt eine erhebliche Zeitspanne, und in der hat die Feuchtigkeit sowohl die hölzernen Särge als auch die Kleidung der Puppen angegriffen.«

»Eine erhebliche Zeitspanne?«, wiederholte Bradbury. »Über wie viele Jahre reden wir denn hier?«

»Die Morde haben sich 1828 ereignet, und die Särge sind 1836 entdeckt worden – also insgesamt acht Jahre.«

Lapslie beugte sich zu der Vitrine vor und versuchte, Details zu erkennen. »Gab es irgendwelche Hinweise, dass die Kleidung auf irgendwelche spezifischen Berufe hingedeutet hat?«

»Ich fürchte nicht.« Lydall hob abermals die Hand. »Was Sie hier sehen, ist alles, was wir haben. Die eine hat einfach einen bodenlangen Kittel an, und die Kleidung der anderen ist kariert. Gefängniskluft kommt dem vielleicht am nächsten, aber keins der Opfer von Burke und Hare war ein Sträfling. An einer der anderen, die teilweise bekleidet sind, sehen wir die fast zur Gänze verrottete Jacke eines Arbeiters, aber damit hat es sich dann auch schon.« Er sah Lapslie an. »Wieso, spielt das bei dem Fall eine Rolle, mit dem Sie es jetzt zu tun haben?«

»Möglicherweise.« Lapslie hatte eingangs erwähnt, dass sie an einem Fall arbeiteten, bei dem Puppen in Särgen vorkamen, doch er war nicht geneigt, Lydall gegenüber ins Detail zu gehen. »Interessieren sich eigentlich viele Besucher heutzutage für die mögliche religiöse Bedeutung der Puppen?«

»Ein paar. Aber wir haben auch immer viele Medizinstudenten.«

Lapslie zog eine Braue hoch. »Ach ja? Wieso denn?«

»Auch wenn die meisten Leute zu Recht entsetzt darüber waren, was Burke und Hare getan haben, für die Medizin waren sie eine Art Segen. Vorher war die medizinische Forschung wegen dem Mangel an Leichen zum Sezieren nicht vom Fleck gekommen. Burke und Hare haben das geändert, und nicht lange nach ihrem Prozess kam der Anatomy Act von 1832.« Lydall deutete mit einem Kopfnicken auf die Puppen. »Deshalb ist der Fall Burke und Hare, ob nun Recht oder Unrecht, noch immer faszinierend für diejenigen, die den hippokratischen Eid abgelegt haben.«

Nach ihrer Rückkehr aus Edinburgh fuhren sie zur Hauptwache. Lapslie holte sich rasch einen Kaffee aus dem Automaten im Flur, deshalb war Bradbury ihm ein Stück voraus. Sie schaute durch die Glastür der Einsatzzentrale.

»Sind alle da?«, erkundigte sich Lapslie. Er hatte die Besprechung telefonisch angesetzt, kurz bevor sie ihr Hotel in Edinburgh verlassen hatten.

Bradbury nickte. »Ja, sieht so aus.«

Lapslie betrat den Raum, gefolgt von Bradbury. Sie ergriff als Erste das Wort.

»Okay, es gelten die üblichen Regeln. Wenn's nicht dringend ist, Fragen bitte nach der Besprechung mir stellen. Bis dahin nur Nicken, Kopfschütteln und Handzeichen. Und wenn ich ›Handzeichen‹ sage, dann bitte anständige: Das gilt besonders für Sie, DC Parkin.«

Parkin hob die Hände und bemühte sich, ein unschuldiges Gesicht zu machen. Lapslie trat vor und begann mit dem Briefing.

»Zuerst die gute Nachricht, und ob Sie's glauben oder nicht, wir müssen Parkin und Pearce gewaltig auf die Schultern klopfen. Ich kann nunmehr bestätigen, dass Jane Anne Summers unser erstes Opfer war. Der Mörder hat ihre Schwesterntracht zerschnitten und ein Stück davon mitgenommen, um daraus eine für seine makabren Puppen anzufertigen, genau wie er es mit dem Brautkleid unseres letzten Mordopfers gemacht hat. Wir schulden Parkin und Pearce also einen ordentlichen Drink.«

Die beiden Detective Constables sahen hocherfreut aus.

»Allerdings«, fuhr Lapslie fort, »werden Sie keinen Tropfen anrühren, bis dieser Fall gelöst ist. Eine Schwalbe macht noch keinen Sommer. Die beiden sollten also lieber so weitermachen, sonst werden sie sehr lange Durst haben.«

Die beiden Detective Constables sahen deutlich weniger erfreut aus.

»Okay, kommen wir wieder zur Sache. Das erste Opfer unseres Täters war eine Krankenschwester namens Jane Anne Summers. Sie wurde 2007 erwürgt. Das wissen wir, wie ich gerade erläutert habe, weil ihr Schwesternkittel damals beschädigt und Teile davon von dem Mörder mitgenommen worden waren, um die Bekleidung der Krankenschwesterpuppe daraus zu machen, die in dem Bunker gefunden worden ist. Von jetzt an suchen wir nach Opfern zwischen dem 1. Juli 2007 und dem Mord an Leslie Petersen vor ein paar Tagen. Wir haben jetzt also ein Zeitfenster von sieben Jahren anstatt einen unbegrenzten Zeitraum. Außerdem wissen wir, dass unser Täter ein hervorragender Schütze ist, einer der besten, die es gibt. Ob es Mike Stowell ist oder jemand anderes, müssen wir noch herausfinden. Was das betrifft, war Stowell in den letzten achtundvierzig Stunden an irgendeinem interessanten Ort?« Lapslies Blick wanderte zu Ken Barrett und Pete Kempsey hinüber, denen die Aufgabe übertragen worden war, Stowell zu beschatten.

Die beiden sahen sich an, und Barrett zuckte die Schultern, ehe er antwortete: »Nichts Weltbewegendes: zu Hause, Waschsalon, Pub. Ach ja, und er hat im Pub einen alten Kumpel aus der Army getroffen.«

»Und sind Sie daraufhin diesem Army-Kumpel gefolgt?«, wollte Lapslie wissen.
Wieder wechselten die beiden einen kurzen Blick. »Nein, das hätte ja bedeutet, dass wir uns getrennt hätten, und das sollten wir doch nicht tun.«
Lapslie hätte jetzt einen Vortrag über »Initiative« halten können, dass es doch möglich war, dass Stowell einen Komplizen hatte – nicht nur, um Morde zu begehen, bei denen Stowell nicht anwesend war, sondern auch als AMOS-Windgeschwindigkeits-Assistenten bei dem Weitschuss auf Leslie Petersen. Doch die Wahrheit war, dass er die beiden angewiesen hatte, zusammenzubleiben. Und außerdem hätte Rouse konsultiert werden müssen, um die Genehmigung zu bekommen, das Team aufzuteilen oder noch eine Beschattung durchzuführen, und das hätte weitere vierundzwanzig Stunden gekostet.
Kempsey, der Lapslies Missbilligung vielleicht in dessen unverwandtem Blick las, setzte hinzu: »Aber überprüft haben wir ihn: Bill Ewan ist im selben Regiment wie Stowell und noch immer in Afghanistan aktiv. Er hat einen Monat Heimaturlaub.«
Lapslies Augen wurden schmal. »Hat er auch Erfahrung als Scharfschütze, wie Stowell?«
»Weiß ich nicht. Können wir aber überprüfen.«
»Gute Idee – wenn Sie's rausfinden können.« Lapslie sah wieder alle an und holte Luft. »Also, was wissen wir noch über unseren Mörder? Wir wissen, dass er Puppen und Puppenkostüme bastelt oder dass er jemanden kennt, der das tut. Das ist eine merkwürdige Kombination, aber eine, die uns vielleicht hilft, ihn aufzuspüren. Wenn wir außerdem einige neue Verknüpfungen mit den Puppen betrachten, dann könnte es sein, dass unser Täter vielleicht Verbindungen zur Medizin hat oder sich zumindest für Medizingeschichte interessiert.

Jetzt sind Sie dran. Hat jemand irgendwas über irgendwelche möglichen weiteren Opfer herausgefunden?«

Niemand rührte sich. Keine Hand hob sich.

Lapslie war enttäuscht. »Wie, überhaupt nichts?«

Ein paar Team-Mitglieder schüttelten die Köpfe, die anderen starrten nur mit ausdruckslosen Gesichtern vor sich hin. Schließlich meldete sich Pearce. Bradbury sah Lapslie an, der ihr zunickte. »Okay, Carl, was haben Sie zu sagen?«

»Ich glaube, ich kann für uns alle sprechen, Boss. Wir haben alles mehrmals durchgecheckt, und zwar nicht nur diesen Polizeibezirk, sondern alle. Mit der offensichtlichen Ausnahme von Jane Summers erfolglos. Es gibt keinerlei Berichte von Feuerwehrmännern, Anglern oder Automechanikern, die im Laufe der letzten zehn Jahre ermordet worden wären, von den anderen ganz zu schweigen. Nichts. Sind wir sicher, dass die anderen Puppen nicht nur dazu da sind, uns in die Irre zu führen?«

Lapslie zuckte die Achseln. »Könnte sein, aber ich glaub's nicht. Wenn wir uns an diese mögliche Medizinkomponente halten, erklärt das vielleicht, wie der Mörder eine ganze Anzahl seiner Morde als Unfälle getarnt hat. Das ist etwas, das weiterverfolgt werden muss.«

Gemurmel machte sich im Raum breit, wuchs sich jedoch nicht zu offenen Kommentaren oder Fragen aus. Lapslie holte erneut Luft und ließ den Blick durchs Zimmer schweifen. »Wir übersehen etwas. Ich weiß nicht genau, was es ist, aber irgendetwas stimmt hier nicht. Wir schauen nicht genau genug hin, nicht tief genug. Wir sehen das verdammt noch mal Offensichtliche nicht. Wir wissen, dass es zwei Puppen gibt, die bisher noch unversehrt sind, und ich bin mir sicher, dass das die nächsten beiden Opfer sind. Das eine ist ein Major der Army, das andere ein Lehrer. Wenn wir das hier nicht hinbekommen, und zwar schnell, dann werden sie ermordet, und das wird zum Teil unsere Schuld sein. Ganz gleich, auf was für abwegige Ideen Sie kommen, ich möchte, dass Sie ihnen nachgehen. Sie haben dabei meine volle Unterstützung. Haben das alle verstanden?«

Gedämpftes Gemurmel, hier und da eifriges Kopfnicken.

»Okay: Tun Sie Ihr Bestes. Mehr können wir alle nicht tun. Wenn wir diese Geschichte knacken, schmeiße ich die größte Party, auf der Sie je waren, das ist ein Versprechen. Das wär's – und jetzt machen Sie, dass Sie rauskommen, und beschaffen Sie mir etwas, womit ich arbeiten kann.«

Hintereinander verließen die Team-Mitglieder den Raum.

Lapslie sah Bradbury an. »Wissen Sie was?«, fragte er leise.

»Was?«

»Ohne irgendwelche Spuren oder Hinweise auf andere Morde gehen wir mit diesem Fall baden. Und zwar total.«

Nach der Besprechung fuhr Lapslie nach Hause. Er kam gerade aus der Dusche, als sein Handy klingelte.

»Hallo, Mark?« Es war Jane Catherall. »Ich glaube, ich hab da etwas gefunden. Vielleicht irre ich mich ja, aber ich glaub's nicht. Das müssen Sie entscheiden. Ich bin bis zehn in der Gerichtsmedizin, wenn Sie rüberkommen wollen.« Sie legte auf. Er zog seinen Anzug wieder an, diesmal mit einem frischen Hemd, und stieg abermals in seinen Saab. Dem Gottlosen war, wie ein weiser Mann einmal bemerkt hatte, eben keine Ruhe beschieden.

Er schaffte es in weniger als einer halben Stunde zur Leichenhalle, was, wie er erfreut feststellte, ein Rekord war. Die Ampeln waren ihm wohlgesinnt gewesen, und für Essex waren erstaunlich wenige Idioten auf der Straße unterwegs.

Catherall saß in ihrem Büro und tippte einen Bericht, als er anklopfte und eintrat.

»Guten Abend.«
Sie blickte auf. »Hallo, Mark. Ich hoffe, ich habe Ihnen nicht irgendwelche Pläne für heute Abend verdorben?«
Lapslie schüttelte den Kopf. »Nein, überhaupt nicht. Was haben Sie denn entdeckt?«
»Vielleicht ist es wichtig, vielleicht auch nicht, aber Sie haben doch etwas von den beiden Puppen gesagt, die nicht in ihren Särgen lagen, und dass die eine ein Major ist, von der Army …«
Lapslie spürte, wie Erregung in ihm aufstieg. »Ja, was ist damit?«
Als Catherall sich mithilfe ihrer Stöcke auf die Beine mühte, wollte er ihr helfen. »Kann ich …?«
»Nein danke. Ich komme sehr gut zurecht.« Endlich kam sie hoch, marschierte aus dem Büro und den Flur hinunter. Lapslie folgte ihr zu den Kühlfächern in der Leichenhalle. Schließlich kam sie bei einem an, auf dessen Schild *Mr John Alexander Thomas* stand. Sie blickte zu Lapslie auf. »Ich glaube, der hier könnte etwas für Sie sein.«
Lapslie war verwirrt. »Ich habe nichts von irgendwelchen neuen Morden gehört, und das hätte ich bestimmt getan, ich habe doch extra nach so etwas Ausschau gehalten. Und der da ist auch kein Major.«
Catherall widersprach. »Ehrlich gesagt, doch. Ziehen Sie mal die Schublade auf, seien Sie so gut.«
Lapslie tat wie geheißen. Die Lade glitt leicht heraus, und Catherall schlug das weiße Laken zurück, das den Leichnam bedeckte. »Darf ich vorstellen, Major Thomas.«
Lapslie sah sie an. »Wenn er ein Major ist, wieso steht das nicht auf dem Schild?«
»Weil wir nicht wussten, dass er einer war, als dieses Schild gedruckt worden ist.«
»Passt gar nicht zur Army, so was zu übersehen.«

»Die Army war gar nicht involviert …«
Allmählich verspürte Lapslie hilflosen Groll. »Wie kann er dann ein Major sein?«
Catherall lächelte. »Er ist im Ruhestand, und zwar noch nicht allzu lange. Wenn Offiziere ab einem bestimmten Rang in den Ruhestand treten, behalten sie ihren Dienstgrad.«
»Wie haben Sie das herausgefunden?«
»Zwei von seinen Freunden haben ihn in der Kapelle besucht. Beide in Uniform. Sie haben gefragt, ob man das Namensschild von ›Mr‹ zu ›Major‹ ändern könnte, und als ich gefragt habe, wieso, haben sie es mir erklärt. Ich bin noch nicht dazu gekommen, oder vielmehr, ich bin noch nicht dazu gekommen, es Dan aufzuhalsen, aber das mache ich noch.«
»Wie ist er gestorben?«
»Gasvergiftung, beim Campen mit seiner Geliebten. Die liegt in der Lade unter ihm.«
»Wie passend.« Lapslie verzog das Gesicht. »Also ist er nicht ermordet worden?«
»Sie suchen nach Mordopfern, wie diese Krankenschwester und Leslie Petersen?«
Er nickte.
»Sie sagen doch, dieser Mörder ist clever. Na ja, vielleicht ist er ja so clever, dass alle seine Morde wie Unfälle ausgesehen haben. Vielleicht ist er ja deshalb so lange damit davongekommen.«
Lapslie sah sie an. »Ja, mit dieser Theorie arbeiten wir inzwischen auch – aber es ist interessant, dass auch die Gerichtsmedizin diese Denkweise unterstützt.« Er seufzte. »Haben Sie eine Adresse von ihm?«
»Sie wollen offenbar nachsehen, ob eine von seinen Uniformen beschädigt worden ist.«
»Stimmt. Es hat ja keinen Sinn, herumzurennen wie ein kopfloses Huhn, bis ich das Offensichtliche überprüft habe. Nach-

dem ich das Offensichtliche tagelang übersehen habe, möchte ich diesen Fehler nicht wiederholen.«
»Vielleicht fangen Sie am besten mit seiner Frau an.« Catherall reichte ihm ein DIN-A4-Blatt. »Hier stehen all seine Kontaktdaten drauf.«
Er warf einen kurzen Blick auf die Worte auf dem Papier. »Das mache ich morgen. Jetzt ist es spät; sie wird um diese Zeit nicht gerade erfreut über Besuch sein, nicht von der Polizei.« Er schaute auf und begegnete Jane Catheralls Blick. »Danke, Jane. Das war wirklich nett von Ihnen.«

Lapslie hatte keine Ahnung, wie viel Uhr es war, als sein Handy plötzlich begann, die *Egmont-Ouvertüre* von Beethoven zu spielen. Sanft schob er die nackte Charlotte von seiner Brust herunter, nahm das Handy und schaute dabei kurz auf die Uhr. Fünf nach halb sechs.
Es war Bradbury, also war irgendetwas geschehen. Er bemühte sich, leise zu sprechen. »Ja, Emma, was gibt's denn? Schlafen Sie eigentlich nie?«
»Ich bin draußen am Bunker, Sir. Und ich glaube, Sie sollten lieber herkommen, hier ist etwas vorgefallen.«
Schon wieder der Bunker. Er verbrachte mehr Zeit dort als zu Hause. »Was meinen Sie mit ›vorgefallen‹?«
»Ich glaube, Sie sollten herkommen, Boss. Ist am Telefon schwer zu erklären. Sind Sie zu Hause? Soll ich Ihnen einen Wagen schicken?«
Das war das Letzte, was Lapslie wollte. »Nein, ist schon okay. Ich bin so schnell wie möglich da.«
Er beendete das Gespräch und betrachtete Charlottes nackten Körper. Gestern Nacht hatten sie zum ersten Mal seit ihrem missglückten Segelwochenende Zeit miteinander verbringen können; die hektischen Ermittlungen und Charlottes Dienst-

plan hatten alle anderen Gelegenheiten zunichte gemacht. Er sah ihr einen Moment lang beim Schlafen zu, sah, wie sich ihre wunderschönen Brüste mit jedem Atemzug hoben und senkten.

Dann schob er sich an den Bettrand und stand leise auf in der Hoffnung, sie nicht zu wecken.

»Wo gehst du hin?«

Lapslie blickte auf sie hinab. »Ich bin gerade angerufen worden. Es tut mir leid, aber ich glaube, es ist dringend.«

Mit verschlafenen Augen lächelte sie zu ihm empor. »Mach dir keine Gedanken. Ich hab schon jede Menge Notrufe vom Krankenhaus bekommen, obwohl ich für gewöhnlich ja in einem Dienstzimmer schlafe, da hab ich's dann nicht so weit. Das ist eben deine Arbeit, ich verstehe das.«

»Ich muss mich anziehen.«

Ihr Lächeln wurde breiter. »Okay. Ich hatte ja schon ein paar Überraschungen für heute Morgen geplant, aber das kann warten.«

Nachdem er sich angezogen hatte, fuhr er die mittlerweile vertraute Strecke zum Bunker. Bradbury wartete auf ihn. Wieder herrschte hier hektische Betriebsamkeit. Überall Zivilbeamte, Leute von der Spurensicherung, Licht.

»Also, was ist diesmal passiert?«

»Der junge Kollege, der gestern hier Nachtwache hatte, ist überfallen und bewusstlos geschlagen worden. Sie haben ihn vor ungefähr einer Stunde gefunden.«

Lapslie war aufrichtig betroffen. »Ist er schlimm verletzt?«

Bradbury zuckte die Schultern. »Das wissen sie noch nicht. Er ist noch nicht wieder zu sich gekommen. Sie machen alle möglichen Untersuchungen, wir werden es also bald erfahren.«

»Wissen wir, wieso er angegriffen wurde?«

Bradbury nickte. »Wir glauben, er hat jemanden in dem Bunker überrascht. Die Tür ist mit einem Schlüssel geöffnet worden …«

»Mit einem *Schlüssel*? Wo zum Teufel hat der Eindringling denn *den* her?«

»Gute Frage. Wir denken, der Kollege muss dadrinnen jemanden gehört haben und ist hineingegangen, um ihn zu schnappen, anstatt Meldung zu machen.«

»Jeder will ein Held sein.«

»Ich glaube, Sie sollten mitkommen. Dadrinnen gibt es etwas, das Sie sehen sollten.«

Lapslie war neugierig. »Schutzanzüge?«

Bradbury schüttelte den Kopf. »Thomson sagt Nein.«

»Ist er hier?«

Wieder schüttelte Bradbury den Kopf. »Ich habe ihn gebeten wegzubleiben, bis Sie wieder weg sind.«

»Gut mitgedacht.«

Der Bunker war von hellem Licht erfüllt, und es war leicht, den Weg dorthin zu finden, wo die Puppen aufbewahrt worden waren. Als sie eintraten, sah Lapslie erstaunt, dass in den Regalen, die doch eigentlich leer sein sollten, nachdem alle Puppen und Särge fortgeschafft worden waren, zwei weitere Puppen standen. Oder um genauer zu sein, dort standen ein Sarg mit geschlossenem Deckel und daneben eine Puppe mit einem aufrecht stehenden Sarg dahinter. Die Puppe war in eine dunkelblaue Uniform gekleidet, doch Lapslie beachtete sie zunächst nicht. Ihn interessierte der geschlossene Sarg mehr. Wenn er richtig lag, wusste er, was darin war.

Er klappte den Deckel auf.

In dem Sarg lag die Soldatenpuppe, die in der Majorsuniform. Ihr Gesicht war rot gefärbt, um die Auswirkungen einer Gasvergiftung nachzuahmen. Natürlich sollte das Major John

Alexander Thomas sein, dessen Leichnam jetzt in einem Schubkasten in Jane Catheralls Leichenhalle lag. Jetzt war das Timing logischer; offensichtlich war der Major schon vor Tagen getötet worden, doch da sie den Bunker bewacht hatten, war dies die erste Gelegenheit für den Mörder gewesen, hier einzudringen und die Puppen zu hinterlassen.
Lapslie wandte sich der anderen Puppe zu – der dreizehnte Sarg, die dreizehnte Puppe. Er spürte, wie ihm ein Schauer den Rücken hinunterlief, als er die Uniform erkannte. Es war eine Polizeiuniform. Auf der Brust war ein kleines Eichenblatt, das eine Belobigung der Queen für besondere Tapferkeit symbolisierte. So eines hatte Lapslie auch. Sogar eine Dienstnummer war am Kragen zu sehen. Lapslie beugte sich so tief wie möglich über die Puppe, ohne sie zu berühren, damit er sie lesen konnte.

245

Sein Herz begann zu hämmern. Zweihundertfünfundvierzig, das war *seine* Dienstnummer gewesen, in jenen lange zurückliegenden Tagen, als er mit Alan Rouse auf Streife gegangen war, in Brixton und anderswo.
Er schaute zu Bradbury hinüber, doch in ihrem Gesicht las er, dass sie die Wahrheit bereits kannte.
Die Puppe, die er hier vor sich sah, sollte er sein.
Er sollte im dreizehnten Sarg liegen.

TEIL 6

15. März 2011

Alex Mitchell hatte schon Schauspieler werden wollen, bevor er wusste, was die Worte »Job« oder »Beruf« überhaupt bedeuteten. Schon als kleiner Junge hatte er sich mit den Sachen seiner Mutter verkleidet – aus irgendeinem Grund nie mit denen seines Vaters – und für seine Freunde, seine Schwester oder manchmal auch nur die Haustiere kleine Aufführungen gegeben. Er hatte auch das Make-up seiner Mutter aufgelegt, was seinem Vater nicht besonders gefallen hatte.

Während seiner Schulzeit war Alex bei jeder Schulaufführung dabei. Er spielte Josef im Grundschul-Krippenspiel und hatte später größere Rollen in den Shakespeare- und Oscar-Wilde-Aufführungen seiner weiterführenden Schule. Dann trat er einer Amateur-Theatergruppe bei, den Essex Players, und spielte mindestens in vier verschiedenen Stücken im Jahr mit. Mit der Zeit fiel ihm allerdings auf, dass man sorgfältig darauf achtete, ihm niemals eine Hauptrolle zu geben. Als er mit seiner Mutter darüber sprach, meinte sie, er müsse sich eben daran gewöhnen, dass die Leute auf sein Talent neidisch seien.

Nachdem er einige Zeit an der Schauspielschule LAMDA verbracht hatte und etliche Jahre durch die Provinz getourt war, bekam er seine große Chance im Fernsehen, in einer Serie über forensische Wissenschaftler namens The Citadel. *Er hatte seinen Namen schon vor geraumer Zeit auf den Rat seines Agenten hin in Rick Mitchell geändert. Zuerst machte er sich Sorgen, dass diese Änderung ihn wieder zu einem fast Unbekannten machte. Darüber hätte er sich keine Gedanken zu machen brauchen; der Name kam gut an, und im Vor- und Nachspann sah er toll aus.*

Jetzt stand er am Rand des Sets von The Citadel: Staffel 4, Episode 9 *und bereitete sich auf den nächsten Take vor. Er sollte aus einer eigens dafür errichteten Hütte gerannt kommen, fünf Sekunden nach der Ansage »Action!«. Dann sollte es eine kleine Explosion geben, jede Menge Rauch und einen sehr lauten Knall. Es würde toll aussehen und sich auch toll anhören, aber es würde keine richtige Explosion sein, nur eine Qualmwolke. Die Kameraperspektive würde es aussehen lassen, als wäre er näher dran, als er in Wirklichkeit war. Deswegen war hierfür auch kein Stuntman nötig. Wenn die Computergrafik mit ihren magischen Fähigkeiten und die Schneidemannschaft damit fertig waren, würde es aussehen, als hätte er eine Mordsexplosion überlebt. Das war eben die Wunderwelt des Films.*

Dann hörte er es: »Action!«

Alex drückte auf die Türklinke und gegen die Tür, doch sie ging nicht auf. Er versuchte es noch einmal. Nichts! Entweder war die Tür abgeschlossen, oder sie klemmte. Da ihm aufging, dass der Knall und der Qualm nur noch Sekunden entfernt waren, rief er: »Könnt ihr bitte die Explosion canceln und mich hier rausholen?«

Er hielt sich die Ohren zu. Angst hatte er nicht; er wollte nur nicht durch den Knall taub werden. »Entschuldigung!«, brüllte er, »könnt ihr mich bitte …«

Er kam nicht dazu, den Satz zu vollenden. Die Explosion war gewaltig. Viel stärker als geplant. Sie zerfetzte die Hütte und schleuderte Alex Mitchell zehn Meter hoch in die Luft. Er war bereits tot, brannte und war in mehrere Stücke gerissen, noch ehe er auf dem Boden aufschlug.

Alles, was Lapslie wollte, war, nach Hause fahren und seine Uniform in Augenschein nehmen, die er jetzt nur noch bei formellen Anlässen trug. Die meiste Zeit hing sie ganz hinten in seinem Kleiderschrank. Doch trotz des überwältigenden Verlangens, ins Auto zu springen und zu seinem Haus zurückzurasen, war ihm klar, dass es Dinge gab, die er zuerst erledigen musste. Jim Thomson und sein Team waren bereits eingetroffen. Inzwischen kannten sie hier bestimmt jeden Zentimeter, dachte Lapslie bei sich. Er wusste, die Chance, dass sie irgendetwas finden würden, war fast gleich null – dazu war ihr Täter viel zu umsichtig –, aber einen Fehler hatte er ja schon gemacht, als er den Lehrerhut fallen gelassen hatte, und es bestand doch immer die Möglichkeit, dass er noch einen machte.

Er sah sich nach Bradbury um. »Emma?« Sie kam zu ihm herüber. »Ich möchte, dass Sie im Bunker Webcams installieren lassen. Sorgen Sie dafür, dass die Dinger mit Infrarot ausgestattet sind, damit wir den Dreckskerl zu sehen bekommen, wenn er wieder aufkreuzt.«

»Glauben Sie, er kommt zurück?«

»Ganz bestimmt. Diese Bude hier ist für den wie Katzenminze.« Er spürte, wie sich die Haut zwischen seinen Schulterblättern zusammenzog, und blickte sich unwillkürlich um. »Das Einzige, was ich nicht sicher weiß, ist, ob ich noch hier sein werde, um es mitzuerleben. Der Kerl ist ein verdammt guter Schütze. Er könnte mich gerade jetzt im Visier haben.«

Bradbury sah sich beklommen um. Dann wandte sie sich wieder an Lapslie. »Sie müssen sich vorsehen.«

Er nickte. »Ich weiß.«

»Ich finde, wir sollten Sie rund um die Uhr bewachen lassen.«

»Kommt nicht infrage.«

»Zumindest müssen Sie es Rouse sagen.«

Lapslie schüttelte den Kopf. »Kommt auch nicht infrage. Der würde mich so schnell von den Ermittlungen abziehen …«

Bradbury fiel ihm ins Wort. »Das ist vielleicht auch am besten so. Wenigstens könnten wir Sie dann schützen, bis der Kerl geschnappt worden ist.«

Lapslie freute sich über diese Einstellung, blieb aber hart. »Nein. Definitiv nicht. Wenn ich ihn nicht schnappe, wird er überhaupt nicht geschnappt.« Als er sah, wie Bradburys Brauen emporklommen, fuhr er fort: »Glauben Sie wirklich, ich vertraue mein Leben Alan Shaw an? Ich wäre tot und begraben, und die würden noch immer irgendein Arbeitsschutzformular ausfüllen. Nein, das hier müssen wir selbst auf die Reihe kriegen. Rouse sagen wir es erst, wenn alles gelaufen ist.«

Noch immer starrte sie ihn an, unsicher und beklommen. Er war gerührt, doch er musste sie dazu bringen, ihn mit dem Fall weitermachen zu lassen. Wenn sie hinter seinem Rücken zu Rouse ging, wäre Feierabend, und er würde sich für den Rest des Jahres in irgendeiner sicheren Wohnung wiederfinden, mit nichts als Pizza und Fernsehen von morgens bis abends.

»Hören Sie«, sagte er ein wenig ruhiger, »die Puppe mit meiner Dienstnummer ist die letzte. Aus irgendeinem merkwürdigen, zwanghaften Grund geht der Täter streng der Reihe nach vor. Also hat für uns Priorität, den Lehrer zu finden und dafür zu sorgen, dass ihm nichts passiert. Wenn wir den Mörder vorher finden, kann mir auch nichts passieren.«

»Und wenn wir's nicht schaffen und der Lehrer doch umgebracht wird?«

Lapslie zuckte die Achseln, doch diese Aussicht verdüsterte seine Miene. »Dann überdenken wir unsere Strategie noch mal neu.«

»Und wenn *Sie* umgebracht werden?«

Er sah sie einen Augenblick lang an. »Wie's im Kino immer so schön heißt: ›Rächen Sie meinen Tod.‹«

»Detective Sergeant?«

Ein Stück weit entfernt winkte Jim Thomson Bradbury zu sich.

»Wir sind hier noch nicht fertig«, sagte sie zu Lapslie, ehe sie zu Thomson hinüberging. Die beiden unterhielten sich kurz, dann kam sie zu Lapslie zurück.

Solange sie fort war, merkte er, dass er den Blick nicht von der Puppe in der Polizeiuniform abwenden konnte. In *seiner* Uniform.

»Er wollte wissen, ob sie die Puppen zur Untersuchung ins Institut bringen sollen«, meldete Bradbury.

»Ja, sagen Sie ihm, er soll sie hinschaffen, so schnell er kann. Sagen Sie niemandem etwas von der Dienstnummer auf dem Kragen der Puppe. Was die anderen angeht, ist es einfach nur eine Polizistenpuppe. Nicht näher identifiziert. Haben Sie ihm das mit den Kameras gesagt?«

Bradbury nickte. »Ja, er sorgt dafür. Außerdem hat er vorgeschlagen, auch welche im Wald zu verstecken. So können sie die Wege überwachen, die da rein- und rausführen, und den Zugang zu dem Notausgang.«

Lapslie nickte. »Gute Idee. Werde ich sonst noch aus irgendeinem Grund hier gebraucht?«

Bradbury schüttelte den Kopf. »Nein, Sir.«

»Gut, dann mache ich mich auf den Weg. Falls ich gebraucht werde, ich bin zu Hause und schaue mir meine Uniform an. Sagen Sie mir Bescheid, wenn sich irgendetwas ergibt, und halten Sie mich auch über den Zustand des jungen Kollegen auf dem Laufenden.«

»Mach ich. Ich rufe Sie nachher an.«

Als Lapslie sich zum Gehen wandte, räusperte Bradbury sich. Er drehte sich wieder zu ihr um. »Was ist?«
»Ich versuche hier nicht, witzig zu sein, Sir, aber schauen Sie unter Ihr Auto, ehe Sie losfahren. Halten Sie Ausschau nach verdächtigen Paketen. Und fahren Sie defensiv, achten Sie immer darauf, was all die anderen Fahrer gerade tun. Und wenn Sie nach Hause kommen ...«
»Ist schon gut – ich habe verstanden. Danke.«
Lapslie beherzigte Bradburys Rat und fuhr langsam und vorsichtig. Normalerweise spielten Zeit und Entfernungen immer eine Rolle für ihn, und er versuchte stets, seine eigene Bestzeit zu unterbieten, diesmal jedoch fand er, er könne darauf verzichten. Er stieg aus dem Wagen, verriegelte ihn und suchte mit den Augen das Gebüsch rund um sein Cottage für Anzeichen ab, dass sich dort jemand versteckt hielt. Dann ging er ins Haus und überprüfte dabei zunächst jedes seiner Sicherungssysteme. Die hatte er vor ein paar Jahren installieren lassen, nachdem ein psychotischer Killer, der Sohn einer forensischen Psychiaterin, bei ihm eingebrochen war und versucht hatte, ihn zu töten. Alarmanlage, Außenbeleuchtung, Videokameras. Alles schien intakt zu sein und einwandfrei zu funktionieren. Später würde er die Firma kommen lassen, um alles durchzusehen, nachzusehen, ob alle Akkus aufgeladen waren und die Sensoren nicht von Laub oder Spinnweben verdeckt wurden.
Immer zwei Stufen auf einmal nehmend, rannte er die Treppe zu seinem Schlafzimmer hinauf. Er riss die Schranktür auf und schob seine Jacketts und Anzüge zur Seite, bis er zu seiner Paradeuniform kam. Sie steckte noch immer in der durchsichtigen Plastikhülle, wie schon seit dem Tag, als er sie vor Monaten von der Reinigung abgeholt hatte. Er legte sie aufs Bett, zog die Hülle herunter und machte sich daran, sie zu untersuchen.

Zuerst nahm er die Vorderseite in Augenschein, die völlig in Ordnung zu sein schien, einschließlich der Ordensbänder, die in kurzer Reihe über der linken Brusttasche der Uniformjacke angepinnt waren. Er knöpfte die Jacke auf und betrachtete das Futter. Alles da, nichts zerrissen und nichts beschädigt.
Gerade begann er, Zuversicht zu verspüren, als er die Jacke umdrehte, um die Rückseite zu inspizieren. Die ganze Mitte des Rückens war weggeschnitten worden und fehlte, quer über die Schultern, an beiden Seiten hinunter und dann wieder quer, dicht über dem Rückenschlitz.
Einen Moment lang betrachtete Lapslie das Loch und konnte es kaum fassen. Wie zum Teufel war jemand an seinen Alarmsystemen vorbeigekommen, in sein Haus eingedrungen und hatte das hier unentdeckt tun können? Und was noch wichtiger war, woher wusste der Täter, wann er nicht zu Hause war? Entweder war er ein gewaltiges Risiko eingegangen, oder er hatte Lapslie beobachtet.
Oder, flüsterte ein Stimmchen ganz hinten in seinem Kopf, *der Täter war bereits Teil der Ermittlungen.*
Er bemühte sich, diesen Gedanken zum Schweigen zu bringen, doch er kam immer wieder. Und wenn der Mörder nun jemand war, den er kannte? Jemand, mit dem er arbeitete? Was würde das bedeuten?
Das bedeutete, dass er zuallererst Beweise brauchte, sagte er sich entschlossen. Beweise. Alles andere war entweder Wunschdenken oder Panikmache.
Er schob die Uniform wieder in die Plastikhülle. Zuerst hatte er sie ins Institut bringen und sie mit der der Puppe abgleichen lassen wollen, aber das hatte doch keinen Sinn. Die Puppe war in eine Uniform aus Stoff gekleidet, der aus seiner herausgeschnitten worden war, daran bestand kein Zweifel. Fo-

rensische Spuren würde es nicht geben, dazu war der Täter zu gerissen. Die Labormitarbeiter die Uniformjacke und das Puppenkostüm analysieren zu lassen hieße lediglich, sie von anderen Tätigkeiten abzuhalten, bei denen eher etwas herauskommen würde.

Lapslie sah sich um. Sonst schien nichts angerührt worden zu sein. Er überlegte, ob er Thomson und sein Team anfordern sollte, doch er wusste, dass das Zeitverschwendung wäre, und zwar aus demselben Grund. Wenn der Mörder so leicht in sein Haus hinein- und wieder herauskonnte, ohne den Alarm auszulösen oder von den Videokameras erfasst zu werden, was sollte es dann bringen, wenn Thomson und seine Leute hier alles absuchten?

Emma Bradbury sah ihren Partner Dom über den Tisch hinweg an, als sie mit dem Abendessen begannen.

»Alles okay?«

»Ja … ja, alles gut.«

Ihr Blick verweilte noch einen Moment lang auf ihm. Sie spürte, dass ihm irgendetwas zu schaffen machte. Er war schon vor dem Essen sehr nachdenklich gewesen, und seine Antwort eben war eine Sekunde zu spät gekommen, das Lächeln dazu gezwungen gewesen. Außerdem kannten sie einander inzwischen gut genug; er merkte, dass dies nicht einfach nur eine beiläufige Frage war, ob das Essen, das sie ihm vorgesetzt hatte, okay war.

Schließlich: »Und, wie war's in Edinburgh?«

»Ganz gut.« Sie zuckte die Schultern. »Könnte was sein, könnte sich auch als totale Nullnummer erweisen. Wird noch eine Weile dauern, bis wir's wissen.«

Er nickte bedächtig und stocherte in seinem Essen herum. »Ich weiß, manchmal kann's schwierig sein, offen über deine

Ermittlungen zu reden.« Wieder das gezwungene Lächeln. »Besonders mit jemandem wie mir.«

Das war es also, dachte sie. Dom, der Ganove. Lapslie hatte ihr eindringlich von dieser Beziehung abgeraten, und vielleicht stellte sich jetzt auch Dom der krassen Realität, die ihre Beziehung so schwierig machte. Oder war vielleicht das Konzept »Gegensätze ziehen sich an« nur von begrenzter Haltbarkeit? Allerdings wusste sie aus Kriminalpsychologie-Vorlesungen, dass das weit von der Wahrheit entfernt war. Angesichts ihres gegenseitigen Katz-und-Maus-Spiels zu beiden Seiten einer oft transparenten Trennmauer kannte niemand einen Ganoven besser als ein Bulle.

Oder vielleicht lag es jetzt einfach daran, dass ihre gemeinsamen Mahlzeiten wegen ihrer langen und unregelmäßigen Arbeitszeiten oft verspätet oder in Eile verzehrt wurden; in letzter Zeit war das tatsächlich so gewesen.

Dadurch wurden ihre Beziehung und Zeit füreinander immer mehr in eine Ecke gedrängt. Oder konnte es sein, dass er aus anderen Gründen jetzt mehr darauf aus war, sich nach ihren langen Arbeitstagen und dem Abstecher nach Edinburgh zu erkundigen? Sie schob den Gedanken hastig beiseite.

»Das könnte ich genauso gut von dir sagen«, erwiderte sie und wedelte herausfordernd mit ihrer Gabel. »Ich frage ja auch nicht, wie der letzte Banküberfall gelaufen ist.«

»Du weißt genau, dass ich so was nicht mehr mache.« Er setzte eine gekränkte Miene auf, kurz danach tauchte dort ein Lächeln auf und erinnerte sie daran, warum sie sich überhaupt zu Dom McGinley hingezogen gefühlt hatte. »Aber, ja, touché.«

Daraufhin ließ die Spannung zwischen ihnen nach und löste sich noch mehr, als sie gemeinsam eine Flasche Rotwein geleert hatten.

Deshalb überraschte es sie, als sie später im Bett dieselben dunklen Schatten in Doms Augen sah.
»Du wirst mich doch nie verlassen, oder?«, fragte er halblaut.
»Nein … natürlich nicht.«
Doch ihr hatte vor der Antwort ganz kurz der Atem gestockt; der Zeitpunkt der Frage hatte sie ebenso überrascht.
Es war ein Spiel, das sie im Bett regelmäßig spielten: Wenn Dom spürte, wie ihre Leidenschaft immer mehr wuchs, legte er ihr die Hände um den Hals, aber auf liebevolle Art, liebkoste sanft ihre Haut. Der leichte Druck, den er ausübte, führte dazu, dass ihr Atem noch schneller ging und ihre Erregung anscheinend noch intensiver wurde. Dom hatte mit ganz sachtem Drücken angefangen, doch als er die Frage stellte, spürte sie, wie sein Griff fester wurde – fester, als sie es je erlebt hatte –, so, als würde er vielleicht einfach immer weiter zudrücken, wenn sie die falsche Antwort gab. Und dieser Gedanke beunruhigte sie, sodass sie eine Sekunde zu spät geantwortet und ihre Antwort, kombiniert mit dem heftigen Atemholen, unsicherer geklungen hatte, als sie hätte sollen.
Und deshalb hielt wiederum der Druck auf ihre Kehle einen Augenblick länger an, während Doms Augen in ihren suchten. Bis er sich schließlich wieder auf sanfteres Streicheln verlegte und seinen Rhythmus wiederfand.
Sie brauchte einen Moment, um wieder zu Atem zu kommen, doch für sie waren Rhythmus und Lust verloren – also spielte sie ihm etwas vor. Sie erinnerte sich nicht, so etwas jemals getan zu haben, wenn sie sich geliebt hatten. Ihre Lider schlossen sich flatternd, und sie kehrte zu ihrem fiebrigen Keuchen zurück, damit er nicht merkte, dass die Frage berechtigter war, als er befürchtete.

Nachdem er rasch geduscht, sich angezogen und sich etwas zum Frühstück geholt hatte, fuhr Lapslie zum forensischen Institut. Als ihr klar geworden war, dass Major Thomas und nicht Mr Thomas durch Gas umgekommen war und was das bedeutete, war Jane Catherall geistesgegenwärtig genug gewesen, die Gasflasche ins Technical II zu schicken, das zum Institut gehörte. Tech II, wie das Labor für gewöhnlich genannt wurde, befasste sich mit allem Technischen und Mechanischen. Lapslie musste sämtliche üblichen Kontrollen über sich ergehen lassen, anstatt sich jedoch den Hauptlabors zuzuwenden, fuhr er diesmal zur Rückseite des Instituts, wo Tech II lag, und stellte seinen Wagen dort ab.

Das Innere von Tech II sah aus wie Qs Hangar in den James-Bond-Filmen; dort schienen alle möglichen bizarren Aktivitäten stattzufinden. Doch es gab hier nur einen Mann, mit dem Lapslie sprechen wollte, und das war Peter Edwards. Edwards war früher einmal Polizist gewesen und hatte jahrelang als Detective Sergeant unter Lapslie gedient, und zwar als verdammt guter. Doch die fortschreitende Liberalisierung der Polizei hatte ihm nicht zugesagt, und irgendwie hatte er es geschafft, in Cambridge Maschinenbau zu studieren, bevor er zurückkehrte, bei der Forensic Science Society anfing und Tech II gründete. Es war die einzige derartige Abteilung im ganzen Land, vielleicht mit Ausnahme des MI5 und der Special Forces. Da nach und nach alles privatisiert wurde, würde Edwards ein Vermögen verdienen, das war Lapslie klar, und was ihn anging, hätte das keinem Besseren passieren können.

Edwards war wie immer in seinem Büro, ein unkonventioneller Raum, der mehr Ähnlichkeit mit einer Garage oder einem Gartenschuppen hatte als mit dem Arbeitszimmer des Leiters dieser Abteilung. Wie gewöhnlich hatte er den Kopf über irgendein merkwürdiges Gebilde auf seiner Werkbank gebeugt und versuchte, ihm seine Geheimnisse zu entlocken oder auszuknobeln, wie er es am sinnvollsten einsetzen könnte. Gelegentlich sprühten von irgendwoher Funken, und Edwards fluchte leise vor sich hin, doch er machte weiter, so hartnäckig wie eh und je.

»Morgen, Peter.«

Edward rührte sich nicht. »Moment noch, Mark. Sagen Sie mir doch kurz, worüber haben wir uns noch mal unterhalten?«

»Ich habe Sie seit ungefähr einem Jahr nicht mehr gesehen. Ich weiß es nicht mehr.«

Edwards richtete sich auf. Er war groß, wuchtig und ungelenk, mit kurzem blondem Haar. »Ich glaube, es war Rugby. Oder vielleicht auch Cricket. Ist ja ganz ähnlich.«

»Inwiefern ähnlich?«

»Ich kann beides nicht leiden.« Er streckte eine massige Hand aus. »Schön, Sie zu sehen, wie immer.«

»Gleichfalls. Haben Sie sich die Gasflasche schon angeschaut?«

»Wie, kein Small Talk? Kein Geplauder über die alten Zeiten? Keine *Konversation?*«

»Nein, tut mir leid. Zu viel zu tun.«

Edward dachte einen Moment lang nach, durchwühlte den Aktenschrank, den er als sein Gehirn bezeichnete. »Ach ja, hier drüben.« Er lotste Lapslie zu einem Holztisch an der gegenüberliegenden Wand seines Büros, zog ein altes Laken weg und enthüllte einen grünlichen Gasbehälter. »Hier ist er: der Mörder Ihres Majors und seiner entzückenden Geliebten.«

»Also, was können Sie mir dazu erzählen? Unfall oder vorsätzlicher Mord?«

Peter legte die Hand auf die Gasflasche. »Schuldig im Sinne der Anklage. Vorsätzlicher Mord. Allerdings, und das ist wichtig, hatte dieser Täter einen Komplizen.«

Allmählich kam Lapslie durcheinander. Edwards hatte schon immer in Rätseln gesprochen, jetzt jedoch hätte Lapslie gut darauf verzichten können.

»Wen denn?«

»Keinen ›wen‹, mehr ein ›was‹.« Von einem anderen Tisch holte Edwards einen kleinen Heizlüfter. »Der hier hat dem Major gehört, und er und seine Freundin sind draufgegangen, weil an dem Ding hier rumgemacht worden ist. Sehen Sie, ganz gleich, wie fest man an dem Knopf dreht, er lässt sich nicht ganz schließen. Ich zeig's Ihnen mal.«

Er schloss den Heizlüfter an eine große blaue Gasflasche an und drehte dann langsam den Hahn oben an der Flasche auf. Dann öffnete er den Zufuhrregler des Heizlüfters und entzündete das Gas. Gleich darauf drehte er die Gaszufuhr des Lüfters zu, doch obgleich er den Knopf so fest drehte, wie er konnte, blieb die Flamme an.

»Sie sehen also, es ist unmöglich, den Heizofen vollständig abzudrehen«, fuhr er fort.

Das konnte Lapslie sehen, doch irgendetwas daran störte ihn. »Hätte der Major denn die Flamme nicht bemerkt, oder wenigstens das Geräusch oder den Geruch?«

Edwards nickte. »Stimmt, hätte er, und hier war unser Täter sehr clever und ist auch ein bisschen ein Risiko eingegangen.«

»Wieso?«

»Er hat draußen vor dem Zelt gewartet. Sobald der Major den Heizofen ausgemacht hat, hat er das Ventil an der Flasche zugedreht. Soweit es den Major anging, war das Gas abgestellt.«

»Ich frage mich, was wohl passiert wäre, wenn der Major rausgekommen wäre, zum Pinkeln oder so?«

Edwards lächelte. »Bei dem Aufwand, den dieser Mörder betrieben hat, hatte er bestimmt einen Plan B. Jedenfalls, sobald unser Liebespärchen eingeschlafen war, hat er das Gas wieder

aufgedreht und sich vom Acker gemacht. Schauen Sie her, ich zeige Ihnen mal was.«
Vor Lapslies Augen nahm Edwards den kleinen Heizofen auseinander und zeigte ihm den Mechanismus zum Ein- und Ausschalten darin. Mit einer Pinzette zog er einen kleinen schwarzen Dichtungsring heraus. »Das Ding hier hat verhindert, dass das Ventil sich schließt, und es ist mit Absicht da angebracht worden. Sehen Sie, es ist an einer Stelle durchgerissen. Eigentlich sollte es oben auf das Ventil passen. Für einen Laien sieht's aus, als wäre es einfach verschlissen.«
»Aber das hätte doch jeder halbwegs sachkundige Betrachter gemerkt, oder? Mit dem allergrößten Respekt Ihnen gegenüber.«
Edwards lächelte. »Die Leute sehen, was sie sehen wollen, und oft denken sie das Problem nicht zu Ende. Die Polizei hätte behauptet, das Ganze war ein tragischer Unglücksfall; es sieht aus, als wäre die Dichtung verschlissen gewesen und hätte verhindert, dass das Gas abgedreht wird. Jetzt kombinieren Sie das mit einem unterbezahlten, nicht ausreichend gewürdigten Labortechniker, der nach dem Offensichtlichen sucht und es auch findet. So was passiert andauernd, das sollten Sie doch inzwischen wissen, Mark.«
»Stimmt, sollte ich.«
»Also, was jetzt, verkünden Sie jetzt, dass Sie's mit noch einem Mord zu tun haben?«
Lapslie schüttelte den Kopf. »Nein, noch nicht. Die Gerichtsmedizin hat die Anhörung eröffnet und vertagt, damit weitere Nachforschungen angestellt werden, ich habe also noch Zeit, ehe wir eine offizielle Todesursache angeben müssen. Lassen wir unseren Mörder ruhig glauben, er sei damit durchgekommen.«
»Sie denken, das könnte helfen?«
Lapslie zuckte die Achseln. »Keine Ahnung. Ich habe allmählich den Eindruck, der Kerl will das, was er da angefangen hat,

schnell zu Ende bringen. Warum, weiß ich nicht, aber so ist es. Wenn er denkt, dass wir ihm auf die Schliche gekommen sind, könnte er für ein paar Jahre untertauchen, und dann kriege ich ihn nicht. Wenn er glaubt, er sei damit durchgekommen, nimmt er sich vielleicht den Nächsten auf seiner Liste vor: den Lehrer. Und das heißt, es besteht die Chance, dass ich ihn schnappen kann.«

»Und dabei das Leben des Lehrers gefährden?«, fragte Edwards listig.

Lapslie sah ihn an. »Auch nicht mehr, als es jetzt bereits der Fall ist. Ich habe keine Ahnung, wer der Mörder oder wer sein nächstes Opfer ist. Wenn mein Instinkt mich nicht trügt, muss ich den einen oder den anderen finden, oder beide, und zwar schnell. Wenn er unseren Lehrer vor mir erwischt, dann möchte ich dafür sorgen, dass das sein letzter Mord ist.«

Nicht planen bedeutet scheitern. Das war ein mittlerweile ziemlich abgedroschenes Motto der SAS und des Regiments, aber zufällig stimmte es auch. Es war der Hauptgrund dafür, dass er schon so lange tötete und davongekommen war. Akribisches Planen und ein wenig göttlicher Beistand hatten die Polizei auf viele falsche Fährten gelockt, die alle nirgendwo hinführten.

Jetzt jedoch machte Lapslie ihm allmählich Sorgen. Er war gut, und statt dass seine Synästhesie ihn behinderte, wie es doch eigentlich hätte der Fall sein sollen, schien sie seine deduktiven Fähigkeiten noch zu verstärken. Er hatte gewusst, dass Lapslie sich irgendwann mit diesem Fall befassen würde, deswegen hatte er sich ja auch den Bunker dicht bei einem Lavendelfeld als Versteck für die Puppen ausgesucht, doch der überwältigende Geruch würde nicht ausreichen, um Lapslie aus dem Gleichgewicht zu bringen. Das Einzige, was das be-

wirken könnte, wäre, herauszufinden, dass er die dreizehnte Puppe in dem dreizehnten Sarg war – obgleich das nicht der ausschlaggebende Grund für die Puppenwahl gewesen war. Lapslie war aus demselben Grund als Puppe präsent, aus dem all die anderen hatten sterben müssen.
Wegen einiger Hindernisse hatte er die Reihenfolge abändern müssen, doch obwohl Lapslie und die Polizei zumindest den Beruf seines nächsten Opfers kannten, wussten sie doch nicht, auf wen genau er es abgesehen hatte. Es gab Hunderte von Lehrern in dieser Gegend, möglicherweise Tausende. Wie in aller Welt wollten sie die alle überwachen? Er brauchte nur einen weiteren ausgefallenen, aber nicht ungewöhnlichen Unglücksfall zu ersinnen. Einen, der tragisch, aber nicht offenkundig war. Die Polizei konzentrierte sich ganz auf den Scharfschützen vor der Kirche und auf die Verbindung zu Stowell, genau wie er es erwartet hatte. Das hatte ihm Luft verschafft, um seine Unfälle zu arrangieren.
Hin und wieder fühlte es sich so an, als hätte er schon den größten Teil seines Lebens mit Töten zugebracht. Er war es leid. Manchmal wollte er aufhören, doch er wusste, dass Gott das nicht gutheißen würde. Gott wollte, dass er durchhielt, die Mordreihe vollendete. Das wusste er, weil er vorhin, als er von einem weiteren fruchtlosen Erkundungsgang am Haus des Lehrers heimgekehrt war, das Radio eingeschaltet hatte. Gleich darauf hatte er die wunderschöne, warme Stimme einer jungen Frau »Don't give up!« singen hören. Es war der Refrain eines Popsongs, doch es war, als sänge sie für ihn, nur für ihn. Niemand sonst von all den Tausenden oder Hunderttausenden Radiohörern, die diesen Sender hörten, war der Empfänger dieser Botschaft. Nur er.
Er würde jetzt nicht aufgeben. Nicht wenn Gott von ihm erwartete, dass er es zu Ende brachte.

Lapslies nächstes Ziel war Major Thomas' Witwe, Jill Thomas. Bradbury hatte sie kontaktiert, um das Treffen zu vereinbaren.
Schon früh in seiner beruflichen Laufbahn hatte Lapslie gelernt, möglichst immer jemanden mitzunehmen, wenn er es mit trauernden Hinterbliebenen zu tun hatte. Wenn man einer Frau die traurige Botschaft überbringen musste, nahm man am besten eine Frau mit – nach Möglichkeit eine Freundin oder eine Verwandte oder, wenn das nicht ging, eine Polizistin.
Er traf sich vor Ort mit Bradbury. Das Haus sah aus wie ein kleiner Herrensitz. Es lag ein Stück von der Straße zurückgesetzt; die Auffahrt mit Wendeschleife führte bis vor eine Villa mit großer Veranda und großer Haustür. Bestimmt war sie etliche Hundert Jahre alt, und Lapslie nahm an, dass sie sich schon ebenso lange im Besitz von ein und derselben Familie befand.
Die beiden Detectives gingen zu der imposanten Eichentür hinauf und zogen an der Klingel. Das löste ein Gebell aus, das sich anhörte, als stamme es von mindestens hundert Hunden, und Lapslie den Geschmack von Gemüse in den Mund schießen ließ. Er schmeckte jede Gemüsesorte, die er jemals gegessen hatte, und noch ein paar andere dazu.
Bradbury sah ihn an; sie konnte in seiner Miene lesen, was los war. »Alles okay, Sir?«
Lapslie nickte. »Ja, es geht schon. Hunde. Machen einen Höllenlärm. Deswegen habe ich auch keinen.«
Kurz darauf drang eine Stimme durch die Tür: »Können Sie einen Moment warten, damit ich schnell die Hunde wegsperren kann?«
»Ja, kein Problem«, antwortete Bradbury. »Sind Sie Jill Thomas?«

»Ja, ich komme gleich.« Die Stimme war kultiviert, gebildet, und schmeckte nach Pfefferminz und Kardamom.

Gleich darauf hörten die beiden Detectives metallische Geräusche, als Riegel zurückgeschoben und ein großer Schlüssel gedreht wurde. Die Tür ging auf. Vor ihnen stand eine hoch gewachsene, schlanke Frau Ende dreißig. Sie hatte ein attraktives Gesicht, grüne Augen und braunes Haar, das zu einem festen Knoten zurückgebunden war. Gekleidet war sie in Jeans, ein rot kariertes Hemd und eine grüne Steppjacke. Ihre Füße steckten in hohen Lederstiefeln, die bis zu den Knien reichten. Jeder Zoll eine Lady aus der besseren Gesellschaft.

»Entschuldigen Sie. Wollte sie eigentlich schon früher wegsperren, aber mir ist etwas dazwischengekommen. Sie wissen ja, wie das ist.«

Sie streckte Bradbury die Hand entgegen. »Ich bin Jill Thomas, und Sie müssen Detective Sergeant Bradbury sein?«

All diese Förmlichkeit wirkte gestelzt, wie etwas aus einer vergangenen Epoche. »Ja«, antwortete Bradbury. »Und das ist mein Vorgesetzter, Detective Chief Inspector Lapslie.«

Jill reichte ihm die Hand. Sie hatte einen sehr festen Händedruck, wahrscheinlich der festeste, den er bei einer Frau je erlebt hatte. »Bitte kommen Sie herein«, fuhr sie fort. »Die Hunde sind in der Küche; sie werden Sie nicht mehr belästigen.«

Sie folgten ihr ins Haus, woraufhin Jill Thomas die große Eichentür schloss und verriegelte. Dann führte sie sie in ein großes Wohnzimmer mit einem riesigen Kamin und bat sie, auf einem großen Sofa Platz zu nehmen, während sie sich gegenüber in einen bequemen Sessel setzte. Ohne zu fragen, ob es ihnen etwas ausmachte, zündete sie sich eine lange schwarze Zigarette an. Es war schließlich ihr Haus, dachte Lapslie bei sich. Nachdem sie einen Mundvoll Rauch eingesogen und mit

einem tiefen Seufzer wieder ausgestoßen hatte, sah sie ihre Besucher an. »Ich nehme an, Sie sind hier, um über den armen John zu reden?«
Lapslie nickte. Am Boden zerstört war sie über den Tod ihres Mannes anscheinend nicht. »Ja. Wenn ich mir die Bemerkung erlauben darf, Sie scheinen nicht besonders betroffen zu sein.«
Sie lächelte. »Bin ich auch nicht. Nun ja, das stimmt nicht ganz – es tut mir leid, dass er tot ist. Ich hätte mir nicht gewünscht, dass ihm etwas zustößt, aber, sehen Sie, John war ein absolutes Arschloch, und das schon die meiste Zeit unserer Ehe. Er hatte *Schwächen*, Sie verstehen ...«
»Was denn zum Beispiel?«, fragte Lapslie interessiert.
»Das Übliche. Glücksspiel, Alkohol und Frauen. Hat an unserem Hochzeitstag meine Brautjungfern gevögelt. Alle beide – natürlich nicht gleichzeitig. Er war ja kein totaler Prolet.«
Bradbury kam nicht recht mit. »Und warum sind Sie dann bei ihm geblieben?«
Sie lächelte. »Um ehrlich zu sein, ich konnte sonst nirgendwohin, und außerdem bin ich lesbisch. Er hat meine Frauengeschichten hingenommen und ich seine. Manchmal haben wir sogar halbe-halbe gemacht. So eine Scheidung ist eine kostspielige Angelegenheit, und ich wollte das Geld in der Familie halten und es nicht irgendeinem Eliteschulen-Anwalt geben, wenn Sie verstehen, was ich meine?«
»Es war also eigentlich eine Zweckehe?«
Sie nickte. »Ja. Wir haben überlegt, ob wir uns die Mühe machen und Kinder kriegen sollen, aber es hat nie so richtig geklappt. Ich glaube, bei ihm waren irgendwelche Leitungen defekt. Mein Neffe wird das Ganze kriegen, wenn ich zu John in die ewigen Jagdgründe eingehe.«

»War er versichert?«, erkundigte sich Lapslie neugierig.

»Oh, Gott, ja, wir sind beide versichert. Oder waren es vielmehr. Wir haben gewusst, wenn einer von uns den Löffel abgibt, braucht der andere einen ordentlichen Batzen Geld, um den Laden hier am Laufen zu halten.« Sie richtete sich in ihrem Sessel auf. »Wenn Sie glauben, ich hätte John umgebracht, um sein Geld in die Finger zu kriegen, dann sind Sie schiefgewickelt. Er hat mich gut behandelt, auf seine Art. Es gibt mehr Ehen wie unsere, als Sie glauben würden, Chief Inspector. Sie sind seltsam, aber auf ihre ganz eigene Art und Weise funktionieren sie. Wie Vita und Harold.«

»Sind das Ihre Nachbarn?«, wollte Bradbury wissen.

»Die Sackville-Wests«, sagte Lapslie halblaut.

»Oh«, bemerkte Bradbury. Dann hielt sie inne und überlegte. »Sind *das* Ihre Nachbarn?«

Jill nickte. »Entfernte Verwandte.«

»Also, wer in der Familie hatte denn nun das Geld?«, fragte Lapslie.

»Nun ja, soweit welches vorhanden war, ich. Nicht dass noch besonders viel übrig war. Die Erbschaftssteuer macht uns zu armen Schluckern, genau wie so viele andere Familien.«

»Wenn ich Ihnen sagen würde, dass der Tod Ihres Mannes unserer Ansicht nach kein Unfall war und es sich durchaus um Mord handeln könnte, würde Sie das überraschen?«

Sie schüttelte den Kopf. »Nein, eigentlich nicht.«

»Und wieso?« Ihre Direktheit faszinierte Lapslie.

»Weil ich mir einigermaßen sicher bin, dass kein Detective Inspector und sein Sergeant bei mir auftauchen und mich über Geldangelegenheiten ausfragen würden, wenn es ein Unfall gewesen wäre.« Sie furchte die Stirn und schaute kurz in den Kamin. »Um ehrlich zu sein, ich habe mir so meine Gedanken gemacht. John war mit Dingen wie Gasflaschen und dergleichen immer recht vorsichtig. Die Jahre in der Army haben ihn wenigstens das gelehrt.«

»Sie selbst gehen wohl nicht zelten?«, erkundigte sich Bradbury spitz.

Jill schauderte. »Ganz bestimmt nicht. Ich weigere mich, irgendwo Urlaub zu machen, wo es keine Klimaanlage und die beiden absoluten Notwendigkeiten des Lebens gibt, ein Spa und eine Bar.«

»Wann hat Major Thomas die Army verlassen?«, wollte Lapslie wissen.

Jill Thomas lehnte sich in ihrem Sessel zurück. »Hmm, lassen Sie mich nachdenken. Im August 2012? Nein, nein, ich lüge, es war September. Das weiß ich noch, er war nämlich erst ganz kurz draußen, und wir hatten gerade richtig angefangen, an dem Haus zu arbeiten, als ich in eine Jury berufen worden bin und zwei Wochen weg war. Verdammter Jurorendienst, anscheinend kommt man da nicht raus, es sei denn, man tut so, als sei man verrückt. Das hatte uns gerade noch gefehlt.« Das Lächeln verschwand aus ihrem Gesicht, und ihre Augen wurden plötzlich sehr blank und feucht. »Das hört sich an, als hätte ich ein bisschen Zeit mit ihm verbringen wollen. Wollte ich auch. Er war ein Arschloch, aber er war reizend.«

»Warum hat er seinen Abschied genommen?«, fragte Lapslie leise.

»Um mir zu helfen. Ich habe mich allein schwergetan. Das Haus war zu viel, ich habe Hilfe gebraucht. Personal konnten wir uns nicht leisten, und um ehrlich zu sein, Handwerker auch nicht allzu oft. John war ein guter Heimwerker. Hat uns langfristig ein Vermögen gespart, und er hat seine Sache gut gemacht.«

»Schießen Sie?«, fragte Bradbury.

Sie warf den Kopf zurück und lachte auf. »Natürlich. Bei den verdammten Nagern hier, da bleibt einem gar nichts anderes übrig. Hat mein Vater mir beigebracht.«
»Und was für Waffen verwenden Sie?«
»Schrotflinten. Die stehen im Gewehrzimmer im Schrank. Möchten Sie sie sehen? Ich habe auch einen Waffenschein und all so was.«
Lapslie hob abwehrend die Hand. »Nein, das wird nicht nötig sein. Sagen Sie, als Major Thomas in der Army war, hatte er da Feinde? Andere Soldaten, mit denen er vielleicht Streit gehabt hatte?«
Jill zuckte die Achseln. »Da bin ich mir verdammt sicher. In der Army kann man sich sehr leicht Feinde machen, indem man einfach nur seinen Job macht. Aber glaube ich, dass die ihn umgebracht hätten? Nein, tue ich nicht.«
»Und kommt Ihnen der Name Mike Stowell irgendwie bekannt vor? Ein Army-Kamerad, war bis vor Kurzem in Afghanistan stationiert.«
Jill überlegte kurz. »Ich fürchte nein. Aber ich kannte auch nur ein paar von Johns Soldatenfreunden, also bin ich wahrscheinlich nicht die beste Auskunftsstelle, wenn es um seine Kontakte in der Army geht.«
Lapslie nickte. »Also, das klingt jetzt vielleicht merkwürdig, aber es ist wirklich wichtig. Wurde eine seiner Uniformen beschädigt?«
Sie lächelte breit. »Alle. Das Schicksal des Soldaten. Wenn sie nicht auf der Erde herumkriechen, rangeln sie miteinander oder fahren in der Offiziersuniform Motorrad. Das ist eine der Hauptausgaben, die wir in diesem Haushalt hatten: Reparaturkosten für seine verdammten Uniformen.«
Lapslie begriff, dass er sich nicht sehr klar ausgedrückt hatte. »Entschuldigung, das habe ich nicht gemeint. Ist eine seiner

Uniformen absichtlich zerschnitten worden? Sind Stücke herausgerissen und entwendet worden?«
Sie überlegte einen Moment lang. »Also, jetzt, wo Sie es erwähnen, einer von seinen Tarnanzügen ist mal zerschnitten worden, als er draußen auf der Leine hing. Ich dachte, es wären Kinder gewesen, oder vielleicht Protestierende von der Friedensbewegung.«
»Wann war das?«
»Vor acht Jahren. Ist das wichtig?«
Lapslie nickte. »Ja, sehr. Sind Sie sich ganz sicher, was das Datum angeht?«
»Ziemlich. Das war, als ich in die Jury berufen worden war. Alex war fuchsteufelswild.«
»Wieso?«
Sie lachte laut auf. Tatsächlich hatte Lapslie noch nie eine Frau so laut lachen hören. »Er war eifersüchtig!«
»Eifersüchtig?«
»Er wollte immer mal als Juror dienen und ist nie berufen worden. Sein Vater hat das ein paar Mal gemacht: Hat anscheinend irgendeinen armen Teufel an den Galgen gebracht. Ich glaube, Alex war scharf darauf, dasselbe zu tun.«
»Ich glaube, die Todesstrafe ist in den Sechzigerjahren abgeschafft worden«, warf Bradbury ein.
Wieder lachte sie; ihre Stimme hallte durchs Zimmer. »Ich weiß, ich weiß, aber versuchen Sie mal, ihm das klarzumachen!« Jäh wurde ihr klar, was sie gerade gesagt hatte, und sie beruhigte sich. »Sie wissen schon, was ich meine.«
Lapslie sah sie an und nickte mitfühlend. »Verzeihung – die beschädigte Uniform?«
Sie hustete verlegen. »Ja, Entschuldigung. Jedenfalls, ich bin nach Hause gekommen, um die Sachen von der Leine zu holen, und da hing seine Uniform in Fetzen.«

»Welcher Teil der Uniform war zerschnitten?«
»Die Jacke. Ein Riesenstück vom Rücken hat gefehlt, war rausgeschnitten worden. Ich war sicher, dass es irgendwelche verdammten Gören gewesen waren.«
»Haben Sie Anzeige erstattet?«
Sie schüttelte den Kopf. »Was hätte das bringen sollen? Ich wollte doch wegen kaputter Kleidungsstücke keine Polizisten im Haus und auf dem Grundstück haben.«
»Haben Sie die Uniform noch?«, mischte Bradbury sich ein.
Jill Thomas schüttelte den Kopf. »Nein, tut mir leid. Taugte nur noch als Putzlappen, also habe ich sie verbrannt.«
Eigentlich spielte das keine Rolle, dachte Lapslie. Jetzt hatte sich alles bestätigt. Ihr Täter war so lange damit durchgekommen, weil er die Morde wie Unfälle aussehen ließ.
»Nun, ich hoffe, das alles war Ihnen eine Hilfe?«
Lapslie nickte und stand auf. »Vielen Dank.«
»Ich kann Ihnen die restlichen Uniformen zeigen, wenn Sie wollen. Sie sind im Schlafzimmer.« Jill sah Bradbury in die Augen. »Wenn Sie zu viel zu tun haben, Inspector, dann möchte ja vielleicht Ihr Sergeant mitkommen und sie sich ansehen.«
Bradburys Augen wurden riesengroß, und einen Augenblick lang war Lapslie versucht, Ja zu sagen, doch das konnte er ihr nicht antun. Nicht einmal im Scherz.
»Nein, das ist wirklich nicht nötig. Wir haben, was wir brauchen.«
Jill Thomas lächelte Bradbury breit an. »Nun, Sie können jederzeit wiederkommen.«
Lapslie war überrascht, seinen Detective Sergeant heftig erröten zu sehen.

Ihm fiel auf, dass Bradbury auf der Rückfahrt zur Hauptwache etwas geistesabwesend wirkte.

»Dass die Frau des Majors Sie angebaggert hat, macht Ihnen doch nicht etwa zu schaffen, oder?«

Es dauerte einen Moment, bis Bradbury aus ihren Gedanken auftauchte. Sie rang sich ein Lächeln als Antwort ab.

»Nein, das ist es nicht. Bloß Dom ist in letzter Zeit ein bisschen komisch drauf; er macht's mir nicht leicht.«

»Na ja, ich habe Sie ja vor solchen Ex-Ganoven gewarnt.« Er lächelte sie noch einen Moment lang spöttisch an, dann wurde er ernst. »Inwiefern?«

Sie wollte nicht näher auf die implizite Drohung und darauf eingehen, dass ihre Liebesspiele auf die falsche Bahn geraten könnten, also entschied sie sich für die Dienstreise vor ein paar Tagen.

»Er hat mich alles Mögliche über die Fahrt nach Edinburgh gefragt – mit wem ich hingefahren bin, warum wir da übernachten mussten und so weiter.« Sie lachte nervös. »Fast so, als hätte er den Verdacht, ich hätte etwas mit jemand anderem.«

Lapslie nickte und betrachtete einen Moment lang die Autos, die ihnen entgegenkamen. Ihm war aufgefallen, dass sie diesen letzten Satz völlig sachlich ausgesprochen hatte, ohne ein »lächerlich« oder »unglaublich« hinzuzufügen, also erkundigte er sich ebenso sachlich: »Und, ist da was dran?«

Einen Moment lang herrschte völliges Schweigen, dann stieß sie einen langen Atemzug aus. »Ja.« Vielleicht hatte sie es ja schon die ganze Zeit jemandem sagen, sich erleichtern wollen; vielleicht wollte sie einen Rat, wie sie mit dieser Situation umgehen sollte. Und wer wüsste besser als Lapslie, wie man mit einem Ex-Sträfling wie McGinley umgehen sollte? »Ich treffe mich seit fünf Monaten ab und zu mit so einem Typen, Peter Wilkinson. Er ist Akademiker, Dozent für Gentechnik. Die beiden könnten nicht verschiedener sein – wie Tag und Nacht.«

»Großer Gott, Emma. Das ist keine gute Idee.«

Sie schaute zu ihm hinüber und zog eine Braue hoch. »Schönen Dank für die aufmunternden Worte. Sie haben doch immer gesagt, Dom wäre keine gute Idee. Dass er nicht gut für mich wäre. Und jetzt, wo ich versuche ...«

»Ja, das stimmt. Und das finde ich auch immer noch. Aber das heißt nicht, dass ich Sie irgendwie in Gefahr sehen will. Um jemanden wie Dom zu verlassen, muss man zuerst mal einen klaren Schlussstrich ziehen, und man muss das Ganze mit äußerster Vorsicht handhaben. Da spielen alle möglichen Faktoren mit hinein, verletzter Macho-Stolz, Gangster der alten Schule und so.« Er schüttelte den Kopf. »Aber wenn Sie ihn betrügen, spielen Sie mit dem Feuer.«

»Danke.« Mit ausdrucksloser Miene starrte sie auf die Straße vor ihnen. »Ich hatte gehofft, Sie hätten vielleicht ein paar nützliche Ratschläge.«

»Die habe ich auch. Ziehen Sie einen klaren Schlussstrich mit Dom oder trennen Sie sich von dem anderen – egal, für wie passender ich ihn vielleicht für Sie halte. Aber machen Sie nicht gleichzeitig mit beiden rum.«

Sie nickte. Was hatte sie denn anderes von Lapslie erwartet als klare Worte? Und obgleich sie wusste, dass er vollkommen recht hatte, konnte sie ihr Herz und ihre Gefühle dazu bringen, sich dieser Meinung anzuschließen? Im Augenblick erfüllten die beiden Männer unterschiedliche Bedürfnisse in ihr, die schwer abzustellen waren. Sie seufzte.

»Sie haben recht. Ich muss etwas unternehmen.« Doch sie wusste, dass bis dahin noch Wochen, vielleicht auch Monate vergehen würden, es sei denn, irgendetwas anderes zwang sie zum Handeln. In der Zwischenzeit würde sie weiter den Drahtseilakt vollführen, sich mit beiden zu treffen, aber vielleicht war der Drahtseilakt ja auch ein Teil dessen, was so aufregend daran war.

TEIL 7

27. Januar 2012

Keith Sampson hätte an seinem Geburtstag eigentlich nicht arbeiten sollen. Er hätte mit seinen Kumpels unterwegs sein und feiern sollen. Einladungen hatte er reichlich bekommen, doch hier saß er nun im Dunkeln, im strömenden Regen, und wartete auf den nächsten Funkruf, eine Thermosflasche mit gerade eben noch erträglichem Tee und ein paar pappige Sandwiches neben sich.

Die Wahrheit war, er brauchte das Geld. Er spielte zu Hause gern Poker, online, bis spät in die Nacht. Ihm war klar, dass dadurch das Geld von seinen Konten floss wie Wasser aus einem löchrigen Eimer, doch er konnte nicht anders. Es gab ihm das Gefühl … etwas Besonderes zu sein. Teil von etwas Großem zu sein.

Er goss sich einen Becher Tee ein und kippte ihn hinunter. Das Zeug hatte nicht nur zu lange gezogen, es war auch noch kalt. Wenn er es irgendwo hätte hinspucken können, hätte er es getan. So war er gezwungen, es hinunterzuwürgen und sich dabei zu schütteln.

Er öffnete das Fenster auf der Fahrerseite und kippte den Rest neben seinem Taxi ins Gras. Zwei Sandwiches mit Käse und irgendetwas anderem folgten.

Plötzlich meldete sich sein Funkgerät. »Tango Golf dreiundzwanzig, bitte kommen, over!«

Er wollte nicht antworten, aber Arbeit war immer noch Arbeit. Er griff nach dem Mikrofon. »Tango Golf dreiundzwanzig, was gibt's? Over.«

»Sind Sie verfügbar? Over.«

»Ja, over.«
»Können Sie zur Old Quarry Road fahren, Nähe Mill Road? Da braucht ein Mr Brond Ihre Dienste. Er befindet sich am Ende des alten Fahrwegs, wenn Sie wissen, wo das ist, over.«
»Was macht er denn da? Over.«
»Er hat geangelt, over.«
»Super. Stinkende Karpfen hinten im Taxi und Mehlwürmer überall auf dem Boden. Bin unterwegs. Over.«
»Braver Junge. Over und out.«
Die Old Quarry Road war ungefähr fünf Kilometer von seinem Standort entfernt. Es war zehn Uhr abends, und es herrschte nur sehr wenig Verkehr. Er fragte sich ja schon, warum ein Angler um diese Zeit noch immer am alten Steinbruch sein sollte, aber Angler waren ja auch komische Käuze. Die schienen es gern ungemütlich zu haben, sie genossen das. Jedem das Seine, dachte er.
Er erreichte die Old Quarry Road und bog nach links ab. Nach einem Kilometer des Ausweichens von Schlaglöchern kam er schließlich zum Ende der Straße. Seine Scheinwerfer beleuchteten ein paar Meter Erdboden und dann die Finsternis des Steinbruchs.
Keith sah sich um. Niemand zu sehen. Er blendete die Scheinwerfer ein paar Mal auf und hupte, doch es rührte sich noch immer nichts. Falls irgendjemand das hier für einen passenden Geburtstagsscherz hielt, dann fand er es gar nicht komisch.
Er griff abermals zum Funkgerät. »Tango Golf dreiundzwanzig an Zentrale: Bin vor Ort, aber von unserem Angler ist nichts zu sehen. Könnten Sie ihn anrufen und schauen, wo er steckt? Over.«
»Augenblick, over.«

Keith wartete und schaute sich um. Er erwog, auszusteigen und sich ein wenig umzusehen und zu rufen, doch es regnete noch immer heftig. Zu allem war er für einen Fahrgast nun auch wieder nicht bereit.

Das Funkgerät meldete sich von Neuem. »Tango Golf dreiundzwanzig, over.«

Er nahm das Mikrofon. »Lassen Sie hören, over.«

»Tut mir leid, aber der Fahrgast meldet sich nicht. War bestimmt falscher Alarm. Tut mir wirklich leid. Fahren Sie zurück zum Stand, over.«

»Alles klar, over.«

Er wusste nicht recht, ob er die Straße hinunter zurücksetzen oder wenden sollte. In Anbetracht der vielen tiefen Schlaglöcher, die er auf dem Weg hierher gesehen hatte, entschied er sich fürs Wenden. Also schlug er das Lenkrad scharf nach rechts ein, ließ den Wagen ein Stück vorwärts und nach rechts rollen, dann legte er den Rückwärtsgang ein. Er setzte nach rechts zurück und schaffte die Wendung halb, als er plötzlich ein Paar Scheinwerfer von der Seite her auf sich zurasen sah. Ehe er reagieren konnte, rammte der andere Wagen die Seite des Taxis.

Weil er angeschnallt war, hielt der Gurt ihn an Ort und Stelle, und sein Körper bekam die volle Wucht des Aufpralls ab. Nur halb bei Bewusstsein und im Schockzustand, begriff er, dass sein Wagen auf den Rand des Steinbruchs zugeschoben wurde. Er versuchte, den Gurt zu lösen, doch der klemmte. Sooft er auch auf die Taste drückte, es tat sich nichts.

Augenblicke später überschlug er sich wieder und wieder in der Luft. Noch ehe er sich darüber klar werden konnte, wo oben und unten war, krachte das Taxi in das trübe Wasser unten im Steinbruch.

Wasser rauschte durch die geborstenen Fenster herein. Keith, der noch immer mit seinem verklemmten Gurt kämpfte, ver-

suchte, die Luft anzuhalten, doch der Aufprall hatte ihm die Rippen gebrochen, und Schmerz loderte wie Feuer durch seinen Körper. Schließlich musste er doch einatmen, doch da war schon keine Luft mehr im Auto. Er erstickte.

Über ihm, am Rand des Steinbruchs, stieg eine Gestalt aus dem Auto, das Keiths Taxi in die Tiefe geschoben hatte. Der Mann stand eine geschlagene Viertelstunde da und hielt Ausschau, ob sich dort unten etwas regte. Als er sich sicher war, dass niemand aus dem dunklen Wasser auftauchen würde, stieg er wieder in seinen Wagen und fuhr davon.

In Anbetracht der mittlerweile bewiesenen Unfall-Opfer-Verbindung war Lapslie klar, dass er als Nächstes das Team zusammenrufen und von den neuesten Entwicklungen in Kenntnis setzen würde. Jetzt, wo sie mehrere neue Ermittlungsansätze hatten, könnte sich durchaus ein Durchbruch anbahnen.

Er setzte die Besprechung für zehn Uhr morgens an; ausnahmsweise waren alle pünktlich. Bradbury übernahm die Einleitung, erinnerte die Anwesenden an die Regeln und fasste die Situation zusammen. Als sie damit fertig war, winkte sie Lapslie herein, der in ein sehr stilles Besprechungszimmer trat.

Eine Anzahl Klebezettel in den Händen, stand er vor seinen Leuten.

»Okay, wir haben einige wenige neue Informationen für Sie, aber es sind Informationen, die sehr hilfreich sein könnten und die den Fall hoffentlich erweitern und dafür sorgen sollten, dass er rasch gelöst wird.« Er sah sich um und nahm mit jedem im Raum Blickkontakt auf, ehe er fortfuhr: »Ich glaube inzwischen, dass unser Täter viele Morde als Unfälle getarnt hat. Bei einem hat er es drauf ankommen lassen, bei der Krankenschwester Jane Summers, die hat er erwürgt. Und mein Bauchgefühl sagt, dass der Mord an Leslie Petersen – in Anbetracht der Tatsache, dass die Tat so auffällig war – so inszeniert worden ist, dass der Verdacht auf ihren Ex-Freund Mike Stowell fällt. Wo wir gerade dabei sind, gibt es irgendetwas Neues von Stowell?« Lapslies Blick fand Barrett und Kempsey. Kempsey antwortete.

»Nichts Ungewöhnliches; Routinebesuche bei seiner Bankfiliale, Postamt, ein bisschen Shopping. Aber seit der Verabredung mit seinem Army-Kumpel von früher vor ein paar Tagen hat er sich mit niemandem getroffen.«

Als ahne er die Frage voraus, meldete sich Barrett zu Wort. »Und wir haben Ewan überprüft, wie Sie es wollten: keinerlei Erfahrung als Scharfschütze.«

Lapslie nickte. »Okay. Bis jetzt deutet alles darauf hin, dass dieser Mord inszeniert war, ein Einzelfall. Die anderen, davon bin ich jetzt überzeugt, wurden von der Polizei übersehen, weil sie für Unfälle gehalten worden sind. Wir wissen bereits, dass Major John Alexander Thomas, von dem wir zunächst gedacht haben, er sei durch eine undichte Gasflasche ums Leben gekommen, in Wirklichkeit ermordet worden ist. Wie Sie ja wissen, war die vorletzte Puppe als Major verkleidet. Wir wissen auch, dass seine Uniform beschädigt und ein großes Stück herausgeschnitten worden war und dass an der Gasflasche herummanipuliert worden ist …«

Einer der DCs, Rebecca Graves, hob die Hand. Bradbury sah Lapslie an. Er nickte, und sie bedeutete Graves mit einem Kopfnicken, ihre Frage zu stellen.

»In der Zeitung stand, der Major wäre zusammen mit einer Frau umgekommen. War die auch eine von den Puppen?«

»Nein, sie hat einfach nur Pech gehabt. Falscher Mann, falscher Ort, falscher Zeitpunkt.«

Diesmal hob DC Parkin die Hand. Lapslie nickte Bradbury zu, und sie erteilte ihm Sprecherlaubnis. »Wie sind Sie eigentlich auf den Major gekommen, Sir?«
»Die Gerichtsmedizinerin hat die Verbindung entdeckt.«
Das Team war sichtlich beeindruckt.
»Also, als Resultat von alldem habe ich Aufgaben für jeden von Ihnen. Diese Aufgaben werden folgendermaßen aufgeteilt.«
Lapslie klebte ein Foto der Feuerwehrmann-Puppe an die Weißwand. Darunter schrieb er *DC Parkin & DC Pearce.* Dann folgte ein Foto der Mechaniker-Puppe, unter das er *DC Graves & DC Putter* schrieb. So ging es weiter, bis die acht Puppen schließlich alle an Teams aus zwei Detectives verteilt waren.
»Also, ich möchte, dass jedes Team herausfindet, ob irgendjemand mit dem entsprechenden Beruf seit dem 1. Juli 2007 bei einem Unfall ums Leben gekommen ist. Diejenigen, die keine berufsspezifischen Puppen bekommen haben, wie das Bikinimädchen oder den Angler, werden ihren Grips ein bisschen mehr anstrengen müssen, aber Sie sind ja alle clever, sonst wären Sie doch nicht hier …«
Diejenigen, denen diese Puppen zugewiesen worden waren, tauschten zweifelnde Blicke.
Lapslie fuhr fort. »Ich brauche Ihnen nicht zu sagen, wie wichtig Schnelligkeit bei diesen Ermittlungen ist. Der Major ist bereits tot, und es gibt nichts, was wir diesbezüglich hätten tun können. Allerdings hoffe ich, dass unser Lehrer vielleicht noch am Leben ist, weil die Lehrerpuppe noch nicht in ihrem Sarg aufgetaucht ist. Wir müssen vor unserem Täter an ihn herankommen. Außerdem gehe ich davon aus, dass der Täter das weiß und sein Bestes tun wird, sein Vorhaben durchzuführen, ehe wir sein potenzielles nächstes Opfer zu fassen be-

kommen und es beschützen. Tut mir also leid, aber es herrscht Urlaubssperre, ohne Ausnahme. Wir schieben Sechzehn-Stunden-Schichten – arbeiten, essen, ein bisschen schlafen und wieder arbeiten. Ich kann nur sagen, denken Sie an die Überstunden. Wenn das hier vorbei ist, sind Sie alle fein raus. Also, ist allen klar, was wir tun müssen und wie schnell wir es tun müssen?«

Allgemeines Nicken.

»Okay, dann an die Arbeit, und viel Glück. Vergessen Sie nicht: Das Leben des Lehrers liegt in Ihren Händen.«

Er konnte es nur immer wieder sagen: Nicht planen bedeutet scheitern.

Der Lehrer war der Letzte, und er musste sich seiner Sache ganz sicher sein. Danach brauchte er sich nur noch mit Lapslie zu befassen, und dann war er frei und konnte wieder normal leben. Bis jetzt hatte er herausgefunden, wo Tony Turner, der Lehrer, wohnte, an welcher Schule er tätig war, wann er arbeitete und welchen Weg er zur Schule und zurück nahm. Und an welchen Abenden er für gewöhnlich ausging, wo er einkaufte und wo er am Wochenende Rugby spielte. Außerdem hatte der Lehrer eine Schwäche für alte Sportwagen und fuhr einen 1980 MG GT, der bei den seltenen Gelegenheiten, wenn er mit dem Wagen und nicht mit dem Bus zur Schule fuhr, auf dem Schulhof stets bewundernde Blicke auf sich zog. Er schätzte Opfer sehr, die eine Routine einhielten. Das machte ihm das Leben so viel leichter.

Er hatte ein kleines Stück die Straße hinunter geparkt, und zwar mit Absicht so, dass er von dem Cottage aus dem 19. Jahrhundert abgewandt stand, in dem Tony Turner wohnte. Von hier aus konnte er das Kommen und Gehen des Mannes ganz leicht beobachten, ohne selbst gesehen zu werden. Er

hielt sich eine Zeitung vors Gesicht, als lese er darin, während er das Cottage im Seitenspiegel beobachtete.
Um kurz nach acht verließ Tony Turner das Haus, bog nach dem Gartentor links ab und ging zur Bushaltestelle am Ende seiner Straße. Zehn Minuten später nahm seine Frau Elizabeth denselben Weg. Eine attraktive Frau Mitte bis Ende zwanzig; sie war Chemikerin. Dass sie zugleich klug und hübsch war, bedeutete, dass sie nicht lange Witwe bleiben würde, und das freute ihn. Die Krankenschwester, die er vor all den Jahren ermordet hatte, war auch sehr schön gewesen, so schön, dass es fast ein Verbrechen gewesen war, sie umzubringen.
Als Elizabeth Turner verschwunden war, wartete er zehn Minuten, um ganz sicher zu sein, dann stieg er aus und ging zu dem Cottage. Er musste sich gründlich umsehen, musste nachschauen, was für Möglichkeiten es gab, dort etwas einzufädeln. Vielleicht auch etwas über Turner herausfinden, das er noch nicht wusste und das ihm helfen könnte.
Er ging nicht zur Haustür, sondern folgte einem kleinen Pfad, der zur Rückseite des Hauses führte. Auf dem Grundbuchamt hatte er sich das Grundstück bereits angesehen, Form, Größe und Ausrichtung des Hauses waren ihm also bekannt.
Der Pfad war ein bisschen wie eine altmodische Gasse, mit hohen Mauern zu beiden Seiten, sodass niemand, der dort entlangging, zu sehen war. Das war nützlich. Das hintere Gartentor war abgeschlossen, doch damit hatte er gerechnet. Nach einem kurzen Blick in die Runde kletterte er schnell hinüber und ließ sich auf der anderen Seite zu Boden fallen. Er schaute zur Hintertür hinüber. Ein einfaches Schloss und ein Sicherheitsschloss; nicht leicht zu knacken, aber er war schließlich bei den Besten in die Lehre gegangen.
Als er im Haus war, sah er sich um. Das Cottage war sauber und ordentlich und, wie er zugeben musste, recht behaglich.

An den Wänden hingen Fotos von Tony und Elizabeth sowie einiger anderer Personen, wohl Verwandte und Freunde. Sogar eins von Tonys Vater. Er spürte, wie sein Herz schneller schlug, als er das Gesicht des Mannes wiedererkannte. Seine Halsarterien begannen heftig zu pulsieren, und hinter den Augen konnte er fühlen, wie sein Blutdruck stieg. Urplötzlich empfand er den heftigen Drang, das Foto zu zerschmettern, doch er beherrschte sich. Das tat er immer. Deswegen war er ja so weit gekommen.

Das Cottage bestand aus einem sehr großen Raum, der sowohl als Wohn- als auch als Esszimmer diente. Daneben war eine kleine, gut ausgestattete Küche. Außerdem gab es einen verblüffend langen Flur, von dem die Treppe ins Obergeschoss des Hauses führte. Immer zwei Stufen auf einmal nehmend, stieg er sie hinauf. Oben waren zwei Schlafzimmer: ein großes und ein kleines Gästezimmer, das die Turners offenkundig als Büro nutzten, allerdings gab es dort auch ein Futon-Doppelbett für eventuelle Gäste. Außerdem befand sich dort ein kleines Bad mit Dusche, Toilette und Waschbecken, aber ohne Wanne. Wie jemand ohne Badewanne leben konnte, war ihm nicht klar, doch das schien jetzt modern zu sein. Er hatte gehört, dass in New York jetzt Wohnblocks mit Appartements ohne Küche gebaut wurden, weil die Leute meistens entweder auswärts aßen oder sich irgendetwas mitbrachten. Wo sollte das noch hinführen?

Sein Blick wanderte über die Bücherregale, und plötzlich merkte er, wie ihm der Atem stockte. So, wie vier der Bücher nebeneinanderstanden, bildeten die ersten Worte ihrer Titel eine kurze, aber erschreckende Botschaft in vier verschiedenen Schrifttypen. Du Bist Nicht Allein!

Er blieb wie angewurzelt stehen, lauschte auf irgendeine Bewegung im Haus. Zehn endlose Sekunden lang war nichts zu

vernehmen, und er wollte sich gerade entspannen und weitermachen, als er hörte, wie sich ein Schlüssel im Schloss der Haustür drehte. Jemand war nach Hause gekommen, oder vielleicht hatte das Paar ja auch eine Putzfrau, von der er nichts wusste. Wer immer es auch war, vielleicht hatte der oder die Betreffende ihn ja herumlaufen hören und die Polizei gerufen.
Er wartete ab, rührte sich nicht von der Stelle, behielt seine Atmung unter Kontrolle. Unglücklicherweise kam derjenige, der das Haus betreten hatte, jetzt die Treppe herauf.
Er nahm eine große Parfümflasche von der Kommode und trat langsam und zielstrebig hinter die Schlafzimmertür. Wenn es der Lehrer war, beschloss er, konnte er ihn genauso gut hier und jetzt töten. Es hinter sich bringen. Nicht das, was er geplant hatte, aber manchmal war es das Beste, einfach mit dem Strom zu schwimmen und die Gelegenheiten zu nutzen, wenn sie sich boten. Er war sich sicher, dass es klappen würde. Dann hatte die Polizei eben einen weiteren Mordfall zu untersuchen; bisher hatten sie sich ja nicht allzu gut geschlagen.
Sobald die unbekannte Person ins Schlafzimmer trat, sprang er vor und versetzte ihr einen heftigen Schlag auf den Hinterkopf. Als er spürte, wie der Schädel unter dem Hieb knackte, als Blut wie Gelee in die Haare quoll und die Gestalt auf den Teppich sackte, wurde ihm klar, dass es nicht Tony gewesen war. Es war seine Frau Elizabeth.
Sie stöhnte und versuchte aufzustehen, ihre Arme fuchtelten ziellos herum. Er musste sich beeilen. Also zerrte er sie an den Haaren hoch, und ehe sie schreien konnte, drückte er ihr Gesicht in ein Kissen auf dem Bett und hielt ihr dabei mit einer Hand die Arme auf dem Rücken fest. Sie wehrte sich verzweifelt, doch er war zu stark, und sie war zu betäubt, um allzu viel Widerstand zu leisten. Ihr Körper erschlaffte. Er zog ihr Gesicht aus dem Kissen und fühlte ihr den Puls. Sie hatte noch

einen. Er wollte ihren Tod nicht. Ein Mord an der Ehefrau eines Lehrers würde bedeuten, dass sein nächstes und letztes Opfer lange von Polizei und Verwandten umgeben sein würde, und das wollte er nicht. Das würde seine Optionen einschränken. Doch er wusste auch, dass es zu viel Kontakt zwischen ihnen gegeben hatte. Fasern von seiner Kleidung würden überall auf der ihren sein und auf der Bettdecke.
Er drehte sie um und zog sie aus, ließ sie bewusstlos und nackt auf dem Bett liegen. Als er auf sie herabschaute, musste er unwillkürlich ihren Körper bewundern. Sie war wirklich gut in Form, doch er rührte sie nicht an, spreizte lediglich ihre Beine und streckte ihre Arme in einer Art Vergewaltigungspose über ihren Kopf. Außerdem begutachtete er die Wunde an ihrem Hinterkopf. Obwohl sie blutete, war sie seiner Meinung nach aber zum Glück nicht lebensbedrohlich.
Er nahm ihre Kleider und die Bettdecke mit hinunter in die Küche und suchte in den Schränken nach einem Plastiksack. Schließlich fand er einen, stopfte die Kleider und die Bettdecke hinein und ging auf demselben Weg zurück, auf dem er hergekommen war. Das Zeug würde er später verbrennen.
Wenn er seiner Ansicht nach weit genug weg war, würde er von einer Telefonzelle aus die Polizei anrufen, mit verstellter Stimme, und sagen, er habe gesehen, wie jemand in das Cottage eingebrochen sei, und habe eine Frau schreien hören. Dann konnte sie die Hilfe bekommen, die sie brauchte.
Er hoffte es. Er war ein mitfühlender Mann und wollte nicht, dass sie unnötig leiden musste. Und Gott wollte das natürlich auch nicht.

Emma Bradbury hätte nie gedacht, dass ein Abend mit ihrer Katze Purdy so produktiv enden könnte. Das war eine Lektion, die sie von Lapslie gelernt hatte: Gehirn abschalten, die

Dinge nicht analytisch durchdenken, sondern das Unterbewusstsein sonderbare Zufälle und scheinbar unzusammenhängende Ereignisse ausfindig machen lassen.
Ein Abend ganz für sich allein war so etwas wie Luxus. Dom war ausgegangen, um sich in irgendeinem Pub mit einem alten Freund zu treffen, und sie hatte keine Verabredung mit Peter; tatsächlich hatte sie ihn nicht mehr gesehen, seit sie aus Edinburgh zurückgekommen war.
Es war ein Bericht in den Sechs-Uhr-Nachrichten, der sich in ihre Gedanken drängte. Eine Frau war hier in der Nähe überfallen und sexuell missbraucht worden. Doch es war nicht die Frau, die Emmas Unterbewusstsein aufmerken ließ, sondern der dazugehörige Ehemann. Er war Lehrer. Emma war sich darüber im Klaren, dass es ein Schuss ins Blaue war, aber es lohnte sich doch, sich das Ganze genauer anzusehen. Was soll's, dazu würden sie morgen früh doch bloß eine Stunde oder so brauchen. Lapslie würde sie nichts davon erzählen: Es brachte doch nichts, ihm Gelegenheit zur Schadenfreude zu geben. Wenn sie aber andererseits recht hatte, dann wäre die Schadenfreude ganz auf ihrer Seite.
Ganz früh am nächsten Morgen rief sie DS Stuart Lewis an, den für den Fall zuständigen Polizeibeamten. Emma hatte schon früher mit Lewis zusammengearbeitet, und er war nicht nur ganz sicher ein guter Detective, sondern auch ein guter Freund. Sie musste herausfinden, was da passiert war und wo die Frau jetzt war.
Lewis war hilfsbereit. Sie erfuhr, dass die Frau namens Elizabeth Turner zwar angegriffen, jedoch nicht sexuell missbraucht worden war, obwohl sie nackt ausgezogen worden war. Gestohlen worden war auch nichts. Lewis konnte nur schlussfolgern, dass derjenige, der in dem Cottage gewesen war, irgendwie gestört worden war, ehe er sich an ihr hatte

vergehen oder das Haus hatte durchsuchen können. Der Angreifer war bereits im Haus gewesen, als sie hereinkam; sie hatte ihre Monatskarte vergessen und hatte zurückgehen und sie holen müssen. Das Merkwürdige war, dass es keinerlei Einbruchspuren gab. Entweder war die Tür offen gelassen worden, was die Frau bestritt, oder der Eindringling hatte einen Schlüssel gehabt oder das Schloss geknackt.

Je mehr Lewis erklärte, desto mehr hatte Bradbury das Gefühl, dass dies ihr Täter gewesen sein könnte.

Lewis schloss seine Schilderung mit der Information, dass die Frau mittlerweile im Royal Free Hospital läge, und gab ihr die Erlaubnis, sie zu besuchen.

Anderthalb Stunden später marschierte Bradbury einen Flur hinunter auf Station E 1 und ihre Begegnung mit Elizabeth Turner zu. Sie lag in einem kleinen Einzelzimmer, was in Anbetracht dessen, worüber Bradbury mit ihr sprechen wollte, günstig war. Bradbury klopfte leise an und trat ein. »Elizabeth Turner?«

Die Frau nickte müde. »Ja. Sie sind bestimmt Sergeant Bradbury?«

Bradbury nickte und registrierte unwillkürlich, was für eine attraktive Frau Elizabeth Turner war, selbst mit abrasiertem Haar, einem Kopfverband und zwei dick geschwollenen blauen Augen. Außerdem hatte sie ein sanftes, beinahe trauriges Lächeln.

»Ja, das stimmt. Ist Ihr Mann hier?«

»Er wollte sich eine Tasse Tee holen und sich ein bisschen ausruhen. Ich habe darauf bestanden. Er war die ganze Nacht hier, der Arme.«

»Ist es Ihnen recht, wenn wir reden, oder soll ich warten, bis er zurückkommt?«

Elizabeth Turner nickte. »Ist schon in Ordnung, lassen Sie uns jetzt reden. Später schlafe ich vielleicht ein – ich merke,

dass ich andauernd wegdämmere. Setzen Sie sich doch bitte. Ist nicht sehr bequem, aber etwas anderes gibt es nicht.« Damit zeigte sie auf einen kleinen blauen Stuhl mit ungepolsterter Sitzfläche neben ihrem Bett. Bradbury nahm Platz. »Sergeant Lewis hat gesagt, dass Sie kommen würden. Geht es um den Überfall?«
Sachte schüttelte Bradbury den Kopf. »Nicht direkt. Es könnte da eine Verbindung zu einem anderen Fall geben, an dem ich arbeite. Haben Sie den Angreifer gesehen? Und wenn auch nur ganz kurz?«
Die Frau schüttelte den Kopf und zuckte schmerzlich zusammen. »Nein, überhaupt nicht. Ich weiß noch, dass ich wieder ins Haus gegangen bin, und danach ist alles weg. Das Nächste, woran ich mich erinnere, ist, dass mich ein Polizist mit seinem Mantel zugedeckt hat.«
»Aber der Angreifer hat Sie nicht angerührt?«
»Abgesehen davon, dass er mir auf den Kopf geschlagen und mich ausgezogen hat«, gab Elizabeth Turner bitter zurück. »Nein, gar nicht. Oder jedenfalls hat man mir das so gesagt. Ich hätte ja nichts davon gemerkt. Sergeant Lewis denkt anscheinend, der Kerl ist gestört worden, aber ich weiß nicht recht, von wem. Es kommt doch nie jemand zu uns nach Hause, außer dem Briefträger, und der war schon da gewesen.«
»Es sei denn natürlich, es kommt jede Menge Besuch vorbei, wenn Sie gerade nicht da sind.«
Wieder lächelte die Frau dieses sanfte Lächeln. »Vielleicht. Wahrscheinlich kreuzen jeden Tag Tausende von Leuten auf, kurz bevor wir nach Hause kommen.«
»Und Sie haben überhaupt keine Ahnung, wer Sie überfallen haben könnte?«
Elizabeth Turner schüttelte den Kopf. »Nein, keinen blassen Schimmer.«

»Entschuldigen Sie die Frage, aber gibt's da irgendwelche Ex-Freunde oder -Geliebte, die vielleicht eifersüchtig sein könnten?«
Wieder schüttelte die Frau entschieden den Kopf. »Nein. So viele Freunde hatte ich vor Tony gar nicht, und die, die ich hatte, waren meistens eher so der stille, schüchterne Typ. Ich habe mir immer Mühe gegeben, Axtmördern aus dem Weg zu gehen.«
»Irgendwelche Verehrer, die Ihnen Blumen oder Briefe geschickt haben oder Ihnen nachgelaufen sind?«
»Nicht dass ich wüsste. Es gibt ja wohl immer Leute, die einem Jahre später gestehen, dass sie wahnsinnig in einen verknallt waren, und man hatte keine Ahnung.«
Bradbury nickte. Da hatte sie recht, und wenn man so aussah wie sie, könnten Tausende für so etwas infrage kommen. »Und bei der Arbeit? Hat irgendjemand versucht zu flirten?«
»Ich habe dieses Jahr nicht einmal eine Valentinskarte bekommen.«
»Das scheint jetzt vielleicht eine komische Frage zu sein, aber bitte denken Sie darüber nach, bevor Sie antworten. Sind jemals irgendwelche Kleidungsstücke Ihres Mannes mutwillig beschädigt oder zerschnitten worden, oder vielleicht auch nur gestohlen?«
Sie schüttelte den Kopf. »Nein, tut mir leid, und da ich die ganze Wäsche mache, würde ich mich an so etwas bestimmt erinnern.«
Bradbury war enttäuscht. Ein Glück, dass sie Lapslie vorher nichts von ihrem Schuss ins Blaue erzählt hatte. Sie erhob sich. »Nun ja, vielen Dank für das Gespräch. Vor allem, wo Sie nicht hundertprozentig fit sind.«
Elizabeth Turner lächelte. »Ist schon okay. Bestimmt konnte ich Ihnen überhaupt nicht weiterhelfen.«

Das stimmte, allerdings hatte Bradbury nicht vor, ihr das zu sagen. Ehe sie jedoch Gelegenheit hatte, etwas zu erwidern, ging die Tür auf und ein Strauß roter Rosen erschien, gefolgt von einem Mann, der Elizabeth Turners Ehemann sein musste. Er ging zu ihr, drückte ihr die Rosen in die Hände und küsste sie zärtlich auf die Stirn. »Die hab ich aus dem Laden in der Halle. Ich dachte, sie gefallen dir vielleicht. Du siehst besser aus, wie fühlst du dich?«

Seine Frau atmete tief durch, sog den Duft der Blumen ein. Sogar Bradbury konnte sie riechen, und sie stand mehrere Meter entfernt.

»Jetzt viel besser, wo du mir die hier geschenkt hast.« Sie bemerkte, dass ihr Mann Emma neugierig musterte. »Oh, entschuldige, das ist DS Bradbury, Tony. Sie hat mir noch ein paar Fragen gestellt.« Sie wandte sich an Bradbury. »Warum fragen Sie Tony nicht nach dem, was Sie von mir wissen wollten?«

Einen Moment lang sah Bradbury sie etwas verwirrt an. »Nach was?«

»Das mit den Kleidungsstücken.«

Tony Turner sah aus, als könne er der jähen sonderbaren Wendung des Gesprächs nicht ganz folgen. Bradbury bemühte sich, ihn aufzuklären. »Sind je irgendwelche Kleidungsstücke von Ihnen absichtlich beschädigt, zerschnitten oder vielleicht gestohlen worden?«

Er zuckte die Achseln. »Nein. War das die falsche Antwort?«

Bradbury lächelte. »Ja und nein. Macht nichts.« Sie sah Elizabeth an. »Also dann, gute Besserung, und lassen Sie sich nicht unterkriegen. Nicht vergessen, die gewinnen nur, wenn Sie es zulassen.«

Als sie sich zum Gehen wandte, rief ihr Tony Turner nach: »In der Schule ist mal mein Talar kaputt gemacht worden, aber das war schon vor ein paar Monaten. Zählt das?«

Bradbury drehte sich um. »Wie ist er denn kaputt gemacht worden?«
»Wahrscheinlich irgendwelche Gören.«
Bradbury nickte. »Kann sein. Was ist passiert?«
»Jemand hat ihn sich mit einem Messer oder einer Schere vorgenommen und ihn zerschnitten.«
»Hat der Betreffende ein Stück mitgenommen?«, erkundigte sie sich und spürte, wie ihr Puls zu rasen begann.
Turner machte ein verblüfftes Gesicht. »Nun ja, ja, das stimmt. Der halbe Rücken war weg. Woher wussten Sie das?«
»War nur ein Zufallstreffer.«
Bradbury spürte, wie eine Woge des Triumphs durch sie hindurchflutete. Sie hatte recht gehabt! Ihr Bauchgefühl hatte sich ausgezahlt!

Hin und wieder rutschte Lapslie in einen grauen Abgrund. Normalerweise hielten diese Verstimmungen nicht lange an – fünf oder sechs Stunden, oder höchstens einen Tag –, diesmal jedoch hatte es ihn zum denkbar schlechtesten Zeitpunkt erwischt: In diesem Stadium der Ermittlungen konnte er sich keinerlei mentale Beeinträchtigung leisten, nicht einmal ein paar Stunden lang, geschweige denn vielleicht einen ganzen Tag.
Wenn die graue Stimmung ihn überkam, kam jeder Geruch oder Geschmack, den das Thorazitol im Laufe der letzten Tage unterdrückt oder im Schach gehalten hatte, in einem Schwall zurück: ein Brötchen mit Schinken und Ei im Zug nach Edinburgh, die Menschen in der Nähe und die, die im Großraumabteil vorbeikamen, die letzten Besprechungen, Befragungen und forensischen Untersuchungen – Primeln, Asphalt, Essig, Schimmel, überlagert von Parfüm, Sauerrahm, verbranntes Karamell, Formaldehyd –, und er wurde von Ma-

genkrämpfen und Übelkeit geschüttelt, war kaum Herr seiner Sinne.

Dann ertappte er sich, dass er verzweifelt von Neuem nach dem Thorazitol griff, doch das Dilemma war jedes Mal dasselbe: eine Tablette linderte die Symptome einen halben Tag lang oder länger, und dann traten sie wieder auf, vielleicht noch stärker. Nahm er aber zwei oder mehr Tabletten, riskierte er, zu viel zu nehmen und unter Halluzinationen zu leiden, die ebenso beängstigend waren. Außerdem fühlte er sich mit zu vielen Tabletten auch immer ganz merkwürdig. Als sei er für die meisten Empfindungen wie taub, nicht nur für die Gerüche und Geschmacksempfindungen, die dank der Synästhesie seine Synapsen überfielen. Dann hatte er das Gefühl, kaum noch funktionieren zu können, und zwar auf allen Ebenen. Unter den meisten Umständen nicht gerade ideal, aber vor allem nicht mitten in einer Ermittlung.

Als also die graue Stimmung Lapslie überkam, nicht lange nachdem er zu seinem Haus in Saffron Walden zurückgekehrt war, um überfälligen Papierkram zu erledigen, betrachtete er das Fläschchen mit dem Thorazitol lange und eingehend, bevor er eine Tablette nahm. Und nach einer Stunde, gerade als er anfing, ans Abendessen zu denken – und sich fragte, ob er überhaupt etwas würde zu sich nehmen können –, spürte er, wie die Intensität der massenhaften Geschmacksempfindungen nachließ. Seine sämtlichen Sinne fühlten sich etwas gedämpft an, doch mit ein wenig Glück würde auch diese Wirkung im Laufe der nächsten Stunden nachlassen. Und durch diesen leichten Nebel hindurch hörte er überrascht, wie ein Auto vor seinem Haus hielt.

Er ging zur Haustür und öffnete sie. Bradbury stand auf der Schwelle, ein breites Grinsen im Gesicht.

»Sie sehen aus wie eine Katze, die Sahne geschleckt hat.«

Bradbury sah ihm ins Gesicht. »Und Sie sehen aus, als hätte es Ihnen die Petersilie verhagelt.«
»Tue ich doch immer. Mein Gesicht ist von Natur aus so.« Er war nicht geneigt, ihr näher zu erläutern, dass er gerade seine Thorazitoldosis aufgefrischt hatte. »Kommen Sie rein.«
Lapslie führte Bradbury ins Wohnzimmer und nahm ihr gegenüber Platz. »Also, was gibt's denn?«
Bradbury rutschte ganz nach vorn an die Kante ihres Sessels. »Ich habe das nächste Opfer gefunden, den Lehrer.«
»Lebendig oder tot?«, erkundigte sich Lapslie ungläubig.
»Lebendig.«
»Wie haben Sie denn das geschafft?«
»Durch einen Bericht in den Lokalnachrichten über eine Frau, die in ihrem eigenen Haus überfallen worden ist. Es hieß, sie sei die Frau eines Lehrers hier aus der Gegend. Irgendwie ist das in meinem Kopf hängen geblieben, also habe ich Stuart Lewis angerufen …«
»Arbeitet der immer noch?«
»Er geht nächstes Jahr in Pension. Jedenfalls, ich habe ihn nach dieser Geschichte gefragt, und er hat gemeint, das Ganze wäre ein bisschen komisch. Die Frau ist niedergeschlagen und nackt ausgezogen worden, aber sie wurde nicht vergewaltigt. Aus dem Haus wurde nichts gestohlen, und es gab keinerlei Anzeichen für einen Einbruch. Er dachte, der Mann ist vielleicht gestört worden und abgehauen. Ich war mir da nicht so sicher.«
Lapslie bemühte sich mit aller Kraft, die letzten Reste des Thorazitolnebels abzuschütteln, sich zu konzentrieren. »Und warum nicht?«
»Na ja, Lewis hat gesagt, es gäbe keine Einbruchspuren, also würde ich sagen, er hat die Schlösser geknackt. Die Türen waren alle doppelt gesichert, mit modernsten Sicherheitsschlös-

sern und einem komplizierten Riegelschloss. Ein Durchschnittseinbrecher kommt da nicht dran vorbei, aber unser Freund schon.«
Lapslie nickte. »Sehr gut gedacht, aber mir ist noch immer nicht klar, wie Sie die Verbindung zu unserem Fall hergestellt haben.«
»Ich habe mit der jungen Frau gesprochen, die überfallen worden ist. Sie war keine große Hilfe und konnte sich nicht an allzu viel erinnern. Dann ist ihr Mann aufgetaucht …«
»Der Lehrer?«
»Ja, und der hat mir erzählt, dass ein Talar von ihm in der Schule mutwillig beschädigt und ein großes Stück rausgeschnitten worden ist.«
»Hat er den Talar noch?« Lapslie spürte, wie sein Herz hämmerte.
Bradbury schüttelte den Kopf. »Nein, er hat ihn weggeworfen. Na ja, das macht man dann eben, nicht wahr?«
»Wahrscheinlich – aber schade. Also, wo ist er jetzt?«
»Ich habe zwei von den DCs losgeschickt, damit sie ein Auge auf ihn haben, bis Sie entscheiden, was Sie unternehmen wollen.«
Endlich drang etwas Klarheit durch. »Die Antwort lautet: Gar nichts.« Bradbury machte ein verdutztes Gesicht. »Jedenfalls jetzt noch nicht. Ich möchte, dass der Mann sehr genau beobachtet wird. Ich will nicht, dass er unnötiger Gefahr ausgesetzt wird – aber er könnte vielleicht genau das sein, was wir brauchen.«
»Sie wollen ihn als eine Art Lockvogel benutzen?«
Lapslie nickte. »Ja. Das könnte unseren Täter aus der Deckung locken, vor allem, wenn er nicht weiß, dass wir ihm auf die Spur gekommen sind.«
»Vergessen wir nicht, dass es da auch eine Puppe von Ihnen gibt.«

»Der Mörder weiß ja auch, dass ich das weiß und dass ich vorbereitet sein werde. Oder vielleicht versucht er auch, uns nervös zu machen, mich dazu zu bringen, dass ich mehr an meine eigene Sicherheit denke als an den Fall. Dass er ein schlaues Kerlchen ist, wissen wir ja.«

»Wenn er so schlau ist, wäre es dann nicht besser, Turner eine Zeit lang in Schutzhaft zu nehmen?« Bradbury zuckte die Schultern. »Oder ihn wenigstens von unseren Plänen in Kenntnis zu setzen, uns sein Einverständnis zu holen?«

»Unter normalen Umständen ja. Aber in diesem Fall würde ihn das nur wachsam machen, er würde sich unnatürlich verhalten. Sein Leben wäre in noch größerer Gefahr.«

»Aber vielleicht erschießt der Täter Turner ja von Weitem, so wie Leslie Petersen, und wie sollen wir das verhindern?«

»Wir werden ihn sehr genau im Auge behalten, keine Sorge. Ich werde sogar Rouse überreden, dass er eine Rund-um-die-Uhr-Beobachtung durch eine bewaffnete Einheit genehmigt.«

»Das wäre wohl irgendwie schon beruhigend.«

»Wenn wir es nicht tun, kriegt der Mörder Turner irgendwann sowieso. Wir können ihn ja nicht für alle Zeit in Schutzhaft behalten oder ihm auf Dauer einen bewaffneten Personenschutz anbieten. Mit einem konzentrierten Kurzzeitplan geht das.«

Lapslie sah Bradbury an, dass sie noch immer heftige Zweifel hegte, und einen Moment lang fragte er sich, ob die höhere Thorazitoldosis vielleicht sein rationales Denken beeinträchtigte: Tat er das Richtige, oder riskierte er in seinem verzweifelten Bemühen, den Mörder zu fassen, das Leben eines Unschuldigen?

Wie zum Teufel sie ihm so schnell auf die Spur gekommen waren, wusste er nicht. Vielleicht hätte er die Frau des Lehrers doch vergewaltigen sollen, um einen Grund dafür zu liefern, dass er im Haus gewesen war. Oder er hätte vielleicht ein paar wertvolle Habseligkeiten stehlen sollen. Die Polizei hatte keine DNS-Probe von ihm und würde höchstwahrscheinlich auch keine bekommen, es wäre also relativ ungefährlich gewesen. Das Diebesgut hätte er in den nächsten Fluss schmeißen können. Und was irgendwelche Fasern anging, nun, er hätte ja seine Kleider verbrennen können, sobald er nach Hause gekommen wäre. Keinen Plan zu haben war gut und schön, bis das Unerwartete geschah, und dann gingen selbst die besten Pläne den Bach runter.

Er wurde zu alt für so etwas. Wäre nicht der ständige Druck des Wissens gewesen, dass Gott wollte, dass er seine Mission zu Ende führte, hätte er schon vor Jahren aufgegeben. Auf jeden Schritt vorwärts schien ein Schritt zurück zu folgen. Er konnte es nicht fassen, als er Parkin und Pearce »diskret« vor der Schule parken sah. Gut, dass er sie bemerkt hatte, bevor sie ihn gesehen hatten. Er wusste ja, dass Lapslie gut war, aber er hatte gehofft, sein neurologisches Leiden würde den Mann ausbremsen, ihn unachtsam werden lassen. Das war offensichtlich nicht der Fall. Lapslie war dahintergekommen, was er mit dem Major gemacht hatte, und jetzt hatte der DCI den Lehrer gefunden, ehe er eine Chance gehabt hatte, ihn zu töten. Nicht einmal der Anblick seiner eigenen Puppe hatte ihn aus dem Konzept gebracht. Vielleicht hätte er Lapslie zuerst töten sollen, oder auf jeden Fall früher, dann wäre sein Leben sehr viel leichter gewesen. Doch den Tod eines der ihren untersuchte die Polizei stets sehr viel akribischer als den eines einfachen Bürgers. Sie hätten niemals aufgegeben, und selbst wenn er einen Unfall vorgetäuscht hätte, diese erhöhte Wachsamkeit hätte seinen Modus operandi *offenbaren können.*

Wie auch immer, dachte er, es war, wie es war, und er musste mit der Situation fertig werden, wie sie eben war. Zunächst hatte Lapslie offenbar beschlossen, den Lehrer nicht zu verstecken, um ihn hervorzulocken. Also, das würde nicht geschehen. Er könnte versuchen, den Mann aus der Ferne zu töten, doch er nahm an, dass Lapslie eine bewaffnete Einheit in Bereitschaft halten würde, und diesmal würde er vielleicht nicht davonkommen. Schon gar nicht, wenn die Polizei Verstärkung bereithielt. Nein, er würde sehr viel klüger sein müssen. Er hatte schon einen Plan, und wenn der funktionierte, würden sowohl Lapslie als auch der Lehrer zu ihm kommen, und dann würde es vollendet werden. Endlich vollendet.

TEIL 8

8. August 2013

Dr. Robert Cann überlegte, ob er mit einundvierzig nicht doch vielleicht ein bisschen zu alt für schwere Klettertouren wie diese hier wurde.

Andererseits war es immer schon sein Traum gewesen, die Naples Needle zu erklettern. Schließlich war sie die Wiege des Felskletterns gewesen, und jeder Kletterer, der etwas auf sich hielt, sollte sich an ihr versuchen, ehe er sich zur Ruhe setzte, um über Gipfel zu schwadronieren, die er bezwungen oder – noch wichtiger – nicht bezwungen hatte. Wie Angler, die sich ständig über die »Riesenbrocken« ausließen, die ihnen entwischt waren.

Dies hier musste seine letzte Tour sein. Er tauchte die Finger in den Kreidebeutel, packte den Rand des überhängenden Felsens und zog sich hoch. Dabei konnte er fühlen, wie sein ganzer Körper vor Anstrengung vibrierte, während er mit den Füßen nach einem Tritt suchte. Diese Klettertour würde er den Rest seines Lebens im Gedächtnis behalten, nicht nur, weil er sie schon so lange hatte machen wollen, sondern weil er wusste, dass sein Körper ihn noch wochen-, wenn nicht gar monatelang daran erinnern würde, auf subtile und nicht ganz so subtile Weise.

Er schaute nach oben, zum Gipfel hinauf. Noch hatte er ein gutes Stück vor sich, doch in ungefähr einer Stunde sollte er dort sein. Dann konnte er dort oben sitzen und Herr über alles sein, was sein Blick erfasste.

Er blickte nach hinten, über die Seen hinweg. Wenn er nicht mehr kletterte, würde er sich eine Beschäftigung suchen müssen, das wusste er. Wandern wäre wahrscheinlich das Richtige. Rund um die Seen gab es wundervolle Wanderwege, sowohl lange als auch kurze. Er würde mal ein paar von denen ausprobieren. Einundvierzig war ja nun auch wieder nicht so alt, das war ihm klar, heutzutage nicht, doch er wusste, dass er sich fit halten musste. Nicht dass er Angst vorm Sterben hatte, aber er hatte drei Kinder, und er wollte nicht, dass sie denselben Schmerz durchleiden müssten, den er empfunden hatte, als sein eigener Vater zu früh gestorben war. Letzten Endes musste jeder das durchmachen, aber er würde versuchen, diesen Tag so weit wie möglich hinauszuschieben. Je älter man wurde, desto weniger schien es wehzutun.

Er überprüfte seinen Klettergurt und machte sich an das letzte Stück der Tour. Noch ein paar lange Züge, und er würde dort sein. Er hatte eine Kamera dabei und ein kleines zusammenklappbares Stativ, um diesen außergewöhnlichen Moment für die Ewigkeit festzuhalten. Sein Vater hatte ihn mit zehn nach seiner allerersten Klettertour fotografiert; jetzt würde er seine letzte festhalten. Die beiden Fotos würde er einrahmen und nebeneinanderhängen.

Er fand einen guten Tritt und stieß sich kräftig ab. Da ertönte ein merkwürdiges Geräusch, als schlüge jemand mit einem Hammer gegen den Fels. Plötzlich erschlaffte das Seil. Wild griff er an der Felswand herum, suchte nach etwas, woran er sich festhalten könnte, doch es gab nichts, und er kippte jäh nach hinten. Unwillkürlich schrie er auf und fuchtelte mit den Armen, als könne er sich irgendwie bremsen. Der Gipfel der Needle schien plötzlich sehr weit weg zu sein und entfernte sich mit jedem Augenblick weiter und weiter. Er dachte nicht nach, und sein Leben zog auch nicht vor seinen Augen vorbei. Das Grauen dieser Situation löschte alles aus seinem Gehirn, außer dem nackten Entsetzen zu wissen, dass er in ein paar Sekunden tot sein würde.

Als er auf einem karstigen Hang aufschlug, wurde sein Schädel zerschmettert und über die Hälfte der Knochen in seinem Körper brachen. Er war sofort tot: ein rotes Aufblitzen, und dann nichts mehr. Für immer nichts.

Lapslie wusste, dass sein nächster Besuch seiner alten Freundin Jane Catherall gelten musste.

Er fuhr auf den Parkplatz der Leichenhalle und ging geradewegs zu ihrem Büro. Sie rechnete mit ihm, doch er klopfte trotzdem an. Ihre vertraute Stimme antwortete. »Kommen Sie rein, Mark.«

Er öffnete die Tür. Catherall saß an ihrem Schreibtisch und schrieb etwas. Mit der Hand diesmal, und natürlich mit einem Füllfederhalter. Wortlos deutete sie damit auf den Stuhl auf der anderen Seite ihres Schreibtischs. Wie ein gut abgerichteter Hund nahm Lapslie Platz.

Kurz darauf blickte sie auf. »Dann hat sich die Unfall-/Mord-Theorie also als wahr erwiesen, wie?«

Lapslie nickte. »Ja. Deswegen bin ich hier.«

»Ich verstehe. Also, wie kann ich Ihnen helfen?«

»Es gibt da noch einige unvollständige Verbindungen«, erklärte er, »aber wir sind uns sicher, dass eine ganze Reihe Morde begangen und als Unfälle getarnt worden sind. Wir haben elf Puppen, die schon in ihren Särgen liegen, und zwei, die noch davorstehen. Eine davon ist ein Lehrer, den wir identifiziert zu haben glauben, und zwar noch lebendig, und die andere, na ja, die andere bin ich.«

Dr. Catherall starrte Lapslie mit großen Augen an. »*Sie* sind die dreizehnte Puppe? *Sie* sollen in dem dreizehnten Sarg enden?«

Er nickte. »Die Puppe hat meine Dienstnummer auf dem Kragen, und ihre Kleider sind aus Stücken meiner Uniform gemacht worden. Da ist kein Irrtum möglich, aber ich habe Bradbury gesagt, sie soll das für sich behalten. Hat ja keinen Sinn, Verwirrung zu stiften, indem ich es jedem erzähle. Wir müssen einen Mörder fassen und einen Lehrer retten.« Er hielt kurz inne und sammelte seine Gedanken. »Außerdem wissen wir, dass drei der Personen, die die Puppen repräsentieren, definitiv ermordet worden sind. Jetzt besteht unsere Aufgabe darin, herauszufinden, wer die restlichen Opfer waren.«

Lapslie reichte Catherall einen dicken DIN-A4-Umschlag. »Dadrin sind Fotos von den Puppen, die wir haben. Anscheinend stellt jede einen Beruf oder das Hobby des Opfers dar, das es zum Zeitpunkt seines Todes ausgeübt hat …«

»Und Sie wollen, dass ich die Akten der letzten so und so vielen Jahre durchgehe und nachschaue, ob irgendjemand mit diesen Berufen unerwartet oder infolge eines Unfalls verstorben ist. Stimmt's?«

Lapslie nickte. »Ja. Und noch etwas.«

Neugierig sah sie ihn an. »Wenn wir eins oder mehrere der Opfer finden, dann hätte ich es gern, dass Sie dafür sorgen, dass der oder die Betreffende exhumiert wird und dass Sie die Leiche noch einmal obduzieren.«

Sie nickte. »Damit habe ich kein Problem. Vergessen Sie nicht, vor mir war der alte Professor Gilbert hier. Kann gut sein, dass er damals die Obduktionen durchgeführt hat, und der war niemand, der Fehler gemacht hat.«

Lapslie schüttelte den Kopf. »Gegen Ende seiner Laufbahn schon. Wir haben sie nur vertuscht.«

Catherall machte ein verblüfftes Gesicht. »Würden Sie das auch für mich tun?«

Lapslie lächelte breit. »Hoffen wir, dass das nicht nötig sein wird.«

Catherall warf den Umschlag, den Lapslie ihr gegeben hatte, auf ihren Schreibtisch und sah ihn an: »Na schön, ich überprüfe das so schnell ich kann. Wahrscheinlich bis Ende der Woche.«
»Danke, das ist nett von Ihnen.«
»Ich tue das nicht für Sie; ich will auch, dass dieser abartige Wahnsinnige gefasst wird.«

Bradbury arbeitete im Büro, als DC Parkin und DC Pearce hereinkamen. Beide sahen sehr zufrieden aus.
»Sie sind ja früh wieder zurück. Ich dachte, Sie sind inzwischen schon auf dem Golfplatz.«
»Wir haben rausgefunden, wer der Feuerwehrmann ist.«
Bradbury stand auf: »Na, dann geben Sie mir mal einen Namen.«
»Ein Typ namens Richard Dale, ist 2008 umgekommen«, sagte Pearce.
»Am 8. August 2008, um genau zu sein«, fügte Parkin hinzu.
Bradbury trat zu ihnen. »Und wie ist er umgekommen?«
»Ist von seiner Leiter ins Feuer gefallen.«
»Dann könnte es also ein Unfall gewesen sein?«
Parkin schüttelte den Kopf. »Nein. Auf der Leiter war er der Beste, den sie hatten, es gab keinen Grund, warum er hätte fallen sollen.«
Pearce fuhr fort: »Die Leiche ist obduziert worden; er ist an Rauchvergiftung gestorben, aber damit hatte es sich dann auch. Ansonsten war er topfit. Keinerlei gesundheitliche Probleme. Das Herz war völlig in Ordnung, und der Rest von ihm auch.«
Die andere Hälfte des Duos meldete sich zu Wort: »Es gab also keinen Grund, warum er hätte abstürzen sollen.«
Bradburys Interesse wuchs. »Und wieso ist er dann runtergefallen?«

Pearce hielt einen DIN-A4-Umschlag hoch. »Ist alles hier drin: der Obduktionsbericht. Sie haben eine Beul… eine Eindellung oben seitlich am Schädel gefunden. Damals haben sie's für eine Folge des Sturzes gehalten.«
Bradbury nickte. »Klingt doch vernünftig.«
Parkin schüttelte den Kopf. »Na ja, vielleicht bei dem, was die damals wussten. Sie wären nie auf die Idee gekommen, dass er mit einem Schlag von seiner Leiter runtergeholt worden ist. Jetzt, wo wir denken, dass er ermordet worden ist, bekommt das eine ganz neue Bedeutung. Wir glauben, er hat mit irgendetwas eins auf den Schädel bekommen, und deswegen ist er runtergefallen.«
Bradbury nahm Pearce den Umschlag ab. »Das ist ein bisschen dürftig, und damit meine ich nicht den Obduktionsbericht.«
Pearce lächelte selbstbewusst, als wüsste er etwas, das Bradbury nicht wusste. »Könnte schon sein, wenn wir nicht zuerst zu seiner Feuerwache gefahren wären und rausgefunden hätten, dass seine Uniform zerschnitten worden ist, ungefähr einen Monat, bevor er umgekommen ist. Ein großes Stück ist rausgeschnitten worden.«
»Wer hat Ihnen das erzählt?«
»Der Brandmeister.« Pearce schielte auf sein Notizbuch hinunter. »Ein Peter Brooking. Er hat sich daran erinnert, weil Dale völlig ausgeflippt ist. Hat jeden in der Wache beschuldigt, es auf ihn abgesehen zu haben. So ist das wohl in einer Feuerwache, die spielen einander anscheinend ständig irgendwelche Streiche. Dale war der erste Feuerwehrmann aus ihrer Wache, der ums Leben gekommen ist, und der zweite in dem Zeitraum, den wir überprüfen sollten, daher konnte sich Brooking so gut an ihn erinnern.«
Parkin fiel von Neuem ein. »Der andere ist bei einem Verkehrsunfall draufgegangen, auf dem Weg zu einem Brand.

Den haben wir schon als möglichen Kandidaten ausgeschlossen.«
»Der Unfall ist damals sehr genau untersucht worden. Zu hohe Geschwindigkeit. Der Fahrer hat in einer Kurve die Kontrolle verloren und ist gegen einen Baum geknallt.«
Bradbury war beeindruckt, doch ein paar Hürden waren noch zu nehmen. »Wir werden eine zweite Obduktion vornehmen müssen. Das heißt Exhumieren. Die Angehörigen werden nicht gerade erbaut sein.«
Pearce zuckte die Achseln. »Die werden ziemlich erbaut sein, wenn wir die wahre Todesursache finden und den Dreckskerl drankriegen, der's war.«
Bradbury nickte energisch.
»Mir soll's recht sein«, bemerkte Parkin. »Solange ich nicht selber graben muss.«

Lapslies Verstand und sein Körper schrien nach mehr Zeit auf dem Boot, um allem zu entkommen. Ausgelöst hatte das ein Anruf von George vor einer Stunde, um ihm zu melden, dass alle Reparaturen erledigt waren – »alles wieder klar Schiff«.
Es würde ihm guttun, all den Ablenkungen und all dem Lärm zu entfliehen und einfach nur eine Weile nachzudenken. Die Fakten in seinem Gehirn rumoren und durcheinanderwirbeln zu lassen, bis ein Muster sichtbar wurde. Doch das Problem war, dass selbst ein kurzer Törn einen halben Tag kosten würde, und in diesem Stadium der Ermittlungen hatte er einfach nicht die Zeit dazu. Also hatte er lediglich zugesagt, sich morgen ganz früh mit George im Jachthafen zu treffen für eine kurze Begutachtung.
Im Geist ging er den gegenwärtigen Stand der Ermittlungen durch. Sie hatten dreizehn Puppen, einschließlich der, die ihn darstellte, doch er war keine der ursprünglichen Puppen gewe-

sen, und er war sich noch immer nicht sicher, ob das nicht einfach nur eine List des Täters war, um sie auf die falsche Fährte zu locken. Aber was war, wenn es nun keine List war; was war, wenn er *doch* auf irgendeine bizarre Weise mit den anderen zwölf Puppen in Verbindung stand? Vielleicht war er ja blind dafür gewesen, hatte sich zu schnell eingeredet, dass er nur ein Zusatz war und kein aktiver Bestandteil dieses Falls.

Inzwischen kannte er die Identität von fünf der zwölf ursprünglichen Puppen: die der Krankenschwester, des Feuerwehrmannes, des Majors, der armen Braut und des Lehrers. Der Lehrer war natürlich der Einzige, der noch am Leben war. Das hier waren keine beliebigen Morde, das sagte Lapslie sein Instinkt. Die Taten waren geplant. Der Mörder hatte sich Jahre dafür genommen; hatte seine Opfer eins nach dem anderen umgebracht, die Wahrheit sorgsam verschleiert und nie zweimal auf dieselbe Art und Weise getötet, weil er wusste, dass Muster der Polizei auffielen. Einen großen Fehler jedoch hatte er gemacht: die Puppen. Aus irgendwelchen Gründen hatte er die Erinnerung an seine Verbrechen bewahren oder sie zelebrieren müssen. Oder vielleicht hatte er auch einfach nur Buch geführt. Mit ein wenig Glück würden sein verschrobener Sinn für Dramatik und seine Arroganz Lapslie das Bindeglied aufzeigen, das zu seiner Verhaftung führen würde.

Die Personen – die Opfer – mussten irgendwie in Verbindung zueinander stehen. Es musste einen gemeinsamen Faktor geben, der sie alle betraf. Wenn er den fand, dann hatte er seinen Täter, da war er sich sicher.

Lapslie hatte mit Bradbury vereinbart, sich vor Richard Dales Haus zu treffen. Er musste diese Morde miteinander verknüpfen. Er musste diesen Mann besser kennen, als seine Frau es getan hatte. Er musste alles wissen. Den Namen seiner Schule oder seiner Universität. Sport und Freizeitbeschäftigungen. Irgendwelche möglichen Feinde. Und nicht nur alles über ihn, sondern auch über seine Frau und seine Angehörigen für den Fall, dass es sich um einen Stellvertretermord handelte. Mit solchen Verbrechen hatte er schon ein paar Mal zu tun gehabt; so etwas kam häufiger vor als im Allgemeinen angenommen. Oft versuchten Menschen, andere zu verletzen, indem sie Personen, die der oder die andere liebte, etwas antaten oder sie töteten. Wahrscheinlich, weil der Schmerz dann lange anhielt, dachte Lapslie, und weil auch Schuldgefühle dazukamen. Meistens passierte das im häuslichen Umfeld: ein Elternteil brachte die Kinder um, um dem anderen zu schaden. Lapslie hatte schon früh gelernt, dass Leidenschaft und Emotionen die Hauptgründe für Mord waren und wahrscheinlich immer sein würden.

Bradbury war schon da, als er ankam.

»Morgen, Emma. Irgendwelche neuen Updates?«

Sie schüttelte den Kopf. »Nicht mehr, seit ich Sie gestern angerufen habe, um Ihnen das von diesem Kerl hier zu erzählen.«

»Dann gehen wir mal rein und schauen, was wir herausfinden können.«

»Wonach suchen wir?«

»Nach Verbindungen. Nach allem, was ihren Mann mit irgendeiner der anderen Personen in Verbindung bringt, von denen wir jetzt wissen, dass sie ermordet worden sind. Irgendwas, egal, für wie winzig, unbedeutend oder sogar blöd Sie es halten. Alles klar?«

Bradbury nickte. »Alles klar.«

Zusammen gingen sie den Pfad hinunter auf die kleine, gepflegte Doppelhaushälfte zu. Ehe sie anklopfen konnten, öffnete eine kleine, hübsche Frau die Tür.

»Hallo. Sergeant Bradbury?«

»Ja. Entschuldigen Sie, ich bin ein bisschen spät dran, Mrs Dale.« Sie drehte sich halb zu Lapslie um. »Darf ich Ihnen meinen Vorgesetzten vorstellen, Detective Chief Inspector Lapslie?«

Lapslie gab Mrs Kate Dale die Hand. Sie war schüchtern und liebenswürdig, und trotz allem, was sie durchgemacht hatte, waren ihre Augen noch immer voller Leben.

Sie trat zur Seite. »Kommen Sie herein, bitte kommen Sie doch herein.«

Lapslie und Bradbury gingen an Kate Dale vorbei ins Wohnzimmer. Der Raum war genauso wie das ganze Haus: ordentlich und sauber. Es roch nach Blumen, so sehr, dass Lapslie den Geruch auf der Zunge schmeckte. Er war sich nicht sicher, ob Kate Dales Stimme oder ein zu hoch eingestellter Lufterfrischer die Ursache war.

Sie setzten sich aufs Sofa und warteten darauf, dass ihre Gastgeberin sich zu ihnen gesellte. Nach ein paar Minuten rief Lapslie: »Mrs Dale, alles okay?«

Gerade als er aufstehen wollte, kam sie endlich herein, ein Tablett mit Tee und Keksen in den Händen. Sie stellte es vor die beiden Detectives auf den kleinen Couchtisch. »Entschuldigung, ich dachte, Sie möchten vielleicht Tee. Ich hätte jedenfalls gern welchen.«

Sie schenkte drei Tassen Tee ein und reichte ihnen zwei. Lapslie sah, dass die Tassen aus feinem Porzellan waren. Er lächelte; Kate Dale erinnerte ihn an seine Tante, die er damals mit seinen Eltern sonntags immer zum Tee besucht hatte. Sie hatten im Esszimmer gesessen, das nie benutzt worden war, außer wenn Gäste kamen, und hatten aus Porzellantassen getrunken und von Porzellantellern gegessen. Auch die Tassen und Teller wurden nur für Besucher hervorgeholt. Das hatte alles etwas mit Respekt zu tun und mit dem gesellschaftlichen

Stand. Die Form wurde gewahrt, komme, was da wolle. Schließlich konnte ja jeden Moment der Vikar auf eine Tasse Tee vorbeischauen. Urplötzlich tauchte ein Bild aus seinem Gedächtnis auf, seine Großmutter, die die Schwelle der Haustür putzte. Das hatte sie jeden Samstagmorgen getan. Er erinnerte sich daran, wie ihr fülliges Hinterteil beim Polieren von einer Seite zur anderen geschaukelt hatte.

Er zwang sich, in die Gegenwart zurückzukehren. »Mrs Dale …«

»Kate«, fiel sie ihm ins Wort.

»Kate. Ich muss alles über Ihren verstorbenen Mann wissen, woran Sie sich erinnern können. Es ist sehr wichtig.«

Sie stellte ihre Tasse wieder auf die Untertasse und schaute Lapslie entwaffnend in die Augen. »Mr Lapslie, haben Sie mir etwas zu sagen? Wenn ja, dann erweisen Sie mir doch bitte den Respekt, es auch zu tun.«

Lapslie war klar, dass sie recht hatte. Es brachte nichts, Spielchen mit ihr zu spielen; er konnte ihr ebenso gut die nackte Wahrheit sagen und hoffen, dass aus dem Schock eher etwas Positives resultierte als etwas Negatives. »Wir glauben, dass Ihr Mann ermordet worden ist«, verkündete er schlicht.

Schockiert über seine Direktheit, starrte Bradbury erst Lapslie und dann Kate Dale an; sie wollte sehen, welche Wirkung seine Worte auf sie gehabt hatten. Sie war völlig ungerührt.

»Das dachte ich mir«, sagte sie leise.

Lapslies Interesse war geweckt. »Warum?«

»Aus zweierlei Gründen …«

»Und die wären?«

»Der erste ist ganz praktisch: Niemand war besser auf der Leiter als Richard. Er wäre nie von der Leiter gefallen – niemals. Zweitens, und ich weiß, dass Sie mich jetzt auslachen werden, aber ich hatte einfach das Gefühl, dass da etwas nicht gestimmt hat.«

»Ich würde Sie niemals auslachen, Kate. Ich glaube sehr an Gefühle, oder zumindest an Dinge, die nicht katalogisiert oder analysiert werden können, aber Fragen muss ich Ihnen trotzdem stellen.«
Sie sah ihn kurz an, dann erhob sie sich. »Ich glaube, das kann ich Ihnen vielleicht ersparen.«
Sie ging zu einer Anrichte hinüber und zog eine Schublade auf. Bradbury und Lapslie wechselten einen Blick. Kate Dale zog einen blauen Hefter aus der Schublade und reichte ihn Lapslie. »Dadrin werden Sie finden, wonach Sie suchen.«
Neugierig, aber skeptisch schlug Lapslie den Hefter auf. Eine kühne Behauptung und etwas sonderbar, aber die Frau sagte das so ruhig und sachlich.
Der Hefter enthielt Zeitungsausschnitte über den Tod und die Beerdigung ihres Ehemannes, des Feuerwehrmannes Richard Dale. Nachdem er sie flüchtig durchgeblättert hatte, blickte Lapslie verdutzt zu Kate Dale auf. »Und wo soll hier der Name des Täters stehen?«
Sie schüttelte den Kopf. »Ich weiß es nicht. Sie werden ihn finden müssen, aber er steht dadrin.«
Lapslie war verwirrt. »Aber woher wissen Sie das?«
»Sie haben doch gesagt, Sie glauben an Gefühle, Chief Inspector?«
Er nickte. »Ja. Ja, das tue ich.«
»Dann verlassen Sie sich darauf. Ich habe das Gefühl, dass das, wonach Sie suchen, da drinsteht.«

Er hatte eine ziemlich klare Vorstellung davon, was Lapslie vorhatte, doch er musste sich ganz sicher sein. Oft irrte er sich nicht, doch es war schon vorgekommen, mit fast katastrophalen Folgen.
Nachdem er im Internet die Routen und Verkehrsverbindun-

gen recherchiert hatte, stellte er seinen Wagen auf dem Parkplatz ab, der dem Bahnhof am zweitnächsten war, nahm den Bus, bis er ungefähr anderthalb Kilometer vom Cottage des Lehrers entfernt war, und ging dann den Rest des Weges zu Fuß. Außerdem hatte er sich verkleidet. Nicht sehr, gerade genug, um seine Identität ein wenig zu verwischen.

Als er in die Straße einbog, sah er, dass er recht gehabt hatte. Der dunkle Lieferwagen, der auf halber Höhe am Straßenrand stand, war gewollt anonym, doch er parkte unter einer Werbetafel, und das bildhübsche Model, dessen Foto darauf prangte, zeigte nach unten, genau auf den Wagen. Jeder andere hätte gedacht, sie deute auf den Werbeschriftzug, doch er wusste, dass es nicht so war. Sie kommunizierte mit ihm, und nur mit ihm.

Ein Stück weiter die Straße hinunter errichteten drei Männer gerade langsam und gewissenhaft eine Plastikbarriere um einen Breitbandkabelkasten. Jetzt, da er gewarnt war, konnte er sehen, dass es eindeutig Zivilpolizisten waren.

Die Sicherheitsvorkehrungen für Turner beeindruckten ihn. Jetzt würde es schwerer werden, an ihn heranzukommen. Schwerer, aber trotzdem notwendig. Die Zeit verstrich. Lapslie würde bereits versuchen, die Verbindungen zwischen den Opfern herzustellen, und sobald ihm das gelang, war alles vorbei. Er würde schnell und entschlossen handeln müssen, ehe es zu spät war.

Er ging weiter die Straße entlang und an Turners Haus vorbei. In seinen einen Schuh hatte er einen Stein gesteckt, um seinen Gang zu verändern. Als er ganz dicht an dem Cottage entlanghumpelte, sah er ein Auto näher kommen, und sein Herz begann zu rasen, als er Lapslie auf dem Beifahrersitz erkannte, und Bradbury hinter dem Lenkrad. Lapslie sah ihm direkt ins Gesicht, erkannte ihn jedoch nicht. Als der Wagen

vorbeifuhr, warf er einen schnellen Blick auf das Nummernschild. Die letzten drei Buchstaben lauteten HDF. Irgendetwas sagte ihm, dass dies kein Zufall war. Dort war eine Botschaft versteckt. Die Buchstaben bedeuteten *etwas.*
HDF.
Natürlich. HDF. Hol Die Frau.
Jetzt wusste er, wie er sowohl an Turner als auch an Lapslie herankommen, diese Mission vollenden und trotzdem davonkommen würde. Er brauchte nur die Frau des Lehrers aus dem Krankenhaus zu entführen. Dann würden beide zu ihm kommen.
Beschwingt ging er weiter. Wer hätte gedacht, dass ihm ausgerechnet Lapslie zu derartiger Inspiration verhelfen würde?

Lapslie musste das Team überprüfen, das Tony Turner beschützte, musste sich vergewissern, dass alles in Ordnung war. Er hatte nicht nur veranlasst, dass der Lehrer rund um die Uhr überwacht wurde, er hatte auch dafür gesorgt, dass ständig jemand auf der Station Wache hielt, wo Elizabeth Turner lag. Weitere Beamte, darunter auch Scharfschützen, waren an verschiedenen Stellen postiert und hielten Ausschau nach einem Heckenschützen für den eher unwahrscheinlichen Fall, dass der Täter beschloss, sich noch einmal dieser Methode zu bedienen. Mike Stowell hatte er als möglichen Schützen so gut wie ausgeschlossen; er war jetzt überzeugt, dass der Mann lediglich als Sündenbock hatte dienen sollen, doch zur Sicherheit blieben Barrett und Kempsey an ihm dran.
Bradbury parkte hinter dem Überwachungslieferwagen, und Lapslie stieg rasch in das andere Fahrzeug um, während Bradbury blieb, wo sie war.
Das Innere des Lieferwagens sah aus wie ein NASA-Kontrollzentrum. Bemannt war er von einem Team aus drei her-

vorragend ausgebildeten Polizisten, das in einem Drei-Schichten-System wechselte. Alle drei sahen aus, als wären sie derselben Gussform entsprungen.

»Alles okay, Leute?«

Wie ein Mann drehten sie sich um. »Alles bestens, Boss.«

»War irgendetwas?«

Kollektives Kopfschütteln. Lapslie konnte sich des Gedankens nicht erwehren, dass sie ein großartiges Bühnentrio abgeben würden. »Wie, gar nichts?«

Einer brach aus der Gruppenanonymität aus. »Wir hatten mehrere Autos ohne Straßenzulassungszeichen und ohne Abgasuntersuchungsplakette …«

Kühn geworden, meldete sich ein Zweiter zu Wort: »Und ein paar ohne Anwohnerparkgenehmigung.«

»Wir sind hier nicht bei der Verkehrswacht, Herrschaften. Das hier ist eine wichtige Mordermittlung, und Sie sind ein bedeutender Bestandteil davon.«

»Wir haben aber ein paar Personen gesehen, gegen die Haftbefehl vorliegt …«, wandte der Dritte ein.

Wieder der Erste: »Einer wegen Ladendiebstahl, Diebstahl …«

Er verstummte, als er sah, wie finster Lapslies Miene geworden war.

»Okay. Gut. Keine Verkehrskontrollen mehr, keine Haftbefehle mehr, kein gar nichts mehr. Tun Sie einfach Ihre Arbeit und geben Sie sämtliche Informationen an die Zentrale weiter. Die entscheiden, wie weiter verfahren wird oder ob man irgendetwas nachgehen muss. Wenn sofortiges Handeln notwendig ist, da draußen sind bewaffnete Polizeibeamte, als Kabelarbeiter getarnt, und hier in der Gegend sowie im näheren Umkreis sind mehrere bewaffnete Streifen unterwegs. Falls Sie sich zur Verkehrspolizei versetzen lassen möchten,

lassen Sie es mich bitte wissen, dann leite ich das sofort in die Wege. Alles klar?«
Alle drei nickten gehorsam. Befriedigt stieg Lapslie aus dem Lieferwagen und fuhr davon.

Es freute ihn, zu sehen, dass er richtiggelegen hatte. An Turners Cottage vorbeizumarschieren, um zu sehen, was die Polizei trieb, war gewiss ein Risiko gewesen, aber eins, über das er jetzt froh war. Bestimmt waren in der Schule ähnlich strenge, aber nicht offenkundige Schutzmaßnahmen ergriffen worden, und überall, wo Turner hinging. Wenn Lapslie und die Polizei glaubten, sie hätten an alles gedacht, dann irrten sie sich und hatten keine Ahnung, mit wem sie es zu tun hatten.
Er war mit dem Bus zum Krankenhaus gefahren und hatte seine Verkleidung anbehalten. Heutzutage waren die Krankenhäuser mit Überwachungskameras gespickt, und es war schwer, irgendwo unterwegs zu sein, ohne bemerkt und gefilmt zu werden. Im Vorbeigehen merkte er sich jede Kamera und ihre Position.
Sobald er die Stufen zum Eingang hinaufstieg und in die Haupthalle trat, wusste er, dass er beobachtet wurde. Es war nichts Ernstes, sie würden ihn kaum als potenziellen Mörder erkennen, so, wie er angezogen war und aussah, doch wenn irgendetwas passierte, würden sie die Aufnahmen abspielen und nach allem Ungewöhnlichen suchen. Aus der Eingangshalle bog er nach links ab und schritt mehr als hundert Meter weit einen Flur hinunter, ehe er mit dem Fahrstuhl in den ersten Stock fuhr. Er trat aus dem Fahrstuhl, ging quer über den Flur ins Treppenhaus, das als Notausgang gekennzeichnet war, und stieg in den dritten Stock hinauf. Er wollte sehen, ob entlang dieser Treppe Kameras angebracht waren, und wenn ja, wie viele. Wie erwartet, gab es hier keine. Auf jeder Station

gab es Kameras, an sämtlichen Eingängen, in den Fahrstühlen und in den Haupttreppenhäusern, und doch war die Notausgangstreppe aus irgendeinem Grund übersehen worden.
Als er schließlich im dritten Stock ankam, ging er über Station DC3. Dort bemerkte er ein leeres, bereits abgezogenes Bett, an dem jedoch noch ein Namensschild war, auf dem säuberlich »Mr David Johnson« stand. Er merkte sich den Namen. Von Elizabeth Turner jedoch war nichts zu sehen.
Er schritt durch die Station hindurch, dorthin, wo die Einzelzimmer waren. Sobald er diesen Flur betrat, wusste er, dass sie hier war. Vor dem dritten Zimmer saß ein bewaffneter Polizist und las Zeitung.
Eine Stimme hinter ihm drängte sich in seine Gedanken. »Kann ich Ihnen helfen?«
Er fuhr herum und sah sich einer Schwester in blauer Kluft gegenüber, ganz ähnlich wie die, die er vor ein paar Jahren umgebracht hatte. Attraktiv, von jugendlicher Frische und doch so ernsthaft.
»Ja, ich denke schon.« Er verstellte seine Stimme, sodass sie dünn und ziemlich verwirrt klang. »Ich suche meinen Cousin, David Johnson.«
Ein betroffener Ausdruck zuckte über die Züge der Krankenschwester. »Ach herrje, das tut mir aber leid. Sie haben ihn knapp verpasst: Er ist vor etwas über einer Stunde entlassen worden.«
»Ich dachte, er hätte noch viel länger hierbleiben müssen.«
Sie lächelte. »Hätte er auch, aber er hat sich sehr schnell erholt, also haben die Ärzte ihn nach Hause geschickt.«
Er lächelte zurück. »Nun, das sind ja dann wohl sehr gute Neuigkeiten.«
Er drehte sich um und schaute zu dem Polizisten hinüber, der noch immer in seiner Zeitung las und sich anscheinend nicht

darum scherte, was sich ein kleines Stück weiter im Flur abspielte. »Dann besuche ich ihn eben zu Hause.«
Das Lächeln der Schwester wurde breiter. »Er freut sich bestimmt über Besuch, allzu viel hatte er hier nämlich nicht.«
»Das ist aber nicht sehr nett, nicht wahr?« Er lächelte abermals. »Vielen Dank, Sie waren eine große Hilfe.«
Damit nickte er höflich, ging den Flur wieder hinunter und strebte auf den Fahrstuhl zu. Dabei wanderte sein Blick über jedes Plakat an den Wänden und über jeden Zettel an den Anschlagtafeln. Irgendwo waren dort die Worte, die ihm sagen würden, was er als Nächstes tun sollte. Irgendwo dort würde er seine Anweisungen finden.

Die jüngsten Nachrichten aus der Einsatzzentrale waren gut. Zwei weitere Opfer waren identifiziert worden. Der eine war ein Automechaniker namens Michael Cohen, der 2008 umgebracht worden war, der andere ein Angler namens Gordon Campbell, der 2009 ermordet worden war. Was Letzteren betraf, so gab es allerdings noch ein paar Zweifel, und einige Fakten mussten noch verifiziert werden.
Der Täter hatte seit sieben Jahren oder mehr jedes Jahr mindestens eine Person getötet. Zwischen den Opfern eine Lücke zu lassen gehörte mit an Sicherheit grenzender Wahrscheinlichkeit zu seiner Strategie. Dieser Mörder war sehr vorsichtig; er ließ sich Zeit, ging mit Umsicht zu Werke. Das war kein durchschnittlicher Serienmörder. Diese Taten sahen aus wie beliebige Morde, aus einem merkwürdigen Zwang heraus begangen, aber auf sehr beherrschte Art und Weise durchgeführt.
Lapslie hatte es im Laufe seiner Tätigkeit mit ein paar Fällen wie diesem hier zu tun gehabt. »Fang mich, bevor ich wieder töte. Ich fordere dich heraus.« Etwas in diesen Menschen trieb

sie dazu, zu töten. Irgendein Verlangen, das gestillt werden musste, etwas so Starkes, dass es nur durch Foltern und Töten befriedigt werden konnte. Nachdem solche Menschen einmal getötet hatten, reichte das normalerweise eine Zeit lang aus, um sie zufriedenzustellen, manchmal jahrelang. Eine Weile empfanden sie echte Reue, doch wie bei Männern, die ihre Frau verprügeln und schwören, es nie wieder zu tun, kehrt die Versuchung zurück. Und im Laufe der Zeit werden die Zeitabstände zwischen den einzelnen Morden immer kleiner. Schlecht für die Opfer, aber gut für die Polizei, weil die Mörder dann anfangen, zu pfuschen, Risiken einzugehen und unvermeidlich jenen Fehler machen, durch den sie geschnappt werden.

Doch irgendetwas sagte Lapslie, dass dieser Mörder nicht so war. Er wusste, dass es hier niemals eine Panikreaktion geben würde, keine Fehler; einfach nur alles perfekt durchgeplant, bis zum bitteren Ende. Dieser Dreckskerl hatte seit 2007 gemordet, und sie waren erst vor Kurzem dahintergekommen, und das auch nur durch einen ungewöhnlichen Glücksfall. Und dann war da noch der Schachzug mit Stowell zu bedenken, mit dem er sie auf die falsche Fährte hatte locken wollen. Alles in allem deutete das Ganze auf einen gründlichen, methodischen Täter hin, wie er ihm selten begegnet war.

Endlich kam er bei der Hauptwache an und stellte seinen Wagen ab. Er ging zur Einsatzzentrale und dann weiter in sein Büro, schloss die Tür und hängte das »Bitte nicht stören«-Schild daran. Hoffentlich würden die Leute das respektieren. Das taten sie nicht immer, und deswegen brauchte er Bradbury vor Ort, wenn er arbeitete, doch er hatte keine Ahnung, wo sie im Augenblick steckte.

Lapslie setzte sich und schlug den Bericht auf, der auf seinem Schreibtisch auf ihn wartete. Er war von Bradbury. Zwei DIN-A4-Seiten erläuterten recht detailliert, wie sie den Me-

chaniker und den Angler gefunden hatten, wer sie wie entdeckt hatte. Er lehnte sich zurück und begann zu lesen. Noch ehe er zur Hälfte fertig war, klopfte es sachte an der Tür, und Bradbury streckte den Kopf herein.
»Soll ich wiederkommen, wenn Sie Zeit hatten, das zu Ende zu lesen, Boss?«
Er schüttelte den Kopf und winkte sie herein. »Nein, kommen Sie, kommen Sie rein. Ich bin gleich fertig.«
Nach weiteren zehn Minuten schloss er den Bericht und legte ihn auf den Schreibtisch. Dann sah er Bradbury an. »Gut gemacht. Wie ich sehe, war es DC Murdoch, die den Mechaniker ausfindig gemacht hat?«
Bradbury nickte. »Ja, sie macht sich gut.«
»Behalten Sie sie im Auge. Aus der wird noch etwas.« Lapslie schaute rasch auf die Uhr. »Es wird spät. Machen wir für heute Schluss und legen morgen wieder richtig los.«
»Ich glaube, ich bleibe noch eine Weile«, sagte sie und wich seinem Blick aus. »Muss noch ein bisschen Papierkrieg aufarbeiten.«
»Vorsicht«, meinte er scherzhaft, »ich möchte nicht, dass Dom McGinley am Ende noch denkt, ich wäre vielleicht dieser *andere.* Er hat so eine Art, seinen Standpunkt klarzumachen; dazu gehören scharfe Messer und Beton.«
Als er sah, wie ein Schatten über ihr Gesicht glitt, wurde er ernster. »Entschuldigung. Wie läuft's denn an dieser Front? Schon irgendwelche Entscheidungen getroffen?«
»Ja, also«, antwortete Emma, und die Worte kamen so widerstrebend heraus wie gezogene Zähne, »seit gestern Abend sind Dom und ich … im Pausenmodus. Bewerten unsere Beziehung neu.«
»Und war das Ihr Vorschlag oder McGinleys?«
»Meiner«, sagte sie und hielt seinem Blick stand.

»Ah, ich verstehe.« Ihm kam ein unguter Gedanke. »*Weiß* McGinley auch, dass Sie beide im Pausenmodus sind? Dieses Gespräch stelle ich mir ganz schön schwierig vor.«
»Es muss auch erst noch stattfinden«, antwortete Bradbury. »Ich warte auf den richtigen Moment.«
Die einzige ideale Gelegenheit für so etwas könnte an McGinleys Totenbett sein, dachte Lapslie, behielt dies aber für sich. »Dann ist das Ganze also eine Art Zwischenstadium – bis Sie entscheiden, was Sie tun wollen.«
»Ja, so kann man es wohl ausdrücken. Ein Zwischenstadium.«

Lapslie wusste, wann er genug hatte. Körperlich war er eigentlich nicht müde, geistig jedoch fühlte er sich völlig erschöpft. Er dachte nicht klar, und das zu einer Zeit, in der er wirklich in Hochform sein musste. Die Ermittlungen waren schon schwierig genug, und obgleich er das Gefühl hatte, voranzukommen, wenn auch nur sehr langsam, wusste er doch, dass es nicht schnell genug ging. Der Mörder war ein Mann mit einer Mission: Es gab etwas, was die ansonsten beliebige Natur der Morde miteinander verknüpfte, allerdings hatte Lapslie noch keine Ahnung, was es war. Er brauchte Zeit, um nachzudenken und sich wieder aufzuladen, also beschloss er am nächsten Morgen auf dem Weg zu dem Treffen mit George an der Clacton Marina, einen kurzen Törn mit dem Boot zu machen.
»Soll ich mitkommen?«, erkundigte sich George. »Ich hab ein paar Stunden Zeit.«
»Nein, George, danke. Ich fahre nicht weit raus – wahrscheinlich nicht weiter als ein paar Meilen.«
George nickte. »Ich war gestern Nachmittag auch eine Stunde draußen. Aber so haben Sie wenigstens Gelegenheit, 'ne Probefahrt zu machen, um zu sehen, ob alles okay ist.«

»Ist es bestimmt.« Lapslie lächelte gezwungen.
George verabschiedete sich und gab ihm die Bootsschlüssel. »Vergessen Sie nicht, die Segel ganz aufzurollen und alle Luken abzuschließen.«
»Bestimmt nicht.«
Der Wetterbericht für diesen Tag war gut, mit Windstärken im mittleren Bereich. Lapslie holte an der frischen Seeluft tief Atem, als George davonging, vor allem jedoch atmete er endlich die frische Luft des Alleinseins. Und als er nur Minuten später aus dem Hafen hinaussteuerte, den Motor ausmachte und die Segel herumschwang, holte er abermals tief Luft. Allein. Ganz allein. Abgesehen davon, dass er weit weg von allen Landaktivitäten war und von dem Gedankenwirrwarr, das damit einherging, hatte auf einem Boot zu sein auch noch den Vorteil, dass er sich außer Reichweite des Mörders befand. Er brauchte nicht daran zu denken, ständig über die Schulter zu schauen.
Trotzdem suchte er – nachdem er mit George schon sämtliche Reparaturen begutachtet hatte – das Boot abermals vom Bug bis zum Heck ab, um zu sehen, ob an irgendetwas herumgepfuscht oder irgendwo ein unerwartetes Paket verstaut worden war, sobald er an einer ruhigen Stelle zwei Seemeilen von der Küste entfernt Anker geworfen hatte. Es war nichts zu finden: Das ordentlich aufgeräumte Boot war in dem Zustand, in dem er es vor ein paar Tagen zurückgelassen hatte. Mit dem Feldstecher suchte er das Ufer ab, doch niemand schien sich übermäßig für ihn zu interessieren. Natürlich waren Fischer und Vogelfreunde unterwegs – das war immer so –, doch die kamen ihm nicht verdächtig vor.
Nachdem er sich rasch einen Tee gemacht hatte, legte er sich in eine Koje und machte sich daran, den Hefter durchzublättern, den Kate Dale ihm gegeben hatte. Obgleich sie anschei-

nend überzeugt war, dass sämtliche Antworten, nach denen Lapslie suchte, auf diesen Blättern und in diesen Zeitungsausschnitten zu finden waren, war Lapslie sich da nicht so sicher. Er würde jedoch zumindest so höflich sein, alles zu lesen und zu schauen, was er finden konnte.

Letzte Nacht hatte er nicht gut geschlafen; Gedanken an den Fall hatten in seinem Kopf gekreist. Jetzt merkte er, dass er sich beim Lesen gelegentlich die Augen rieb, und nach ungefähr einer Stunde nickte er mit dem sanften Schaukeln des Bootes ein und begann zu träumen. Lapslie träumte nur selten, oder vielmehr erinnerte er sich beim Aufwachen nur selten an seine Träume. Erst seit er mit dem Segeln angefangen hatte, waren seine Träume plötzlich so lebhaft geworden. Alles Mögliche kam und ging: Menschen, Gesichter, Zahlen, Symbole, alles war durcheinander und tat merkwürdige Dinge. Tanzte, schnitt Grimassen, zerbarst zu einer Million bunter Blumen. Seltsame Gegenstände verschwanden in Höhlen und riefen ihm zu, dass er ihnen folgen solle. Das Ganze ergab überhaupt keinen Sinn.

Jäh war Lapslie wieder wach. Wie viel Zeit war vergangen? Zwei Stunden, drei? Und was hatte ihn gestört, hatte ihn plötzlich wieder geweckt?

Einen Moment lang lag er da und horchte, versuchte, irgendwelche ungewöhnlichen Geräusche zu erlauschen. Vielleicht war ja jemand herbeigerudert und an Bord geklettert, hatte das Boot zum Schwanken gebracht. Er wartete, alle Sinne in Alarmbereitschaft, doch es war nichts zu hören. Nur das sachte Schaukeln des Bootes und das Geräusch des Wassers, das an den Rumpf plätscherte.

Es dauerte einen oder zwei Augenblicke, doch dann ging Lapslie auf, dass das, was ihn geweckt hatte, nicht von außen gekommen war, sondern von innen. Es hatte etwas mit dem

Hefter zu tun, mit irgendetwas, das er gelesen und nicht bewusst zur Kenntnis genommen hatte.
Er streckte die Hand aus und griff abermals nach dem Pappefter. Irgendetwas – er konnte nicht sagen, was – zog seine Aufmerksamkeit auf die Seite mit dem Bericht über Richard Dales Beerdigung. Er las ihn von Neuem durch. Es war eine anrührende Schilderung, doch dort gab es nichts, was darauf hindeuten würde, wer sein Täter war. Wie denn auch?
Er nahm sich die Spalte unter dem Bericht vor, die, in der die Namen sämtlicher Trauergäste aufgeführt waren. Da bemerkte er es. Vier Namen. Jack und Amelia Summers, Arlene Campbell und Joseph Cohen.
Summers, Campbell und Cohen. Das waren die Nachnamen von dreien der anderen Opfer – Anne, Gordon und Michael; die Krankenschwester, der Angler und der Automechaniker. Das konnte doch kein Zufall sein, oder? Das musste es sein, was Kate Dale gemeint hatte.
Er hatte seine Verbindung gefunden. Jetzt musste er zurück, und zwar schnell.

TEIL 9

4. Januar 2014

John Robert Lyon war Anwalt, und er war stolz darauf.
Er war nicht immer Anwalt gewesen. Zehn Jahre lang war er Polizist gewesen, aber ein paar ordentliche Fußtritte, die er während des Bergarbeiterstreiks abbekommen hatte, hatten all das verändert. Vorher war er hundertprozentig fit gewesen und hatte mit Schlagstock und Schild acht Kilometer rennen können. Hinterher hatte er ein geschädigtes Rückgrat gehabt und konnte nicht mal mehr hinter dem Bus herlaufen.
Die Polizei hatte getan, was sie konnte; sie hatten ihm eine Stelle in der Gemeindearbeit angeboten, doch das war nicht sein Ding. Er war doch nicht zur Polizei gegangen, um Sozialarbeiter zu sein.
Letzten Endes hatte er beschlossen, zu studieren und sich wenigstens Zeit zum Nachdenken zu verschaffen. Er bewarb sich beim Trinity College in Cambridge um einen Studienplatz in Geografie und wurde angenommen. Nachdem er im ersten Studienjahr an der Sommerakademie teilgenommen hatte, sattelte er auf Jura um, was er schon von Anfang an vorgehabt hatte. Es war viel leichter, als Quereinsteiger ins Jurastudium zu kommen, als zu versuchen, gleich von Anfang an einen Platz zu ergattern.
Danach war es einfach. Er strengte sich an und schlug sich wacker, legte ein gutes Examen ab. Nach dem Abschluss wurde er aufgrund seines Polizeihintergrundes bald von einer kleinen Anwaltskanzlei in einer Kleinstadt in Essex angestellt, und von da ging es immer weiter nach oben. Jetzt war er Partner in seiner Kanzlei und wirklich erfolgreich.

Nach einem Blick auf das Arbeitspensum, das diese Woche anstand, lehnte er sich von seinem Schreibtisch zurück und seufzte. Dies hier war so eine Situation, in der die Arbeit einem so überwältigend vorkam, dass man gar nicht wusste, wo man anfangen sollte, und am Ende überhaupt nichts schaffte. Schließlich tat er in einem Anfall von Verzweiflung das, was er immer tat: sich in Cosmo's Coffee House gegenüber einen großen Becher Kaffee holen und hoffen, dass nicht schon alle Gratiszeitungen weg waren. Er würde sich so etwa eine Stunde Zeit für den Lunch nehmen und das mit der Arbeit regeln, wenn er gestärkt zurückkam.

Er ging die Treppe hinunter ins Erdgeschoss, winkte der Rezeptionistin zu und ging dann über die Straße. Im Coffee House bestellte er seinen Kaffee, schnappte sich die letzte Ausgabe der Mail *und suchte sich einen ruhigen Tisch mit einem großen Sessel in der Ecke. Außer ihm saß nur noch ein Mann an dem Tisch, und der war ebenso sehr in seine Zeitung vertieft wie Lyon.*

Irgendwann stand der Mann ihm gegenüber auf und ging, doch Lyon bekam es eigentlich gar nicht mit. Er las gerade einen Bericht über einen Rechtsstreit am Southwark Crown Court, der sich schon ewig hinzog, als er plötzlich Atembeschwerden bekam. Es war, als stecke etwas Stacheliges in seiner Luftröhre fest. Er versuchte, es herauszuhusten, doch das half nicht. Taumelnd stand er auf und strebte auf den Tresen zu, um sich ein Glas Wasser zu holen, doch er kam nie dort an. Die Finsternis schloss sich zu schnell um ihn.

Sein letzter Gedanke war, dass er Cosmo's Coffee House verklagen sollte wegen des lausigen Kaffees, den sie ausschenkten.

Lapslie brauchte länger, als er gehofft hatte, bis er wieder in der Hauptwache war. Bradbury arbeitete an ihrem Schreibtisch, als er ankam. Er klopfte laut an die Glastür, sie blickte auf, und er winkte sie in sein Büro. Dort reichte er ihr den Hefter mit den Zeitungsartikeln. »Lesen Sie mal die Namensliste ganz unten auf der Seite. Das sind alle, die 2008 auf Richard Dales Beerdigung waren.«

Bradbury tat wie geheißen.

»Schauen Sie sich besonders die letzten paar Namen an«, wies Lapslie sie an.

Bradbury konzentrierte sich und begriff, was sie da las. »Verflucht, ganz schöner Zufall, nicht wahr?« Sie blickte zu Lapslie auf. »Glauben Sie, das sind Verwandte?«

Lapslie zuckte die Achseln. »Kann man nicht hundertprozentig genau sagen, bevor man's überprüft hat, aber mein Bauch sagt Ja.«

»Und wenn es so ist, dann könnte das doch das Bindeglied sein, nach dem wir gesucht haben, und das sollte ...«

Lapslie fiel ihr ins Wort. »Uns den Namen des Täters liefern. Richtig.«

Bradbury las die Liste noch einmal durch, nur um sicherzugehen, dass da nicht noch jemand anderes aufgeführt war, den Lapslie übersehen hatte. Es war niemand zu finden. »Okay, ich mach mich gleich dran.«

»Fangen Sie mit den Cohens an, ich glaube, die Summers sind tot. Wenn das nichts bringt, nehmen Sie Campbell unter die Lupe.«

Bradbury nickte. »Alles klar.«

Wie immer war Lapslie ungeduldig. »Was glauben Sie, wie lange Sie brauchen?«

Bradbury schaute auf die Uhr. »Ein paar Stunden, vielleicht auch weniger.«

»›Vielleicht auch weniger‹ hört sich gut an.« Lapslie nickte. »Wer immer der Kerl ist, auf den Kopf gefallen ist er nicht. Und ich mache mir immer noch Sorgen, dass unser Mann trotzdem an Turner herankommt, egal, wie viel Personenschutz ich ihm verpasse.«

Bradbury nickte grimmig, und Lapslie sah ihr nach, als sie zu ihrem Schreibtisch zurückkehrte. Jetzt lag es ganz an ihr; es kam ganz darauf an, wie schnell sie die Verbindung herstellen konnte. Sie war eine verdammt gute Polizistin, und wenn irgendjemand das schaffen konnte, dann war sie es.

Lapslie war sich sicher, dass er ganz nahe daran war, seinen Täter zu fassen. Fast konnte er ihn schon berühren. Ihm war klar, dass das Ganze ein Wettlauf mit der Zeit war. Jede Sekunde zählte. Der Mörder plante, und er plante sorgfältig. Wäre er nicht zugleich ein wenig theatralisch gewesen, so hätten sie die Verbindungen zwischen den Opfern wahrscheinlich niemals entdeckt. Doch er war ein Mensch, er machte Fehler, und es war an Lapslie, aus diesen Fehlern Kapital zu schlagen und dafür zu sorgen, dass er für das bezahlte, was er getan hatte. Ein letztes Mal schaute er zu Bradbury hinaus. Jetzt lag es ganz an ihr.

Er hatte seinen Plan fertig. Im Laufe der Jahre hatte er herausgefunden, dass man immer den Punkt erkennen muss, ab dem weiteres Planen kontraproduktiv wäre. Es war durchaus möglich, es zu übertreiben und alles komplizierter zu machen, als es sein musste. Alle möglichen Eventualitäten aufeinanderzuschichten, was nur mehr mögliche Schwachstellen schaffte, an denen etwas schiefgehen konnte. Die Dinge einfach, aber effektiv zu gestalten, das war es, was er am besten konnte, und diese Strategie hatte ihm jahrelang gute Dienste geleistet.

Im Geiste ging er eine letzte Checkliste durch. Handschellen: drei Paar. Knebel. Augenbinde. Klebeband. Leichensack. Taser. Neun-Millimeter-Pistole mit Hohlspitzengeschossen und selbst gebasteltem Schalldämpfer. Weißer Kittel. Stethoskop. Spritze, zwei Reservekanülen. Das war's.

Das Auto war mit einem gefälschten Führerschein gemietet worden, und in dem Kanister im Kofferraum waren fünf Liter Benzin. Er war bereit.

Ach ja, eins noch: Sein »Arzt im Notfalleinsatz«-Schild fürs Armaturenbrett. Nach all dem sorgsamen Planen wäre es doch lächerlich, eine Parkkralle verpasst zu bekommen.

Er lachte in sich hinein. Ungeachtet dessen, was er gleich tun würde, konnte er doch die komische Seite des Ganzen sehen.

Wie geplant parkte er direkt vor dem Notausgang des Krankenhauses. Dann legte er das Schild aufs Armaturenbrett, stieg aus und ließ den Wagen offen, ehe er sich mit der Schulter gegen die Tür des Notausgangs stemmte. Wenn er korrekt geplant hatte und wenn seine Riegelsperre noch an Ort und Stelle war und verhinderte, dass die Tür richtig schloss, sollte sie eigentlich aufgehen.

Er hatte Glück: Die Tür gab ganz leicht nach. Am Fuß der Betontreppe streifte er seinen weißen Kittel über, hängte sich das Stethoskop um den Hals, klippte sein Namensschild an und schob die Pistole in ein kleines Holster, das hinten an seinem Hosenbund befestigt war. Den Schalldämpfer steckte er in die Kitteltasche. Dann machte er sich daran, die Treppe hinaufzusteigen.

Von seinem Erkundungsgang neulich wusste er, in welchem Stockwerk Elizabeth Turner lag. Diesmal würde er vom Westflügel des Krankenhauses her aus dem Treppenhaus kommen, sodass er nur wenige Meter von ihrem Einzelzimmer entfernt sein würde und nicht über eine Station würde laufen müssen.

Als er die Tür erreichte, die auf den Hauptflur hinausführte, schaute er durch das kleine Fenster darin. So konnte er einen Teil des Flurs überblicken, aber er konnte nicht sehen, wie viele Polizisten vor Turners Zimmer waren. Er zog die Pistole aus dem Holster und schraubte den Schalldämpfer auf, vergewisserte sich, dass er fest saß. Alles, was er jetzt tat, musste rasch und ohne Nachdenken geschehen, jedoch mit höchster Konzentration. Bei der Ausbildung hatte er das alles schon hundertmal gemacht. Und er hatte den Geschwindigkeitsrekord gehalten, zumindest eine Zeit lang.

Bei dem Gedanken, irgendjemand anderen zu töten als seine auserwählten Zielpersonen, wurde ihm übel, doch er wusste, dass ihm nichts anderes übrig blieb. Gott war bereit, auf dem Weg zur Vollendung seiner Mission ein paar Kollateralschäden in Kauf zu nehmen. Das war der Titel eines Films gewesen, der in dem Kino lief, an dem er vorbeigefahren war: Collateral Damage. *Gott sagte ihm, dass es in Ordnung war.*

Er atmete mehrmals tief ein und aus und öffnete die Tür.

Rasch trat er auf den Flur hinaus und schoss dem Constable, der vor dem Zimmer stand, sofort zweimal in den Kopf.

Er fing den Polizisten auf, ehe dieser zu Boden stürzte, und bugsierte ihn durch die Tür des Zimmers. Dort stand eine Polizistin und unterhielt sich mit Elizabeth Turner. Er ließ den Leichnam des Constables zu Boden rutschen, während er die Frau niederstreckte, wieder mit zwei Schüssen. Ohne einen Laut brach sie zusammen, ein Ausdruck der Verblüffung lag auf ihrem Gesicht. Ihre Augen blieben offen und starrten ihn leer an.

Er schwang die Waffe herum und richtete sie auf Elizabeth Turner. »Wenn Sie schreien, bringe ich Sie um.« Das sagte er so entschlossen, dass eindeutig klar war, wie ernst er es meinte.

Sie nickte und gab sich alle Mühe, nicht auf das Grauen zu reagieren, das sie mit angesehen hatte.
»Aufstehen.«
Elizabeth Turner stieg aus dem Bett und stand ihm gegenüber. Sie trug einen Pyjama.
»Ziehen Sie das hier an.« Er warf ihr ihren Morgenmantel zu. Sie fing ihn auf und schlüpfte hastig hinein.
»Umdrehen.«
Sie drehte sich hektisch um.
»Hände auf den Rücken. Na los.«
Sie tat wie geheißen. Rasch ließ er ein Paar Handschellen um ihre Handgelenke zuschnappen. Dann packte er sie an den Haaren und drückte ihr seine Pistole unters Kinn. »Tun Sie, was Ihnen gesagt wird, meine Liebe, und Sie werden das hier überleben. Wenn nicht, blase ich Ihren Kopf in die nächste Dimension. Habe ich mich klar ausgedrückt?«
Elizabeth Turner nickte abermals. Er konnte ihr krampfhaftes Zittern spüren.
»Schön, also gehen wir.«
Er wusste, dass er schnell sein musste; er konnte ja nicht wissen, wie lange es dauern würde, bis jemand in dem Zimmer nach dem Rechten sah oder sich fragte, wo die beiden Constables abgeblieben waren. Das Letzte, was er wollte, war, Ärzte und Schwestern umbringen, doch wenn es sein musste, würde er es tun.
Er stieß sie vor sich her auf den Flur. Das Blut aus dem Kopf des Polizisten war gegen die Wand gespritzt, das war ihm vorhin gar nicht aufgefallen. Der Flur war leer. Er strebte wieder auf die Feuertreppe zu und schob sie weiter vor sich her, während er hinunterstieg. Einen Moment lang verspürte er Panik, als er überlegte, ob sein Wagen wohl unbehelligt geblieben war oder ob irgendein Idiot ihn gestohlen oder mit einer Park-

kralle versehen hatte. Es sind die Kleinigkeiten, die einem alles vermasseln können.
Heftig stieß er den Notausgang auf. Der Wagen war noch da. Er öffnete den Kofferraum und stieß Elizabeth Turner hinein. Sie versuchte, etwas zu sagen, doch er achtete nicht darauf, knallte den Kofferraumdeckel zu und sprang auf den Fahrersitz. Dort mühte er sich ab, den weißen Kittel und das Stethoskop abzustreifen, drehte den Schlüssel im Zündschloss und fuhr davon.
Er fuhr nicht schnell, nur immer schön ruhig; er wollte ja keine Aufmerksamkeit erregen. Innerhalb weniger Minuten war er vom Krankenhausgelände herunter und auf der Hauptstraße. So weit war alles gut gegangen. Jetzt brauchte er nur noch zu dem Wald zu fahren, wo er sein eigenes Auto abgestellt hatte, und die Frau dort in den Kofferraum zu packen, ehe er das Innere des Mietwagens mit Benzin tränkte und ihn anzündete. Ein weiteres ausgebranntes Auto in den Wäldern von Essex: Die wurden allmählich zahlreicher als Dachse.
Der erste Teil seines Plans war hiermit vollendet. Jetzt galt es, das nächste Stadium sehr genau zu durchdenken.

Bradbury hatte über zwei Stunden gebraucht, um die ersten beiden Namen zu überprüfen. Amelia und Jack Summers waren die Eltern von Jane Summers gewesen, der Krankenschwester, die im Juli 2007 erwürgt worden war. Obgleich sie diese Verbindung gefunden hatte und die auch wichtig war, kam sie hier fürs Erste nicht weiter. Beide Eltern waren wenige Jahre nach dem Mord an ihrer Tochter gestorben. Die einzige Möglichkeit, die sie jetzt noch hatte, war, irgendwelche noch lebenden Verwandten ausfindig zu machen und zu sehen, ob das irgendwo hinführte. Das Problem war nur, das würde alles Zeit kosten, und die hatten sie einfach nicht. Wenn die nächsten beiden Suchen genauso lange dauerten wie die nach den Summers, wäre ihr letzter Zeuge tot und begraben, bevor sie den Hinweis fanden, den sie brauchten, und der Mörder würde hinter Lapslie her sein.

Soweit sie sehen konnte, gab es nur eine Antwort. Sie ging zurück in Lapslies Büro.

Er blickte auf. »Haben Sie's?«

»Nur bis zu einem gewissen Punkt.«

Er zeigte auf den Stuhl vor seinem Schreibtisch. »Nehmen Sie Platz.«

Bradbury setzte sich. »Also, die gute Nachricht ist, dass Amelia und Jack Summers die Eltern der ermordeten Krankenschwester sind, Jane Summers ...«

»Und die schlechte?«

»Sie sind beide tot, und es wird Tage dauern, irgendwelche verbliebenen Angehörigen aufzuspüren, und die wissen vielleicht auch gar nichts.«

»Was ist mit den anderen Namen?«

Bradbury zuckte die Schultern. »Ich suche noch. Wir finden sie schon, aber das wird dauern ...«

»Und wie sieht Ihre Lösung aus?«

»Ich denke, wir müssen aus Zeitgründen noch einmal zu Kate Dale ...«

»Sie glauben, sie weiß vielleicht noch etwas?«

»Keine Ahnung, aber sie hatte doch recht damit, dass die Antwort in dem Hefter steckt, auch wenn sie nicht wusste, was es war.«

»Wenn wir ihr also zeigen, was es ist, dann könnte das ein paar Erinnerungen zutage fördern?«

Bradbury nickte. »Genau. So, wie wir's jetzt machen, geht es auch, aber es wird Zeit kosten ...«

»Die wir nicht haben.«

»Stimmt. Wenn Kate Dale etwas weiß, irgendetwas, dann bringt uns das vielleicht ein bisschen schneller zu unserem Täter. Das muss es doch wert sein. Die anderen überprüfen immer noch die anderen Namen in der Artikelsammlung, dieser Teil der Untersuchung geht also weiter. Was haben wir zu verlieren?«

Lapslie überlegte kurz, dann erhob er sich. »Okay, also los. Wie Sie gesagt haben: Wir haben keine Zeit zu verlieren.«

Ohne auf die Geschwindigkeit und die blitzenden Radarkameras zu achten, trafen Lapslie und Bradbury in Rekordzeit vor Kate Dales Haus ein. Bradbury hatte vom Auto aus versucht, sie anzurufen, doch es meldete sich niemand. Das war besorgniserregend, obgleich es ja tausend Gründe dafür geben konnte. Als sie vor dem Haus hielten, sprinteten die beiden Detectives den kurzen Weg zur Haustür hinauf. Doch bevor sie anklopfen konnten, ging die Tür auf, und Kate Dale stand vor ihnen.

»Dann hatte ich also recht«, sagte sie, noch ehe sie den Mund öffnen konnten. »Die Antwort war wirklich in dem Hefter?«

Lapslie nickte. »Beinahe. Gehen wir rein, dann erkläre ich es Ihnen.«

Die beiden Polizisten gingen ins Wohnzimmer. Ohne sich die Mühe zu machen, Platz zu nehmen, drehte Lapslie sich zu Kate Dale um. »Kate, Sie hatten recht, was den Hefter angeht. Wir haben dadrin ein paar Namen gefunden, bei denen wir Ihre Hilfe brauchen.«

Sie nickte erwartungsvoll. »Selbstverständlich.«

»Sagen Ihnen die Namen Summers, Cohen und Campbell etwas?« Lapslie suchte in ihrer Miene nach Zeichen des Wiedererkennens. Nichts. Er versuchte es noch einmal. »Die Namen waren in Ihren Zeitungsartikeln. Jack und Amelia Summers, Arlene Campbell und Joseph Cohen.«

»An die Summers erinnere ich mich. Das war ja so traurig – sie haben ihre Tochter verloren, ein paar Jahre bevor Richard umgekommen ist.«

»Und woher kannten Sie sie?«

Kate schüttelte den Kopf. »Ich eigentlich gar nicht. Sie waren Freunde von Richards Vater. Ich habe sie mal auf einem Grillfest bei Richards Eltern kennengelernt. Ganz reizende Leute.«

»Und wie war die Freundschaft mit Richards Vater zustande gekommen?«

»Sie waren damals in derselben Jury wie sein Vater.«

»Jury?«

»Ja. Ein Mordprozess, der eine ganze Weile gedauert hat, also haben die Juroren einander recht gut kennengelernt. Sie haben zwei Wochen gebraucht, um zu einer Entscheidung zu kommen, deswegen saßen sie alle zusammen im selben Hotel fest. Ein paar von ihnen sind hinterher in Kontakt geblieben. Sie sind zusammen in den Urlaub gefahren.«

Bradbury stellte die Frage, die sie für offenkundig hielt. »Wissen Sie noch, wie der Angeklagte hieß?«

Kate schüttelte den Kopf. »Nein, tut mir leid, aber ich glaube, er wurde für nicht schuldig erklärt, wenn das hilft.«

»Nicht schuldig?« Bradbury war überrascht; sie hatte schon angefangen, sich eine Theorie von einem rachsüchtigen Mörder zurechtzulegen, der die Jury-Mitglieder umbrachte, doch Kates letzte Bemerkung hatte das gerade zunichtegemacht.

»Erinnern Sie sich noch, wann der Prozess war?«

Wieder schüttelte Kate den Kopf. »Nein. Aber es ist schon eine Weile her.«

»Vor 2007?«

Lapslies Handy klingelte. Mit einer gedämpften Entschuldigung nahm er das Gespräch an und bedeutete Bradbury mit einer Handbewegung, dass sie die Befragung fortsetzen sollte.

Kate nickte. »Ich glaube schon. Können Sie das nachprüfen?«
»Ja«, meinte Bradbury. »Was ist mit Richards Vater, glauben Sie, der kann sich noch daran erinnern?«
»Nein, er ist letztes Jahr gestorben. Er war ein starker Mann, aber Richards Tod hat ihn gebrochen. Ein bisschen so wie bei den Summers und ihrer Tochter.«
Bradbury nickte mitfühlend. Ihr fiel nichts mehr ein, was sie fragen könnte. »Es tut mir leid, ich fürchte, wir müssen los. Wenn Ihnen noch irgendetwas einfällt, rufen Sie uns doch bitte so schnell wie möglich an.«
Kate nickte. »Natürlich.« Plötzlich machte sie ein Gesicht, als kämpfe sie mit zwiespältigen Gefühlen. »Wann bekomme ich meine Zeitungsartikel zurück?«
Ohne Lapslies Pläne zu kennen, antwortete Bradbury aus dem Stegreif: »Ich sehe zu, dass einer aus unserem Team Ihnen den Hefter in den nächsten Tagen vorbeibringt.«
»Lassen Sie mich wissen, was passiert?«
Bradbury nickte. »Versprochen.«
Ehe sie noch etwas sagen konnte, rief Lapslie nach ihr. Er hatte die Hand über das Mikrofon des Handys gelegt. »Wir müssen ins Krankenhaus. Da hat es einen Vorfall gegeben.«

Er hatte sich ein Beispiel an Lapslie genommen, als er sein Haus gekauft hatte. Es war sehr abgelegen. Sein nächster Nachbar war über drei Kilometer weit entfernt, und man konnte sein Haus nur über eine kilometerlange ungepflasterte Straße erreichen, an deren Ende ein elektronisch gesichertes Tor und eine Videokamera waren. Er hatte rund um das Haus herum Kameras installiert.
Langsam fuhr er auf das Tor zu und öffnete es mit seiner Fernbedienung. Es schwang lautlos nach innen auf. Er fuhr hinein und schaute in den Rückspiegel, um sich zu vergewissern, dass

es auch richtig schloss. Als er sich dem Garagentor näherte, benutzte er eine andere Fernbedienung, um es zu öffnen, und stellte den Wagen in der Garage ab. Sie war direkt ans Haus angebaut und hatte eine Verbindungstür, sodass er mit dem Auto kommen und gehen konnte, ohne ins Freie zu müssen. Nachdem er geparkt hatte und das Tor wieder fest geschlossen war, ging er zum Kofferraum, zerrte Elizabeth Turner an den Haaren heraus und schlug ihr hart ins Gesicht, als sie sich zur Wehr setzte. Er musste dafür sorgen, dass sie weiter Todesangst hatte: So würde er sie unter Kontrolle behalten, und es wäre weniger wahrscheinlich, dass sie irgendwelche Dummheiten machte, wie zum Beispiel zu versuchen, wegzulaufen.

Er sah ihr ins Gesicht.

»Hier gibt es Regeln. Sie reden nur, wenn ich Sie dazu auffordere. Wenn Sie irgendetwas tun, was mir nicht gefällt, knalle ich Sie ab wie einen tollwütigen Hund. Habe ich mich klar ausgedrückt?«

Sie setzte zu einem Ja an, besann sich jedoch eines Besseren und nickte stattdessen.

Er lächelte. »Gut. Allmählich verstehen wir einander.«

Damit schleifte er sie in die Küche, immer noch an den Haaren, und von dort in den Keller. Der Keller war dunkel und roch feucht, doch er war sauber. Er war stolz darauf, stets alles sauber und ordentlich zu halten.

Eine schmale Matratze lag an der gegenüberliegenden Wand. Darüber befand sich ein großer Metallring, der ungefähr sechzig Zentimeter über dem Boden in die Wand eingelassen worden war. Er zerrte sie dorthin und stieß sie auf die Matratze, drückte ihr Gesicht nach unten. Ein Knie fest auf ihren Rücken gestemmt, nahm er ihr die Handschellen ab, aber nicht für lange. Er drehte sie um und kettete ihre Hände an den Metallring. Sie wich seinem Blick aus; ihre Augen waren rot, und sie gab ein trostloses Schniefen von sich. Er zog an ihren Händen, um sicherzugehen, dass die Handschellen eng genug waren, dann ging er ohne ein weiteres Wort die Steintreppe hinauf, zurück in die Küche.

Als er oben an der Treppe ankam, schaute er kurz zurück. Sie war wirklich eine schöne Frau, und sie hatte einen tollen Körper, den sie offensichtlich gut in Form hielt. Was zum Teufel machte sie mit einem Lehrer? Sie hätte es doch so viel besser treffen können.

Wenn ihre Zeit gekommen war, würde er es rasch erledigen, beschloss er. Wahrscheinlich während sie schlief. Sie hatte genug gelitten.

Schließlich machte er das Kellerlicht aus und die Tür zu, schloss sie ab und verriegelte sie. Dann lauschte er eine Weile. Zuerst war nur das Geräusch ihres Atems zu vernehmen, dann jedoch hörte er eine Reihe gedämpfter Schluchzer, die sich anhörten, als würde ihr das Herz herausgerissen.

Der »Vorfall« war der Mord an zwei Polizisten und die Entführung von Elizabeth Turner aus dem Krankenhaus. Als Lapslie und Bradbury eintrafen, wimmelte es dort von Menschen. Nicht nur Leute vom Morddezernat, Beamte der Spurensicherung und Streifenpolizisten, sondern auch mehr Presse, als Lapslie jemals gesehen hatte. Mindestens sechs Fernsehkameras, zahllose Fotografen und massenhaft Reporter.

Nachdem ihre Namen und das Kennzeichen ihres Wagens von dem Polizisten vor dem Krankenhaus zu Protokoll genommen worden waren, wurden Lapslie und Bradbury durchgewunken und zu einem Parkplatz gewiesen. Danach wurden sie vom Auto zu dem Flur geführt, auf dem der Doppelmord und die Entführung stattgefunden hatten.

Jeff Whitefoot, der Polizeiarzt, den Lapslie in dem aufgegebenen Atombunker über dem Leichnam des Landstreichers hatte stehen sehen, ging gerade, so grimmig und zielstrebig wie eh und je. Hinter ihm erschien Jim Thomson, der Leiter der Spurensicherung, mit zwei hellblauen Schutzanzügen und Überschuhen.

»Ziehen Sie die hier an und bleiben Sie auf den Plattformen, wenn Sie den Tatort betreten.«

Sie blieben auf den Plattformen, damit ihre Füße den Boden nicht berührten und ihn kontaminierten. Als er in das Krankenzimmer trat, roch Lapslie Fäkaliengeruch. Das war das unerwähnte Resultat des plötzlichen Todes: Darm und Blase entleerten sich. Den Angehörigen erzählte das natürlich nie jemand. Es war ein Polizeigeheimnis.

Lapslie blieb bei dem ersten Leichnam stehen und blickte auf ihn hinab. Der Kopf wies zwei deutliche Einschusslöcher, aber keinerlei Austrittswunden auf. Auf dem Gesicht des Polizisten lag ein schockierter Ausdruck. Sein Leben war binnen eines Augenblicks ausgelöscht worden, und bestimmt hatte er keine Ahnung gehabt, was mit ihm geschah, und doch hatte die Tatsache, dass ihm sein Leben so plötzlich, so unerwartet entrissen worden war, irgendwo in seinem Unterbewusstsein einen Schock durch seinen restlichen Körper schießen lassen. Diese furchtbare Verzweiflung manifestierte sich in seinem Gesicht, verzerrte es zu der hässlichen Maske, die Lapslie jetzt vor sich sah. Dieser Mann ruhte nicht friedlich, und das würde er auch nie tun: Er hatte zu viel zu früh verloren.

Bradbury unterbrach seine Gedanken. »PC Tom Spencer.«

Lapslie nickte. Es gab nichts, was er sagen könnte. Selbst jetzt noch, nach all den Jahren und all dem Tod, mit dem er es zu tun gehabt hatte, hatte es immer noch etwas Grauenvolles, einen von den eigenen Leuten tot daliegen zu sehen, ermordet im Dienst an der Gemeinschaft. Die Wahrheit war, es hätte jeder von ihnen sein können, jederzeit.

»Er war verheiratet«, fuhr Bradbury fort. »Hatte einen kleinen Sohn.«

Langsam richtete Lapslie sich auf und wandte sich dem zweiten Leichnam zu. Die Polizistin lag auf dem Rücken, ihr Gesicht starrte ausdruckslos zur Decke empor.

»PC Susan Cradock.«

Obwohl sie sich alle Mühe gab, es zu verbergen, bemerkte Lapslie einen deutlichen schmerzlichen Unterton in Bradburys Stimme. Er schaute sie an und sah, wie sie sich etwas aus dem Auge wischte. »Alles okay?«

Sie nickte. »Ja.«

»Haben Sie sie gekannt?«

Bradbury nickte. »Ja, ich war auf ihrer Hochzeit.«

»Eine gute Polizistin?«

»Eine ganz tolle. Die Beste in allem. Sie wäre eines Tages Polizeichefin geworden, und zwar nicht, weil sie immer das Richtige gesagt hat, sondern weil sie das Richtige *getan* hat.«

Mitfühlend betrachtete Lapslie sie. »Ich kann Sie ein paar Tage von den Ermittlungen freistellen, wenn das hilft.«

Bradburys Gesicht wurde hart. »Nein. Ich will diesen Dreckskerl zu fassen kriegen, mehr, als ich jemals irgendetwas gewollt habe. Ich bleibe dabei, bis es vorbei ist.«

Lapslie blickte abermals auf PC Cradock hinunter. Ihr Gesicht sah viel gefasster aus als Spencers. Merkwürdig, wie zwei Menschen zur selben Zeit auf dieselbe Weise gestorben sein und dabei so verschieden aussehen konnten. Düster fragte er sich, ob im Tod wohl die Persönlichkeit an die Oberfläche kam und sich ein letztes Mal zeigte.

»Kann ich Sie kurz sprechen, Chief Inspector?«

Chief Superintendent Alan Rouse stand in der Tür und sah ihn finster an. Ganz gleich, was er sagen wollte, Lapslie wusste, dass es nichts Gutes sein würde. Er folgte Rouse aus dem Zimmer und ins Treppenhaus der Feuertreppe; genau jene Treppe, die Elizabeth Turner anscheinend hinuntergeschafft worden war, als sie entführt worden war.

»Verdammte *Scheiße*, was ist hier passiert, Mark?«

»Ich hätte gedacht, das ist offensichtlich.«

»Gut, neue Frage: *Warum* ist das passiert, verdammte Scheiße? Warum nur zwei Constables, warum ist sie nicht an einen sicheren Ort gebracht worden? Was zum Teufel ist hier los?«

»Sie wurde von zweien unserer besten Schützen bewacht. Vor dem Krankenhaus waren noch einmal vier weitere Polizisten postiert. Das ist mehr, als vorgeschrieben ist.«

»Aber es hat nicht gereicht, nicht wahr, Mark? Wir haben zwei tote Polizisten und ein Entführungsopfer, auf das wir hätten aufpassen müssen.«

»Wer immer der Kerl ist«, sagte Lapslie und starrte die Wand an, »er ist kein Durchschnittskiller.« Er seufzte. »Das habe ich nicht kommen sehen. Ich dachte, der Ehemann wäre seine Zielperson. Ich bin nie auf den Gedanken gekommen, dass er hinter der Frau her sein würde.«

»Nein, der Gedanke ist Ihnen nicht gekommen, nicht wahr?« Rouse machte ein grollendes Geräusch ganz hinten im Rachen. »Was soll ich denn Ihrer Meinung nach den Medien erzählen? Die hängen alle draußen rum und warten auf einen Kommentar.«

»Bei allem Respekt, Sir, das ist *Ihr* Problem. Mein Problem ist, Elizabeth Turner zu finden, ehe ihr etwas zustößt.«

»Das ist nicht mehr Ihr Problem. Es tut mir leid, Mark, aber ich entziehe Ihnen die Leitung des Falls. Ich möchte, dass Sie als Berater fungieren, nicht als Ermittlungsleiter.«

Lapslie war wie vor den Kopf geschlagen. »*Was?*«

»Das hat nichts mit Ihren Entscheidungen zu tun, und es wird sich auch nicht auf Ihre Dienstbeurteilung auswirken.«

Lapslie spürte, wie der Zorn in seinem Innern wuchs. »Und warum dann? Ich bin ganz dicht davor, jemanden festzunehmen, Sir, ich weiß es.«

»Selbst wenn das stimmen würde, Sie müssen den Fall abgeben. Ich übertrage ihn Alan Shaw. Er ist bereit für etwas Größeres.«

»Wieso?«, fragte Lapslie grob.

»Weil Sie nicht in einem Fall ermitteln können, bei dem Sie selbst betroffen sind.«

Es herrschte Schweigen, während Lapslie diese Worte verarbeitete. »Dann haben Sie also von dem dreizehnten Sarg gehört?«

»Man hat es mir erzählt.«

»Wer hat es Ihnen erzählt?«

Rouse zögerte kurz, offensichtlich überlegte er, ob er mit der Sprache herausrücken sollte oder nicht. »Jeff Whitefoot.«

»Jeff?« Lapslie seufzte. Er kannte den Polizeiarzt schon seit Jahren. Das bewies doch wieder einmal, dass man niemandem trauen konnte. »Ich kann die Ermittlungen trotzdem leiten. Dass ich eine Zielperson sein könnte, macht mir keine Angst.«

»Aber *mir*, Mark. Ich will Sie nicht in der ersten Reihe einer Ermittlung haben, wenn irgend so ein Verrückter gerade auf Sie anlegt. Ich kann's mir nicht leisten, Sie zu verlieren. Ich will Sie irgendwo haben, wo Sie isoliert sind, geschützt. Und muss ich Sie darauf hinweisen, dass der Verteidiger sofort ›Foul!‹ brüllt und die Klage abweisen lässt, wenn Sie wirklich jemanden festnehmen und dann vor Gericht herauskommt, dass Sie ein potenzielles Ziel waren?«

Lapslie seufzte. Er wusste, dass Rouse nicht unrecht hatte; deswegen hatte er ja auch nicht gewollt, dass der Mann davon erfuhr. »Und was ist mit Sergeant Bradbury?«, fragte er.
»Das ist Inspector Shaws Entscheidung …«
»Sorgen Sie dafür, dass er sie behält, und ich bin ein braver kleiner Junge und befolge alle Befehle«, knurrte er bitter.
Rouse nickte. »Einverstanden.«
Nachdem die Entscheidung nunmehr gefallen war, streckte Rouse die Hand aus. »Nichts für ungut, Mark. Bestimmt ist es so am besten. Shaw wird schon jemanden festnehmen. Ich möchte, dass Sie Ihre Zeit damit verbringen, Ihre alten Fälle durchzusehen. Wenn dieser Mörder Ihren Tod will, dann hat er einen Grund dafür, und dieser Grund muss mit irgendetwas aus Ihrer Vergangenheit zu tun haben. Finden Sie raus, was es ist.«
Lapslie schüttelte die ausgestreckte Hand, machte kehrt und ging wortlos davon. Er war sich nicht sicher, ob er diplomatisch korrekt bleiben könnte.

Lapslie wusste, dass er den anderen und der ganzen Situation aus dem Weg gehen musste. Die offenkundige Lösung war nicht sein abgelegenes Cottage, sondern sein Boot. Nur wenige kannten seinen Liegeplatz. Allerdings hatte er nicht die Absicht, in See zu stechen.
Ihm war klar, dass der nächste Teil der Ermittlungen zum großen Teil Bradbury obliegen würde, und sie würde sich beeilen müssen. Lapslie traute weder Rouse noch Shaw. Die würden bei einer aufsehenerregenden Verhaftung wie der, auf die sie hofften, ihre eigenen Favoriten dabeihaben wollen. Den größten Teil des ersten Tages verbrachte Lapslie damit, zusammen mit George sein Boot aus dem Wasser zu holen und es zum Streichen aufzupallen. Das war das Einzige, was laut George nach den kürzlich erfolgten Reparaturen noch gemacht werden

musste. Er hatte genug Lebensmittel für etwa einen Tag besorgt, und er war gern bereit, in der Kajüte zu übernachten. Tatsächlich machte es ihm sogar Spaß. Er musste sich bloß irgendwie beschäftigen, bis Bradbury mit Neuigkeiten auftauchte.
Der nächste Tag war weitgehend wie der vorige. Er arbeitete mit George an dem Boot, schmirgelte und scheuerte, doch Bradbury meldete sich nicht. In müßigen Momenten wanderten seine Gedanken zu seinen früheren Fällen, suchten nach jemandem, der sich vielleicht rächen wollte, doch es war hoffnungslos. Es waren zu viele. Immer wieder musste er an Elizabeth Turner denken, entführt, und an ihren Ehemann Tony Turner, der vor Sorge bestimmt fast von Sinnen war. Lapslie war zu sehr in das Ganze involviert, und es war ihm zu wichtig. Und außerdem, dachte er, was, wenn Shaw ganz allein auf die Lösung kam? Was, wenn Lapslie die ganze Zeit falschgelegen hatte? Das war der Moment, beschloss er, wo er in den Sonnenuntergang davonsegeln müsste.
Am dritten Tag tauchte Bradbury endlich auf. DC Parkin und DC Pearce begleiteten sie. Lapslie zog Bradbury zur Seite. »Was zum Teufel machen die denn hier?«
»Sie wollen helfen.«
»Kann man sich auf sie verlassen?«
Bradbury nickte. »Man kann sich auf sie verlassen, die können Shaw noch weniger ausstehen als Sie. Außerdem, soweit es sie betrifft, wählt man von zwei Übeln besser das, das man kennt.«
»Hat jemand gesehen, wie Sie hergefahren sind? An Rouses Stelle würde ich mich beschatten lassen, nur für den Fall, dass der Täter das Ziel wechselt.«
Bradbury zeigte auf Parkin und Pearce. »Darf ich vorstellen, Ihr Beschattungsteam.«
»Das war bestimmt nicht leicht hinzukriegen.«

»Musste bloß ein bisschen mit dem Dienstplan herumspielen.« Lapslie betrachtete die beiden einen Moment lang. »Okay, alle Mann an Bord, und ich setze Teewasser auf.«
»Und wie sieht's mit Schinkenbrötchen aus, Sir?«
Nachdem er sein zweites Schinkenbrötchen zur Hälfte verdrückt hatte, stellte Lapslie die Frage, die sich aufdrängte. »Also, wie kommt Shaw denn so klar?«
»Organisiert alles um«, antwortete Bradbury.
»Das heißt … er reißt das Team auseinander?«
Bradbury nickte. »Und damit hat sich's dann in etwa.«
Parkin meldete sich zu Wort. »Ach ja, das hier ist irgendwie in meine Tasche geraten. Muss reingefallen sein, als ich das Büro verlassen habe.« Er reichte Lapslie zwei große Umschläge. »Das sind Kopien von dem ganzen relevanten Ermittlungskram. Namen, Adressen, Telefonnummern.«
Bradbury stellte ihre Teetasse hin, räusperte sich und fuhr fort. »Und dann haben wir auch noch ein paar Sachen herausgefunden.«
»Schießen Sie los.«
»Erinnern Sie sich an die Leute auf Richard Dales Beerdigung, die, die alle in derselben Jury gesessen haben?«
Lapslie nickte.
»Also, der Prozess war 2004. Der Angeklagte war ein Mann namens Edward Dakker.«
»Der Vergewaltiger?«
»Der *mutmaßliche* Vergewaltiger. Nicht vergessen, er wurde für nicht schuldig befunden.«
Lapslie schüttelte den Kopf. »Von wegen. Vor allem in Anbetracht dessen, was dann passiert ist.«
»Jedenfalls, wir haben die Namen aller Personen ausfindig machen können, die in dieser Jury waren.«
»Und wer waren die?«

»Ganz normale Leute, die als Juroren berufen worden sind, so wie Tausende vor und nach ihnen. Jedenfalls war die Beweislage offensichtlich nicht ausreichend, also haben sie ihn laufen lassen …«

Lapslie war aufgewühlt. »Ich weiß, ich erinnere mich. Ich habe damals die Ermittlungen geleitet. Als er freigesprochen wurde, war ich völlig fertig. Konnte es nicht begreifen.«

»Na ja, was auch immer der Grund war, die Jury hat es begriffen. Sie haben die Entscheidung getroffen.«

»Es sind doch wohl nicht die Leute aus der Jury, die ermordet werden, oder?«

Bradbury schüttelte den Kopf. »Nein, es sind ihre Kinder.«

»Es sind ihre *was*?«

»Ihre *Kinder*. Jane Summers, die Krankenschwester, die erwürgt worden ist, war die Tochter von Jack und Amelia Summers, und so geht es weiter. In jedem Mordfall, mit Ausnahme von einem, sind unsere Opfer die Kinder der Juroren, die Dakker für nicht schuldig erklärt haben.«

»Sie sagen, mit Ausnahme von einem. Wer war das?«

»Ein Model namens Clair Brett. Sie war die Nichte eines der Juroren, eines Mannes namens Colin Brett. Hat in ihrem eigenen Jacuzzi einen Stromschlag gekriegt und ist quasi gekocht worden.«

»Wieso sollte Dakker sich denn rächen wollen? Sie haben ihn doch für nicht schuldig erklärt. Hat er nicht außerdem das Land verlassen?«

»Ja, hat er. Er ist nach Australien gegangen und hat dort eine neunzehnjährige Studentin namens Alice Henry vergewaltigt und ermordet. Anscheinend in einer Kirche.«

Lapslie nickte ernst. »Jetzt erinnere ich mich. Wenn diese verdammte Jury doch nur ihren Job richtig gemacht hätte, dann wäre sie vielleicht noch am Leben.«

»Ich glaube, das hat ihr Vater auch gedacht.«
»Sie denken, ihr Vater ist der Täter?«
Bradbury nickte und bedachte ihn mit einem merkwürdigen halben Lächeln. »Ich bin mir sicher.«
»Wir haben aber keinen Verdächtigen namens Henry.«
»Stimmt«, antwortete Bradbury, »aber das kommt nur daher, dass sich ihre Eltern getrennt haben, als sie noch klein war, und sie hat den Mädchennamen ihrer Mutter benutzt, Henry.«
»Und wie hieß sie dann richtig?«
»Whitefoot.«
»Wir haben aber auch keinen Verdächtigen namens Whitefoot«, wandte Lapslie ein.
»Aber«, erwiderte Bradbury leise, »wir haben einen Polizeiarzt namens Whitefoot, stimmt's? Jeff Whitefoot.«

TEIL 10

Jetzt, wo er beschlossen hatte, seine Pläne zu ändern und die Frau des Lehrers zu töten, war es nur recht und billig, dass er ihr eine Puppe machte. Er fertigte gern Puppen an; die detaillierte, sorgfältige Arbeit machte ihm Freude. Von all den verschiedenen Kunst- und Werkkursen, die ihm die Psychiater, die ihn nach dem Tod seiner Tochter wegen Depressionen behandelt hatten, angeboten hatten, hatte er Puppenmachen am heilsamsten gefunden. Nicht dass das Alice zurückgebracht hätte, natürlich. Wäre diese verdammte Jury nicht gewesen, dann wäre sie jetzt bei ihm. Vielleicht hätte sie ihm sogar schon Enkelkinder geschenkt.

Seine jüngste Botschaft von Gott hatte er empfangen, als er vorhin im Supermarkt gewesen war und Vorräte eingekauft hatte. Diese Botschaft war nicht indirekt oder subtil, diese hier konnte nicht missverstanden werden, wenn er gerade nicht aufpasste. Sie war direkt an ihn gerichtet. Als er an einem Mann vorbeigekommen war, der einen Einkaufswagen schob, hatte er diesen ganz deutlich sagen hören: »Sie muss dir deine Tochter zurückgeben.« *Schockiert hatte er sich umgedreht, doch der Mann hatte die Regale angeschaut, nicht ihn. Er hatte sich nicht verhört, denn gleich darauf war der Lautsprecher knisternd zum Leben erwacht, und eine Stimme hatte verkündet:* »Falls ein Mr Whitefoot anwesend ist, könnte er dann bitte zur Kenntnis nehmen, dass sie ihm seine Tochter zurückgeben muss. Vielen Dank.«

Was Gott von ihm wollte, war klar. Ehe er die Frau des Lehrers tötete, musste er sie schwängern. Er würde die Tochter ersetzen, die er verloren hatte. Dann würde es nicht nur Tod sein, was aus seiner Mission entstand, sondern auch Leben. Das *war es, was* Gott *wollte.* Das *war die ganze Zeit das Endziel des Plans gewesen, nicht etwas Negatives, sondern etwas Positives.*

Sie schien eine gesunde, kräftige junge Frau zu sein; es sollte also eigentlich nicht schwer sein, sie zu schwängern. Er war schließlich Arzt und hatte in seinem Leben schon so einigen Kindern auf die Welt geholfen, das würde also auch kein Problem sein. Er würde sie untersuchen müssen, um sich zu vergewissern, dass sie keine Spirale oder Ähnliches in ihrem Schoß verbarg. Wenn sie die Pille nahm, so würde deren Wirkung sehr schnell nachlassen, wenn sie damit aufhörte, und eine »Pille danach« würde es natürlich nicht geben.

Hundertprozentig glücklich war er über all das Töten nie gewesen. Es war nötig, das war ihm klar, und Gott hatte ihn die ganze Zeit ermutigt und beschützt, jetzt jedoch, am Ende des Ganzen, hatte seine Reise ihn zum Leben geführt anstatt zum Tod. Er empfand dieselbe Erleichterung, die seiner Vorstellung nach Abraham verspürt haben musste, als, nachdem ihm befohlen worden war, seinen Sohn Isaak auf dem Berge Moriah zu opfern, der Befehl im letzten Augenblick zurückgenommen worden war. Es war eine Glaubensprüfung gewesen, und dies hier war auch eine.

Mit präzisen Bewegungen arbeitete er an der Puppe. Da dies einer der wenigen spontanen Entschlüsse in seinem Leben gewesen war, hatte er keine Kleider von Elizabeth Turner, also konnte er der Puppe nichts zum Anziehen machen. Schließlich hatte er beschlossen, Stücke des Pyjamas zu verwenden, den sie getragen hatte, als er sie aus dem Krankenhaus geholt hatte. Er hatte ihr bereits vom Hinterkopf eine dicke Haarsträhne abgeschnitten und nähte die Haare jetzt in den Kopf der

Puppe, also hatte er wenigstens etwas von ihr in seine Schöpfung eingebracht.
Sie neun Monate lang versteckt zu halten würde das größte Problem werden. Am Schluss ihren Leichnam zu entsorgen, das würde relativ einfach sein. Er würde ihr Kleider und Decken kaufen müssen. Ihren Gesundheitszustand überwachen, dafür sorgen, dass sie es warm hatte und bei Kräften blieb. Es gab eine Menge zu bedenken. Wenn das Baby geboren war, würde er sie mit einer raschen Injektion erledigen – wahrscheinlich Insulin. Schnell und schmerzlos. Er würde es tun, wenn sie schlief.
Andererseits, überlegte er, sollte er sie vielleicht noch eine Weile am Leben lassen für den Fall, dass dem Kind etwas zustieß und er wieder von vorn anfangen musste.
So viele Möglichkeiten, so viele Optionen. Zum ersten Mal seit langer Zeit war er … unsicher. Anstatt auf dem Pfad zu bleiben, der sein Leben so viele Jahre lang definiert hatte, hatte er jetzt Optionen. Es würde einige Zeit dauern, sich daran zu gewöhnen.
Das Gute war, wenn alles so lief wie geplant, sollten sowohl Tony Turner als auch Lapslie noch vor Ende dieses Tages tot sein. Die Polizei würde es bald leid sein, nach Elizabeth Turner zu suchen – das war bei Vermisstenfällen immer so, nachdem die ersten paar Wochen vergangen waren. Dann hatte er es geschafft. Natürlich würde er dafür sorgen, dass sie ihre Leiche niemals fanden. Das würde nur wieder alles aufwirbeln. Er würde mit dem Kind das Land verlassen, sich in Kanada oder Australien niederlassen, wo keinerlei peinliche Fragen gestellt werden würden. Statt den Rest seines Lebens in Trübsal zu verbringen, hatte er tatsächlich etwas, worauf er sich freuen konnte.
Er vollendete die Puppe und begutachtete sie. Kein schlechtes Ebenbild. Er war zufrieden mit seiner Arbeit. Jetzt brauchte

er nur noch den Sarg zu basteln, und das war's. Ende der Durchsage.
Dies hier würde seine letzte Puppe sein. Er wollte keine mehr machen, er wollte jetzt aufhören. Aufhören zu töten. Mit einem neuen Kind, um das er sich kümmern musste, konnte er sich endlich auf die Lebenden konzentrieren. In seinem Leben würde Licht herrschen, nicht Dunkelheit. Es war ein schönes Gefühl.
Er stand auf, ging zu seinem Schreibtisch hinüber und machte sich daran, die letzten beiden Briefe zu schreiben, jene, die allem ein Ende machen würden. Nicht planen hieß scheitern.
Beim Schreiben lächelte er in sich hinein. Wenn das Kind ein Mädchen war und Puppen haben wollte, dann würde er keine machen. Er würde einfach welche kaufen.

Sie parkten ein Stück entfernt auf der ungepflasterten Straße, die zu Whitefoots abgelegenem Haus führte. Pearce und Parkin bewaffnet in einem Wagen, Lapslie und Bradbury in dem anderen. Pearce und Parkin durften Waffen tragen, allerdings waren sie hier nicht offiziell im Einsatz. Bradbury war illegalerweise ebenfalls bewaffnet; bei Lapslie war sie sich nicht sicher.
Als Bradbury das Handygespräch beendete, fragte Lapslie: »Bei Tony Turner ist also noch alles abgesichert?«
»Ja. Sie haben sein Haus verrammelt wie Fort Knox. Drei Mann drinnen, zwei draußen. An den kommt Whitefoot nicht so leicht ran.«
Lapslie nickte. Er hatte zugehört, wie Bradbury auf seine Anweisungen hin das Team, das Tony Turner bewachte, davon in Kenntnis gesetzt hatte, dass Whitefoot als Hauptverdächtiger galt, damit die Männer wussten, nach wem sie Ausschau halten mussten.
»Hoffen wir, dass das genügt.«

Bradbury stieß sachte einen tiefen Atemzug aus und schaute nach vorn. »Sind Sie sicher, dass das eine gute Idee ist, Sir? Sie sollten doch eigentlich außen vor bleiben. Wenn wir Rouse Bescheid sagen, kann er in einer halben Stunde ein bewaffnetes Team hier aufkreuzen lassen.«
»Gute Ideen sind nicht immer meine Stärke«, erwiderte er mit gequältem Lächeln. Dann fügte er nach kurzem Überlegen in ernsterem, weniger flapsigem Ton hinzu: »Ich will Whitefoot drankriegen. Und zwar persönlich. Ich will das nicht in den Nachrichten hören oder zusehen, wie Alan Shaw die Lorbeeren dafür einstreicht, ihn geschnappt zu haben. Ich kenne den Mann, hab mich mehr als einmal aufrichtig mit ihm betrunken.« Als er das sagte, fragte er sich, ob diese persönliche Beziehung ihn vielleicht davon abgehalten hatte, die Signale früher zu deuten: dass Whitefoot damals in dem Bunker dabei gewesen war, das Insiderwissen, die Medizinkomponente. Dass Whitefoot der enige gewesen war, der Rouse berichtet hatte, dass Lapslie die dreizehnte Puppe war, damit er von den Ermittlungen abgezogen wurde. Die Zeichen waren alle vorhanden gewesen, wenn er sich nur die Mühe gemacht hätte, tiefer zu graben, und jetzt gab er sich zum Teil selbst die Schuld. Er seufzte. »Wenn Sie aussteigen wollen, tun Sie's jetzt. Ich würde es Ihnen nicht übel nehmen. Hat ja keinen Sinn, Sie mit in den Abgrund zu reißen.«
Bradbury wandte den Blick ab. »Sie wissen genau, dass ich das nicht tun würde. Ganz oder gar nicht. Außerdem wäre der Job ohne Sie eh nicht mehr dasselbe.«
»Und was würden Sie dann tun?«
Bradbury zuckte die Schultern. »Was machen Ex-Bullen denn so?«
Lapslie schmunzelte. »Einen Pub aufmachen? Privatdetektiv? Security?«

Bradbury lachte. »Ich glaube, ich würde wieder aufs College gehen und Lehrerin werden.«
Lapslie war verblüfft. »Lehrerin! Sie würden den kleinen Scheißern irgendwann die Hucke vollhauen.«
»Ich dachte eigentlich, kleine Kinder sind leichter unter Kontrolle zu halten.«
Lapslie sah sie an. »Sie haben keine Kinder, stimmt's?«
Bradbury schüttelte den Kopf. »Keine, zu denen ich mich bekennen würde.«
»Dachte ich mir. Sonst würden Sie nicht glauben, dass kleine Kinder Schwächlinge sind.«
»Ich habe nicht gesagt …«
Ehe sie den Satz vollenden konnte, knisterte ihr Funkgerät. Es war Pearce. »Sind in Position. Es kann losgehen.«
Lapslie nahm Bradbury das Funkgerät aus der Hand. Als sie den Einsatz besprochen hatten, hatten sie darauf geachtet, ein sicheres Funknetz einzurichten. »Achten Sie darauf, dass Ihre Waffen entsichert sind.«
»Danke für den Tipp, Sir. Wären wir nie drauf gekommen.«
Lapslie lächelte. »War nur eine Variante von ›Viel Glück‹. Nicht vergessen, behalten Sie die Rückseite des Hauses im Auge. Bleiben Sie in Position, es sei denn, er kommt hinten raus.«
»Verstanden.«
»Wenn Sie zum Schuss kommen, machen Sie sich nicht die Mühe, ihn zu warnen, feuern Sie einfach. Der Dreckskerl ist gefährlich. Bradbury und ich werden schwören, dass wir Sie eine Warnung haben brüllen hören.«
»Alles klar. Hatten wir sowieso vor.«
Bradbury nahm Lapslie das Funkgerät wieder ab. »Sie verlangen ganz schön viel.«
»Ich verlange Gerechtigkeit.«

»Unter Einsatz des Lebens und des Vertrauens Ihrer Untergebenen.«
»Das gehört dazu«, erwiderte er ungerührt. Er zeigte auf die Neun-Millimeter-Pistole, die sie in der Hand hielt, tief neben dem Körper, sodass sie durchs Fenster nicht zu sehen war, obgleich niemand in der Nähe war.
»Und wo kommt die her?«
»Das war ein Geburtstagsgeschenk von Dom, okay?«
»Ich hätte ihn ja eher für einen Liebhaber von Spitzenunterwäsche gehalten.«
»Nein, das war mein Geschenk für ihn.«
Lapslie nickte lächelnd. »Okay, dann wollen wir mal.«
Als Bradbury sich zum Aussteigen anschickte, packte er sie am Arm. »Was ich eben gesagt habe, gilt auch für Sie: Erst schießen …«
»… dann Fragen stellen?«
Lapslie lächelte ein Wolfslächeln. »Na ja, nicht, wenn Sie zuerst schießen.«
Lapslie ging den Weg hinunter, während Bradbury ihm mit ihrer Automatik Deckung gab. Sie war eine gute Schützin, hatte beim Kurs in der Ausbildung als Beste abgeschnitten. Das Problem bei Kursen, dachte sie, ist, dass niemand zurückfeuert. Sie hoffte inständig, dass sie nicht danebenschießen würde, wenn der gute Doktor Whitefoot in Erscheinung treten sollte.
Ihr kam ein finsterer Gedanke: Und wenn es nun doch nicht der Arzt war? Wenn es nur jemand anderes war, der den Arzt und die Bindeglieder zwischen ihm und den Morden als Tarnung benutzte? Das hatte Bradbury im Laufe ihres Berufslebens schon mehr als einmal erlebt. Obwohl sie fand, dass die Beweislage gut war, hatte sie doch schon erlebt, wie bessere Beweise als diese bei genauerem Hinsehen nicht standhielten,

vor allem vor Gericht. Alles, was sie im Moment hatten, waren Indizienbeweise, und sie hatten viele Mutmaßungen angestellt. Wenn sie ihn nun erschoss, um Lapslie zu schützen? Sie hielt eine Pistole in der Hand, für die sie keinen Waffenschein hatte, und sie waren nicht offiziell im Einsatz. Verflucht, Lapslie war sogar vom Dienst abgezogen worden. Das alles konnte ihr gewaltig um die Ohren fliegen, und sie könnte sich in Holloway wiederfinden, und zwar lebenslänglich! Bei einer so gefährlichen Operation wie dieser hier sollte der Einsatzort weiträumig abgesichert sein, Sondereinsatzkräfte sollten vor Ort sein, ausgerüstet mit sämtlichen der Menschheit bekannten Waffen. Scharfschützen, sogar die SAS, die Special Armed Forces. Und sie waren zu viert, und keiner von ihnen hatte innerhalb des letzten Jahres eine Waffe abgefeuert. Von wegen Holloway, dachte sie düster, wahrscheinlich würde man sie am Schluss mit einem Union Jack drapiert auf dem Friedhof ihres Viertels bestatten. Wieso zum Teufel ließ sie sich von Lapslie in solche Situationen bringen? Sie schützte nicht sein Leben mit ihrer Neun-Millimeter-Automatik, sondern sein Ego. Er konnte es einfach nicht ertragen, unrecht zu haben. Er konnte es nicht aushalten, dass ein anderer Detective einen seiner Fälle übernahm und ihn am Ende gar noch löste. Um das zu verhindern, war er zu allem bereit, sogar dazu, Gesetze zu brechen, und sollte es dazu kommen, so würde er sein Leben gefährden – und was noch schlimmer war, ihres auch. Wenn das hier vorbei war, schwor sie sich im Stillen, dann war sie es sich schuldig, ihre Beziehung zu ihm gründlich zu überdenken.

Pearce und Parkin hatten den Drahtzaun bereits durchgeschnitten. Lapslie schlüpfte hindurch und marschierte entschlossen die ungepflasterte Straße hinauf, während er die ganze Zeit Ausschau hielt, ob sich irgendetwas rührte. Nichts. Das Problem war nur, in Anbetracht von Whitefoots offenkundigem Geschick mit einem Scharfschützengewehr würde er tot sein und es nicht einmal merken. Seine einzige Chance war, dass er die Probeschüsse hörte und Deckung finden konnte.

Er erreichte schnell die Haustür, klopfte laut und wartete, wobei er darauf achtete, neben der Tür zu stehen, für den Fall, dass ein Feuerstoß daraus hervorbarst.

»Jeff? Dr. Whitefoot? Hier ist Mark Lapslie!«

Näher, dachte er bei sich, würde er »Aufmachen! Polizei!« nicht kommen.

Er sah sich nach Bradbury um, die am Boden festgewachsen zu sein schien; nur ihre Arme ruckten von Zeit zu Zeit, während sie eine Reihe Fenster nacheinander mit ihrer Pistole anvisierte. Er wusste wirklich nicht, was er ohne sie machen würde. Anscheinend akzeptierte und verstand sie ihn, mit all seinen Fehlern, Mängeln und Schrullen. Das Ganze war wie eine gut funktionierende Ehe – eine professionelle zwar, aber nichtsdestotrotz eine Ehe. Sie war sogar bereit, ohne zu fragen ihr Leben zu riskieren. *Das* war Loyalität. Wer sonst würde das für ihn tun?

Als auch nach ein paar Minuten niemand an die Haustür kam, klopfte Lapslie noch einmal, diesmal noch lauter. Noch immer nichts. Er trat zurück und suchte die Fassade nach einer Alarmanlage ab. Es gab keine, was ihn zugleich überraschte und freute. Ohne weiteres Zögern schlug er die Türscheibe ein, griff hinein und entriegelte innen das Schloss. Whitefoots Sicherheitsvorkehrungen waren wirklich dürftig. Lapslie war verblüfft. Vielleicht wollte der Mann ja bloß keine Aufmerksamkeit erregen, überlegte er. Trotzdem, das war merkwürdig.

Als er sich anschickte, die Tür aufzudrücken, hörte er Bradbury rufen: »Halt, verdammt noch mal! Warten Sie!«
Die Dringlichkeit in ihrer Stimme ließ ihn augenblicklich innehalten. Bradbury kam angerannt. »Das war zu einfach, Boss. Sind Sie sicher, dass dadrin keine Selbstschussanlagen sind?«
Das war etwas, woran Lapslie nicht gedacht hatte, jetzt jedoch, wo Bradbury ihn darauf hingewiesen hatte, war es verflucht logisch. Trotzdem musste er dort hinein, er hatte gar keine andere Wahl. Suspendierte Detectives bekamen keine Verstärkung. Er sah Bradbury an. »Gehen Sie wieder dahin zurück, wo Sie gestanden haben.«
»Sie wollen doch nicht etwa da reingehen?«
»Mir bleibt nichts anders übrig.«
»Doch«, widersprach sie drängend. »Natürlich. Was ist wichtiger: die Tatsache, dass er gefasst wird, oder dass Sie ihn fassen?«
Lapslies Verstand debattierte nicht eine Sekunden lang. »Dass ich ihn fasse.«
»Auch wenn es Sie das Leben kostet?«
»Ja. Auch wenn es mich das Leben kostet.«
Ihrer Miene war anzusehen, dass ihr klar war, dass es nichts mehr gab, was sie noch sagen konnte.
»Und jetzt gehen Sie zurück; dahinten sollten Sie in Sicherheit sein.«
Urplötzlich beugte sich Bradbury vor und küsste ihn. Es war nur ein flüchtiger Kuss, aber er traf Lapslie völlig unvorbereitet. Sie sah ihn an. »Machen Sie sich keine falschen Vorstellungen, das war bloß ein Abschiedskuss.« Damit machte sie kehrt und rannte zu ihrer Position zurück.
Nachdenklich drehte Lapslie sich um und fing an, den Türrahmen abzutasten, suchte nach Stolperdrähten. Bomben waren simpel, Frauen waren kompliziert. Es waren keine Drähte

da. Er drückte die Tür auf, ließ sich langsam auf Hände und Knie sinken und kroch ins Haus, suchte nach Anzeichen für eine Druckplatte. Dabei ließ er sich Zeit, tastete sich den Flur entlang. Als er schließlich sicher war, dass hier nichts dergleichen war, erhob er sich. Es war an der Zeit, ein Risiko einzugehen. Wenn er in die Luft gesprengt wurde, war das sein Problem. Bradbury und die Jungs waren in Sicherheit, und sie wussten alle drei genug, um Whitefoot festzunehmen. Der Polizeiarzt war erledigt, so oder so.

Langsam schritt er von Zimmer zu Zimmer. Wonach er suchte, wusste er nicht genau; er wusste nur, dass er es erkennen würde, wenn er es sah. Nichts fiel ihm ins Auge. Keine Puppen, keine Bilder, nichts, was auf die SAS hingewiesen hätte, nur das, was er vom Haus eines ganz normalen Arztes in mittleren Jahren erwarten würde. Als er sich endlich überzeugt hatte, dass alles okay war, winkte er Bradbury herein.

»Und, haben Sie was gefunden?«

Lapslie schüttelte den Kopf. »Nichts. Überhaupt nichts.«

»Dann ist es also immer noch möglich, dass Dr. Whitefoot vielleicht gar nicht der Täter ist?«

Wieder schüttelte Lapslie den Kopf. »Doch, er ist es.«

»Aber Sie haben doch keinerlei Beweise; wie können Sie sich da so sicher sein?«

»Bauchgefühl.«

Bradbury war nicht überzeugt. »Das reicht nicht, Sir. Dass er der offenkundigste Kandidat ist, heißt noch nicht, dass er es auch getan hat. Das Ganze könnte doch eine Rieseninszenierung sein.«

Lapslie sah sie an.

»Von wem?«

»Von dem wahren Täter. So was hat's doch schon gegeben. Erinnern Sie sich noch an den Fall Bobby Clarke?«

»Das war eine einmalige Sache.«
»Und an den von Jimmy Henshaw?«
»Auch einmalig.«
Bradbury zeigte sich nicht beeindruckt. »Verstehen Sie denn nicht, was ich sagen will?«
»Doch, dass Whitefoot unschuldig ist.«
»Nein. Ich will sagen, dass Sie nicht mit Sicherheit wissen, ob er schuldig ist. Das ist nicht dasselbe.«
Lapslie wusste, dass sie es gut meinte, aber sie lag falsch. »Das sehe ich nicht so.«
»Habe ich auch nicht erwartet.«
Plötzlich klingelte Lapslies Handy, sodass beide Detectives zusammenfuhren. Bradbury war völlig verdattert. »Sie haben Ihr verdammtes Handy angelassen, wenn hier eine Bombe im Haus hätte sein können?«
Lapslie zuckte die Achseln und drückte auf die grüne Taste. »Hallo, Chief Inspector Lapslie? Ja, okay. Was? Oh, verdammt.« Er beendete das Gespräch und versenkte das Handy in seiner Tasche.
»Gibt's Ärger, Sir?«
Lapslie machte ein finsteres Gesicht. »Jemand hat bei mir eingebrochen.«

Lapslie schickte Pearce und Parkin zurück zur Wache, ehe sie noch vermisst würden, mit der Anweisung, kein Sterbenswörtchen darüber zu verlieren, was geschehen war. Bradbury nahm er mit. Da er annahm, dass vor seinem Haus Streifenpolizisten sein würden, ließ er sie ganz unten an der Einfahrt zurück und sagte ihr, sie solle zu Fuß durch den Wald zum Cottage gehen. Er hatte recht: Zwei Streifenwagen, ein Auto der Verkehrswacht und ein Lieferwagen der Hundestaffel warteten auf ihn, als er ankam.

Lapslie stieg aus und wurde von einem Verkehrspolizisten mittleren Alters begrüßt.

»Guten Tag, Sir. Tut uns leid, diese ganze Geschichte. Im Haus waren wir noch nicht, wir warten auf die Spurensicherung.«

»Also, ich warte nicht. Wenn irgend so ein Dreckskerl in meinem Haus war, dann will ich wissen, warum, und was weg ist.«

Als Lapslie sich an ihm vorbeischob, versuchte der Constable, ihn zurückzuhalten. »Ich weiß nicht, ob das ratsam ist, Sir. Sie könnten Beweise zertrampeln.«

»Okay, Sie können alle gehen. Danke, dass Sie gekommen sind; ich übernehme die volle Verantwortung für den Tatort. Ich warte hier auf die Spurensicherung.«

Ohne ein weiteres Wort stiegen die Polizisten in ihre Wagen und fuhren davon, die Einfahrt hinunter. Lapslie folgte ihnen mit dem Blick und sah dabei Bradbury aus dem Wald treten, der sein Cottage umgab. Er winkte sie zu sich, bevor er in sein Haus trat, um zu sehen, was passiert war und ob etwas gestohlen worden war, und wenn ja, was.

Eine rasche Suche ergab, dass dies, genau wie Lapslie vermutet hatte, kein gewöhnlicher Einbruch war. Dies hier war aus einem ganz bestimmten Grund geschehen. Hätte Whitefoot einfach nur bei ihm einbrechen wollen, so wäre er hinein- und wieder hinausgelangt, ohne Alarm auszulösen. Es musste einen Grund dafür geben.

Als Lapslie ins Schlafzimmer trat, sah er den Grund. Auf seinem Bett lag eine Puppe – eine Frau im Pyjama. Daneben lag ein Brief. Die Frau, nahm er an, sollte wohl Elizabeth Turner sein.

Er hob den Brief auf. Er war getippt, und ein Umschlag war nicht vorhanden. Hier würde keinerlei DNS zu finden sein,

keine Fingerabdrücke, nichts, was beweisen könnte, von wem der Brief war. Whitefoot kannte sich aus.
Lapslie entfaltete den Brief und las ihn.

Wie Sie vielleicht wissen, habe ich Elizabeth Turner. Im Augenblick ist sie unversehrt, und so wird es auch bleiben, wenn Sie tun, was ich sage. Gehen Sie um 15 Uhr zu der Kirche, wo ich die kleine Braut umgebracht habe, und warten Sie dort. Ich melde mich bei Ihnen. Ihnen zu sagen, dass Sie niemandem davon erzählen sollen, ist sinnlos, da ich weiß, dass Ihre Arroganz ohnehin nicht zulassen wird, das zu tun. Wir sind vom selben Schlag, Sie und ich.

Lapslie las den Brief noch einmal durch. Während er das tat, kam Bradbury herein.
»Etwas Interessantes?« Er reichte ihr den Brief, und sie überflog ihn rasch.
»Sie wollen doch nicht da hingehen, oder?«
Lapslie nickte. »Ich sehe keine Alternative. Nicht, wenn sie am Leben bleiben soll.«
»Das ist doch irrational; er wird sie umbringen, und Sie auch. Warum sollte er nicht?«
Ihm war klar, dass Bradbury wahrscheinlich recht hatte. »Was bleibt mir denn anderes übrig?«, fragte er niedergeschlagen. »Wenn ich nicht hingehe, bringt er sie um. Wenn ich hingehe, bringt er sie vielleicht um. Das ist ein Fall, wo man den maximalen Gewinn und das Risiko gegeneinander abwägen muss.«
»Er kann Sie aus einem Kilometer Entfernung töten. Sie werden es nicht kommen sehen, Sie werden nicht merken …«
Ehe Bradbury Zeit hatte, ihren Satz zu Ende zu bringen, zer-

splitterte jäh das Schlafzimmerfenster. Sie kippte hintenüber, neben das Bett. Lapslie warf sich zu Boden.
»Emma! Emma, ist alles okay?«
»Erschrocken«, rief sie zurück, »aber nicht verletzt, glaube ich. Aber ich habe meine Pistole fallen gelassen.«
Ein weiteres Fenster ging zu Bruch, und ein großes Stück Putz barst aus der gegenüberliegenden Wand und zerschellte am Boden. Es folgten ein dritter und ein vierter Schuss, die in verschiedenen Teilen des Raumes einschlugen.
Lapslie kroch zu seinem Bett zurück und hob Bradburys Neun-Millimeter-Automatik auf. Er vergewisserte sich, dass eine Patrone in der Kammer war, ehe er sich nach möglichen Zugängen zum Zimmer umsah. Es gab mehrere. Er würde eben auf sein Glück hoffen müssen.
Von irgendwoher im Erdgeschoss rief eine Stimme: »Hallo! Hallo! Hier ist die Spurensicherung! Jemand zu Hause?«
»Runter!«, brüllte er. »Gehen Sie verdammt noch mal in Deckung!«
Lapslie hörte Schritte die Treppe heraufkommen. Der Mann von der Spurensicherung oder der Mörder? Sorgfältig zielte er mit der Pistole dorthin, wo seiner Meinung nach das Herz des Betreffenden sein würde. Er würde zweimal feuern und dann abwarten.
Ehe der Unbekannte die Tür erreichte, schrie Lapslie: »Hier ist Chief Inspector Lapslie. Kommen Sie nicht ins Zimmer, sonst schieße ich!« Seine Stimme klang schriller, als ihm lieb war.
Sofort antwortete eine Stimme: »Okay, Sir, ich habe verstanden. Was soll ich tun?«
»Kommen Sie zur Tür, die Hände über dem Kopf.«
Ein Mann erschien mit erhobenen Händen in der Tür. Er trug einen weißen Overall.

»Okay«, fuhr Lapslie fort, »werfen Sie mir Ihren Dienstausweis rüber.«
Der Mann griff mit einer Hand in die Tasche.
»Vorsichtig.«
Der Mann tat wie geheißen. Lapslie hob den Dienstausweis auf und inspizierte ihn. Er schien in Ordnung zu sein. Außerdem war er sich mittlerweile hinsichtlich zweier Dinge sicher. Erstens: Der Täter würde sich nicht selbst so in Gefahr bringen. Zweitens: Wäre er noch draußen gewesen, so wäre der Spurensicherungsbeamte jetzt tot. Whitefoot schickte ihm lediglich eine Botschaft.
Der Polizeiarzt hatte dies hier zu etwas sehr Persönlichem gemacht, und dafür würde er bezahlen.

Als Jeff Whitefoot von Lapslies Haus wegfuhr, empfand er tiefe Befriedigung. Er hätte Lapslie töten können, gleich dort an Ort und Stelle, aber das wäre zu einfach gewesen. Außerdem gab es da einige wichtige Dinge, die er Lapslie vorher direkt ins Gesicht sagen wollte. Bestimmt würde er in der Kirche auftauchen in der Hoffnung, Elizabeth Turner zu retten. So war er eben. Und dort würde er ihn umbringen, auch dessen war sich Whitefoot sicher.
Es musste natürlich in der Kirche sein. Dort hatte er versucht, Stowell das Ganze anzuhängen, dort war Lapslie zum ersten Mal auf die Morde aufmerksam geworden, und dort musste es enden.
Vorher jedoch musste er noch an Tony Turner denken. Wenn alles gut ging, würde er den Lehrer zuerst töten und sich dann Lapslie vornehmen. Elizabeth Turner war bereits abmarschbereit verpackt. Er würde sich wirklich eine Weile um sie kümmern müssen. Picasso hatte mit siebzig Kinder bekommen, er sollte also keinerlei Probleme haben. Und natürlich wollte Gott, dass es geschah, also würde es geschehen. Bald

könnte er eine neue Familie haben, all die Jahre wettmachen, die er keine gehabt hatte. Vielleicht würde der Schmerz dann nachlassen. Vielleicht würde er ganz verschwinden.
Nicht planen hieß scheitern. Wie gut hatte er alles geplant, und jetzt war er beinahe am Ziel. Mein Gott, dachte er, er war ein Genie. In weniger als vierundzwanzig Stunden würde er sein Leben ganz von vorn beginnen. Kein Töten mehr. Nur noch Leben und noch mehr Leben.

Draußen vor seinem Cottage atmete Lapslie tief durch, sog die kühle Luft des frühen Abends tief in die Lunge.
Sein Handy begann zu klingeln. Er schaute auf das Display. *Unbekannte Nummer.* Einen Moment lang überlegte er, ob er sich melden sollte oder nicht. Ach, zum Teufel. Wenn er nicht mit dem Anrufer reden wollte, konnte er ja auflegen.
»DCI Lapslie? Hier ist Pearce, Sir. Darf ich mit allem gebührenden Respekt fragen, Sir, was für eine Scheiße da bei Ihnen abgeht?«
»Jemand hat auf uns geschossen. Hören Sie, Sie und Parkin bleiben von hier weg. Glaubhafte Bestreitbarkeit. Ich will Sie hier nicht dabeihaben. Bringt doch nichts, Sie beide mit in die Scheiße zu reiten.«
»Wir sind schon weg, Sir. Wir sind etwa eine Meile entfernt, dicht vor Great Chesterford. Was sollen wir mit den Knarren machen?«
Lapslie überlegte kurz. »Auseinandernehmen und die Einzelteile in verschiedenen Seen und Flüsse schmeißen.«
»Geht klar.«
Eine verlegene Pause entstand. »War sonst noch etwas?«, fragte Lapslie.
»Ich weiß, das ist jetzt nicht der richtige Moment, Ihnen so was zu sagen, aber ich hab gerade gehört, dass der Lehrer ver-

schwunden ist, dieser Tony Turner. Ist über Funk durchgegeben worden.«
Lapslie war verblüfft. »Ich dachte, er hätte Personenschutz bis zum Anschlag. Wie zur Hölle ist das passiert?«
»Er ist abgehauen.«
»Er ist *was?*«
»Anscheinend ist er ihnen ausgebüxt, und das Personenschutzteam hat ihn verloren.«
»Warum zum Teufel ist er denn abgehauen?«
»Keine Ahnung, Boss, tut mir leid.«
Lapslie überlegte kurz; Ideen und Konzepte zuckten wie Sternschnuppen durch seinen Kopf. Endlich kam er zu einem Schluss.
»Okay, wir treffen uns in einer halben Stunde bei ihm zu Hause. Wenn ich recht habe, dann weiß ich, glaube ich, warum er abgehauen ist.«
»Alles klar, Sir.«
»Und ignorieren Sie meine Anweisung von eben. Behalten Sie die Waffen.«

Lapslie brauchte eine Dreiviertelstunde bis zu Tony Turners Haus. Carl Pearce und Dave Parkin waren bereits da. Er winkte sie heran, und sie stiegen hinten in seinen Wagen. »Also, wie sieht's aus?«
»Sie haben den größten Teil der Bewacher abgezogen; haben nur einen Bobby vor der Haustür stehen lassen.«
»Können wir den eine Viertelstunde loswerden? Ich brauche Zeit, um da reinzukommen und mich umzusehen.«
Pearce nickte. »Kein Problem.« Er stieg aus und verschwand rasch um das Haus herum.
»Dave.«
»Sir?«

»Ich möchte, dass Sie und Carl das Obergeschoss durchsuchen, da gibt's nur zwei Schlafzimmer und ein Bad. Ich war schon mal hier. Aus einem gesellschaftlichen Anlass.«
»Egal, nach was, Sir?«
Lapslie nickte. »Irgendwie schon. Ich suche nach einem Zettel oder einem Brief. Vielleicht ist er nicht da – vielleicht hat er ihn mitgenommen –, aber ich muss das ganz sicher wissen.«
Parkin war ein bisschen verwirrt. »Was denn für einen Zettel?«
»Wenn Sie ihn sehen, werden Sie's wissen. Können Sie's Carl sagen?«
»Klar.«
Urplötzlich tauchte Carl Pearce wieder neben dem Wagen auf. Lapslie sah zu ihm auf. »Ist er weg?«
Er nickte. »Sie, um genau zu sein. Hab sie losgeschickt, mir ein paar Fluppen besorgen. War 'ne Praktikantin. Sie wissen ja, wie die sind: Wollen es immer jedem recht machen. Die gute Nachricht ist, sie hat mir den Haustürschlüssel gegeben.« Triumphierend hielt er den Schlüssel hoch.
»Was glauben Sie, wie lange wir Zeit haben?«
Pearce schaute auf die Uhr. »Also, der Laden ist etwa einen Kilometer weit weg. Ich hab ihr gesagt, sie braucht sich nicht zu beeilen, aber wahrscheinlich tut sie's trotzdem. Also würde ich sagen, zwanzig Minuten, vielleicht maximal 'ne halbe Stunde.«
Lapslie nickte. »Na, dann nichts wie los. Dave erklärt Ihnen, worum es geht.«
Die drei Polizisten eilten zur Haustür und traten ins Haus. Pearce und Parkin gingen nach oben in die Schlafzimmer, während Lapslie unten zu suchen begann.
Er fing mit den Papierkörben an und hatte auf Anhieb Glück. Was er suchte, lag ganz oben auf einem Haufen weggeworfener Unterlagen. Das war eine Art Zeichen, dachte er bei sich.

Er entfaltete den Zettel und las:

Wenn Sie Ihre wunderschöne Frau lebend wiedersehen wollen, fahren Sie zur St. Mary's Church in Finchingfield. Dort warte ich um 15 Uhr mit ihr. Wenn Sie meine Anweisungen nicht genau befolgen, foltere ich sie zuerst und bringe sie dann auf die schmerzhafteste Art und Weise um, die ich mir vorstellen kann. Und nach all der Arbeit, die ich hinter mir habe, kann ich mir sehr viel vorstellen.

Unterschrieben war die Nachricht nicht, doch Lapslie wusste, wer sie geschickt hatte.
Er sah auf die Uhr. Zehn vor drei. Ihm war klar, dass er den letzten Teil selbst erledigen musste. Er konnte Pearce und Parkin nicht noch weiter da hineinziehen. Irgendwie hatte er das Gefühl, dass dies der letzte Akt sein würde, so oder so. Wenn irgendjemand dies hier zu Ende brachte, dann musste er es sein, und er wollte nicht, dass noch jemand mit ihm starb.
Er steckte die Nachricht in die Tasche, schlüpfte aus dem Haus und rannte zurück zum Wagen, während seine beiden Kollegen noch immer die Zimmer im ersten Stock durchsuchten. Als er im Auto saß, überprüfte er Bradburys Automatik, ehe er in Richtung St. Mary's losfuhr.

Der Kirchenparkplatz war leer, als er ankam. Niemand da, kein einziges Auto. Er vergewisserte sich, dass die Pistole entsichert war, und ging auf die Kirche zu. Mit der Automatik fühlte er sich sicherer, doch das war eine Illusion. Wenn er getötet würde, dann aus einem Kilometer Entfernung, und er würde es nicht einmal kommen hören. Trotzdem, er fand, es hatte etwas Tröstliches, tot zu sein, noch ehe man es merkte.

Lapslie ging um die Kirche herum auf die andere Seite, weg vom Haupteingang. Dort fand er eine kleine Tür, die bestimmt zur Sakristei führte. Er versuchte sich daran, doch sie war abgeschlossen. Wenn er wieder zur Vorderseite der Kirche ging, wäre er ein leichtes Ziel, also führte der einzig sichere Weg jetzt durch diese Tür, Blasphemie hin oder her. Er machte einen Schritt rückwärts und trat dann heftig gegen das Schloss. Nach drei oder vier wuchtigen Tritten gab die Tür schließlich nach, und er konnte hineinschlüpfen.

Er ging durch die Sakristei zu der Tür, die in die Kirche führte und ebenfalls abgesperrt war, zog die großen Riegel zurück und schaffte es, die Tür einen Spalt weit aufzudrücken. Ganz öffnen wollte er sie nicht; nur gerade eben weit genug, um sich hindurchzuquetschen, tief geduckt, damit er nicht leicht zu treffen wäre. Knarrend und behäbig schwang die Tür auf.

Lapslie blickte in die Kirche hinaus. Zuerst schien die Luft rein zu sein, dann jedoch bemerkte er einen Schuh, oder vielmehr einen Schnürstiefel, ein wenig rechts von der Tür. Langsam kroch er hinaus und zog daran. Der Stiefel war schwer, und Lapslie begriff rasch, dass ein Fuß darin steckte, der zu einem Leichnam gehörte. Er hatte eine ziemlich gute Vorstellung davon, wessen Leichnam es war.

Ganz dicht am Boden kroch er ins Kirchenschiff hinaus, bis er direkt über dem Leichnam hockte. Als er auf einer Höhe mit dessen Kopf war, drehte er sich, um ihm ins Gesicht zu schauen. Jegliche Hoffnung, den Toten zu identifizieren, war rasch dahin. Von dem Gesicht war nur noch ein blutiger Brei übrig, mit wenn überhaupt nur sehr wenigen erkennbaren Zügen. Dicht neben dem Scheitel stand einer der kleinen Särge. Lapslie streckte die Hand aus, packte ihn, zog ihn zu sich heran und öffnete ihn. Darin lag die Lehrerpuppe, entweder die, die er in dem Bunker gesehen hatte, oder eine, die ihr aufs

Haar glich. Hätte er daran gezweifelt, dass es sich bei diesem Toten, oder vielmehr bei dem, was noch davon übrig war, um Tony Turner handelte, dann belehrte diese Puppe ihn rasch eines Besseren.

Die Erkenntnis, dass er durch Turners Tod als Einziger noch übrig war, traf Lapslie mit voller Wucht. Er sollte den dreizehnten Sarg füllen.

Die Puppe und den Sarg in den Händen, machte Lapslie sich daran, wieder zur Sakristei zu kriechen, zurück zu der Zuflucht, die sie bot. Wie es auch das Konzept des mittelalterlichen Kirchenasyls vorsah, hatte ein Teil von ihm das Gefühl, dass er in Sicherheit sein würde, wenn er die Sakristei erreichte. Nur wenige Meter von der Sakristei entfernt, fühlte er im Mittelgang des Kirchenschiffs plötzlich etwas im Rücken.

»Das ist weit genug, Mark. Ich fürchte, für Sie gibt's kein Kirchenasyl.«

Lapslie rollte sich herum und sah sich Dr. Jeffrey Whitefoot gegenüber. Der Polizeiarzt hielt ein Gewehr in den Händen; der Lauf war auf sein Gesicht gerichtet. Aus irgendeinem Grund verspürte Lapslie keine Angst. Wenn er überhaupt etwas empfand, dann eine große Gelassenheit. Wie ein Mann, der das Ende einer langen Entdeckungsreise erreicht, um die Wahrheit zu finden. Trotz dieser Gelassenheit betastete er vorsichtig seine Tasche, um sich zu vergewissern, dass er den Umriss der Automatik fühlen konnte. Wie die Araber sagen: Vertraue auf Allah, aber binde dein Kamel immer gut fest.

»Sie waren es also wirklich. Ich hatte gehofft, dass es nicht so wäre.«

Whitefoot nickte. »Ich war's. Immer. Sie waren sehr dicht dran, Mark, aber Gott war einfach nicht auf Ihrer Seite.«

Lapslie wusste, dass er erledigt war. Er hoffte nur, dass mit dem, was sie bereits an Informationen hatten, sogar Idioten

wie Rouse und Shaw in der Lage sein würden, Whitefoot zu überführen.
»Und warum die Kinder, Jeff? Warum nicht die Jurymitglieder selbst?«
»Aus zwei Gründen. Erstens, wenn ich mir die Juroren vorgenommen hätte, dann hätte ziemlich schnell irgendjemand erkannt, worin die Verbindung zwischen den Opfern bestand. Ihre Kinder umzubringen hat das Ganze undurchsichtiger gemacht, besonders, weil ein paar von ihnen geheiratet oder ihre Namen aus anderen Gründen geändert hatten. Und zweitens wollte ich natürlich, dass sie genauso leiden wie ich. Ich wollte, dass sie wissen, wie es ist, ein Kind zu verlieren.«
Whitefoot lächelte, doch in seiner Miene war keinerlei Belustigung zu entdecken. »›Lasset die Kindlein zu mir kommen‹«, sagte er leise.
»Sie wenden das Zitat falsch an«, bemerkte Lapslie.
»Das ist kein Zitat«, erwiderte Whitefoot, »das ist das Wort Gottes. Und glauben Sie mir, ich weiß, was Gott von mir will, sosehr es mich auch persönlich schmerzen mag.«
»Diese Menschen waren vollkommen unschuldig; sie hatten mit dem Tod Ihrer Tochter doch nichts zu tun …«
»Nichts damit zu tun?«, schrie Whitefoot. »Ihre Eltern haben einen Mann laufen lassen, der meine Tochter ermordet hat! Er hat sie vergewaltigt, er hat sie gequält, und dann hat er sie umgebracht! Er hat sie so lange leiden lassen, wie er konnte, und dann hat er sie umgebracht, als wäre sie *gar nichts!*«
»Und Sie haben mit den Kindern dieser Menschen dasselbe gemacht.«
In Whitefoots Stimme lag wieder jene unheimliche Ruhe. »Ich habe sie weder gequält noch vergewaltigt. Sie sind schnell gestorben, und die meisten auch schmerzlos. Dafür habe ich gesorgt.«

»Sie sind nicht besser als der Mann, der Ihre Tochter ermordet hat. Glauben Sie etwa, sie hätte das gewollt?«

»Sie war tot, Mark. Ich glaube nicht, dass sie noch irgendetwas gewollt hat.«

»Also haben Sie aus Ihrem ganz eigenen verschrobenen Gerechtigkeitssinn heraus zwölf unschuldige Kinder umgebracht.«

»Ja, Gerechtigkeit. Das ist ein sehr gutes Wort, Mark. Gerechtigkeit. Die Eltern haben gefühlt, was ich getan habe. Sie waren genauso schuld am Tod meiner Tochter wie dieses abartige Dreckschwein, das sie umgebracht hat.«

»Und was ist mit all den anderen Menschen, die Sie dabei ermordet haben? Die Polizisten, die Freundin von Major Thomas … Elizabeth Turner?«

»Daran sind die Juroren schuld. Wenn die richtig entschieden hätten, wäre nichts von alldem passiert. Ich wäre mit dem Leben zufrieden gewesen. Aber nein: Sie haben ihn laufen lassen, damit er schließlich jemanden umbringt. Die Leute sollten sich darüber im Klaren sein, dass sie solche Entscheidungen nicht treffen können, ohne für die Folgen verantwortlich zu sein.« Er sah sich um. »Es war in einer Kirche, Mark, wussten Sie das? Sie ist da hineingerannt, hat Schutz gesucht, eine Zuflucht, aber es gab keine. Er hat sie auf dem Altar vergewaltigt und gequält und umgebracht. Auf dem *Altar!*«

Lapslies Hand wanderte nach unten auf seine Automatik zu. Er wusste, dass es unmöglich sein würde, sie aus der Tasche zu ziehen; er würde einfach versuchen müssen, sie von dort aus abzufeuern, wo sie war. Und auf sein Glück und jeglichen göttlichen Beistand hoffen, der gerade zufällig des Weges kam.

»Und was ist mit mir? Wieso bekomme ich einen Sarg?«

»Die Beweise, die Sie damals vorgelegt haben, waren erbärmlich.«

»Ich habe die Wahrheit gesagt. Wir hatten nicht viel, Jeff. Der Fall war bestenfalls eine riskante Sache für die Anklage.«
»Sie hätten ihn drankriegen können, wenn Sie gewollt hätten; ich weiß genau, dass Sie so was schon mal gemacht haben. Sie sind genauso ein Weichei geworden wie diese Drecksäcke im Parlament. Wenn Sie gesagt hätten, er hätte gestanden, dann hätten sie ihn eingebuchtet ...«
»Hat er aber nicht.«
»Vielleicht nicht, Mark, aber Sie hätten *sagen* können, dass er es getan hätte. Früher hat die Polizei so etwas gemacht, die haben den Abschaum von der Straße runtergeschafft, ganz egal, wie.«
»Und viele Unschuldige in den Knast gebracht, die dann im Berufsverfahren freigekommen sind und die Glaubwürdigkeit der Polizei untergraben haben. Das ist langfristig keine gute Politik, Jeff. Das führt doch nur dazu, dass noch mehr Mörder freikommen.«
»Andere Mörder sind mir scheißegal, mich interessiert nur dieser, und Sie haben dazu beigetragen, dass er freigekommen ist.«
Endlich schaffte Lapslie es, die Hand um den Griff der Pistole in seiner Tasche zu legen. Jetzt brauchte er nur noch mit dem Finger wenigstens teilweise an den Abzug zu kommen, und er hätte eine Chance. Oder vielleicht würde er sich auch nur die Eier wegschießen, je nachdem, wie die Waffe ausgerichtet war. Das war schwer zu sagen.
»Nehmen Sie die Hand von der Knarre in Ihrer Tasche.« Whitefoot hob das Gewehr an die Schulter und zielte genau auf Lapslies Kopf. Lapslies letzte Chance war dahin.
»Warum die Puppen?«, fragte er rasch. »Was sollte das?«
Whitefoot starrte ihn lange an. »So hat sie ausgesehen, als ich sie in Sydney in der Leichenhalle gesehen habe. Wie eine Pup-

pe. Gar nicht mehr wie meine Tochter. Wie eine kaputte Puppe.«

Direkt vor Lapslies Augen begann sich Whitefoots Finger um den Abzug zu krümmen. Krampfhaft schloss er die Augen. Seine letzten Gedanken galten seinen Kindern.

Er hörte den Schuss: ein ohrenbetäubender Knall. Eine zugleich salzige und sirupsüße Geschmackswoge überflutete seinen Mund. Er ertrank darin. Was die Leute immer über das Aus-nächster-Nähe-erschossen-Werden erzählten, war alles Quatsch. Man hörte den Schuss sehr wohl, der einen tötete.

Es dauerte einen Moment, dann jedoch wurde Lapslie jäh klar, dass er noch am Leben war. Er öffnete die Augen. Vor ihm stand nicht Jeff Whitefoot, sondern Colonel Andrew Parr. Er stand über Whitefoots Leichnam und hatte eine Pistole in der Hand.

»Er war doch nicht so gut, wie er gedacht hat«, bemerkte Parr ruhig. »Aber das sind wir wohl alle nicht.«

Lapslie war sprachlos.

»Hat's Ihnen die Sprache verschlagen, Chief Inspector?«

Lapslie schickte sich an, aufzustehen; er wusste nicht recht, was er sagen sollte, und stand noch immer unter Schock. »Danke?«

Parr lächelte. »War mir ein Vergnügen. Werde mir das aber nicht an die Fahne heften können, alter Knabe. Ich habe ihn aus sehr kurzer Entfernung erschossen, wir können's also als Selbstmord deklarieren. Mann tötet sein letztes Opfer und nimmt sich dann, nachdem sein Werk getan ist, das Leben. Polizei trifft zu spät am Tatort ein … Ich denke, Sie können die Leerstellen füllen.«

Noch während er sprach, tauchten zwei Männer in weißen Overalls auf. Lapslie war verwirrt. Was zum Teufel hatten die hier zu suchen?

Parr las seine Gedanken. »Ist schon okay, alter Knabe, die sind nicht von der Spurensicherung. Sie gehören zu mir. Sollten den Tatort in ein paar Minuten präpariert haben. In der Zwischenzeit kommen Sie wohl besser mit.«

Sie gingen davon, und Parr nahm Lapslies Arm. »Alles okay?«

Lapslie nickte. »Ein bisschen durcheinander, aber grundsätzlich okay. Woher wussten Sie Bescheid?«

»Wir hatten schon seit einer ganzen Weile Bedenken wegen Whitefoot. Er hat zum Regiment gehört, wussten Sie das? War fünfzehn Jahre bei uns, ehe er seinen Abschied genommen und Medizin studiert hat. Ihr Sergeant Bradbury hat uns schließlich auf seine Spur gebracht; sie hat mich angerufen. Jedenfalls, hat etwas gedauert, ihn aufzuspüren, aber dann haben wir ihn schließlich doch aufgestöbert.«

Lapslie nickte und bemühte sich noch immer verzweifelt, die Puzzlestücke zusammenzufügen. Er war nicht der Einzige, der die frühen Signale bei Whitefoot übersehen hatte, aber Polizisten hatten häufig eine Army-Vorgeschichte. Zweifellos hatte das Whitefoot auch zu dem Versuch verleitet, den Verdacht auf Stowell zu lenken.

»Aber nicht schnell genug, um Turner zu retten?«, fragte Lapslie und schüttelte sich die Benommenheit aus dem Kopf. Noch immer war er geistig und körperlich wie betäubt.

Parr verzog betreten das Gesicht. »Leider nicht. Dieses letzte Treffen hier hat uns kalt erwischt, und dass Turner den Polizisten durch die Lappen gegangen ist, auch. Die Sache ist nur die, diese Geschichte muss unter uns bleiben. Kriegen Sie das hin?«

Lapslie nickte bedächtig. Die Special Forces beseitigten sämtliche Spuren eines der ihren, der abtrünnig geworden war; ihnen dabei in die Quere zu kommen, könnte am Ende brenzlig werden.

»Bleibt mir denn etwas anderes übrig?«

»Nun ja, wenn Ihnen die Selbstmord-Lösung nicht zusagt, könnten Sie wohl behaupten, dass es jemand von der SCO19 war, oder ein anderer bewaffneter Kollege, den Sie dabeihatten. Aber das hieße, dass sich auf Ihrer Seite einer dafür melden muss, denn Sie verstehen doch, dass ich nichts damit zu tun haben darf.«

»Ja, das verstehe ich.« Und selbst wenn Shaw und Rouse zustimmten, diesen Freiwilligen zu finden, würde das genauso problematisch sein, schließlich stand ihnen möglicherweise eine gewaltige Dienstaufsichtsuntersuchung bevor. Lapslie nickte sachlich. »Wenn ich es recht bedenke, ist Selbstmord vielleicht die beste Option.«

Sie kamen bei Lapslies Wagen an.

»Also, alter Knabe, das wär's dann. Fahren Sie vorsichtig.« Parr streckte die Hand aus. »Danke für Ihre Hilfe. Sie sind wirklich ein erstklassiger Detective, aber wahrscheinlich sind Sie jetzt ein bisschen angeschlagen, nachdem Sie so knapp davongekommen sind. An Ihrer Stelle würde ich es Superintendent Rouse und Inspector Shaw überlassen, die letzten offenen Fragen zu klären.«

»Wie? Und denen die Möglichkeit geben, auch etwas von dem Ruhm einzustreichen?« Lapslie grinste schief. »Nein, ich ziehe das durch bis zum bitteren Ende. Was das betrifft – wie sehen Sie die Aktenlage?«

»Von unserem Ende aus werden wir jegliche Verbindung mit den Special Forces verschwinden lassen, aber Whitefoot wird trotzdem als Army-Angehöriger gelten. Das gibt's ja bei vielen Polizisten oder Polizeiärzten.« Mit schmerzlicher Miene schaute Parr sich kurz um. »Meine Männer werden hier dafür sorgen, dass es für die Forensik wie Selbstmord aussieht. Und der Rest kann dann seinen Gang gehen.«

Lapslie nickte nachdenklich. »Meine Leute haben nach Turners Frau gesucht, aber bisher nichts gefunden. Irgendwelche Ideen Ihrerseits, was mit ihr passiert sein könnte?«

»Wenn sie nicht bald wieder auftaucht, fürchte ich das Schlimmste«, meinte Parr und verzog das Gesicht.

Lapslie schüttelte Parr die Hand; er versuchte noch immer, diese plötzliche Wendung der Ereignisse ganz zu erfassen. Dann stieg er in sein Auto und fuhr davon. Und als etwa auf halbem Weg zur Hauptwache in seinem Kopf schließlich alles an seinem Platz war, fing er an, im Geist seinen Bericht zu verfassen.

Charlotte kletterte ohne Schwierigkeiten an Bord von Lapslies Boot, bevor sie ihm half, das Picknick, zwei Flaschen Wein und diverse wasserdichte Kleidungsstücke zu verstauen. Mithilfe des kleinen Motors manövrierte Lapslie sie von ihrem Liegeplatz weg, den Fluss hinunter und hinaus auf die Nordsee. Charlotte schien immer zu wissen, was nötig war, ehe er dazu kam, sie darum zu bitten. Mit dem Wind von achtern und unter vollen Segeln glitt die Mazury scheinbar völlig mühelos dahin.

Lapslie hatte zwei Tage damit verbracht, alle noch offenen Fragen der Ermittlungen zu klären und seine Berichte abzuliefern, dann hatte er diesen Segeltag mit Charlotte verabredet. Ein drängendes Problem war, dass Elizabeth Turner noch immer vermisst wurde, doch nachdem ein Drittel seiner Leute damit beschäftigt war, nach ihr zu suchen, und jede Polizeiwache in ganz Essex verständigt worden war, gab es nicht viel, was er sonst noch tun konnte. Trotz Rouses Klagen darüber, wie viele Arbeitskräfte und Mittel diese Suche bisher aufgezehrt hatte, war er verpflichtet, sie noch eine Weile laufen zu lassen. Das war das Einzige, was ein schwaches Lächeln auf Lapslies Gesicht zauberte und diese quälende unbeantwortete Frage sowie den unguten Nachgeschmack der Tatsache etwas aufwog, dass sie Tony Turner nicht hatten retten können und seiner Frau jetzt vielleicht auch nicht würden helfen können. Bittersüß; hoffentlich der einzige Geschmack, der an diesem Tag auf dem Boot seine Sinne heimsuchen würde.

Zuerst schien Charlotte sich damit zufriedenzugeben, auf einer der kleinen Bänke im Cockpit zu sitzen, nach einer halben Stunde jedoch wechselte sie den Platz und ließ sich zwischen Lapslies Beinen nieder, lehnte den Kopf an seinen Körper. Lapslie war überrascht, doch er hatte nichts dagegen. Er legte einen Arm um sie, und sie zog ihn enger um sich, schob die schlanken Finger zwischen seine.

Sie segelten mehrere Stunden lang, doch die Zeit verflog so schnell, dass er es kaum bemerkte. Zum Glück gab es diesmal keinen Sturm oder Gewitterwolken am Horizont. Ein paar Seemeilen die Küste hinauf ankerten sie und aßen zu Mittag. Nachdem sie gegessen und eine Zeit lang über seine Fälle und ihre Arbeit im Krankenhaus geplaudert hatten, beschloss Lapslie, den Sprung zu wagen.

»Darf ich dich mal etwas fragen, Charlotte?«

Sie sah ihn an und lächelte. »Wieso ist eine attraktive Ärztin wie ich mit einem älteren Mann mit neurologischen Problemen zusammen?«

»Na ja, um ehrlich zu sein, ja. Wie hast du's erraten?«

»Ganz einfach, mein lieber Lapslie. Eben haben wir uns noch über Boote unterhalten und über dumme Erlebnisse gelacht, und dann machst du plötzlich ein sehr ernstes Gesicht. Ich habe mir schon gedacht, dass dich das vielleicht umtreibt.«

»Ein bisschen schon, ja.«

»Alter ist doch nur eine Zahl.«

»Aber in unserem Fall ist die ganz schön groß.«

»Zwanzig Jahre sind gar nichts.« Ihre Miene wurde ernst. »Keine Angst, ich suche nicht nach jemandem, der mir meinen Dad ersetzen kann. Den größten Teil meines Erwachsenenlebens und sogar schon ein bisschen vorher bin ich von jungen Männern angebaggert worden, aber die haben mich gelangweilt. Ich habe mal versucht, mit einem zusammen zu sein, der mich etwas weniger gelangweilt hat, aber es hat nicht funktioniert. Das war nicht das, was ich wollte …«

»Und ich bin das, was du willst?«

Sie betrachtete ihn einen Moment lang. »Im Augenblick ja. Wer weiß, was die Zukunft bringt? Im Augenblick bist du richtig für mich. Bei dir fühle ich mich sicher, und ich bin glücklich, wenn ich mit dir zusammen bin. Ist das okay?« Damit nahm sie Lapslies Kopf zwischen ihre Hände, zog ihn zu sich heran und küsste ihn zärtlich und lange.

»Wie fändest du es«, fragte er, als er sich von ihr löste, »wenn ich dieses Boot nach dir benennen würde?«

»Es hat ein Riesenheck und schwabbelt im Wasser herum wie ein Schwein«, entgegnete sie. »Ich wäre beleidigt.«

»Na ja, wenn du's so ausdrückst, dann muss ich wohl mit jahrhundertealten Seemannstraditionen brechen und es *Alan Rouse* nennen.« Er lächelte breit, und sie schmunzelte. »Aber wenn ich's für dich jetzt mal anders formuliere, dass es nämlich an einem schönen Tag mit günstigem Wind schlank und glatt ist und wie eine Seejungfrau durchs Wasser gleitet …?«

Sie lächelte und schielte kokett zur Kajüte hinunter. »Raspel ruhig weiter Süßholz, dann überlege ich's mir vielleicht noch mal.«

Elizabeth Turner schaffte es, sich auf die Seite zu rollen. Sie war so fest gefesselt, dass sie sich nicht rühren konnte. Er hatte ihr die Hände hinter dem Rücken zusammengeschnürt und ihr dann die Füße nach hinten hochgezogen und die Hände daran festgebunden. Dann hatte er ihr den Strick um den Hals gelegt, sodass er immer enger wurde, je mehr sie daran zerrte. Und schließlich hatte er ihr den Mund mit Klebeband zugeklebt, sodass sie keinen Laut hervorbringen konnte.

Er hatte gesagt, er wäre nur ein paar Stunden weg, und dann würden sie woanders hinfahren. Wohin, wusste sie nicht. Das Einzige, worauf sie sich im Moment konzentrierte, war, zu überleben, von einem Augenblick zum nächsten, und dafür würde sie tun, was notwendig war.

Sie hatte keine Uhr, und in dem Keller gab es auch keine. Das einzige Licht kam durch ein kleines, längliches Fenster hoch oben in der Wand, durch das sie lediglich ein kleines Stück wucherndes Gras sehen konnte. Die Zeit verging langsam, doch ihrer Meinung nach war es jetzt schon länger als zwei Tage her, dass er fortgegangen war. Und gegen Ende jenes zweiten Tages hatte das Klebeband durch die Feuchtigkeit aus ihrem Mund angefangen, sich abzulösen, und es gelang ihr, die Lippen zu bewegen und einen Teil davon mit den Zähnen abzureißen und auszuspucken.

Die nächsten paar Stunden verbrachte sie damit, zu schreien, bis sie heiser war, doch es kam keine Antwort. Sie war dehydriert und völlig ausgehungert. Wo zum Teufel steckte er? Normalerweise war er doch so gewissenhaft, jetzt jedoch war er verschwunden.

Sie hatte versucht, sich zu befreien, hatte es aber lediglich geschafft, die Stricke fester zu ziehen, sodass sie sich tiefer in ihre Handgelenke und Knöchel und in ihren Hals gruben. Wie lange würde er noch wegbleiben? Sie wusste, dass das Haus abgelegen war und dass nur wenige Leute wussten, wer hier wohnte. Das hatte er ihr gesagt. Sie würde eben warten und ihre Lage ertragen müssen, bis er zurückkam, oder …

Schließlich verlor sie das Bewusstsein, in vielerlei Hinsicht eine willkommene Erlösung. Und als sie wieder zu sich kam, hörte sie in der Ferne einen Hund bellen. Zuerst dachte sie, das sei Teil ihres Traumes, dann jedoch, als sie nach oben ins Licht spähte, ging ihr auf, dass das Geräusch durch das schmale Fenster kam. Aufstehen und hinausschauen konnte sie nicht, aber zumindest konnte sie versuchen, noch einmal zu rufen. Sie schrie aus vollem Hals und betete, dass ihre Stimme noch genug Kraft hatte, um bis zu dem Besitzer des Hundes zu dringen.

Nichts, außer dem beständigen Hundegebell.

Wieder und wieder versuchte sie es, jedes Mal verzweifelter, und gerade als sie fürchtete, ihre Stimme würde vollständig versagen, hörte sie schließlich eine schwache, ferne Stimme, die ihr antwortete.

Hoffnung.

DANKSAGUNG

Vielen Dank an meinen Freund und Worteschmied-Kollegen Andrew Lane, der einen immer blendend unterhält. An meinen Agenten (United Agents) und Freund Robert Kirby, ohne dessen Geduld und dessen Glauben an mich es kein Buch gäbe. An John Matthew für sein bemerkenswertes Schreibtalent und an Stef Bierwerth, meine Lektorin, für all die Zeit und Mühe, die sie investiert hat, um dieses Buch so gut zu machen, wie es nur sein kann. An David North (Quercus) für all die Zeit und Mühe, die er investiert hat, um die Serie am Laufen zu halten – großartig. Vielen Dank an Mark Smith, dessen Weitblick das alles ausgelöst hat, und an Quercus dafür, dass sie das Buch veröffentlicht haben.

27 Schreie – 27 Schnitte

NIGEL McCRERY

GRAU WIE DER TOD

KRIMINALROMAN

Eigentlich ist Detective Chief Inspector Mark Lapslie wegen seiner Synästhesie arbeitsunfähig. Immer wieder überfällt ihn diese neurologische Störung unkontrollierbar mit extremen Sinneseindrücken. Als er plötzlich eine anonyme Sound-Datei bekommt, auf der 27 Schreie einer gepeinigten Frau zu hören sind, hält er das zunächst für einen schlechten Scherz. Will ihn hier jemand wegen seiner Synästhesie auf die Probe stellen? Doch kurz darauf wird eine Frauenleiche gefunden, die 27 Schnitte aufweist …

Faszinierend, spannend, abgründig – ein britischer Krimi, wie er im Buche steht.

KNAUR